Les secrets
de nos cœurs
silencieux

Isabelle Aeschlimann

Les secrets de nos cœurs silencieux

Roman

NOUVEAUX AUTEURS

Éditions Les Nouveaux Auteurs

16, rue d'Orchampt 75018 Paris
www.lesnouveauxauteurs.com

ÉDITIONS PRISMA

13, rue Henri-Barbusse 92624 Gennevilliers Cedex
www.editions-prisma.com

À ma « petite » sœur Aline
et à ma maman Marie-Ève.
À mes deux filles Amélie et Léane.
Je vous aime tellement.
Et à toutes les personnes qui se battent
pour affirmer leur différence.

« Personne n'est toi et c'est ton superpouvoir. »

Anonyme

Première partie

« C'est l'histoire d'un homme qui tombe
d'un immeuble de cinquante étages.

Le mec, au fur et à mesure de sa chute, il
se répète sans cesse pour se rassurer : *jusqu'ici
tout va bien, jusqu'ici tout va bien, jusqu'ici tout
va bien...*

Mais l'important n'est pas la chute, c'est
l'atterrissage. »

Film de Mathieu Kassovitz – *La Haine*

1

Trois heures du matin, un bip strident signala la réception d'un message.

« Texto de Julie Comte, vendredi 19 septembre 2008, 03:14 »

Christa sélectionna le nom de sa sœur pour le lire.

« La beauté du silence. Envie d'ailleurs. »

La photo jointe était une prise de vue panoramique plongeante de la vieille ville de Porrentruy depuis le sommet de la tour Réfous. Julie était une habituée des lieux puisqu'elle effectuait un apprentissage au tribunal cantonal situé dans les bâtiments du château de Porrentruy. Christa savait que pendant ses pauses, sa sœur se réfugiait souvent en haut du donjon pour admirer la vue imprenable sur la ville. Ce message lui faisait plaisir, mais bon Dieu, que fichait sa petite sœur de seize ans en haut de cette tour au milieu de la nuit ?

Christa gara sa voiture brusquement sur le parking du château, faisant crisser le gravier dans le silence de la nuit. Elle sortit de la voiture en titubant, encore enivrée par les nombreux whiskys-coca ingurgités dans la soirée. Elle respira l'air boisé à pleins poumons en se demandant si les *afters* des lycéens avaient encore lieu au parc

Mouche, comme autrefois et si Julie y prenait part. Cela justifierait sa présence dans le coin à cette heure-ci. Mais elle en doutait. Sa sœur avait nettement moins le goût de la fête qu'elle. De tempérament solitaire, plutôt discrète et perpétuellement munie d'un bloc à dessin, Julie avait tendance à se fondre dans le décor, au point de se faire oublier. Christa réalisa qu'elles n'avaient pas eu une vraie discussion depuis longtemps.

Le portail était déjà entrouvert. Elle traversa la cour intérieure jusqu'à l'imposant cylindre dont le toit culminait à plus de trente mètres de haut, puis grimpa l'étroit escalier en bois qui permettait d'accéder à la porte d'entrée. Lorsqu'elle plongea dans la pénombre de la tour, tout en continuant son ascension, elle cria :

— Je suis là, Julie ! Tu m'attends, hein ? J'arrive !

Le silence augmentait son anxiété. Tourner dans l'étroit couloir en colimaçon lui donnait la nausée. Elle franchit les dernières marches à bout de souffle pour finalement s'écrouler sur le plancher. Sa sœur était bien là, paisible, assise dans l'embrasure d'une des fenêtres. Christa mit quelques minutes à réaliser qu'elle avait les jambes dans le vide ; elle avait réussi à déverrouiller la fenêtre sécurisée. Christa imagina le corps glisser en avant et tomber dans le vide. Son cœur s'emballa dangereusement.

— Oh, la vache… Recule un peu, Julie, s'il te plaît. Ça me stresse.

Julie la dévisagea quelques instants, semblant évaluer son état, puis soupira tout en ramenant ses jambes à l'intérieur. Christa respira profondément pour retrouver son calme.

— Qu'est-ce qu'il se passe, Julie ?

— Je ne veux plus retourner à la maison.

Christa s'approcha doucement dans la lueur de la nuit et vit une larme rouler sur la joue de l'adolescente.

— Je n'en peux plus de toute cette comédie, ajouta celle-ci.

La main de Christa se posa sur le bras de sa sœur et le maintint fermement. Soulagement. Elle était à nouveau en sécurité. Du moins en apparence.

— De quoi tu parles ? demanda Christa, à présent disposée à l'écouter.

— De maman, de papa, de leur mariage... De mon boulot que je déteste, de toi qui fais semblant d'avoir une vie supportable. Je me mens, tu te mens, maman nous ment, dit-elle la voix tremblante avant de sangloter.

Sa sœur paraissait sincèrement désespérée, mais Christa avait les méninges trop embrouillées pour suivre cette conversation en ellipses. Élise, leur mère, leur cachait-elle des choses ?

Il fallait cependant l'avouer, depuis que Christa vivait dans son propre appartement, elle était moins au courant de ce qui se passait entre les murs du foyer familial.

Julie eut un petit mouvement de recul.

— C'est horrible, tu empestes l'alcool.

— Désolée, mais je ne te lâcherai pas. Ju, tu as la vie devant toi !

— Pfff. Pour faire quoi ?

— Comment ça : *pour faire quoi* ? Tout est possible. À seize ans, ton avenir t'appartient ! Tu te sens coincée derrière des bancs d'école, mais bientôt tu seras libre de mener ta vie comme tu l'entends ! Tu verras, c'est génial !

Julie eut une expression de consternation qui signifiait qu'elle venait d'entendre une énormité. La petite fille pleine d'admiration devant sa grande sœur avait disparu depuis longtemps pour céder la place à une jeune adulte

15

au regard critique. Christa comprit le message et se sentit bête avec son discours d'espoir alors qu'elle-même nageait en plein marasme depuis quelques années, complètement engluée dans une vie dont elle avait perdu le contrôle. Un silence pesant la mit mal à l'aise. Christa regretta que sa sœur la prive d'une vanne cinglante, comme dans ces familles dans lesquelles on s'engueule et on se jette des vérités au visage, comme dans ces familles dans lesquelles on s'exprime. Ce mutisme poli était insupportable.

Appuyées contre les pierres fraîches, elles restèrent silencieuses, chacune enfermée dans sa tristesse. Julie brisa le silence la première.

— Je me sens tellement seule.

Christa avait envie de lui répondre que nous l'étions tous. Lorsque nous sommes face à la maladie ou à nos démons, nous sommes seuls. Seuls avec nos pensées, seuls avec notre corps qui souffre.

Puis, comme pour la contredire, un souvenir vieux de dix ans ressurgit. Lorsqu'elle rentrait de l'école en miettes après avoir vécu une journée difficile parce qu'on s'était moqué d'elle ou qu'elle se sentait tellement incomprise, sa petite sœur l'accueillait à bras ouverts. Elle la consolait, la faisait rire, l'aidait à relativiser sa journée éprouvante. Elle l'acceptait telle qu'elle était. Sa sœur l'aimait tout entière, profondément. Sans elle, Christa n'aurait pas eu la force de réussir son cursus scolaire. Elle avait toujours pu compter sur sa petite sœur. Toujours.

Soudain ce fut une évidence ; et si c'était parce que Julie n'était plus à ses côtés que sa vie partait en vrille ?

Et s'il n'y avait qu'ensemble qu'elles parvenaient à avancer dans cette existence compliquée ?

Et si, pour une fois, elle lui renvoyait l'ascenseur ?

« La beauté du silence. Envie d'ailleurs. »

16

Christa eut une impulsion.

Une idée. Un besoin.

— Partons loin d'ici, rien que toutes les deux.

Une étincelle d'espoir mêlée d'incrédulité s'alluma dans les pupilles de Julie.

— Sérieux ? Tu lâcherais tout pour partir avec moi ? Là, maintenant ?

— Oui, partons cette nuit. Sans rien dire à personne.

*

Il y a, dans le Jura suisse, une petite région délicieusement nommée l'Ajoie. Elle forme une enclave sur le territoire français, séparée du reste de la Suisse par la montagne du Mont-Terri. Jusqu'à la fin des années quatre-vingt-dix, pour en sortir, les Ajoulots devaient franchir le col des Rangiers par une route sinueuse pouvant s'avérer périlleuse selon les conditions météorologiques. Lorsque beaucoup de neige était tombée, il arrivait aux habitants d'être isolés plusieurs jours durant.

C'est sans doute grâce à ce confinement que l'Ajoie a développé ses particularités et ses propres traditions qui font toute sa richesse.

En 1981, de nombreuses fermes se trouvaient encore au centre des villages. Les voitures étaient ralenties par les tracteurs qui acheminaient leur chargement et le défilé de troupeaux de vaches que les paysans amenaient aux champs le long des routes.

La récente entrée du canton du Jura dans la Confédération helvétique avait grandement favorisé l'essor économique de la région qui aspirait à plus d'ouverture. Un projet d'autoroute se dessinait pour enfin relier le Jura au reste de la Suisse, ce qui le désenclaverait et encouragerait son développement. Le maire Richard Dubois avait su tirer habilement parti de cette nouvelle situation ; sa commune prospérait. De nouveaux quartiers étaient en construction et l'école avait ouvert des classes supplémentaires. Unique propriétaire d'une entreprise de construction florissante, il était connu pour sa générosité. La nouvelle place de jeu, le toit de l'école ou les éclairages flambant neufs du terrain de foot étaient sa contribution. Il savait se rendre irremplaçable et ne manquait pas d'investir dans une réalisation avant chaque élection, qu'il remportait depuis quinze ans.

Élise, la fille unique du maire, arborant une robe d'été boutonnée jusqu'en haut du cou et de longs cheveux frisés bruns sagement maintenus par des barrettes, profitait de la fraîcheur de la nuit avec ses amis sur le pas-de-porte d'un restaurant. La chaleur y était intenable en ce début mai. Résonnant de l'intérieur, *Gigi l'amoroso* avait cédé la place au rythme entraînant du *Petit Pain au chocolat* de Joe Dassin. Un verre dans une main, une cigarette dans l'autre, les jeunes adultes écoutaient hilares une camarade raconter son séjour linguistique. Elle raillait les travers des Anglais, leur nourriture si différente, se plaignait des heures ridiculement précoces de fermeture des bars alors qu'ici, elle était habituée à danser jusqu'à l'aube. Un débat s'ensuivit. Certains présumaient qu'ils seraient bien incapables de vivre loin de leurs proches et de leurs habitudes alimentaires. Un groupe de garçons amorça la discussion sur une prochaine virée à moto jusqu'au Tessin.

Plus elle avançait dans l'âge adulte, plus Élise se surprenait à penser qu'elle aurait mieux fait de naître homme. Les parents de ses camarades masculins n'étaient pas toujours sur leur dos, ils sortaient comme bon leur plaisait. Ils pouvaient partir en voyage sans craindre pour leur réputation. Il y avait bien une de ses amies qui était entrée dans une école de micromécanique, essentiellement fréquentée par des garçons, mais il s'en était dit des vertes et des pas mûres sur son compte. Y compris de la part de la mère de son amie, qui, au lieu de soutenir sa fille dans son désir d'émancipation, lui reprochait d'être égoïste, comptant sur elle pour l'aider dans l'éducation de ses frères et sœurs. Dans les années quatre-vingt, si théoriquement les femmes avaient le droit de faire des études, en réalité, cela était plutôt mal accepté. Leur place était à la maison avec les enfants. Les quelques filles du village qui ne se gênaient pas pour afficher leur indépendance, étaient perçues comme des marginales, des hippies, voire des filles légères.

Le non-respect des conventions mettait Élise terriblement mal à l'aise. Car, même si elle était tentée de suivre le mouvement des indisciplinés, elle n'avait ni le caractère ni la force de nager à contre-courant. Déjà lorsqu'elle était servante de messe et qu'elle assistait le curé, elle avait l'impression que Dieu la surveillait alors que ses copains chapardaient des hosties !

Un grand type, pourvu de larges favoris, la chemise échancrée sur une dent de résine pendue à une chaîne en or, pantalon pattes d'éléphant, jeta sa cigarette à terre.

— Tiens, voilà le *boss* et sa clique.

Élise vit au loin le conseil communal au grand complet, en route pour un dernier verre après une séance. Son père parlait fort, en faisait toujours des tonnes. Il avait pris beaucoup de poids ces dernières années. Sa mère le lui reprochait, mais lui, il répondait : « C'est comme ça que ça marche ici ! On ne conclut pas des affaires en bouffant de la salade et en buvant de l'eau ! »

— Bon, on s'arrache. Vous venez, les filles ?

— Vous allez où ?

— On va danser au Relais. Élise, tu viens ?

La discothèque était isolée dans le col des Rangiers. On y accédait par une route de montagne plongée dans une nuit noire. Seuls les phares des véhicules révélaient la route, éblouissant parfois un animal apeuré qui se jetait sous les roues. Il y avait souvent des accidents. Si ses amis lui demandaient de les accompagner, c'était principalement parce qu'elle buvait peu d'alcool. Elle reconduisait toujours tout le monde à bon port.

— Non, je ne viens pas. Merci. En plus, je chante avec la chorale à la messe demain matin.

Ses amis insistèrent sans trop y croire, connaissant son caractère raisonnable. Monsieur le maire arriva à leur hauteur.

— Élise, tu es encore là ? Ne rentre pas trop tard, tu sais que ta mère ne dort pas tant que tu n'es pas rentrée.

— Oui, je vais y aller, papa.

L'image de sa mère, dans son fauteuil en train de tricoter, à moitié endormie devant la télévision, la culpabilisa.

La jeune fille marchait dans le silence de la nuit et ne pouvait s'empêcher d'être agacée. Elle allait avoir vingt-deux ans et devait pourtant encore se soucier des réprobations de ses parents par rapport à ses allées et venues. Ils savaient toujours ce qu'elle faisait et à quelle heure elle rentrait. Ils n'avaient même pas besoin de se renseigner, on ne manquait pas de les informer ! Que ce soit au rayon légumes de l'épicerie ou lors d'un comité, les parents des villages s'échangeaient ce genre d'informations sur leur progéniture. Elle savait que tant qu'elle vivrait à la maison, elle ne serait jamais libre d'agir.

Élise travaillait comme employée de commerce dans l'entreprise familiale. Constamment dans les parages de son père, elle était et demeurerait « la petite Dubois ». Depuis quelque temps, elle désirait emménager dans son propre appartement, mais sa mère prétendait que c'était très mal vu qu'une jeune femme habite seule. Ses parents s'autoproclamaient garants de sa réputation. Ce mot ! Sa réputation. Ils vivaient en permanence avec le souci du jugement des autres. Elle rêvait de partir dans une grande ville, loin de l'autorité de sa famille et de l'influence catholique si oppressante. Lorsqu'elle avait exprimé son envie de chercher un nouvel emploi à Neuchâtel, son père avait feint une crise cardiaque.

« Moi vivant ; jamais ! Dans une ville protestante en plus ! Que diraient les gens ? Pense plutôt à te trouver un mari. La plupart des filles de ton âge sont déjà mariées. »

Et comme elle était le principal sujet de préoccupation de sa mère, ce n'était pas du côté maternel qu'elle recevait le moindre soutien pour son envol. Celle-ci pouvait être encore terriblement vieux jeu : « Mets une robe, il y a les amis politiciens de ton père qui viennent manger ce soir. Tu passes trop de temps à lire, exerce-toi plutôt à la couture, cela te sera plus utile ! Enlève tout de suite ces créoles, ce sont des boucles d'oreilles de Gitane ! » Élise se contentait de lever les yeux au ciel sans jamais se rebeller. D'ailleurs, si elle n'avait pas été fille unique, ses parents l'auraient envoyée à quinze ans à l'école de Carspach en Alsace où les jeunes filles étaient formées par des sœurs à devenir des fées du logis. Elle l'avait échappé belle !

*

Le jour de son anniversaire, le 22 mai, le ciel était radieux. En sortant du travail, elle enfourcha sa bicyclette. L'ambiance estivale accentuait ses envies d'évasion.

Et si elle se payait un séjour loin d'ici ? Elle soupira. Le rêve serait de partir en vacances avec Antoine, son meilleur ami. Un concept inimaginable pour sa famille catholique pratiquante.

Antonio Caligiari était âgé de deux ans de plus qu'Élise. Sa corpulence longiligne, son teint mat, ses cheveux bruns en bataille et ses yeux d'un bleu très clair lui procuraient une beauté singulière. Il avait un côté délicat, dans ses gestes et dans sa manière d'interagir avec les filles. De plus, il dansait divinement bien, de sorte qu'en soirée, toutes le sollicitaient pour partager la piste avec lui.

Depuis l'âge de dix ans, Antonio avait dû se construire dans l'adversité, à cause d'un homme plutôt balèze, surnommé Le Gros Louis, alors âgé de dix-huit ans. Combien de fois lui et ses compatriotes s'étaient fait traiter de « sales Ritals » en se prenant une tape derrière la tête en le croisant ?

Après des années de brimades, devenus des ados de quinze ans plus téméraires, « les Ritals » avaient décidé de riposter. Ils s'amusaient à fabriquer des pétards et à faire sauter des paquets remplis d'excréments de chiens sur le paillasson de leur persécuteur. La détonation était violente et crépissait de merde toute l'entrée, libérant une puanteur extrême. Il y avait même eu une fois où, au lieu de crépir la porte, c'était Le Gros Louis qui s'était retrouvé éclaboussé. Cela avait déclenché quelques fous rires mythiques jusqu'à ce qu'une des expéditions tourne mal. Un peu comme un rite de passage, le jeune Antonio avait été chargé de déposer seul le paquet sur le palier puis d'appuyer sur la sonnette. À peine avait-il allumé la mèche que Le Gros Louis avait surgi derrière lui. Alors que Le Gros Louis empoignait le paquet pour le jeter au loin, la bombe explosa et lui sectionna deux doigts.

L'accident avait fait grand bruit au village. La victime avait porté plainte contre l'adolescent. Vu son jeune âge, il s'en était tiré avec des travaux d'intérêt général et une grosse amende dont ses parents avaient eu mille peines à s'acquitter.

Le Gros Louis était un être méprisable, tout le monde le savait. Néanmoins, la réputation d'Antonio avait été fortement entachée. Il n'était resté que l'acte. Que la main à trois doigts. Et neuf ans plus tard, tout le monde se souvenait de ce dramatique incident.

Après cet événement, Antonio s'assagit et se concentra sur la réussite de sa scolarité. C'est à cette période-là qu'il se rapprocha d'Élise, qui elle aussi faisait partie des studieuses. Il avait entrepris un apprentissage de dessinateur en génie civil, elle avait fait une école de commerce. Il était à peine âgé de vingt ans quand ses parents retournèrent vivre en Italie. Le jeune homme avait alors décidé de rester seul en Suisse, pour le plus grand bonheur d'Élise qui n'aurait pu imaginer la vie sans lui. Elle était devenue sa seule famille. À vrai dire, elle en pinçait un peu pour lui, mais elle s'était fait une raison en comprenant qu'il était davantage attiré par les garçons, même s'il avait eu quelques petites amies pour faire illusion. Il prit également une autre grande décision, celle de franciser son prénom. Désormais, il se faisait appeler Antoine. Son amie trouvait cela ridicule, mais s'habitua à cette nouvelle identité.

Antoine avait maintenant vingt-quatre ans et occupait un poste de dessinateur en bâtiments à Porrentruy. Il mettait de l'argent de côté pour se payer des études d'architecte. La photographie était toujours très présente dans sa vie et il ne se départait jamais de son appareil photo. Libre comme l'air, il partait souvent plusieurs jours se balader dans la nature ou dans des villes. Il lisait énormément et racontait mille choses à Élise. Ensemble, ils fréquentaient les cinémas et les expos de tous les genres. D'ailleurs, pour fêter son anniversaire, Antoine avait prévu de l'emmener le soir même au restaurant puis à un concert. Elle se réjouissait de porter la robe élégante vert émeraude et les jolis escarpins assortis qu'elle s'était offerts pour l'occasion.

Un attroupement buvait l'apéro sur la terrasse de la maison familiale. Élise reconnut des voisins et des amis de ses parents, ainsi que quelques amis d'enfance. Les Italiens du groupe étaient toujours partants pour danser et Élise adorait ça. Ils se connaissaient tous depuis leur jeune âge, mais se voyaient moins qu'avant. Beaucoup étaient en couple ou même déjà mariés.

À peine avait-elle posé son vélo contre le garage qu'on l'acclama. La star du jour ! Joyeux anniversaire ! La petite Dubois a vingt-deux ans, mais hier encore, on te voyait foncer avec ta trottinette, haute comme trois pommes ! Mais comme ça file ! La voisine lui offrit une jolie jaquette qu'elle avait tricotée, un voisin lui tendit un billet pour qu'elle s'achète un disque ou ce qui lui ferait plaisir, la femme de celui-ci l'invita à passer à son salon pour lui offrir une mise en plis. On félicita son père de l'avoir prise sous son aile dans l'entreprise familiale, il s'enorgueillit d'avoir sa fille chaque jour à ses côtés. Sa mère l'embrassa sans manquer de réajuster sa coiffure.

Les jeunes se faisaient cuisiner par les plus vieux, on demandait des nouvelles des parents, on commentait les dernières actualités politiques, le prix du lait, on parlait de la prochaine soirée de la gym à laquelle une grande partie de la population participait, soit comme gymnaste, soit pour donner un coup de main à l'organisation. Ou encore de la boucherie qui avait reçu un prix, d'un renard enragé qui avait été tiré dans un verger par le Filou. C'est fou ça, qu'un renard arrive jusqu'ici, au centre du village. C'est qu'on a construit sur leur territoire ! On parle du tas de ferraille qui s'entasse devant chez l'Arsène, à se demander à quoi ça lui sert, mon œil qu'il arrive à revendre des pièces. Ça pollue l'herbe et les eaux, alors qu'à quelques mètres se trouve l'abreuvoir des vaches du Roux, il faut vraiment que tu fasses quelque chose, Richard ! Élise participait à la conversation en grignotant un petit four, un verre de vin à la main.

— Ah, voilà mon frérot ! s'exclama le père d'Élise, en saisissant une nouvelle bouteille. Bon, j'en rouvre une !

Tous les yeux se braquèrent sur Thierry Dubois qui était apparu au bout de l'allée. Le visage d'Élise s'illumina. Le petit frère de son père était la tête brûlée de la famille. Ancien adolescent agité finalement reconverti dans les forces de l'ordre, Thierry était devenu un gendarme haut gradé. Son père et lui travaillaient ensemble dorénavant. À eux deux, ils assuraient la sécurité et l'harmonie du village, surtout lorsqu'il s'agissait de conflits de voisinage. Respecté de tous, il était cependant de notoriété publique que Thierry n'était pas un tendre et qu'il n'hésitait pas à régler les problèmes à sa manière. Il y avait eu, par exemple, ce fait divers : un chien trop bruyant qui exaspérait tout un quartier avait fini par se faire empoisonner. Une courte enquête avait été menée, sans résultats. Une rumeur avait couru que les frères Dubois avaient réglé le cas du chien eux-mêmes. Les deux larrons étaient inséparables.

— Il y a eu du grabuge à la réunion du conseil communal hier soir, continua Richard en reservant une nouvelle tournée. Le Gros Louis a fait des siennes. Quelle brute celui-là ! À cracher tout le temps par terre quand ce n'est pas sur les passants ! Il a surgi complètement plein et a commencé à agresser tout le monde, à cause de la nouvelle taxe qui concerne les exploitations agricoles. Trente-deux ans, un mètre quatre-vingts pour cent trente kilos ; ben Thierry a dû intervenir avec deux autres personnes pour le maîtriser !

Le Gros Louis était devenu la hantise des autorités qui ne parvenaient pas à le mettre hors d'état de nuire. Raciste, misogyne et souvent fortement alcoolisé, il cherchait des noises à tous ceux qui croisaient son chemin. Tout le monde le fuyait comme la peste. Les organisateurs de soirées priaient pour qu'il s'abstienne de venir gâcher leur fête.

Thierry Dubois n'avait pas d'enfant, consacrant sa vie à sa carrière. Beaucoup plus détendu, moins grande gueule que son frère, il aimait sa filleule comme sa propre fille. Il la prit dans ses bras puissants pour lui souhaiter bon anniversaire.

— Mon Dieu, comme tu es belle. Plus les années passent et moins tu ressembles à ton père, Dieu merci ! dit-il avec un clin d'œil à l'adresse de sa mère, qui pouffa de rire, avant de tendre une enveloppe à Élise.

— Tu t'offriras une soirée avec Antoine à Neuchâtel.

Elle l'ouvrit à la hâte et découvrit des entrées d'un cinéma qu'elle ne connaissait pas, accompagnées d'une certaine somme d'argent. Elle sauta de joie en redoublant ses effusions. Il n'y avait décidément que lui qui la comprenait dans cette famille !

Richard tiqua en entendant leur conversation.

Il n'en aurait rien eu à faire d'Antoine si sa fille ne passait pas tout son temps avec lui. Un homme seul, toujours en vadrouille, abandonné par ses parents, ça ne pouvait rien donner de bon, disait-il. Pas du tout engagé dans les activités du village en plus ! Il grogna, puis s'exclama :

— Bon. On va au restaurant fêter ma fille, ce soir ! Chérie, tu veux bien appeler Marie-Lise pour voir s'il y a de la place au Lion d'Or ?

Élise fut prise de panique. Non ! Elle n'était pas disponible ! Elle n'avait aucune envie de passer son anniversaire dans un restaurant du village avec ses parents !

Le cœur battant, elle inventa une sortie avec des copines, insistant que tout était prévu. Thierry échangea un regard avec sa filleule qui lui murmura discrètement qu'elle avait rendez-vous avec Antoine.

Quand neuf ans plus tôt, Antoine avait fait du Gros Louis une victime, Thierry avait éprouvé de la compassion pour cet ado pris au piège et l'avait soutenu dans ses démêlés avec la justice. Personne ne le savait, mais Thierry avait lui-même participé au paiement de sa caution. Depuis, un lien particulier les unissait. Antoine était devenu un homme bien qui se débrouillait tout seul et pour cette raison, il avait gagné le respect de Thierry.

Son oncle se tourna vers son frère en riant.

— Richard, laisse-la aller fêter son anniversaire avec des jeunes ! Elle nous a assez vus pour aujourd'hui !

Élise détestait mentir, elle n'avait cependant pas le courage de se battre avec son père. Personne ne gagnait contre monsieur le maire.

*

Au bras d'Antoine, Élise se sentait libre et rebelle. Ses escarpins élégants dansaient sur le pavé de la vieille ville de Porrentruy, alors que son ami l'emmenait dîner dans un restaurant raffiné. À peine étaient-ils assis à leur table, qu'il dégaina son fidèle appareil photo. Il immortalisa l'instant avant de commander une bouteille d'un grand cru.

Ils discutèrent à bâtons rompus, sans tabous, explorant la psychologie humaine. Ils éprouvaient un grand plaisir à décortiquer et débattre de leurs états d'âme ou de la personnalité d'une connaissance commune. Puis Antoine parla d'avenir. Il expliqua qu'il avait postulé à Lausanne pour continuer ses études et qu'il attendait une réponse imminente. Cela attristait Élise de le savoir si loin, mais elle connaissait ses ambitions. Il lui fit une proposition étonnante ; elle pourrait venir avec lui et reprendre des études ! Elle était devenue employée de commerce dans l'entreprise de son père parce que c'était ce qu'il attendait de sa fille, mais qu'avait-elle réellement envie de faire ? Sa passion pour les polars sanglants le faisait rire. Elle pourrait faire des études en criminologie ? Ou en ressources humaines ? Ou en psychologie ?

— Il y a tant de possibilités de formation à Lausanne. Tu ne serais pas obligée de travailler tout de suite, nous pourrions être colocataires. Je gagnerai assez pour nous deux le temps que tu finisses tes études.

Élise riait, se prenait au jeu, imaginait mille métiers tout en n'ayant aucune idée de ce à quoi elle aspirait. On ne lui avait jamais demandé ! Si elle avait été un garçon, elle aurait continué ses études pour ensuite reprendre les rênes de l'entreprise. Mais en tant que femme, sa tâche était plutôt de trouver un mari que son père adouberait pour endosser ce rôle, puis d'avoir des enfants et de rester à la maison pour s'en occuper. Son avenir était tout tracé. Et rien que d'y penser, elle crevait d'envie de s'enfuir en courant.

Antoine la faisait rêver et elle était grisée. Ils dévièrent sur des sujets plus intimes. Elle lui demanda s'il sortait toujours avec cette fille de la vallée, puis d'humeur téméraire, elle voulut savoir…

— Est-ce que tu couches avec ces filles, malgré ton attirance pour les garçons ?

Il répondit, amusé par cette Élise aux joues rosies et au regard pétillant de curiosité ; oui, il couchait avec elles. Ce n'était pas aussi intense qu'il aurait aimé, ce n'était pas l'amour véritable, mais il pouvait coucher avec elles, oui. Il aimait le sexe. Il disait qu'il était séduit par la personnalité plus que par le physique, que ses fantasmes et son imagination faisaient le reste.

Elle rougit. Et se sentit piquée. À sa surprise, elle fut jalouse de l'imaginer dans les bras d'autres femmes, alors qu'il ne les désirait pas plus qu'elle.

Il expliqua qu'à Lausanne il serait aussi plus libre de ce côté-là. Loin du jugement, du regard étriqué des mentalités conservatrices, il pourrait enfin sortir à sa guise, avec des hommes. Même si la société n'était pas encore prête à ce qu'il puisse pleinement assumer son homosexualité, ce serait plus facile dans une grande ville.

Depuis le début de la soirée, l'idée qu'il lui fasse l'amour ne la quittait plus. Il lui plaisait physiquement et un dessein s'était insinué dans son esprit ; elle souhaitait se débarrasser de sa virginité avec Antoine. Ses parents l'avaient tellement couvée qu'elle n'avait jamais eu l'occasion de faire ses expériences. Elle n'aurait aucun mal à fondre dans ses bras. Elle se sentait si bien avec lui. Et il l'aimait, elle n'avait aucun doute, il l'aimait comme sa précieuse meilleure amie.

Ce soir-là, une autre Élise, plus libérée, plus coquine, lui dit qu'elle aimerait passer la nuit avec lui. Comme cadeau d'anniversaire. Il éclata de rire, avant de remarquer qu'elle était sérieuse.

— Juste une fois, juste une nuit, argua-t-elle. Parce que je sais qu'avec toi ce sera facile, ce sera doux. Parce que tu es beau à l'intérieur autant qu'à l'extérieur et que tu me dois ça.

Il s'esclaffa.

— Comment ça : *je te dois ça* ?

— Tu couches avec des filles ! Tu peux coucher avec moi, sinon je vais me vexer.

Il resta un moment interdit. Elle murmura :

— J'aimerais que ce soit toi le premier.

Alors très sérieusement, sentant qu'elle s'était mise à nu devant lui, il lui répondit en la regardant droit dans les yeux.

— Je ne vais pas coucher avec toi, Élise. Je vais te faire l'amour. Tu seras la seule femme avec qui je ferai l'amour. Une seule fois. Et tu seras la dernière.

À ces mots, elle fut submergée d'une délicieuse vague de chaleur qui glissa jusqu'à son bas-ventre.

— Bon ! Ceci étant convenu, à présent, allons danser ! dit-elle.

Ils continuèrent la soirée dans un caveau sombre où un groupe de musique rock les fit se trémousser toute la nuit. Le nez dans son cou, elle était enivrée par l'odeur de son after-shave. Ses mains chaudes la tenaient fermement contre lui. Il jouait le jeu à merveille, en la couvant d'un regard brûlant. Elle savait que tout en elle lui plaisait si ce n'était son sexe.

Il l'emmena chez lui.

Quand il referma la porte derrière elle, il posa son pouce sur ses lèvres et tout doucement l'embrassa de plus en plus passionnément. Il lui enleva son manteau, lui dit que sa robe émeraude était affolante. D'un geste délicat, il glissa la bretelle en bas de son épaule, l'embrassa au creux de son décolleté en remontant le long de son cou jusqu'à son oreille, jusqu'à sa bouche. Il plongea ses yeux hallucinants dans les siens. Elle rit nerveusement, mais lui pas du tout. Ce ne serait pas une étreinte marrante entre amis, ce serait une étreinte d'amants. Reconnaissante de bénéficier d'un moment privilégié avec cet homme attentif et très séduisant, elle se laissa envahir par le désir lorsque sa bouche dévora ses seins, ses fesses et son bas-ventre. Elle fut émerveillée par la vague puissante du plaisir. Il glissa en elle en l'embrassant encore et encore.

2

Toute la jeunesse de la région se retrouva le lendemain à la halle des fêtes du village, pour le bal hebdomadaire du samedi soir. Un orchestre local alternait chansons champêtres et tubes de l'été sur une estrade. Dave chauffait l'ambiance avec *Vanina*, les jeunes filles twistaient en grappes au milieu de la salle en sirotant leur cocktail. Appuyés au bar, une cigarette au coin des lèvres, les garçons les reluquaient, une bière à la main.

Élise était planquée dans un coin et faisait profil bas en touillant sa limonade pour éviter d'être invitée à danser. Elle guettait l'entrée le cœur battant. Quand les filles s'agitèrent en regardant toutes dans la même direction, elle sut qu'Antoine était enfin arrivé. Il traversa la salle sans se départir de son flegme naturel qui lui donnait une élégance folle et invita son amie sur la piste. Sa main dans le bas de son dos la fit frissonner de plaisir.

Au rythme entraînant d'une marche à l'abri des oreilles indiscrètes, son cavalier s'inquiéta.

— Tu vas bien ? Tes parents n'ont pas fait de remarques au sujet de ton heure de rentrée ?

— Non, même pas. C'était si tard qu'ils dormaient.

Elle eut un petit rire, ravie d'avoir repoussé ses limites, mais tout de même soulagée de ne pas avoir eu d'ennuis.

— Tu ne regrettes pas notre… nuit ? demanda-t-il.

— Pas le moins du monde. Et toi ? Ça ne change rien entre nous, j'espère.

Il sourit pour lui montrer que non.

— C'était une soirée parfaite, ajouta-t-elle en rougissant. Je ne pouvais pas espérer mieux. Je me sens très bien.

— Presque parfaite. Car si j'étais…

Elle lui mit le doigt sur les lèvres.

— Chut. Ça, on ne peut pas le changer. C'est ainsi. La prochaine fois, nous le ferons avec un homme que nous aimons ! dit-elle en lui faisant un clin d'œil.

Antoine serra sa cavalière davantage.

— Aaah, Élise ! Je t'adore !

À la fin de leur danse, il l'entraîna vers le vestiaire. Il réclama son blazer en flanelle qu'il posa sur les épaules de son amie.

— Allons dehors. J'ai quelque chose à te dire.

La nuit était douce, mais l'air était chargé d'humidité, le ciel se couvrait. Une certaine tension émanait de la main de son ami qui l'entraînait derrière le bâtiment. Elle eut soudain un mauvais pressentiment.

— Élise, il m'arrive quelque chose d'incroyable. Le bureau d'architecture de Lausanne m'a rappelé aujourd'hui. Ils m'offrent deux choix. Je peux entamer des études en emploi dans leur succursale suisse ou je peux aller dans leurs bureaux à Londres !

Elle ne put réprimer un petit cri d'effroi.

— Mon Dieu ! Si loin !

Son ami lui prit les mains en se montrant enthousiaste.

— Écoute, je vais choisir Lausanne. Pour toi, ce sera quand même plus accessible.

— Pour moi ?

— Oui ! Car une fois que je serai installé, tu pourras me rejoindre ! Comme nous en avons parlé hier soir.

Élise fronça les sourcils. La panique la gagnait.

— Je suis très contente pour toi. Vraiment. Mais tu sais très bien qu'une femme du village ne part pas vivre avec un homme sans être mariée ! J'irais droit en enfer ! Et c'est sans aucun doute mon père qui m'y enverrait à coups de pied aux fesses.

Il réfléchit un instant puis dit :

— Nous pourrions nous fiancer, pour que l'honneur soit sauf. Et nous repousserions le mariage à plus tard, en prétextant que nous voulons d'abord terminer nos études respectives. Il y a beaucoup de couples qui restent fiancés plusieurs années avant de se marier. Et quand nous aurons les deux un emploi que nous aimerons, nous reprendrons chacun notre liberté.

C'était tellement doux à entendre, mais cela paraissait impossible à réaliser. Sa mère lui en voudrait à mort qu'elle, son unique enfant, parte à l'autre bout de la Suisse romande. Élise elle-même doutait qu'elle ait la force de tout quitter. Elle ne pourrait jamais assumer de se couper de son monde. Ses parents l'aimaient de tout leur cœur, comment pourrait-elle leur faire de la peine ? Bien sûr que c'était sa vie. Mais elle était tout pour eux. Une immense tristesse l'envahit.

Antoine devinait à quelle tempête intérieure elle faisait face, à quel point ce genre de décision était difficile à prendre.

— C'est le seul moyen pour nous d'être libres, insista-t-il.

Malgré l'opportunité exceptionnelle qu'on lui offrait

de vivre à Londres, son ami était prêt à rester en Suisse pour elle. Il fallait qu'elle y réfléchisse à tête reposée.

En attendant, elle avait envie d'y croire au moins le temps d'une soirée. Elle le tira par la main pour retourner danser à l'intérieur.

— Alors, allons fêter notre nouvelle vie !

Quelques minutes après, la jeune fille remarqua Lucien qui entrait dans la salle.

Lucien Comte était un taiseux, comme on disait. Tout l'opposé d'Antoine. Jamais un mot de trop, mais un regard intense qui vous sondait en silence. Il n'était pas beaucoup plus grand qu'elle. Son corps musclé par le travail dans l'exploitation agricole familiale présentait un teint hâlé éclatant de santé. Il était le gamin de la ferme d'à côté, avec qui elle avait joué dans la grange des journées entières, dans le labyrinthe formé par l'entassement des bottes de paille. Tout jeunes, par curiosité, ils y avaient échangé leur premier baiser. Lui ne s'en était jamais remis. Il se consumait toujours d'amour pour elle.

Ils avaient perdu contact quand, à seize ans, il était entré à l'école d'agriculture. Depuis quelques années, Lucien était jaloux d'Antoine. Elle en était désolée, mais elle n'y pouvait rien. Cela n'empêchait pas qu'Élise et Lucien avaient gardé une bonne entente. Elle avait conscience qu'il était très épris d'elle. Cela lui faisait toujours quelque chose de le voir, mais elle ne voulait pas de cette vie-là. Devenir femme d'agriculteur signifiait peu de loisirs, la traite des vaches tous les matins à l'aube, peu d'occasions de partir en week-end, passer ses journées chez soi, dans sa cuisine ou dans son jardin, oh non alors ! Ce n'était pas pour elle.

Lucien la salua de loin, avant de se plonger dans une

conversation animée avec ses amis à l'autre bout de la salle. Il ne cessait de lorgner dans leur direction. Lorsque Antoine s'éloigna vers le bar, Lucien en profita pour l'inviter à danser. Ses bras robustes la tenaient fermement, mais un léger tremblement l'agitait. Il essuya sa main moite sur son jean avant de la glisser dans celle d'Élise.

— J'espère que je n'empeste pas l'étable. J'ai dû aider une génisse à mettre bas juste avant de partir. Il a fallu tirer le veau hors de sa mère.

— Non pas du tout, tu sens bon.

— Tu es très jolie dans cette robe. Joyeux anniversaire !

— Merci c'est gentil, répondit-elle en essayant de rester à distance alors qu'il l'attirait contre lui.

— Je peux te raccompagner chez toi à la fin de la soirée ?

— Merci, mais je suis avec Antoine, il va s'en charger.

— Élise, j'aimerais sortir avec toi. Donne-moi une chance, je peux te rendre heureuse !

— On n'a pas la même vie, je ne veux pas devenir fermière, Lucien.

Il écarquilla les yeux.

— Ce n'est que ça qui te retient ?

Non, évidemment. Mais c'était un critère important pour elle.

Alors qu'elle était à mille lieues de penser qu'il avait ce courage-là, il lui murmura à l'oreille un discours enflammé. Il lui dit que pour elle, il était prêt à changer de vie, qu'il ne reprendrait pas la ferme de son père. Il trouverait un autre travail. Elle se rendit compte qu'elle lui devait d'être, une fois pour toutes, sans équivoque.

— Je t'aime bien, Lucien, mais je ne suis pas amoureuse de toi.

— C'est pas grave, l'amour viendra après. Je m'occuperai bien de toi.

— Lucien, s'il te plaît, n'insiste pas…

À la fin de la chanson, elle le remercia froidement pour la danse et tourna les talons. Il lui attrapa le bras.

— Promets-moi de réfléchir à ma proposition.

Il n'y avait rien à réfléchir ! Ça ne se demande pas ces choses-là, ça se ressent ! Ils ne flirtaient même pas ensemble. Et surtout, comment pourrait-elle imaginer habiter à deux pas de la maison de son enfance durant les cinquante prochaines années, alors que le monde était si vaste ?

Partir avec Antoine en bravant ses parents l'effraya soudain moins que la perspective de rester ici. Lucien quitta la salle et la jeune fille se sentit soulagée de s'épargner ses œillades insistantes pour le reste de la soirée.

*

Le ciel grondant au loin se voilait de nuages de plus en plus denses. Les premières gouttes clapotèrent sur le bitume tiède, libérant l'odeur particulière des soirées d'été. Les deux amis n'accélérèrent même pas le pas, plongés dans leur discussion. Elle se sentait envahie d'une énergie positive folle et aurait pu parler de leur projet toute la nuit. Quand elle vit au loin une silhouette s'approcher, elle tira Antoine dans l'écurie abandonnée d'une ancienne ferme pour continuer leur conversation au calme. Elle habitait au bout de la rue et n'était pas du tout pressée de rentrer. L'espace était bas de plafond, une couche de crasse noire et terreuse recouvrait les parois.

Des vieilleries, du vieux foin et des outils étaient entassés çà et là. Ça sentait la poussière et la paille. Les tuiles crépitaient sous la pluie.

— Élise, je ne peux pas rester dans la région. Un homme comme moi sera toujours regardé de travers. J'ai besoin d'espace, de grandes villes. Et toi aussi ! Tu vas dépérir ici. Viens avec moi !

— Tu ne te rends pas compte de ce que tu me demandes ! Toi, tu n'as plus de famille ici !

La jeune femme poussa un petit cri. La brute du village avait surgi dans l'embrasure. La faible lumière d'un lampadaire extérieur lui donnait une allure effrayante.

— Hey, le Rital ! On se cache pour faire des cochonneries ?

Antoine bomba le torse.

— Qu'est-ce que tu veux ? Laisse-nous tranquilles, fous l'camp !

Le Gros Louis rigolait.

— Ah… mais non… toi, les cochonneries, il paraît que c'est avec tes copains de foot que tu les fais.

— On connaît la chanson ! Fous-moi la paix, rétorqua Antoine.

Mon Dieu, il fallait qu'ils sortent d'ici ! Son ami ne faisait pas le poids ! Mais l'entrée était bloquée.

— Je vais te donner une bonne leçon, lança Le Gros Louis.

— Avec tes deux doigts en moins ? rétorqua Antoine sarcastique.

Élise fut épouvantée. Peut-être parce qu'Antoine allait partir d'ici, peut-être parce qu'il avait vingt-quatre ans et non plus quinze, il le provoquait au lieu de calmer le jeu ! Cela fonctionna à merveille ; le regard du Gros Louis passa d'amusé à furieux. Il fonça directement sur Antoine et lui asséna un coup brutal dans le ventre, le pliant en deux, puis attrapa Élise, qui se retrouva immobilisée, les poignets emprisonnés dans des serres puissantes. Son haleine puait l'alcool, il afficha un sourire vicieux.

— Je vais te montrer ce que c'est qu'un vrai mec.

Comme si le ciel se révoltait, un violent orage éclata, pendant qu'avec une force inouïe, il la souleva par la gorge et la plaqua contre le mur tapissé de toiles d'araignées. Le crépi du mur lui griffait le dos. Elle sentait son haleine humide répugnante contre son visage, alors que ses doigts rugueux comme du papier de verre lui râpaient les seins. Son rythme cardiaque résonnait dans ses tempes. De l'air ! Elle se sentait partir, mais elle se disait, si je m'évanouis, je ne saurai pas ce que ce gros porc m'a fait. Je ne saurai pas où il m'a touchée.

Soudain, le corps entier de son agresseur se crispa dans un spasme et il la lâcha. Elle tomba à quatre pattes, toussant et hoquetant, la gorge brûlante, aveuglée par une migraine fulgurante. Lorsque Le Gros Louis se retourna pour voir qui l'avait frappé, Élise vit un manche planté dans son dos !

Antoine se tenait debout avec peine, le visage déformé par la douleur et la peur lorsqu'il vit que son ultime effort n'avait pas suffi à neutraliser le monstre. Pareil à un ours blessé, Le Gros Louis lui envoya un coup de poing d'une violence inouïe en plein visage. Son ami gicla au coin de la pièce, percuta le mur et s'écroula sur le sol. Elle pensa que Le Gros Louis venait de le tuer.

Surgissant dans la nuit, quelqu'un fonça sur lui et le projeta à terre. C'était Lucien ! Il se précipita vers elle.

— Ça va ? Tu peux marcher ? dit-il en la relevant.

Élise se força à rassembler ses esprits et acquiesça.

Impossible de parler, sa gorge était en feu. Le Gros Louis était en train de se redresser. Lucien la pressa.

— Il faut que tu partes ! Cours jusque chez toi !

Elle fit un mouvement en direction d'Antoine. Lucien la retint.

— Va-t'en ! Je m'occupe de lui !

La jeune femme meurtrie courut sous un ciel déchaîné. Il pleuvait à verse. Elle parcourut la centaine de mètres qui la séparait de la maison de ses parents comme dans un mauvais rêve. Toute son énergie était concentrée dans le fonctionnement de ses jambes. Elle avait si mal à la tête qu'elle était sur le point de vomir. Elle s'écroula dans le salon, pratiquement aux pieds de son père, affolé. Elle ne parvint qu'à murmurer quelques mots avant de perdre connaissance.

— Le Gros Louis… c'est Le Gros Louis.

— Catherine ! Viens vite ! Appelle Thierry tout de suite !

La nuit fut chaotique et brumeuse. Élise se réveilla dans sa chambre, sa mère à son chevet. Au pied de son lit, son père faisait des allers-retours en éructant de colère. Il ne cessait de répéter qu'il ne comprenait pas comment cela avait pu se produire. Sa mère lui intima de sortir de la chambre, son agitation n'aidant en rien.

Elle replongea dans les limbes d'un sommeil gluant.

*

La chambre d'Élise donnait sur un verger que son père laissait en friche, trop occupé par la politique et par son entreprise pour avoir le temps de l'entretenir. Seuls les damassiniers prospéraient. Le pépiement des oiseaux lui parvenait de la fenêtre ouverte et régulièrement le vrombissement du moteur des tracteurs. Leurs remorques claquaient à chaque fois qu'elles rebondissaient dans une fissure de la route.

Étendue dans son lit depuis deux jours, elle avait d'énormes bleus aux bras, au cou, aux côtes et son dos était en piteux état. Elle n'avait pas encore dormi plus de trois heures de suite, le souvenir du visage du Gros Louis la réveillant sans cesse en sursaut. Lorsque son père et son parrain entrèrent dans sa chambre et refermèrent la porte derrière eux, elle somnolait à moitié, assommée par les antidouleurs. Richard resta posté vers la fenêtre, tandis que Thierry vint s'asseoir auprès d'elle. Il avait lui aussi une mine affreuse. Il lui prit la main.

— Ma chérie, nous avons quelque chose à te dire.

Elle s'efforça de rassembler ses esprits.

— Élise, écoute-moi bien. Tu ne dois parler à personne de la soirée d'avant-hier.

Et comment aurait-elle été dans cet état-là alors ? Et comment punir cette ordure si elle ne disait rien ?

Son parrain insista.

— Je sais que nous t'en demandons beaucoup. Antoine…

— Antoine ! Comment va-t-il ? s'exclama-t-elle en se redressant et en couinant de douleur.

— Il va bien. Reste tranquille. Il est mal en point. Mais rien de grave.

— Où est-il ? Je veux le voir, appelle-le, Thierry !

Son père fit volte-face, énervé.

— Je t'avais dit qu'il ne t'attirerait que des ennuis ! Il nous a mis dans une belle merde !

— Calme-toi, Richard ! Elle n'a pas besoin de ça ! somma son frère.

Puis il reprit un ton doux à l'adresse de sa filleule adorée :

— Nous allons te dire quelque chose de très grave, Élise. Antoine a poignardé Le Gros Louis dans le dos avec un tournevis… et le temps que Lucien vienne nous avertir et que j'arrive sur place, il en est mort.

Élise paniqua. Mon Dieu ! Il faut dire que c'était de la légitime défense, il faut le dire ! Antoine n'y est pour rien ! Ce gros porc était sur le point de la tuer !

Thierry la pria de se calmer.

— Ma chérie, vu les antécédents d'Antoine avec Le Gros Louis et même si c'était pour se défendre, il serait accusé d'homicide.

Elle fut horrifiée, quel cauchemar ! Elle pleurait sans retenue. C'était tellement injuste.

— Mais qu'est-ce qu'il faut faire, alors ?

Richard, les larmes aux yeux, la voix tremblante expliqua :

— Tu n'as pas à t'inquiéter, Thierry a tout arrangé.

— Co… comment ça ?

— Je t'en prie, Élise. Moins tu en sais, mieux c'est. Tout ce que tu as à faire est de ne parler à personne de cette soirée. À personne. OK ? Tu ne veux pas qu'Antoine ait des ennuis ?

Évidemment. Mais comment garder un tel secret ?

— Le plus important maintenant est que tu te rétablisses. Et que personne ne voie à quel point tu es amochée.

Par moments, elle se disait qu'elle allait se réveiller, que ce n'était qu'un cauchemar, puis son corps meurtri la ramenait vite à la réalité. Elle essayait de réfléchir, mais elle se sentait si fatiguée. À cet instant, son seul besoin était qu'on lui donne quelque chose pour dormir.

Cette nuit-là, des centaines de litres d'eau s'étaient abattus sur le bitume jusque dans l'écurie abandonnée et l'avaient lessivée de toutes traces. Alors qu'en général « tout se sait », il n'y eut aucune rumeur.

Quelques jours plus tard, la jeune convalescente, couverte d'hématomes, reçut une lettre d'Antoine. Il lui demandait pardon pour ce qui était arrivé. Il disait qu'il ressassait les images affreuses d'elle se faisant brutaliser. Il s'en voulait terriblement de son attitude agressive qui avait contribué à empirer les choses.

Il partait s'installer en Angleterre au cœur de Londres. Il lui souhaitait de se rétablir rapidement, sans qu'on puisse deviner de quel mal elle souffrait. Elle comprit qu'il craignait que cette lettre ne soit lue et jouait la prudence.

En Angleterre ! Elle en resta abasourdie. Il lui annonçait comme ça qu'il s'en allait à des milliers de kilomètres d'elle ! Mais pourquoi changeait-il ses plans ? N'avait-elle pas paru assez enthousiaste ? Elle n'avait même pas eu le temps de réfléchir à sa proposition. Et voilà qu'il l'abandonnait. Elle détesta ce courrier qui signait la fin de leur magnifique amitié, comme s'il avait éprouvé le besoin de mettre de la distance entre elle et lui. Bien qu'elle comprenne sa détresse et sa culpabilité, elle se sentait trahie. Elle avait tellement besoin de lui. Maintenant plus que jamais !

La froideur de ses mots n'avait rien de l'Antoine qu'elle connaissait. Cette nuit-là, il n'avait pas seulement tué un homme, mais également une partie de lui-même.

*

Lucien rendait visite quotidiennement à Élise et redoublait d'attention pour elle. Quelque chose en lui avait changé. Habituellement effacé, une nouvelle assurance et une aura de force tranquille émanaient de lui. Il avait des gestes plus entreprenants et ne se gênait pas pour montrer son affection. Elle comprit que le secret de cette nuit les liait désormais. Lui avoir sauvé la vie lui donnait l'impression de partager une intimité avec elle. Il remettait une mèche derrière son oreille ou la réprimandait pour qu'elle aille prendre l'air au lieu de rester enfermée.

— Antoine m'a abandonnée…

— Je suis désolé pour toi. Je ne le remplacerai pas. Mais avec moi, tu seras en sécurité. Je suis là. Je ne te laisserai jamais tomber.

Elle pleurait dans son coussin, quelque chose en elle s'était brisé. Sans son meilleur ami, elle se sentait si seule. Elle avait envie de s'endormir pour toujours.

Un soir, Lucien débarqua avec un film qu'ils regardèrent ensemble. Une comédie qui arracha quelques sourires à Élise. Lucien se confia sur son complexe d'infériorité par rapport à la haute société. Elle lui proposa de l'aider par amitié. Il était le seul qui avait une idée du calvaire qu'elle était en train de traverser. Il l'aimait comme un fou et jurait qu'elle était la femme de sa vie. Sa force et ses certitudes la rassuraient.

— Fais-moi confiance. Tout ira bien. Je vais m'occuper de toi.

Elle aurait répondu qu'elle ne voulait pas qu'on s'occupe d'elle, qu'elle en avait assez d'être sous tutelle, qu'elle voulait exister par elle-même. Mais depuis cette soirée de mai 1981, elle avait perdu confiance. Le monde extérieur était devenu menaçant. Lorsque son cou avait été sur le point de se briser, elle avait adressé une prière à Dieu ; elle avait promis qu'elle serait désormais une fille « comme il faut », une bonne catholique qui filerait droit. Le genre de promesse qu'on se fait à soi dans un moment de détresse.

Son père était également aux petits soins pour elle. « Lucien t'a sauvé la vie, je lui suis redevable pour l'éternité. » Elle voyait bien que ça le mettait dans une position intolérable, lui, celui à qui tout le monde devait quelque chose. Il annonça alors qu'il allait engager Lucien comme bras droit pour le remercier.

La conversation qu'Élise avait eue avec Lucien le soir du bal un mois plus tôt lui revint à l'esprit. Ce dernier lui avait dit qu'il voulait changer de vie pour elle ; voilà qui était fait.

Elle était retournée au travail pour occuper ses méninges. Les marques disgracieuses étaient dissimulables. Son père disait que c'était important de reprendre une vie normale pour ne pas éveiller les soupçons.

Une vie normale. La vie ne pouvait pas être normale, sans Antoine.

Cette conversation l'avait menée directement chez son oncle.

Élise sonna et traversa sa maison, pour trouver Thierry vêtu d'une salopette de jardin, un chapeau de paille sur la tête, les mains plongées dans la terre de son massif de fleurs. Il leva le nez et la couva d'un regard inquiet.

— Tu as repris le travail, Richard m'a dit. Comment vas-tu ?

Le cœur d'Élise s'emballa, ses yeux s'embuèrent, sa voix tremblait.

— Antoine me manque. J'aimerais savoir où il est. J'aimerais pouvoir lui téléphoner.

Thierry baissa les yeux, visiblement ennuyé.

— Je comprends, mais c'est impossible. C'est trop risqué. Il ne faut pas que nous soyons en contact avec lui en ce moment. Pour notre sécurité à tous. Il faut que tu l'oublies quelque temps. Il risque gros et nous aussi.

Elle le regarda interdite. *L'oublier.* Et comment est-ce qu'on fait ça ? Oublier son âme sœur. Thierry ôta un gant et posa sa main sur sa joue baignée de larmes.

— Je suis sûre qu'il pense fort à toi et que cela doit être tout aussi difficile pour lui.

Elle en voulait à Antoine d'avoir commis l'irréparable. D'avoir fait de lui-même un meurtrier. Il n'aurait jamais dû provoquer Le Gros Louis. Ils auraient dû s'enfuir immédiatement. Cela avait dégénéré si rapidement !

Cette soirée maudite lui avait arraché son meilleur ami. Et à présent, faire le deuil de leur amitié était la chose la plus difficile qu'il lui avait été donné d'affronter.

*

Elle avait enfoui au fond d'elle ses frustrations et sa tristesse et s'était plongée dans ses tâches. Lucien, qui était devenu son collègue, l'invita au restaurant pour fêter sa nouvelle carrière loin de la vie d'agriculteur. À sa grande surprise, elle passa une bonne soirée.

Un jeudi après-midi de début juillet, Élise rentra précipitamment du travail et se réfugia dans la salle de bains à l'étage pour s'isoler. Comme elle avait mal au cœur ! Elle se rafraîchit et s'assit un moment sur le bord de la baignoire, sondant l'humeur de son estomac, prête à vomir à nouveau si nécessaire.

La voix grave de Thierry monta du salon.

— Une enquête a été ouverte sur la disparition du Gros Louis, car son père jure que ce n'est pas possible qu'il soit parti en voyage alors qu'il n'est jamais sorti du Jura. Du coup, ils traînent pour classer le dossier. Ils n'ont aucune piste, mais ils commencent à fouiller dans son passé. Il avait tellement d'ennemis, ils vont forcément ressortir l'affaire de la bombe artisanale avec Antoine !

Celle de son père, tonitruante, rétorqua :

— Il faut vraiment que l'Italien reste loin d'ici. T'imagines la catastrophe d'une histoire pareille pour l'image du village ? On en parlerait pendant des dizaines d'années.

— Et moi alors ? Tu crois que j'ai envie de passer cinq ans en tôle pour avoir dissimulé un cadavre ? Tu me gonfles avec ton village. Moi, je risque ma vie !

— Maintenant, c'est fait ! Alors ça ne sert à rien d'en parler !

Mon Dieu ! Mais comment était-ce possible ? Elle avait imaginé qu'en tant que policier, il avait pu maquiller sa mort, mais pas qu'il l'avait passée sous silence ! En y réfléchissant, c'est vrai qu'il n'y avait pas eu d'enterrement. Qu'avait-il fait de la dépouille, alors ? Rien qu'à l'évocation de cette image, elle vomit tripes et boyaux dans la cuvette des W.-C.

Elle entendit la porte d'entrée claquer, puis plus rien.

Quel malheur ! Elle n'arrivait pas à s'y faire. Et apparemment, son corps non plus, qui se rendait malade à force de macérer tous ces secrets en lui. Ou alors, elle était en train de faire un ulcère, rongée par les remords.

Elle se traîna jusque dans sa chambre quand son attention se porta sur son calendrier mural. On était le 9 juillet et aucun R entouré n'y figurait. Elle tourna une page en arrière sur juin, toujours vide de tout R signifiant le début de ses menstruations. Puis retour à la page de mai, enfin un R entouré, le 12 mai. Puis son œil s'attarda sur la mention tout en couleur et en fioritures de l'invitation d'Antoine pour son anniversaire, le vendredi 22 mai. Ce qui la fit revoir la petite note du jour d'après, « Bal du sam soir, Antoine 21 h » qui lui glaça le sang.

Élise avait vécu comme un automate durant ces dernières semaines, plongée dans le brouillard, en tentant tant bien que mal d'ignorer ce qui s'était produit. À part le souvenir du sang d'Antoine, qu'elle revoyait par flashs sur son visage blessé, aucun autre flux ne lui revint à l'esprit pendant ces… sept dernières semaines…

La soirée de l'horreur avait étouffé la magnifique nuit passée avec Antoine, les caresses et la tendresse de leur complicité. Cette nuit-là, ils avaient fait l'amour sans protection…

Une montée d'adrénaline l'obligea à s'asseoir. Elle se maudit pour sa naïveté. C'était elle qui lui avait garanti qu'il n'y avait aucun risque qu'elle tombe enceinte, puisqu'elle avait eu ses règles récemment. Elle s'était fait avoir comme une inculte.

Totalement paniquée, elle s'enferma dans sa chambre et tenta de réfléchir. Un bébé ! Le ciel lui tombait sur la tête. Un bébé dont le père était un criminel en fuite ! Un enfant alors qu'elle était elle-même complètement perdue ! Alors qu'elle habitait encore chez ses parents ! Elle n'allait donc jamais pouvoir partir d'ici ?

Un coup d'œil à sa montre lui indiqua qu'elle avait le temps de se rendre dans une pharmacie près de la frontière pour se procurer discrètement un test de grossesse.

*

Le paysage estival affichait son dégradé de verts flamboyants. Élise était garée sous un grand chêne au bord d'une forêt et attendait le résultat de son test, lorsque le « plus » s'afficha rapidement, nettement. Aucun doute n'était possible.

Elle s'imagina alors le ventre rond, devant expliquer à

son entourage comment cela était possible et en fut épouvantée. Mais qu'avait-elle fait au bon Dieu pour qu'il la bouscule à ce point ? Une fois, elle avait dérogé aux règles de bonne catholique ! Une fois ! Et elle trouvait qu'elle avait déjà été bien assez punie ! Bon sang ! Sa détresse se mua en rage. Elle empoigna la petite croix en argent suspendue autour de son cou et tira d'un coup sec pour en briser la chaîne. Sa conscience lui souffla : « Toi seule es responsable. Dieu n'a rien à voir avec tes bêtises. »

Le regard dans le vague, elle pensa à Antoine. C'est lui qui avait l'expérience de « ces choses-là ». Il aurait dû se protéger, malgré ce qu'elle avait dit ! Il n'aurait pas le droit de lui en vouloir. Elle connaissait l'importance de la famille pour lui et pressentait qu'il assumerait ses responsabilités.

À présent, elle aurait le courage de le rejoindre à Londres. Même si c'était rock'n'roll, tant qu'ils étaient ensemble, ils trouveraient une solution.

Thierry Dubois était dans son jardin, allongé sur une chaise longue, perdu dans ses pensées en train de fumer, alors qu'il avait arrêté plusieurs années auparavant moyennant de gros efforts. Apparemment, les derniers événements avaient eu raison de sa bonne résolution. Il détailla le visage de sa nièce déconfit par les pleurs.

— Que se passe-t-il, Élise ?

— Je… Je suis enceinte…

— Enceinte ? Mais de qui ?

Un ton calme, aucun reproche. Impressionnant. L'antithèse de son père.

— Je suis enceinte d'Antoine…

Là, la surprise se lut sur son visage.

— Je dois le lui dire, ajouta-t-elle. Cette fois, je dois vraiment savoir où il est.

50

Thierry écrasa sa cigarette. Il s'approcha de sa filleule, lui prit la main et l'attira vers une chaise pour qu'elle s'asseye. Il chercha ses mots, puis d'un ton ferme qu'il s'efforçait à adoucir :

— Réfléchis. Si tu associes ton bébé à Antoine, le risque est que, si un jour il est accusé, ton enfant sera celui d'un criminel fugitif et vous vivrez un enfer.

Elle recommença à pleurer. Il continua.

— Tu dois maintenant faire ce qui est le mieux pour ton enfant.

Elle se crispa.

— Mais qu'est-ce que ça veut dire ? Je dois l'élever seule alors ? Avec mes parents ? C'est hors de question, je ne le supporterai pas.

La fin de sa phrase s'étrangla, ses sanglots redoublèrent. Elle imaginait déjà sa mère lui faire mille recommandations, la traiter comme l'irresponsable qu'elle était, prendre encore plus le contrôle de son existence. Oh, non alors, non, non, non.

— C'est encore plus compliqué que ça, dit Thierry, la sortant de sa réflexion. Si tu as un bébé seule, on ne cessera de te demander qui est le père. Que vas-tu répondre ? Si tu dis que c'est Antoine, on ne comprendra pas pourquoi il est parti. Cela va attirer l'attention. On va se demander ce qu'il fuit !

Élise blêmit. C'était encore pire que ce qu'elle avait imaginé. Mais alors que faire ?

Thierry était désemparé.

— Je ne sais pas, mon Élise. Je ne sais pas.

Il la prit dans ses bras et pleura avec elle.

*

Le lendemain matin, elle se réveilla reposée. Pour la première fois depuis des semaines, elle avait dormi toute une nuit, profondément, sans fantômes. Après la journée chargée en émotions d'hier, c'était incompréhensible.

Étendue dans son lit, elle posa la main sur son ventre. C'est à toi que je dois une nuit pareille ? Merci beaucoup.

Une force en elle lui murmura que cet enfant avait été conçu dans l'amour. Que c'était peut-être lui qui allait l'aider à regarder vers l'avenir, alors qu'elle était devenue craintive et renfermée. Une âme grandissait en elle. Sa mission devenait différente. Importante. Elle ne serait plus jamais seule. Il était temps de relever le nez et de faire un grand pas en avant. Pour ce petit être. Pour elle.

Elle tentait de mettre de l'ordre dans ses idées et de réfléchir posément.

Que veux-tu, Élise ? se demanda-t-elle. Cette fois, on ne joue plus.

Elle ne voulait pas élever un enfant avec ses parents. De ça, elle en était certaine. Malheureusement, cet enfant ne pouvait pas être celui d'Antoine. Un jour, elle expliquerait à son enfant que son père s'était retrouvé malgré lui dans une situation inextricable. Oui, un jour, elle lui dirait la vérité. Mais pour le moment, ce bébé devait avoir un autre papa.

Lucien.

Il allait à nouveau lui sauver la mise, présent, aimant. Et si elle lui révélait son dilemme ? Il serait certainement terriblement déçu, mais il l'accepterait, par amour. Et si au contraire, il la rejetait ? Elle serait alors livrée en pâture sur la place publique. Le pari était bien trop risqué.

Alors elle s'imagina ne rien dire. Juste ne rien dire.

Elle s'enfuit et partit marcher dans les champs en

dehors du village. Elle s'adressa à Dieu, le supplia de lui pardonner pour ce qu'elle allait faire.

Elle ne voulait plus de drame, ni de colère ni de dispute, elle n'aspirait qu'à vivre en paix...

Lucien était celui qui était auprès d'elle depuis plusieurs semaines. Elle ne l'aimait pas encore, mais elle savait qu'elle pourrait compter sur lui. Lucien était le seul homme de son entourage qu'elle pouvait imaginer fréquenter. Lucien, l'homme de la terre, l'homme qui était d'avis que l'art se trouvait dans la nature et non sur une toile. L'homme qui était en train de transformer son destin pour elle.

Il ne saurait rien, mais en retour, elle s'offrirait à lui. C'était ce qu'il désirait le plus au monde.

Le lendemain, elle emmena Lucien pour un pique-nique surprise. Elle lui dit qu'elle voulait le remercier pour ces dernières semaines où il avait été si attentionné envers elle. Si elle allait beaucoup mieux, c'était grâce à lui.

Les températures estivales incitaient à la rêverie. Le jeune couple s'installa dans une petite clairière et grignota les petites choses qu'Élise avait préparées. Couchée à côté de lui sur la couverture, elle se concentra sur son corps sculpté, sur son regard incandescent, sur ses mains solides et travailleuses. Elle étendit ses jambes bronzées, ne tira pas la jupe sur ses genoux lorsque dans un mouvement l'étoffe révéla ses cuisses. La poitrine gonflée, elle se concentrait pour réveiller ses sens. Lucien paraissait un peu dérouté par ce changement d'attitude. Après des semaines de morosité, elle était joyeuse et charmeuse. Elle s'étendit près de lui tout en bavardant, faussement insouciante. Elle voyait qu'il hésitait à interpréter ses signaux corporels, que la chaleur lui montait aux joues, que ses yeux passaient en revue ses seins pointant sous sa robe, ses jambes à portée de main. Il ne parlait plus, troublé. Alors doucement, Élise passa une main derrière sa nuque et attira ses lèvres contre les siennes. L'alchimie opérait. Sa main glissa sous sa chemise et sentit son torse robuste. Elle se rapprocha de lui et se laissa emporter par ses caresses et sa passion. L'odeur virile piquante de son after-shave, ses gestes fermes et vigoureux, réveillaient son corps. Un désir inattendu surgit en elle. Ils firent l'amour entourés de hautes herbes.

Lucien la regardait pendant qu'elle réajustait sa robe et il n'en revenait pas de la tournure qu'avaient prise les événements.

— Alors… on… on est ensemble ?

— Oui. On est ensemble Lucien.

— Oh Élise, je suis si heureux ! Tu seras fière de moi, tu verras.

Soudain au-dessus d'eux, une nuée d'oiseaux s'éloigna vers le sud, à l'image de ses projets de liberté. Un sentiment de tristesse la submergea.

— Ça va en épater plus d'un au village ! dit-il en repliant la couverture.

*

Un mois plus tard, elle lui annonça être enceinte. Ce fut pour lui le plus beau jour de sa vie, car un bébé scellait leur union. Pour elle, ce fut un soulagement. À partir de cet instant, elle se convainquit que cet enfant était celui de Lucien. Elle voulait un modèle familial traditionnel. Elle ne connaissait que celui-là.

Tout s'enchaîna ; ils annoncèrent leurs fiançailles à sa famille. Son père les félicita sans enthousiasme.

Thierry l'observa, inquiet. Elle lui répondit avec un petit sourire rassurant. Tout irait bien à présent.

Le manque de qualification de Lucien le rendait humble. Il ne se vantait pas, il n'était pas dans le « paraître » et cela plaisait à Élise. Il était dans l'action. Plutôt débrouillard, il travaillait d'arrache-pied pour faire sa place. Il voulait gagner le respect de son père, il ne lâchait pas le morceau. Elle se mit à admirer sa force de caractère et à éprouver de la tendresse pour lui.

3

Six ans plus tard, sous la chaleur de mai 1987, le centre du village était en effervescence. Des stands provisoires de débits de boissons et de nourriture étaient montés devant les habitations. Les membres des nombreuses sociétés locales s'activaient joyeusement pour préparer la fête du village qui aurait lieu en fin de semaine. D'ici là, à la fin de chaque journée de montage, des tables et des bancs seraient dressés au milieu de la chaussée pour partager un moment d'amitié. On chanterait jusque tard dans la nuit, un verre de vin à la main, pour se préparer à la fête du week-end! Festoyer était un état d'esprit, un sport qui demandait de l'entraînement. Et les Jurassiens faisaient partie de l'élite suisse, concurrencés de très près par les Valaisans, disait-on.

Perchée sur une échelle, Élise finit d'accrocher une décoration avant de chercher Christa des yeux. Elle repéra sa tignasse brune bouclée au loin parmi un groupe d'enfants pédalant à toute allure. Lorsque le clocher sonna dix-neuf heures, elle appela sa fille. Elle ne savait même pas si Lucien allait rentrer manger avec elles. Il partait chaque matin à l'aube et à son retour, Christa était souvent déjà endormie. Maintenant qu'il avait les rênes de l'entreprise familiale bien en main, il voulait se lancer dans une carrière politique et devenir maire à son tour. Elle avait espéré se libérer de l'autorité paternelle en se mariant, mais elle avait parfois l'impression d'avoir épousé un calque de son père. Sans son travail dans l'entreprise familiale, elle ne verrait jamais son mari. Leur vie de couple n'avait rien d'enviable.

Lorsque Élise lui confiait ses frustrations, il lui rétorquait qu'il n'était pas un « bien né » comme elle. Que s'il s'escrimait autant à « devenir quelqu'un », c'était justement pour elle, leur fille et le futur fils qu'il comptait encore concevoir. Il voulait laisser une trace dans l'histoire du village. Rien que ça. Pourtant elle n'avait rien demandé, elle. Elle n'aspirait qu'à avoir un partenaire de vie, quelqu'un qui partage son quotidien et non pas un homme invisible.

Elle avait essayé d'emmener Lucien dans les lieux qu'elle fréquentait avec Antoine autrefois. Ils étaient allés quelquefois au cinéma et au théâtre, mais son manque d'enthousiasme l'avait découragée. Il maugréait qu'il perdait son temps et s'exaspérait : « À quoi ça sert puisque ce n'est pas réel ? ». Elle restait coite, résignée devant l'évidence de leurs différences d'intérêts.

Élise, son mari et Christa vivaient depuis quelques années dans la maison familiale, tandis que ses parents avaient acheté un appartement dans les nouveaux quartiers du village.

*

Préparer le repas… ranger la cuisine… se demander si Lucien allait revenir à temps pour souhaiter bonne nuit à sa fille… Finalement, raconter l'histoire… border Christa en lui promettant qu'elle verrait papa le lendemain…

Puis le vide. La confrontation.

Depuis ce matin, sa nuque brûlait. Une douleur surgie de nulle part la persécutait.

Elle s'était occupée toute la journée pour ne pas y penser. Mais à présent, elle ne pouvait plus l'ignorer. Son corps se souvenait. Son corps revivait son étranglement que son esprit avait dû oublier. On était le 23 mai, le jour où elle avait failli mourir entre les mains du Gros Louis.

Elle respirait profondément pour lutter contre une impression d'étouffement. Elle était habituée à l'absence de Lucien, mais ce soir, cela lui pesait.

Depuis cette nuit-là, la peur était devenue le sentiment dominant. La naissance de son enfant avait décuplé ce sentiment, car le pire n'était pas qu'il lui arrive quelque chose à elle, mais à la chair de sa chair.

Antoine lui manquait tant qu'elle en avait mal. Son cœur se serrait à chaque fois qu'elle se remémorait ses yeux bleu azur, ces joyaux qu'elle retrouvait sur le visage de Christa et qu'on avait envie d'admirer comme un tableau d'artiste.

Quand Christa était venue au monde, Élise avait décidé que pour sa santé mentale et l'harmonie familiale, elle devait renoncer à ressasser le passé. Elle s'était laissé envahir par la douceur, la tendresse infinie de ce petit être qui l'aimait inconditionnellement quoi qu'elle ait fait par le passé.

En allant se coucher, elle jeta un œil dans la chambre de Christa. Mais au lieu d'être sereinement endormie, elle était assise dans son lit les yeux ouverts. La jeune maman l'apaisa avec des paroles douces, mais bizarrement, son regard restait parfaitement figé. Après quelques minutes, l'enfant cligna des yeux et ses pupilles redevinrent mobiles.

Les semaines suivantes, ses absences se répétèrent. Élise crut à du somnambulisme. Jusqu'à ce que cela survienne en journée. Christa perdit conscience tout en gardant les yeux ouverts, ses paupières palpitèrent, un bras bougea frénétiquement pendant une bonne minute puis l'enfant revint à elle, proférant des propos incohérents pendant un instant. Puis l'alerte ; dans la pénombre de la nuit, un cri strident terrifiant sortit des entrailles de la petite fille et fit bondir Élise et Lucien hors de leur chambre. Ils découvrirent Christa les yeux révulsés, en pleine crise de convulsions. Ce fut la première fois qu'ils appelèrent l'ambulance. Ils ne savaient pas encore que cette démarche leur deviendrait familière.

*

Un diagnostic qui tombe, le sol qui se dérobe. Épilepsie.

Les jeunes parents écoutèrent la déferlante d'explications du médecin, qui vulgarisait pour que les yeux ahuris et inquiets comprennent. L'épilepsie est un dysfonctionnement du cerveau. L'activité de celui-ci représente une multitude de petites décharges électriques qui partent dans tous les sens, complètement indépendantes les unes des autres. Les crises d'épilepsie, c'est lorsque soudain un petit amas de cellules décide de se synchroniser, ce qui augmente la décharge électrique. Cela provoque des absences. La personne regarde dans le vide et n'est plus là. Le cerveau est sur *off*.

Puis chez certaines personnes, la crise se généralise dans tout le cerveau, ce qui s'appelle « le grand mal ». C'est comme un groupe de soldats qui commence à marcher au pas. Les autres cellules sont attirées par cette marche et se joignent à elles. Plus elles sont nombreuses à marcher ensemble, plus la crise est généralisée. Le processus est si brusque que la personne est comme foudroyée. Le corps entier se crispe, les membres durcissent comme la pierre, l'air est expulsé des poumons, ce qui peut générer des cris et être parfois impressionnant. Certaines personnes ne voient rien venir. Ça peut leur arriver n'importe où, à n'importe quel moment. D'autres sentent arriver la crise grâce à un fourmillement dans les extrémités des membres ou par l'odorat – ils sentent une odeur particulière – ou par une sensation spécifique. C'est une chance, car la personne peut arrêter ce qu'elle est en train de faire et au moins s'étendre sur le sol pour éviter la chute. Ou avertir son entourage.

Le spécialiste les informa de la nécessité de passer des tests pour trouver le traitement adéquat. Il fallait en premier lieu chercher le bon médicament puis le bon dosage. Beaucoup de temps serait nécessaire. Christa devrait séjourner en clinique à plusieurs reprises.

*

Il faisait déjà nuit noire dehors. Élise était assise sur leur canapé, les brochures et les notes du médecin étendues devant elle. Lucien s'agitait dans leur salon en se plaignant du futur bouleversement de son emploi du temps.

Après avoir ressenti de la colère et un sentiment d'injustice, la jeune mère sentit une nouvelle force l'investir. Si elle ne se démenait pas pour sa petite fille, qui le ferait ? Élise dut lutter contre ses angoisses. Elle décida qu'elle serait capable de gérer seule le marathon des spécialistes et des semaines d'hospitalisation, loin du village. Elle apprendrait à voyager, à devenir autonome. Elle y vit un signe du destin qui l'obligeait à cesser d'être la femme effrayée de tout. Elle s'avoua qu'elle s'était enfermée elle-même dans sa cellule dorée. Ce n'était pas un hasard si la vie la chahutait.

Et peu à peu, elle reprit confiance. Elle se rendit compte qu'elle était beaucoup plus forte qu'elle ne le pensait.

Vivre avec une enfant épileptique l'obligeait à rester constamment aux aguets. Elle connaissait le numéro des urgences par cœur. Elle était le dossier médical ambulant de son enfant. D'un caractère rêveur, elle avait été forcée de devenir quelqu'un de plus concentré et organisé.

En revanche, malgré toute sa bonne volonté, elle avait dû cesser son activité professionnelle. Trop d'imprévus. Trop d'absences. Ça avait été un crève-cœur de perdre une part de son indépendance.

À cette même période, Élise inscrivit Christa à des cours de piano. Le jeune professeur diplômé avait la nonchalance de la jeunesse et possédait un humour bien aiguisé. Il ne craignait pas de rester seul avec la petite fille, contrairement à beaucoup d'autres adultes. Christa ne faisait jamais de crise d'épilepsie quand elle jouait. On supposait qu'absorbé et détendu, son cerveau la laissait tranquille. Alors que son parcours scolaire lui demandait sans cesse de rattraper son retard à cause de ses absences, la musique lui offrait le luxe d'évoluer à son rythme. Lorsqu'elles étaient contraintes de séjourner dans des cliniques, Élise se démenait pour trouver un piano à proximité.

*

Les premières températures clémentes d'avril 1989 laissaient entrevoir les beaux jours à venir. Sortant d'un long silence hivernal, s'élevait enfin le doux cliquetis des bicyclettes, accompagné des courses-poursuites joyeuses des enfants, du claquement des ballons de basket sur le bitume, du vrombissement des tondeuses à gazon dans les jardins. Une odeur d'herbe fraîchement coupée planait dans l'air, agrémentée des effluves des bourgeons en fleurs.

Depuis la fenêtre de sa cuisine, Élise gardait un œil sur Christa, sept ans et sa jeune voisine répétant des allers-retours à vélo. Elle pétrissait énergiquement de la pâte à pain en jetant des coups d'œil anxieux au magazine ouvert sur son plan de travail. Son titre, « Londres, la ville à l'architecture rétro bobo », l'avait incitée à l'acheter. En le feuilletant à la recherche d'inspiration pour la décoration de son séjour, elle était tombée nez à nez avec Antoine. Son Antoine. Magnifique et souriant, interviewé lors de la remise d'un prix d'architecture. Elle avait le souffle court pendant qu'elle lisait chaque mot.

Cet article était un signe ; il fallait qu'elle le revoie. Elle avait besoin de savoir si son ami allait bien. Enfin, elle savait où il se trouvait et elle allait lui rendre visite à Londres.

Mais comment justifier une escapade outre-Manche auprès de Lucien ? Elle n'avait même jamais pris l'avion.

Perdue dans ses pensées, Élise observait d'un œil distrait les petites filles par la fenêtre.

Huit ans. Bientôt huit ans. Elle s'était souvent demandé si son ami avait beaucoup changé. Elle avait maintenant la réponse. Et Christa lui ressemblait tellement. Le sourire aux lèvres, les joues en feu, cette nuit teintée de complicité se rappela à elle.

Lucien entra en trombe en lançant à la cantonade qu'il filait sous la douche avant de se rendre à l'inauguration de la nouvelle fontaine du village. Élise referma sèchement le magazine, le cœur battant.

L'épilepsie de Christa avait l'avantage de dispenser la mère et la fille de toute apparition publique. Lucien était si anxieux à l'idée que la petite fasse une crise qu'il n'insistait plus du tout pour qu'elles l'accompagnent.

Un bruit de ferraille extirpa brusquement Élise de ses pensées, suivi d'un cri aigu qu'elle ne connaissait que trop bien. Les sens en alerte, elle se précipita dehors et découvrit sa fille couchée à terre à côté de son vélo, l'arcade sourcilière ouverte, le visage baigné de sang, en train de convulser. La crise avait-elle provoqué la chute ou inversement ? La jeune maman reçut immédiatement un shoot d'adrénaline et demanda à sa voisine, qui avait accouru entretemps, d'aller chercher Lucien avant d'appeler l'hôpital pour les avertir de leur arrivée imminente.

Tout en prenant soin de Christa, Élise rassurait la fille de la voisine qui pleurait à côté d'elle.

— Ne t'inquiète pas, ma chérie, ça va aller. C'est impressionnant, mais ça va bientôt s'arrêter et ensuite tout ira bien. Tu peux aller me chercher son doudou qui est sur la chaise ? Tu m'aiderais beaucoup.

Avec une force déconcertante, Élise souleva les vingt et un kilos et transporta le corps raide comme un piquet dans la voiture. Le bras s'agitait et cognait contre la portière, alors Élise le maintint fermement contre elle. Après avoir tenté de protéger les sièges avec un linge éponge, elle se résigna à le presser contre la plaie béante pour tenter de stopper l'hémorragie. Lucien débloula à moitié habillé dans l'allée en pestant que ce n'était vraiment pas le moment. Puis en constatant l'état de Christa, il pâlit d'inquiétude.

Élise murmurait des mots rassurants à sa fille pendant le trajet. Son corps s'assouplissait, la crise était en train de passer. Son mari livide restait silencieux, concentré sur sa conduite pour arriver au service des urgences au plus vite.

*

Christa était endormie sur le siège arrière pendant que Lucien les reconduisait à la maison. Il jeta un œil aux quelques points de suture qu'elle arborait désormais à l'arcade. Il était de mauvaise humeur d'avoir manqué son apparition publique, comme représentant de l'entreprise Dubois et Cie.

— Il n'est plus question qu'elle remonte sur ce vélo ! fulminait-il.

Élise soupira. Elle refusait d'entrer dans ce débat. Elle ne voulait plus que la peur régente leur vie. De toute manière, il n'était jamais là !

*

L'année s'écoula à toute vitesse, sans qu'Élise ne trouve le courage, ni l'occasion de mettre à exécution son projet de voyage.

La neige tombait abondamment pour les fêtes de fin d'année. Toute la famille Dubois était réunie chez les parents. Ceux-ci avaient mis les petits plats dans les grands. La nappe rouge et dorée scintillait en harmonie avec les décorations des fenêtres, un sapin à la robe volumineuse couverte de grosses boules et de guirlandes illuminait le salon. Dieu seul savait où son père l'avait dégoté. Il fallait toujours qu'il épate la galerie. Elle surprit Lucien regardant l'arbre avec admiration, certainement en train de se dire que l'année prochaine, lui aussi en aurait un tout aussi grand. Chacun était sur son trente-et-un. Christa arborait fièrement sa jupe à paillettes et son épaisse tresse brune. Elle avait reçu une quantité exagérée de cadeaux, surtout de son grand-oncle qui était complètement gaga de la petite fille.

Élise ne fut pas en reste et regardait, incrédule, le bon de voyage que ses parents venaient de lui offrir.

— Quatre jours en Europe, où vous voulez ! se réjouit sa maman. En famille, ça vous fera du bien !

Elle lui sauta au cou pour la remercier, puis alla embrasser son père.

— C'est une idée de ta mère. Elle m'a dit que tu n'avais pas le moral ces temps, que ton mari travaillait trop et que c'était de ma faute ! Où aimerais-tu aller ?

Son cœur s'emballa et sans hésiter une seconde, elle s'écria :

— À Londres !

Lucien s'étonna.

— Tu veux aller chez les Rosbifs ? T'es sûre ? Tu ne veux pas aller en Italie ? À Rome, plutôt au soleil ? Ou… je ne sais pas…

— Non. À Londres. Tu te rends compte que nous n'avons jamais pris l'avion ? Christa va adorer !

Ils avaient mangé toute la soirée, chanté, bu beaucoup trop de vin et surtout des cafés accompagnés d'eau-de-vie de damassine. Élise participa de bon gré, galvanisée par la perspective de bientôt revoir Antoine. Enfin ! Elle ne tenait plus en place. Il lui faudrait échafauder un plan pour pouvoir s'éclipser seule. Elle riait, elle aussi ivre, mais de bonheur.

Sa famille s'était rendue à la traditionnelle messe de minuit, après laquelle tout le village se retrouvait autour d'un vin chaud. Richard et Lucien avaient fait leur tournée électorale, buvant et buvant encore.

La jeune maman s'était retrouvée seule et avait rejoint la chambre de Christa, qui dormait à poings fermés. Elle s'agenouilla à côté d'elle, lui caressa la tête et lui murmura.

— Tu vas bientôt rencontrer quelqu'un de très important.

Sa gorge se serrait, elle avait tellement envie de lui dire : « Ton papa, tu vas rencontrer ton autre papa. »

Lucien s'était endormi sur sa chaise au milieu de la nuit. Il ne restait plus que son oncle et son père qui débattaient autour des vestiges de la table de fête. Ils parlaient politique, mais ils répétaient sans cesse la même rengaine, complètement saouls. La musique d'une fanfare locale sortait d'un radiocassette.

Élise s'était exilée sur le canapé du séjour, pour se plonger dans un roman.

Son père reprit sa litanie pâteuse alcoolisée, celle qu'il lui reservait chaque fois qu'il avait un coup dans le nez.

— Tous mes champs seront à toi un jour.

— Oui papa. Je sais, répondit-elle machinalement, plongée dans son roman.

Richard s'exclama soudain à l'adresse de Thierry :

— Bon alors, t'en as fait quoi de l'autre crevure ? Tu peux me le dire après tout ce temps. Il est au fond du Doubs ?

— Penses-tu, Richard ! Il est sous terre ! À c't'heure-ci, cette vermine est bouffée par les vers depuis longtemps !

— Ah bon ? C'est pas un peu risqué ? Ça peut pas ressurgir, un squelette ? On le voit assez dans les films… Tu l'as mis où ?

— T'as pas besoin de savoir.

— Le Lucien, il sait rien non plus ?

— Rien. Moins vous en savez, mieux c'est. Maintenant, change de sujet !

Sur ce, Richard singea le Guy en train de chercher son bon à rien de fils et rigola au point de tomber de sa chaise.

Élise, les mains crispées sur son livre, n'avait pas bougé.

Alors qu'elle avait réussi à enfouir cette lointaine soirée dans un recoin sombre de sa mémoire, alors que ce déni salvateur lui avait épargné l'asile, entendre ces paroles pour la première fois après sept ans provoqua en elle une déflagration. Une image du Gros Louis en décomposition avancée, couvert de terre et de vermine se construisit dans son esprit. Elle réalisa soudain avec effroi ce dont son père et son oncle étaient capables. Son corps entier fut parcouru de fourmillements. Sa gorge se serra et un sentiment d'étouffement la submergea.

Du moment qu'elle ne savait pas ce qu'il était devenu, elle était parvenue à l'ignorer. Mais à présent, les interrogations affluaient. Comment un homme avait-il pu mourir sans que cela se sache ? Et ensuite, que s'était-il passé ?

Elle était si jeune à l'époque. Si fragile. Depuis qu'elle était devenue mère, elle avait l'impression qu'une force profonde l'animait. Elle était prête à lever le voile. Aujourd'hui, elle ne voulait qu'une chose : qu'Antoine revienne dans sa vie. Elle en avait besoin. Peu importaient les enjeux. Et comme un signe du destin, son père enclencha la radio et la chanson joyeuse *L'Italiano* de Toto Cutugno résonna dans la pièce. À chaque fois qu'elle l'entendait, elle pouvait imaginer son Antoine la chanter à tue-tête, elle se voyait tournoyer avec lui, suivant son pas de danse assuré, fermement maintenue dans ses bras pendant qu'il lui murmurerait les paroles à l'oreille. Depuis qu'il était parti, elle ne chantait plus. Elle ne dansait plus.

*

La famille Comte avait profité du week-end prolongé de la fête de l'Ascension de 1990 pour leur voyage en Grande-Bretagne. Le trajet s'était très bien passé avec Christa. Élise affichait un sourire béat depuis qu'ils avaient atterri à Heathrow.

À présent, Lucien voulait prendre un taxi jusqu'à l'hôtel alors qu'elle désirait prendre le métro pour se fondre dans la population et entendre la langue de Shakespeare chanter autour d'elle.

Elle respira à pleins poumons l'odeur de cette nouvelle ville, l'odeur d'un ailleurs, enfin. Elle qui aurait adoré explorer le monde, découvrir d'autres mentalités, d'autres couleurs, tout la réjouissait. L'architecture néo-gothique caractéristique de la ville, avec ses arcs en ogive, les fameux bus rouges à deux étages, les devantures de boutiques colorées et les quartiers ethniques.

Lucien n'avait pas le même enthousiasme et se plaignait. La ville, ça pue la pollution ! On aurait été bien dans un petit village d'Italie.

Élise n'y prêtait pas attention, concentrée sur son programme. Elle avait tout organisé. Le City Tour, la visite du musée Madame Tussaud en famille, le British Museum, puis elle amènerait Lucien au stade de Wembley pour qu'il assiste à un match de football. Elle l'accompagnerait jusqu'à l'entrée du stade, elle lui ferait la surprise pour qu'il n'ait pas le temps de se braquer. Elle le mettrait devant le fait accompli, puis elle lui dirait que

Christa et elle allaient faire un tour entre filles, qu'elles le retrouveraient à l'hôtel. Une fois le billet d'entrée dans les mains, il se sentirait obligé d'y aller.

Cela donnerait trois heures de liberté à Élise.

Dans la doublure de son manteau se cachait une feuille avec l'adresse du bureau d'architecte d'Antonio Caligiari. Après avoir lu l'article sur lui, elle avait demandé à une dame anglophone d'appeler le magazine. Quelle émotion cela avait été lorsque la journaliste avait mentionné son prénom italien ! Son ami avait renoué avec son identité en quittant le Jura.

Elle avait prévu de débarquer à l'improviste. C'était risqué, cependant elle ne voyait pas trop comment faire autrement. Elle devait savoir si son ami ne voulait plus jamais la revoir.

*

Dans le taxi, elle fut prise de doutes. « Peut-être qu'il sera absent et que j'aurai fait tout ça pour rien… »

Elle regarda sa fille et dit :

— On fait une jolie expédition, hein ?

Christa répondit :

— Ouiiii, on va dans un bus rouge !

Accrochée à la main de Christa pour ne pas perdre pied, Élise découvrit l'enseigne qui avait pignon sur rue. Elle s'approcha lentement de la vitrine, derrière laquelle on pouvait distinguer des bureaux. Deux personnes étaient en pleine discussion. Un homme très élégamment vêtu s'enflammait en gesticulant.

Antoine.

C'était lui. Son Antoine. Il était là, à quelques mètres. Jusqu'au dernier moment, elle n'avait pu y croire. Il était un peu plus massif et ça lui allait bien, sa chemise paraissait plus serrée sur son torse, ses cheveux bruns, coupés plus court que dans son souvenir, étaient ébouriffés sur sa tête. Il allait avoir trente et un ans. Elle essuya ses mains moites en lissant sa longue jupe et réalisa soudain qu'elle-même avait dû bien changer. Son visage était marqué par les nuits courtes passées aux urgences, ou à veiller sur Christa, ses deux dernières années avaient été éreintantes. Comme si elle était enfin arrivée à bon port, elle sentait son corps se relâcher. Les centaines d'heures d'angoisse qu'elle avait dû vivre sans lui, sans ami à qui se confier, pesèrent soudain sur ses épaules. Et si la voir ravivait en lui tous ses mauvais souvenirs? Elle n'avait pas envisagé que lui n'avait peut-être aucune envie que le passé se rappelle à lui. Une montée de panique la fit soudain reculer, mais sa petite fille lui tira la main dans l'autre sens.

— C'est là qu'on va? Tu viens, maman?

— Non, mon cœur, je me suis trompée. On part.

— Ah non hein! J'ai pas envie! Je veux aller voir dedans maintenant! Pis, j'ai soif!

Sans doute attiré par l'agitation sur le trottoir, Antoine tourna la tête dans leur direction.

Élise le fixa, interdite, craignant sa réaction. Il resta quelques secondes stupéfait, le temps de réaliser qui elle était, puis elle le vit dire quelque chose à son interlocuteur et se diriger vers la porte d'entrée. Il surgit sur le trottoir.

— Élise! C'est bien toi?

— Salut Antoine, répondit-elle, la voix rauque.

— Élise… je n'arrive pas à y croire…

Dans un geste spontané, il s'approcha et posa sa main sur sa joue. Elle appuya sa paume sur la sienne, la chaleur irradiait son visage. Son regard ne reflétait que douceur.

— J'ai… j'ai vu ta photo dans un magazine… j'ai eu envie… je ne sais pas si j'ai bien fait…

Son regard à lui devint humide, sa voix tremblante.

— Si, si, tu as bien fait. Je suis tellement heureux de te voir…

Après un instant, il prit conscience de la présence de la petite fille et s'accroupit à sa hauteur.

— Salut, je m'appelle Antonio et toi, tu t'appelles comment ?

— Christa. Pourquoi tu pleures ?

— Ne t'inquiète pas, c'est de joie. Ça fait si longtemps que ta maman et moi ne nous sommes pas vus. Ça fait… presque huit ans.

— J'ai sept ans.

Élise sentit ses joues chauffer et rentra sa tête dans son col.

— Ah oui ? Comme tu es grande ! Et comment s'appelle ton papa ?

— Lucien Comte !

Il eut l'air surpris et sonda le regard d'Élise. La petite fille continua sa tirade :

— On peut voir ton travail ? Est-ce que je pourrais avoir un verre d'eau, s'il te plaît ?

— Écoute, j'habite tout près d'ici. On sera mieux pour discuter avec ta maman et je pourrai t'offrir un sirop ! J'ai aussi des tonnes de BD !

Christa parut ravie de cette idée.

— Je suis désolée de débarquer ainsi à l'improviste, Antoine… heu… je veux dire Antonio, bafouilla Élise.

Il balaya sa remarque d'un geste.

— J'ai plein de temps. Je fais ce que je veux, c'est moi le patron, dit-il avec un clin d'œil à Christa.

— Comme mon papa dans l'entreprise de mon papy !

— Ah bon ? C'est chouette ça.

Élise n'avait aucune envie de parler de Lucien. Sur le chemin qui les mena jusque chez lui, il posa plein de questions à Christa qui était heureuse qu'il s'intéresse à elle. Le feeling passa instantanément entre eux deux. Il était drôle et tendre, on sentait immédiatement qu'il adorait les enfants. Il fit souvent répéter Christa lorsqu'elle parlait de manière indistincte. Il lui expliqua qu'il n'entendait pas bien, qu'il fallait qu'elle le regarde bien en face quand elle s'adressait à lui. Élise remarqua alors un tube transparent dans son oreille. Elle ne se souvenait pas avoir eu connaissance de problèmes d'audition chez son ami.

Il sourit tendrement.

— Elle te ressemble.

Elle pensa : « Davantage à toi, mais ça, tu ne le vois pas encore. »

Christa découvrit, émerveillée, les centaines de bandes dessinées et une espèce de pouf rigolo qu'elle s'empressa de chevaucher.

Les adultes furent enfin seuls.

Élise dit simplement qu'il lui avait tellement manqué. Elle vérifia que Christa était bien occupée, puis lui posa la question qui la taraudait depuis des semaines.

— J'ai besoin de savoir… Ce soir-là…

Sa gorge se serra, mais elle tint bon et continua :

— Que s'est-il passé… après ? Je n'en ai aucune idée. Après que je me suis enfuie…

Il vint s'asseoir tout près d'elle. Il prit sa main et commença à la caresser nerveusement.

— C'est aussi très confus dans ma mémoire. Je me souviens l'avoir provoqué et je m'en veux encore. Puis je l'ai frappé avec un vieux tournevis que j'ai trouvé par terre. Cette horrible sensation de l'objet qui pénètre dans son dos me fait encore frémir. Puis, je me rappelle ma frayeur quand j'ai vu que c'était loin de le calmer, comme dans un mauvais film d'horreur. C'est Lucien qui m'a aidé à me relever, Le Gros Louis gisait sur le sol. Nous nous sommes enfuis chacun de notre côté. Il est allé chercher de l'aide auprès de ton père. Cette nuit-là, j'ai cru que j'avais une hémorragie interne et que j'allais mourir dans mon lit.

Élise jetait des coups d'œil en direction de la chambre en priant pour que Christa ne les découvre pas ainsi émus. Antonio continua.

— Le lendemain matin, Thierry et ton père sont venus me voir chez moi. Richard était fou de tristesse. Il disait qu'être avec moi t'avait mise en danger et que j'avais été incapable de te protéger, que j'avais gâché ta vie. Et il avait raison.

— Oh, Antonio… non !

— Mais bien sûr que si… Ton parrain a été tellement généreux… il m'a dit qu'il se chargeait d'étouffer l'affaire, aussi pour te protéger toi, du scandale.

— C'est dingue, c'est de la science-fiction, ils ont réussi à cacher un cadavre !

— Ton père m'a fait promettre de couper les ponts avec toi, pour la sécurité de toute la famille, étant donné mes antécédents avec Le Gros Louis. Ils craignaient qu'il y ait une enquête sur sa disparition et qu'on vienne m'interroger. Je n'avais pas le choix. C'est grâce à lui si je suis un homme libre.

Élise était scandalisée. Elle trouvait qu'en cas d'enquête, ça aurait été encore plus suspect qu'il soit parti.

Antoine, soudain fragile, pleurait.

— Oh, mon Élise. Je suis tellement désolé. Je n'ose même pas imaginer ce qui serait arrivé si Lucien n'était pas intervenu… Je lui en suis si reconnaissant. Pardon, je m'en veux tant.

Même si Antonio refusait de le voir, elle comprenait que son père avait utilisé la situation pour l'éloigner d'elle. Elle frémissait de colère.

— Nous aurions été plus forts ensemble ! Nous aurions surmonté ça.

Il la contredit.

— Non, non, te rends-tu compte de ce qu'il a fait pour moi ? Il m'a aidé.

— Tu m'as tellement manqué ! J'ai dû me débrouiller sans toi. Tu n'as pas idée de ce que ça a impliqué. Ma vie aurait été si différente si tu étais resté.

— Pour moi aussi, c'était dur de vivre sans ma meilleure amie.

La jeune femme alla se rafraîchir le visage et respirer un grand coup. Il ne fallait pas que Christa la voie dans cet état. Après s'être assurée que celle-ci était toujours occupée, elle revint vers lui et le força à se redresser.

— Antonio, regarde-moi. Tu n'es pas responsable de la bêtise des autres. Tu te faisais sans cesse agresser. Ce soir-là, nous avons été victimes d'un détraqué, d'un psychopathe. Ce type était une bombe à retardement et nous étions sur son chemin lorsqu'elle a explosé. Ce fut un horrible et malencontreux hasard.

L'un dans les bras de l'autre, ils pleuraient doucement. Ils ne remarquèrent pas Christa debout devant eux. Alors qu'en général, elle gardait ses distances avec les inconnus, la petite fille s'avança vers lui et l'enlaça pour le consoler. L'émotion d'Élise redoubla en voyant ces deux âmes se connecter pour la première fois.

Ils se promirent de garder contact. Que sa famille le

veuille ou non, elle n'avait aucune intention de le perdre
à nouveau.

4

Les premiers souvenirs d'enfance de Christa dataient du jour où elle avait cassé sa nouvelle bicyclette à sept ans. Elle était en train de faire du vélo avec sa voisine, avait senti la vague venir, mais n'avait pas eu le temps de s'arrêter.

En général, elle ne se souvenait pas de ses crises, mais cette fois-là, elle s'était vue couverte de sang dans les bras de sa maman et ça l'avait marquée.

Le médecin, qu'elle connaissait bien, les avait accueillies en plaisantant sur l'état lamentable de sa maman, en tablier de cuisine, maculé de farine et d'hémoglobine. Christa était très triste d'avoir cassé son vélo. Alors sa mère avait pris son visage bien en face du sien et avait répété distinctement: « Ce n'est pas ta faute. Nous t'en achèterons un autre. »

Ça lui avait fait du bien, mais elle avait quand même compris un point essentiel; quelque chose qu'elle ne contrôlait pas pouvait s'emparer de son corps et chambouler son quotidien.

Sa copine avait eu si peur qu'elle avait mis plusieurs jours avant de revenir jouer avec elle. Elle intégra alors une deuxième information; non seulement elle était différente, mais en plus, elle effrayait ses amis.

*

L'année de ses dix ans fut plus sereine. Le bon médicament et le bon dosage avaient été trouvés. C'était un peu comme une tour de galets ; lorsqu'on a obtenu l'équilibre parfait, il ne faut plus rien toucher. Christa commença à passer des après-midi chez des camarades, à jouer au village avec les enfants du quartier. Cette nouvelle indépendance lui donnait un sentiment de liberté grisant. Elle ressemblait enfin aux autres enfants de son âge.

La même année, son papa fut élu maire, ce qui augmenta davantage les absences de celui-ci.

Puis sa maman lui annonça une nouvelle énorme, quelque chose qu'elle avait longtemps espéré ; elle allait avoir un frère ou une sœur.

Quelques mois plus tard, une petite fille noiraude et potelée, adorable et prénommée Julie vint agrandir le clan des Comte. L'atmosphère générale s'allégea d'un coup. Il y eut des gazouillements qui emplirent la maison telle une mélopée apaisante. L'attention de toute la famille se focalisa sur le bébé.

Christa était aux anges.

*

À douze ans, Christa entama les trois dernières années de sa scolarité obligatoire en ville de Porrentruy, située à un quart d'heure en train du village.

Les quais de la capitale ajoulote déversaient chaque matin de la semaine des centaines d'écoliers de toute la région. D'interminables files se formaient en longeant les trottoirs, striant toute la ville en direction des diverses institutions. La plus éloignée étant le lycée cantonal au sommet de Porrentruy, pour lequel les étudiants traversaient toute la ville, telles des fourmis rejoignant leur fourmilière.

Christa fréquentait le collège Thurmann à dix minutes de marche de la gare.

La plupart des enfants venaient de petites écoles de village où les professeurs connaissaient les parents et les familles se croisaient dans les manifestations locales. À Porrentruy, c'était « la ville », un nouveau monde intransigeant. Les enfants se mélangeaient à des centaines d'écoliers anonymes, instruits par une cohorte d'enseignants.

Dans son village, elle était la fille un peu bizarre qui avait beaucoup manqué les cours. Même si elle faisait nettement moins de crises depuis quelque temps, elle ne parvenait pas à modifier les regards sur elle. Christa était réputée comme étant une enfant agitée, avec du tempérament, mais sans retard scolaire malgré ses nombreuses absences. Et comme les enseignants craignaient qu'elle ne fasse une crise par contrariété, on lui passait beaucoup de caprices. Le fait est qu'à force de moqueries, la petite fille s'était barricadée derrière un caractère bien trempé. Elle était même cassante, parfois, sans cesse sur la défensive, repérant à des kilomètres les sourires en coin, les allusions méchantes.

Pour Christa, ce nouvel établissement scolaire représentait l'espoir du renouveau. C'était l'occasion de changer de statut. Elle priait pour qu'aucune ancienne anecdote humiliante ne filtre et lui pourrisse son intégration. Pourvu que ses anciens camarades la ferment, avait-elle pensé en arrivant à Porrentruy. Pourvu qu'ils laissent « les nouveaux » se faire leur propre opinion d'elle.

*

Un an plus tard, Christa avait sympathisé avec quelques élèves et tout se passait bien. Les feuilles des arbres jaunissaient, un souffle tiède s'insinuait agréablement dans sa chevelure, jouant avec les mèches échappées de sa tresse. En ce moment elle ne supportait plus ses boucles indomptables. Ses cheveux étaient trop crépus à son goût, elle les aurait aimés lisses et doux, dans lesquels elle pourrait glisser ses doigts sans difficulté à la manière d'un gros peigne.

Elle était grande et fine, son corps commençait à se transformer. Son teint était hâlé par les longues journées d'été passées à jouer dans la piscine avec Julie et par les heures de lecture au bord du bassin. Christa s'était découvert une passion pour les maths, elle remplissait des cahiers entiers d'exercices. Ses iris bleu clair lui donnaient une beauté particulière. Depuis toujours, elle était habituée à ce que les adultes s'exclament, admiratifs, devant son regard exceptionnel. On la regardait souvent de façon insistante et ça la gênait. Tout ce qu'elle voulait, c'était se fondre dans la masse. Elle n'avait aucune envie d'attirer l'attention, d'aucune manière que ce soit.

La fin de l'été approchait, les journées étaient encore chaudes. Les longues colonnes d'écoliers qui occupaient les trottoirs chaque matin faisaient partie du quotidien des Bruntrutains[1].

Christa suivait le mouvement en bavardant avec des copines, lorsque des garçons commencèrent à faire les imbéciles derrière elles en se raclant la gorge pour générer des gargarismes répugnants.

Soudain, un bruit douteux, suivi d'éclats de rire. Christa eut un mauvais pressentiment. Non ! Ils n'avaient

---

1. Habitants de Porrentruy.

pas fait ça ! Elle imagina la masse gluante immonde accrochée à son sac à dos et eut un haut-le-cœur. Que les garçons étaient stupides ! Elle se retourna et les fusilla du regard, mais il était impossible de savoir lequel avait agi. Les trois garçons riaient et la colère l'envahit tout entière, enflamma ses tempes, fit accélérer ses battements de cœur. Les dents serrées, elle remonta la colonne au pas de course afin de se réfugier dans les toilettes du collège au plus vite.

Christa essuya des larmes de rage en nettoyant cette horreur. Elle aurait tant voulu leur badigeonner leur petite gueule de con avec leur morve. Elle arriva en classe en retard, la gorge nouée. Son pouls battait trop vite, sans qu'elle réussisse à le ralentir. Quand le carillon sonna la récréation, elle sortit à l'air libre et essaya de se focaliser sur quelque chose pour se calmer, mais la boule de colère qui lui oppressait les poumons refusait de s'en aller. Une horde d'élèves s'agitait autour d'elle lorsque le frisson particulier l'envahit des pieds à la tête. Elle s'affaissa sur le sol et s'étala de tout son long. L'instant d'après, elle convulsait, le corps tendu comme un arc, les yeux révulsés, de la salive écumant de sa bouche crispée.

Devant trois cents élèves.

L'ambulance surgit, sirène hurlante et bouleversa sa vie sociale. Quand elle reprit ses esprits, des infirmiers l'avaient mise sur le côté et lui posaient des questions. Il lui sembla voir des dizaines de paires d'yeux la scruter. Elle ferma les siens alors et se laissa manipuler jusqu'à l'hôpital. Tout ce qu'elle voulait, c'était s'enfuir loin d'ici.

Toutes les personnes qui avaient observé la scène s'en souviendraient longtemps, choquées ou fascinées. Les enseignants s'étaient retrouvés tout aussi désemparés, ne sachant pas comment réagir. Elle pouvait s'estimer heureuse que personne ne lui ait sauté dessus pour lui enfoncer une barre dans la bouche avec l'idée absurde qu'elle pourrait avaler sa propre langue.

Après cet incident, mortifiée, Christa avait mis des jours avant d'accepter de retourner en classe. Elle fut affublée du délicat surnom de *Shake-shake*, la secouée.

Cote de popularité de nouveau à moins mille. Elle croisait ses camarades dans les couloirs et percevait du dégoût, de la pitié et même des moqueries bêtes et méchantes. Comme cet abruti qui singeait des convulsions et les globes oculaires révulsés chaque fois qu'elle passait à côté de lui. Plus ils étaient âgés et plus ils étaient cruels.

*

Les mains immobiles sur son piano, Christa ne pouvait s'empêcher de revoir les visages effrayés de ses camarades quelques secondes avant le black-out. Elle accueillit son prof de piano les larmes aux yeux. À ses côtés depuis qu'elle était petite, il connaissait parfaitement son chemin de vie. Il portait des lunettes aux verres épais, une tignasse crépue volumineuse et affichait une perpétuelle éclatante bonne humeur.

— Hello Chris. Ça roule ? Alors, il paraît que t'as assuré dans la cour d'école !

— Mon Dieu, tu es au courant !

— Oui, c'est ta mère qui m'a raconté.

— Elle pourrait arrêter de se mêler de mes affaires !

— Hey, sois cool avec elle.

Christa réprima un sanglot. Raphaël posa un bras protecteur sur ses épaules.

— Allez, tu t'en fous, ils vont oublier.

— Tu parles ! Ils se moquent de moi toute la journée. Mes amies ont déjà peur de moi. Alors je ne te parle même pas des garçons…

— T'es intelligente et t'es musicienne. Moi, j'ai un physique de gringalet aussi sexy qu'un chimiste. Eh bien, quand je joue du piano, elles veulent toutes sortir avec moi !

Il rit aux éclats. Puis reprit son sérieux.

— Christa. Je voulais te parler du concert de fin d'études qui a lieu l'année prochaine. On a beaucoup de temps pour le préparer, mais je te propose que ce soit un objectif, un défi. Joue et tu verras, ils découvriront cette magnifique facette de toi.

Christa écarquilla les yeux, horrifiée.

— Non ! Je ne peux pas faire ça !

Elle se prit la tête des deux mains. Elle avait envie de presser, presser, de faire mal à ce cerveau qui lui en faisait voir de toutes les couleurs.

— Si je perds les pédales… devant tout le monde !

— Je serai à tes côtés. Ça te rassurera. On sait maintenant que tant que ton esprit est occupé, tes petits soldats ne feront pas leur marche. La musique te procure une paix intérieure. Elle t'enferme dans une bulle où tu te sens bien. Ça se voit sur ton visage quand tu joues.

— Peut-être, mais pas pendant un concert en public ! Non, je ne peux pas. Même si je tiens le stress, après ça va me retomber dessus.

— Chris…

— Non ! N'en parlons plus. S'il te plaît.

Il se tut, mais Christa savait qu'il n'était pas du genre à abandonner. Elle n'avait qu'une envie, se faire oublier de tous.

*

La semaine suivante, sa mère ne supportait plus de la voir vautrée sur le canapé, complètement abrutie par la télévision.

— Ça fait des jours que tu traînes. C'est mauvais pour toi. Sors ! Va chez une copine.

— Je n'ai plus d'amies ! Elles sont terrorisées à l'idée que je fasse une crise devant elles, elles me fuient !

Hors de question pour sa mère de céder à l'apitoiement. Elle se planta devant le poste.

— Maman !

— Madame Meyer a de la peine à marcher à cause de son arthrite. Sors de ce canapé et va chez elle lui demander sa liste de courses !

— Mais pourquoi est-ce que je ferais ça ?

— Parce qu'on est dans un village et qu'il faut s'entraider. Parce que quand nous devions partir aux urgences à trois heures du matin, je pouvais l'appeler pour venir veiller sur ta sœur, au lieu de la trimbaler avec nous. Et c'est comme ça ; on se soutient les uns les autres. Allez !

Christa se leva à contrecœur et éteignit la télévision.

*

Le souvenir le plus ancien de Julie était une sensation. Une tension qui émanait de sa grande sœur s'agitant sur le sol. Elle avait senti sa peur, elle avait eu envie de la rassurer. Elle l'avait vue partir ailleurs, à l'intérieur

84

d'elle-même, alors elle l'avait appelée, elle l'avait ramenée à elle. Assez tôt, Julie avait compris qu'elle avait le pouvoir de l'apaiser.

Ses premiers émerveillements étaient liés à une boîte de crayons Caran d'Ache qui comportait autant de nuances d'une même couleur que de dénominations poétiques. Vert opale, vert tilleul, vert Véronèse, vert mousse… pas un jour ne passait sans qu'elle ne l'ouvre et ne caresse ses trésors.

Les images de son enfance les plus marquantes étaient pour la plupart liées à Christa. La période d'adolescence de sa grande sœur avait généré des conflits mémorables avec ses parents. Julie détestait les entendre crier. Les portes claquaient. Christa déversait une avalanche de reproches sur sa mère.

— Je ne suis plus un bébé !

— Mais ça n'a rien à voir ! Je sais bien que tu n'es plus un bébé !

— Je déteste que tu t'inquiètes ! Je ne suis pas une chose fragile !

Sa mère prise en faute s'insurgeait.

— Mais je sais !

— Tu me stresses ! Si tu avais confiance en moi, j'aurais davantage confiance en moi !

Julie voyait alors sa mère se décomposer et s'enfuir dans une autre pièce. La petite fille rejoignait sa maman et lui faisait un gros câlin. Sa mère lui murmurait des mots doux :

— Ma petite chérie, ne t'inquiète pas, tout va bien. C'est normal de se disputer dans une famille. L'important, c'est de se réconcilier.

Souvent, Christa se confiait à elle.

— Toi, tu as de la chance, tu es une petite fille comme

les autres. Tu pourras faire tout ce que tu veux. Moi, je ne sais même pas si je pourrai conduire une voiture.

Puis quand elle s'enfermait dans sa chambre, submergée par la colère, Julie, le cœur battant, allait la rejoindre pour se blottir dans ses bras. Sa sœur la serrait fort, lui murmurait qu'elle l'aimait, que les adultes ne comprenaient rien et qu'elle était si heureuse qu'elle soit là. Julie finissait toujours par lui demander de descendre jouer du piano, sachant que ça la rendait heureuse.

Christa se défoulait sur son clavier et se calmait au rythme d'une sonate. La musique dénouait les tensions, facilitait la transition vers un état d'apaisement.

*

L'adolescence. Une période redoutée pour Christa, car à cause des changements hormonaux, les crises avaient tendance à s'intensifier. Cela impliquait une réadaptation de son traitement; elle devait malheureusement retourner en clinique et pour elle, c'était pire que tout. Séjourner à l'hôpital, manquer les cours à nouveau et ensuite devoir tout rattraper !

Puis il y eut une rencontre providentielle. Un neuropsychiatre lui enseigna la méthode de relaxation progressive du médecin Edmund Jacobson. Le stress accélérant l'arrivée du grand mal, la méthode consistait à maîtriser le sentiment de panique qui l'envahissait, en détournant son attention.

Julie l'appliquait à merveille comme si elle avait un sixième sens pour ressentir l'arrivée de ses crises. Tandis que le corps de Christa commençait à se contracter, Julie venait enfouir son nez dans son cou et, lui demandait de l'enlacer. Les membres de Christa se raidissaient, mais Julie insistait.

— Fais-moi un câlin ! Prends-moi dans tes bras !

Alors Christa se faisait violence, se concentrait sur ces gestes simples pour que ce corps hors de contrôle lui obéisse. Et lorsqu'elle parvenait à ouvrir les bras et à avancer sa tête pour étreindre sa petite sœur, la tempête s'éloignait.

*

Le premier souvenir d'aventure de Julie était la première fois qu'elle avait pris le train pour accompagner sa sœur pour un séjour en clinique. Elle portait son sac à dos avec ses feuilles et ses crayons. Du moment qu'elle était avec sa maman et qu'elle pouvait dessiner, cela lui convenait. Avant de partir, Julie avait demandé à sa grande sœur :

— T'as pris « tes dicaments » ?

Sa maman et Christa avaient éclaté de rire.

— Oui Juju. J'ai bien pris « mes dicaments ».

Elle ne savait pas pourquoi ça les avait fait rire, mais elle était fière d'avoir détendu l'atmosphère.

Un vieux monsieur les avait accueillies dans un bureau aux murs tapissés de dessins d'enfants. Il paraissait si sérieux que Julie, intimidée, refusait de quitter les bras maternels.

Le professeur posait des questions précises et sa maman s'était mise à mimer les crises de Christa.

— Est-ce que les gestes sont symétriques ? Ou plutôt à gauche ? voulait savoir le professeur.

Élise tordait son visage en agitant les bras.

— Essentiellement à gauche. Et la jambe aussi, ainsi, elle se tend, comme ça.

Elle grimaça, agita son bras et sa jambe tel un pantin désarticulé sur sa chaise. Avec le plus grand sérieux du monde, le professeur observait et notait.

Christa, qui découvrait la version caricaturale d'elle-même, éclata de rire.

— Ça n'a rien de drôle ! s'indigna Élise, un peu vexée.

Mais Christa ne parvenait plus à se calmer. Elle riait aux larmes. Ce qui déclencha un fou rire chez Julie, qui s'esclaffait à gorge déployée de son rire en cascade. Impossible de résister. Même l'éminent professeur émettait de petits couinements derrière sa moustache, ce qui lui donna un air tout de suite plus sympathique. Élise se laissa emporter à son tour et une joie immense submergea Julie. Jamais elle n'avait vu rire sa mère et sa sœur ainsi.

5

Un buzzer vibra brusquement sur le bois d'une commode dans la chambre d'une adolescente de seize ans, une cascade de cheveux bouclés bruns sursauta. Christa frappa violemment son réveille-matin, dont l'écran digital affichait six heures quarante-cinq, le 20 mai 1998.

« Ah putain ! » pensa-t-elle en respirant profondément pour ralentir ses battements de cœur.

Une petite fille de six ans vint se glisser sous les draps. Christa la prit tout contre elle et lui fit plein de bisous.

— Il faut se lever, Juju, il y a école, on n'est pas encore le week-end, dit Christa à moitié endormie.

Aussitôt la petite fille se dégagea de son étreinte et s'éloigna en sautillant.

— Ah purée… tu ne veux pas me donner un peu de ton énergie ?

Assise au bord du lit, Christa étendit ses jambes fuselées. L'enfant avait mué en une très jolie jeune fille. Sa transformation physique avait modifié le regard qu'on portait sur elle. Elle redevenait fréquentable. Un trait d'eye-liner noir surlignait son regard perçant. Son apparence devenait une forme de nouvelle arme dans son combat pour être acceptée dans une société qui craignait la différence.

Elle enfila un jean taille basse et un débardeur moulant avant de descendre à la cuisine.

Son petit-déjeuner était prêt sur la table. Sa mère se levait toujours pour tout préparer, mais ce matin, ses cheveux en bataille indiquaient qu'elle s'était levée plus tard que d'habitude.

— Bonjour ma chérie, tu pourrais remettre la sonnerie de ton réveil? Ça me rendait service, je me levais en même temps que toi.

La petite Julie s'insurgea :

— Oh ben non, c'était trop fort. C'était hyper-strident. Ça réveillait trop brusque!

— Eh bien, c'est pour ça que je l'entendais de ma chambre, répondit Élise.

— Elle ne fonctionne plus, dit Christa. Il n'y a plus aucun son qui sort. J'ai mis le vibreur.

— Ah bon? Mince. Tout à coup, comme ça?

Voyant que Christa ne répondait pas, sa mère lui fit signe de retirer ses écouteurs des oreilles.

— Tu écoutes ta musique bien trop fort! Dès le matin, en plus. Ça ne te fatigue pas? On entend le son de l'extérieur! C'est mauvais!

N'importe quoi. La vie est chiante. L'école est chiante. La musique, c'est le moyen de m'évader, se disait Christa.

Cette dernière éteignit tout de même son lecteur CD portable pour ne pas faire d'histoires. Bon, pour être tout à fait franche, depuis quelques mois, elle avait remarqué qu'elle ne pouvait plus suivre une conversation dans certains environnements. Il y avait tellement de bruit partout et les gens parlent souvent en même temps, ils ne savent pas s'écouter.

Christa n'avait plus eu de crise d'épilepsie depuis deux ans. Elle avait pu participer aux camps de ski et au voyage d'études de fin de scolarité. Sa mère avait signé des décharges et avait donné des directives aux moniteurs : « Si une crise se déclenche, appelez l'ambulance ! Ne vous chargez pas de ce problème. Et s'il arrive quelque chose, ce ne sera pas de votre faute. Cela peut nous arriver à nous aussi. » Sans l'insistance de sa mère, elle n'aurait jamais pu partir. Cela avait grandement contribué à la réconcilier avec ses amies. Christa s'était enfin sentie « dans la norme ».

Fréquentant à présent la deuxième année de maturité au lycée cantonal dans la filière scientifique, Christa avait trouvé sa voie et consacrait toute son énergie à ses études. Elle avait aussi quelques copines avec qui elle écoutait de la musique, bossait ses cours et fumait en cachette, mais elle savait que ces dernières sortaient parfois sans elle. Et quand Christa osait leur demander pourquoi, elles lui répondaient qu'elles en avaient pourtant parlé plusieurs fois, mais comme Christa ne réagissait pas, elles pensaient que ça ne l'intéressait pas. N'importe quoi ! Quelles hypocrites ! Mais il fallait bien qu'elle accepte que son épilepsie ne lui permette pas de sortir autant que les autres, sa prise de médicaments quotidienne ne l'autorisant ni à boire de l'alcool ni à être trop fatiguée.

Elle avait l'énorme chance que ses crises n'aient jamais abîmé son cerveau. Certainement amplifié par son régime studieux, elle avait de la facilité pour les études. Elle était parmi les plus douées de sa volée.

Ces derniers temps, elle ressentait tant de rage qu'elle ne savait pas quoi en faire. Sa mère était aux premières loges pour recevoir la tempête de plein fouet. Cela agaçait

Christa de lire dans son regard de l'inquiétude à chaque fois qu'elle entreprenait quelque chose.

Lorsque l'adolescente se laissait embarquer par ses camarades chargés de packs de bières, de bouteilles improbables et de marijuana pour aller faire la fête jusqu'au petit matin, qu'est-ce qu'elle les enviait! Elle jalousait leur lâcher-prise, lorsque, désespérément sobre, elle devenait spectatrice de leur enivrement sans limites ni crainte du lendemain! Les bitures et les premières expériences de fumette correspondaient à une forme de rite de passage. Cette maîtrise de soi constante qui lui était imposée lui donnait l'impression amère de manquer une partie de son adolescence.

La tentation était forte de relâcher sa discipline. Elle n'en voulait plus de ces satanés médicaments et de leurs effets secondaires. Les gencives qui saignent, l'eczéma sur les bras, les fringales, l'humeur chagrine, les maux de ventre et de tête. Dans un sursaut de rébellion, elle avait même cessé de les prendre sur une courte période. Mais elle n'avait pas tenu longtemps après une série d'épisodes humiliants en public et de nombreuses blessures. Particulièrement à ses avant-bras qui frappaient ce qui se trouvait à côté d'elle, comme un verre qu'elle avait brisé en pleine nuit, crépissant de sang sa table de nuit.

Elle avait bien trop conscience que son équilibre était fragile et qu'elle redeviendrait vite *Shake-shake*. Ce qu'elle avait mis tant de temps à construire serait perdu. Il lui suffisait de s'imaginer couchée sur le sol les yeux révulsés devant tous ses amis pour lui ôter toute envie d'enfreindre ses règles.

Après avoir fait le point avec Élise sur leur planning de la journée, Christa remarqua une lettre manuscrite entre ses mains. Depuis quelques années, sa mère entretenait une correspondance avec un ami de jeunesse qui vivait en Angleterre. Cette dernière leur en parlait parfois, à elle et à Julie, mais toujours avec un ton retenu, nostalgique, teinté de quelque chose de plus sombre. Quand Christa lui posait des questions pour mieux comprendre qui était cet Antonio, sa mère ne tarissait pas d'éloges sur lui. Il était son meilleur ami et ils adoraient danser, aller au cinéma, ou au théâtre ensemble. Leur passé était un enchaînement de fêtes et de découvertes. Puis son regard se voilait lorsqu'elle évoquait son départ à cause d'une opportunité professionnelle qu'il avait saisie.

Cet homme semblait beaucoup compter pour elle. Christa sentait une certaine tendresse dans sa manière de parler de lui.

Sa mère lui fit une confidence inédite.

— En fait, il m'avait proposé de partir avec lui pour continuer nos études. Mais je n'ai pas eu le courage de m'éloigner de papi et mamie. Ça a été un déchirement. Vraiment.

Christa eut un pincement au cœur pour cette époque où les femmes n'étaient pas libres de faire ce qu'elles voulaient, où les femmes se sentaient investies d'une unique mission : soutenir leur famille et en fonder une.

Sa mère toussota, bougea sur son siège comme si elle était mal assise, puis lâcha dans un souffle :

— Pour tout te dire, c'est avec lui que j'ai fait l'amour pour la première fois.

— Ah bon ! Ce n'était pas papa ?

— Non. Pas la toute première fois, dit-elle en rougissant.

Christa se demanda pourquoi sa mère lui en parlait si ça la mettait aussi mal à l'aise. Élise continua en la regardant droit dans les yeux.

— En fait, c'est moi qui ai insisté.

Christa fit de gros yeux et rougit à son tour.

— Mais, pourquoi tu me dis ça, maman?

— Parce que c'est important que tu le saches. J'avais vingt-deux ans et je voulais que ce soit avec lui.

— OK…

Christa se leva pour se servir un verre d'eau, fouilla dans l'armoire de cuisine à la recherche de quelque chose à grignoter et comme sa mère avait repris en main la lettre d'Antonio, elle se rassit en face d'elle avec son paquet de chips.

— Et alors? Qu'est-ce qu'il t'écrit?

— Il dit qu'il va vivre à Berlin. Depuis la chute du Mur, c'est une ville en pleine expansion. Il explique que l'immense *no man's land* de la Potsdamer Platz est devenu le plus grand chantier d'Europe et qu'il va superviser la construction de bureaux.

— Pourquoi est-ce que tu n'es jamais allée le voir à Londres?

— J'y suis allée une fois, avec toi. Tu ne te souviens pas? Tu avais sept ans. Nous étions partis avec ton père en week-end et nous deux nous sommes éclipsées pour passer l'après-midi avec lui.

Sa mère s'éloigna vers son bureau et revint avec une photo le représentant assis sur un canapé, une toute jeune Christa devant lui, tous deux souriant à l'objectif. Christa fouilla dans ses souvenirs. Oui effectivement, elle se rappelait vaguement un grand type élégant au regard clair. Un sentiment de douceur l'avait submergée lorsqu'il l'avait prise dans les bras.

— Il a l'air… gentil.

— Il l'est.

La porte d'entrée claqua, la voix de Lucien retentit.

Sa mère rangea la photo et la lettre précipitamment en sortant de la cuisine.

*

Depuis peu émergeait une nouvelle musique nommée techno et une soirée avait lieu dans la halle des fêtes du village. Le père de Christa pestait contre ce bruit, contre cette musique de fous. Il disait : « C'est un feu de paille ! Comment peut-on appeler cela de la musique ? Dans deux ans, on n'en entendra déjà plus parler ! » C'est sûr que pour quelqu'un qui n'écoute que de la valse et des chansons françaises, c'était un véritable choc des cultures. Tous les camarades d'école de Christa en parlaient depuis des jours et espéraient être autorisés à se rendre à la soirée. Ils étaient encore un peu jeunes pour sortir toute la nuit, mais l'événement se trouvant dans le village, beaucoup de parents avaient octroyé une permission exceptionnelle.

Christa avait cru que sa mère lui interdirait d'y aller. Depuis qu'elle était en âge de sortir seule, Élise était devenue encore plus protectrice. Heureusement qu'ils ne vivaient pas en ville ! Elle avait dû vraiment insister et argumenter en nommant les copines qui l'accompagneraient.

Finalement, sa mère lui avait donné son approbation en lui faisant promettre de rentrer avec ses amies.

*

Les techno-parties avaient une mauvaise réputation. Ultraviolets, stroboscope, fumigènes et basses matraquant les tympans définissaient ces soirées, ainsi que ses indésirables, ecstasy, LSD, joints, s'échangeaient de main en main. Les autorités étaient sur le qui-vive.

Le groupe animateur portait le nom enchanteur de « Poison ». Toute la jeunesse du Jura affluait dans la Halle et des groupes se formaient un peu partout à l'extérieur, baignés dans différentes odeurs de fumée.

Habillées de tee-shirts fluorescents et de jeans, Christa et ses copines découvrirent une salle bondée. Le DJ envoyait du lourd avec les Blutonium Boys. Les basses du morceau *XTC* faisaient vibrer le bâtiment jusqu'aux entrailles. La foule sautait en rythme. Christa fut submergée par une onde de joie, comme si son corps se faisait ensorceler par la mélodie répétitive qui lui martelait : « Saute, vis, profite, tu es vivante, tu es jeune, jouis de la vie ! » La musique était si forte. Pourtant des jeunes s'amusaient à se coller contre le haut-parleur pour ressentir les ondes des basses traverser leur corps. Elle entraîna ses copines vers le centre de la piste.

La danse procurait à Christa un sentiment de liberté totale. Seul comptait le mouvement des corps. Portée par le pouvoir émotionnel de la musique, une bouffée d'espoir la submergea. Tout ira bien. Elle avait traversé le plus difficile. Encore un an de lycée et à elle, la liberté.

Des centaines de bâtons colorés phosphorescents luisaient dans toute la halle. Autour des poignets, en colliers ou piqués dans les cheveux, il y en avait partout. La foule était compacte. Les flashs des stroboscopes rendaient le tout irréel.

Ce soir-là, Christa n'avait pas envie d'être l'élève modèle. Les heures passèrent, elle se laissa emporter et but quelques verres, des mélanges interdits, vodka-Red Bull, whisky-coca. Elle se sentait tellement bien. Elle flottait dans un rêve. Le tube d'Eiffel 65, *Blue Da Ba Dee*, déchaîna la foule qui hurla de joie, une énergie folle jaillissait de la masse en ébullition. Un garçon entraîna Christa dans des sautillements effrénés.

Soudain, elle reconnut la vague de froid naître en elle et lentement l'envahir.

Oh non! Non! Pas maintenant!

Comme un automate, elle se détacha de son partenaire pour s'éloigner. Pris dans l'ambiance, il la retint, elle dut le repousser brutalement pour s'en aller le plus vite possible. Elle fendit la foule et se dirigea vers le côté de la salle. Il faisait sombre, elle fouillait frénétiquement dans son sac à main. Où était cette satanée dose d'antiépileptiques? Ça faisait si longtemps qu'elle n'en avait plus eu besoin. Les flashs brouillaient sa vue. Elle sentit le grésillement familier raidir ses membres. Elle avança à quatre pattes pour se cacher derrière l'immense haut-parleur. La vague arrivait. Elle essaya de se concentrer sur quelque chose… n'importe quoi, mais la panique l'en empêchait. Elle baignait dans un tel vacarme qu'elle avait l'impression que son cerveau allait exploser. Puis ce fut le black-out…

Elle reprit connaissance.

Cette musique assourdissante si oppressante.

Confusion.

Dix minutes plus tard? Trente minutes? Aucune idée. Personne n'avait fait attention à elle. Groggy, elle se traîna jusqu'aux toilettes et vomit. Le miroir lui renvoya une mine affreuse, avec de la bave sur son menton. Elle était frigorifiée et son corps entier était douloureux, mais surtout son poignet, qu'elle ne pouvait plus bouger. Elle se sentait sale et honteuse.

Sa copine apparut et s'agita devant elle. Christa ne comprenait pas ce qu'elle disait, mais elle en déduisit qu'elle l'avait cherchée partout. Ses oreilles sifflaient, elle entendait les sons comme à travers du coton, elle avait un terrible mal de tête. Ses jambes tremblaient.

Christa rentra jusque chez elle en titubant, à moitié portée par ses amies qui rigolaient, pensant qu'elle était ivre.

Lorsqu'elle s'allongea dans son lit, elle se sentit vidée de toute substance vitale. Cette crise avait été forte. C'était revenu. Le grand mal était revenu. Ou plutôt, il n'était jamais parti. Telle une bête tapie dans l'ombre, il avait veillé jusqu'à ce qu'elle l'oublie pour mieux la surprendre.

*

L'adolescente se réveilla nauséeuse en milieu de matinée. Ses paupières lourdes lui donnaient l'impression d'être dans le coaltar. Un bourdonnement résonnait dans ses oreilles. Encore chancelante, elle se força à prendre une douche.

Sa petite sœur avait sorti sa peinture et était concentrée sur sa création pendant que sa mère lisait un magazine. Celles-ci échangèrent quelques mots, sans que Christa saisisse un traître mot de la conversation. Elle avait les oreilles complètement bouchées.

Attablée devant son bol de céréales, elle effectuait des bâillements pour essayer de se déboucher les oreilles.

— J'ai les oreilles qui bourdonnent et j'ai un mal de crâne terrible.

— Ce matin, tout le monde en parlait au village ; c'était beaucoup trop fort hier soir ! Je ne comprends pas où est le plaisir ! D'autant plus qu'il y a une nouvelle loi qui limite le niveau de décibels. Des mamans m'ont dit que leurs enfants avaient les oreilles qui sifflaient !

Son père surgit dans la pièce, pareil à un bulldozer. Il s'assit à table avec son journal. Des bribes de phrases qu'elle comprenait, Christa devina qu'il pestait contre la soirée techno, qu'il n'avait pas encore eu le temps de boire son café, que les nettoyeurs avaient retrouvé des pilules et des seringues.

— Des seringues ! Tu te rends compte ! Dans *mon* village !

Puis il s'adressa brusquement à son aînée en plissant des yeux, suspicieux.

— Et toi ? Tu as une de ces têtes ! Tu as fumé des joints ?

Ce fut la première phrase qu'elle comprit distinctement de la journée. La voix grave de son père lui était plus facile à percevoir.

— Bien sûr que non ! répondit-elle sur la défensive.

Puis il maugréa encore quelque chose caché derrière son journal, elle ne comprit plus un mot. Sa respiration s'accéléra, ses mains se crispèrent sur ses genoux, elle repensa à la crise de la nuit. Elle n'osait pas en parler, craignant qu'on ne la prive de sortie.

Les bourdonnements s'atténuèrent en fin de journée, mais la jeune fille percevait toujours les sons comme à travers un coussin ouateux. Y compris sa propre voix. Au repas du soir, la conversation entre sa mère et son père lui parvenait en phrases sans queue ni tête.

6

Les températures avaient chuté brusquement depuis le début de la semaine. L'air avait cette odeur fraîche de novembre, certaines décorations de Noël avaient déjà fait leur apparition derrière les vitrines des boutiques de la rue des Annonciades à Porrentruy.

Dans le bureau du médecin en oto-rhino-laryngologie régnait une ambiance encore plus glaciale.

— Et vous dites que c'est une maladie génétique ? Une maladie génétique ?

Élise avait les jointures des doigts blanches, tant elle serrait ses accoudoirs. Elle n'était pourtant pas au bout de ses surprises.

Le spécialiste venait de présenter à la mère et la fille les résultats des tests de l'ouïe de celle-ci. « L'audiogramme tonal mesure la capacité à entendre. L'audiogramme vocal mesure la capacité à comprendre. Ce n'est pas pareil. On peut entendre une voix, mais ne pas la comprendre. Christa a une baisse dans les aigus. Cela signifie qu'elle n'entend pas certains sons, ce qui enlève de la clarté. Comme si les gens parlaient avec un marshmallow dans la bouche. »

Christa ne cessait de se masser l'intérieur des oreilles

comme si ce geste allait les déboucher et qu'elle pourrait dire : « C'est bon ! On arrête les conneries. On peut rentrer, maman, tout va bien. »

Le médecin s'était levé et était venu s'appuyer contre son bureau devant les deux femmes. Il réduisait la distance entre elles et lui pour leur montrer son soutien.

— Madame Comte, est-ce qu'il y a des personnes sourdes ou malentendantes dans votre famille ? Vos parents ?

— Non, non, mes parents entendent très bien. Mon oncle aussi.

— Et du côté du père de Christa ?

Élise cessa de respirer. Du côté du père de Christa... Quelle bonne question ! Il lui vint l'image de l'appareil qu'elle avait aperçu derrière l'oreille d'Antonio, à Londres. Stupeur. Elle cacha son visage dans ses mains pour étouffer un cri silencieux. Si son ami était resté dans leur vie, elle aurait eu connaissance de sa maladie. Elle aurait pu prendre des dispositions plus tôt pour Christa.

Elle se contenta de répondre qu'elle allait se renseigner, qu'elle n'en savait rien, ce qui agaça la principale concernée.

— Mais on sait bien que papa n'a pas de problèmes d'audition !

Il y eut quelques instants d'hésitation. Et si c'était l'occasion de lui avouer que son père n'était pas celui qu'elle croyait ? Élise se rendit à l'évidence que peu importe quand elle comptait lui dire la vérité, il n'y aurait jamais de bon moment. Alors qu'elle pensait qu'elle ne faisait que repousser une échéance, elle réalisa qu'elle n'avait jamais compté lui révéler le secret de sa conception. Jamais.

Pour l'instant, il fallait qu'elle réponde aux interrogations de sa fille. Trouve quelque chose ! s'engueula-t-elle intérieurement. Elle s'exclama de manière un peu trop enthousiaste pour être honnête :

— Ton grand-père paternel, oui ! Tu ne l'as pas connu, mais il nous faisait tout le temps répéter nos phrases.

— Mais papa aurait aussi des problèmes !

Le docteur, qui devait sentir la tension qui émanait de cette discussion, s'interposa et précisa que l'hérédité génétique pouvait sauter une génération. Élise aurait pu l'embrasser pour le remercier.

Christa hocha la tête machinalement, perdue dans ses pensées.

— Ou alors, est-ce que j'écoute trop fort de la musique ?

La maman aurait voulu la prendre sur ses genoux, la serrer contre sa poitrine, la respirer, la bercer avec des mots rassurants. Qu'est-ce que c'était que cette nouvelle épreuve ? Est-ce qu'on allait laisser cette enfant tranquille à la fin ?

Le médecin prit la main de la jeune fille.

— Si vous écoutiez beaucoup de musique, cela a peut-être accéléré le processus, car cela fatigue l'oreille. Mais tôt ou tard votre audition aurait baissé. Les cellules ciliées de la cochlée sont abîmées et ce n'est pas récent. Vous avez sûrement dû remarquer que vous compreniez moins bien votre entourage depuis quelque temps ?

— C'est vrai que je dois souvent tendre l'oreille ou demander qu'on répète, mais de là à dire que j'ai carrément une déficience…

Sa voix s'étrangla, des larmes perlaient au coin de ses yeux.

Élise avait le cœur en miettes. Le médecin gardait son ton monocorde.

— Votre cerveau s'est accommodé, il interprète les paroles en complétant les sons qu'il n'entend pas et vous lisez instinctivement sur les lèvres. C'est exténuant, car vous devez sans cesse déduire le sens de chaque phrase.

Christa clignait des yeux comme si elle avait une hallucination.

— C'est dingue que je ne m'en sois pas rendu compte avant! Est-ce que cela veut dire que cela va encore se détériorer? Vais-je devenir…

Elle se rassit, tremblante.

— Sourde?

— Je ne peux pas vous répondre. Je ne peux rien prédire. Nous allons dorénavant effectuer des contrôles tous les six mois, ou même plus souvent, si vous remarquez que votre audition se modifie.

Le spécialiste prit un ton plus doux.

— Je vais faire un rapport à l'audioprothésiste qui saura vous conseiller pour choisir les aides auditives les plus adaptées.

Élise lâcha un petit cri de stupeur. Sa fille regardait le médecin comme si c'était un fou qui lui racontait n'importe quoi.

— Vous verrez, ça va vous changer la vie, vous vous rendrez compte de tous les efforts que vous faisiez jusqu'à maintenant. Vous serez moins fatiguée.

Il y avait sûrement une erreur. On allait pouvoir la guérir. Un spécialiste pourrait certainement la réparer! Elle ne pouvait pas, en plus de son épilepsie, devenir malentendante! La vie ne pouvait pas être aussi cruelle. Soudain, Christa prit son sac sur ses genoux et se redressa. Elle lâcha dans un souffle:

— Jamais de la vie! Ça ne va pas être possible!

— Il y en a des discrets, c'est comme les lunettes, les gens s'y habituent.

Brusquement, elle se leva en faisant tomber sa chaise,

tel un animal sauvage affolé. Quand Élise prit sa main pour tenter de l'apaiser, Christa la retira comme brûlée et s'enfuit hors du cabinet.

*

Après avoir couru quelques minutes pour se calmer, Christa arriva près d'un carrefour. Elle s'arrêta et tendit l'oreille. Le bruit des moteurs de voitures lui parvenait comme un bourdonnement atténué. Elle fit quelques pas avec un regard nouveau sur ce qui l'entourait. À trente mètres d'elle, une classe de jeunes écoliers et leur maîtresse, équipées de gilets fluorescents, suivaient les instructions routières d'une agente de la circulation. Elle vit la femme porter un sifflet à sa bouche, souffler à l'intérieur en levant le bras en direction des automobilistes pour faire traverser les enfants. Elle fut sidérée de constater qu'elle n'entendait pas le sifflement. Rien. Elle tendit l'oreille, mais rien.

Ainsi Christa prit conscience de faire partie d'un nouveau monde. Le monde des malentendants.

Des gens allaient et venaient de part et d'autre, elle n'entendait pas leurs pas sur le pavé.

C'est un cauchemar, c'est un cauchemar.

Elle allait se réveiller.

Et soudain, elle sentit les fourmillements familiers revenir. Elle se sentit partir, mais n'eut pas la force de réagir. Son esprit était déjà paralysé.

*

Élise parcourait la rue en voiture en scrutant les trottoirs depuis quelques minutes déjà. Peut-être que sa fille s'était réfugiée dans un café ? Dans ce cas, ses recherches étaient vaines. À seize ans, elle avait le droit de rester seule. Mais un pressentiment la poussait à s'inquiéter, elle était incapable de simplement rentrer à la maison. Quand un attroupement se fit au loin autour de quelqu'un gisant sur le sol, elle sut immédiatement que c'était Christa.

*

Quand elles arrivèrent à la maison en début de soirée, les deux femmes étaient épuisées. Christa avait la tête et la main bandées, elle s'était démaquillée comme elle avait pu dans les W.-C. de l'hôpital, du noir maculait le coin de ses yeux. Lucien et Julie étaient devant la télévision. Élise remarqua qu'il n'avait pas pris la peine de préparer quoi que ce soit à manger.

— Je vais prendre un bain, dit Christa d'un ton si dépité que le cœur d'Élise acheva de se briser.

Cette dernière expliqua la situation à Lucien.

— Une maladie héréditaire ? Mais héritée de qui ?

« D'Antonio ! Christa est la fille d'Antonio, bon sang ! »

Voilà ce qu'elle avait envie de lui dire ! Mais cela détruirait sa famille.

Pendant que Lucien l'observait en plissant les yeux et que la chaleur envahissait ses joues, elle fondit en larmes en se bornant à répondre qu'elle n'en savait rien.

— Lucien, tu te rends compte de ce qu'elle a déjà traversé ? Et ça en plus, maintenant ? Il lui faudra des appareils. C'est dramatique pour elle. Il faut qu'on la soutienne.

— Bien sûr que je la soutiens, puisque c'est moi qui paye tout !

Élise resta interdite. La déception qu'elle ressentait devant ses réactions lui gelait le cœur.

*

Élise fut surprise de découvrir qu'elle connaissait l'audioprothésiste Philippe Jaccot. Elle avait fait sa connaissance quelques années auparavant à une fête de village, alors qu'elle servait dans le bar d'une société locale. La quarantaine récemment entamée, il était revenu au pays après le décès subit de son épouse. Ils avaient passé une bonne partie de la soirée accoudés au bar à discuter, échangeant sur des tas de sujets et Dieu que ça lui avait fait du bien. Une vraie discussion, un vrai partage, cela ne lui était pas arrivé depuis des lustres. Son intérêt pour sa conversation l'avait également émue. Il écoutait ce qu'elle disait et prenait son avis en considération. Cet échange lui avait laissé un souvenir délicieux, néanmoins amer. Sa relation avec Lucien lui avait apparu soudain si fade.

Élise n'aurait jamais pensé revoir cet homme dans ces circonstances. Son regard était franc et chaleureux, orné de rides du sourire.

Pendant qu'il faisait passer une série de tests à Christa, elle était assise dans un coin et regardait sa fille devenue une si jolie jeune femme. Elle priait : « S'il vous plaît, laissez-lui son ouïe, s'il vous plaît, pas ça, elle a encore tant de choses à découvrir, elle commence seulement à avoir une vie sociale, elle a déjà tant souffert, laissez-lui son ouïe. » Le sentiment d'injustice qu'elle avait ressenti dix ans auparavant à l'annonce de son épilepsie revint d'autant plus fort. Elle sortit un moment, ne pouvant retenir ses larmes.

La maman se rendit compte qu'elle pleurait également

sur son propre sort. Sa fille était en train de devenir indépendante, elle pensait qu'elle allait pouvoir souffler un peu. Mais non, retour à la case départ avec un autre problème de santé. Avec de nouveaux rendez-vous et cette fois, en plus, en trimbalant un enfant de six ans d'un spécialiste à l'autre. Sans oublier les phases de découragement, qui exigeraient d'elle de porter sa famille à bout de bras.

Le docteur Jaccot entama ses explications.

— Il faut s'imaginer que, comme l'ouïe est abîmée, une partie des récepteurs n'est plus stimulée. Le cerveau a donc perdu l'habitude de les interpréter. C'est comme si des prises électriques avaient été débranchées. On les appelle « les synapses ». Ça se passe du point de vue neurologique. L'appareil auditif va permettre de stimuler à nouveau ces synapses et va aider le cerveau à renouer les connexions. Il faut compter plusieurs mois pour que nous parvenions à affiner les réglages des appareils et que le cerveau lui-même s'adapte. Tous les sons sont amplifiés, y compris les bruits désagréables.

Élise tentait d'apprivoiser ces nouvelles informations.

— Alors, elle n'entendra pas tout de suite parfaitement ?

— Non. C'est plus compliqué que ça. Et ce n'est pas parce que quelqu'un est appareillé qu'il entend comme quelqu'un qui a une ouïe saine. Il y a trois règles à respecter : regarder la personne bien en face, positionner son visage à la lumière, articuler sans exagérer.

Élise sentait la panique la gagner. Elle commençait à saisir l'ampleur du problème, ce que cela impliquait concrètement dans le quotidien de Christa, dans sa vie scolaire. Comment allait-elle faire pour comprendre ses enseignants ? Et quand les élèves poseront une question en classe ? Le médecin se voulait rassurant.

— Il y a des solutions. Ce serait idéal qu'elle apprenne à lire sur les lèvres. Ça se nomme la lecture labiale, mais elle le fait déjà inconsciemment. Et pour les études, je l'encourage vivement à apprendre la langue parlée complétée, dit LPC. C'est un soutien à la lecture labiale, car il y a ce qu'on appelle des sosies labiaux, comme pain, main, bain qui sont absolument semblables à la lecture sur les lèvres. La LPC permet de montrer quelle syllabe est utilisée, par un geste de la main à côté du visage. Même pour votre famille, pour communiquer avec Christa, cela lui simplifierait nettement la vie. Elle comprendrait tout de suite ce que vous lui dites. Et cela serait un bon soutien pour elle, que vous l'appreniez ensemble.

Pendant ces explications, Christa restait silencieuse. L'air hagard. Élise se dit qu'elle devait se sentir si lasse des difficultés que l'existence lui imposait !

Il s'accroupit en face de Christa.

— Tu verras, ce n'est pas si compliqué. Il existe des cours intensifs. Tu l'apprendras très vite.

Il leur donna les coordonnées d'une association d'aide aux malentendants.

— Ils vous aideront. Contactez-les ! Ne restez pas seules. C'est très important.

Au moment de quitter le cabinet, l'homme dit à Élise en aparté :

— Les personnes malentendantes sont plus facilement déprimées. Elles se coupent du monde par découragement et en souffrent énormément.

Il lui prit la main et lui assura qu'il serait là pour l'épauler, il ne la laisserait pas toute seule dans cette épreuve.

Il avait du temps. Beaucoup de temps. Élise sonda son regard empli d'empathie et y lut de la sincérité, de la tendresse. Elle retira sa main, gênée, le remercia en baissant les yeux et sortit, le cœur battant un peu plus vite que d'habitude.

*

Sur le chemin du retour, dans la voiture, Christa regardait le paysage défiler, sa chevelure bouclée indomptable encadrait son visage gracieux. Les yeux rougis, elle paraissait désorientée. Élise allait tout mettre en œuvre pour soutenir sa fille. Une fois de plus. Cela ne s'arrêterait donc jamais. Étouffer ses craintes et représenter le phare dans la nuit pour ses enfants. Voilà le rôle qu'elle s'efforçait de tenir.

— Ne t'inquiète pas, ça va aller. Je suis là. Je serai toujours là. J'expliquerai tout à papa.

— Si tu veux… Déjà que je lui fais peur avec mon épilepsie, il va encore plus me rejeter.

— Qu'est-ce que tu racontes ? Ton père ne va pas te rejeter ! Il n'a pas reçu beaucoup d'amour. Il ne sait pas le montrer. Mais il ferait tout pour toi !

Élise avait compris que Lucien voyait le besoin d'assistance comme de la faiblesse. Comme si ça le confrontait à sa propre vulnérabilité. Comme s'il avait peur que ce soit contagieux. Il pensait qu'il valait mieux être exigeant avec sa fille, que c'était lui rendre service. Il était d'avis que l'empathie la conforterait dans le rôle de victime et l'encouragerait à se laisser aller.

La mâchoire d'Élise se crispait à cette réflexion. La manière de son mari de ne pas accepter Christa telle qu'elle était la rendait folle. Elle avait du mal à comprendre qu'il ne ressente pas cet amour viscéral de leur personnalité tout entière.

*

Le lendemain, Élise traversa le village à pied, accompagnée de Julie pédalant sur son vélo. Des voisins, des connaissances, allaient certainement lui demander des nouvelles de sa famille. Elle réfléchissait donc si elle allait parler de ce qui leur arrivait ou si elle voulait le garder encore quelques jours pour elle.

Vivre dans un village lui pesait parfois. Comme de ne pas pouvoir sortir faire une course rapide, car elle ne pouvait éviter les papotages habituels. Sans compter tous ces sujets qu'on la priait d'aborder avec monsieur le maire, ou encore pire, certaines personnes n'hésitaient pas à l'interpeller au milieu du magasin pour critiquer une décision politique de son mari. Lucien n'avait pas la moindre idée des conséquences de sa fonction sur sa vie à elle. Parfois, elle se privait de quelque chose dont elle aurait eu besoin juste parce qu'elle n'était pas d'humeur à converser.

Les habitants de villages sont comme une grande famille compliquée qui se tolère. On se critique, on se fâche et souvent on se réconcilie. Ces mêmes personnes n'hésitent pas à soulever des montagnes pour venir en aide à leur voisin en détresse.

La porte d'entrée du commerce tintinnabula. Les deux clientes saluèrent chaleureusement la petite fille avant de s'adresser à elle.

— On a appris pour Christa. Si tu as besoin de garde pour la petite ou si tu veux juste boire un café, n'hésite

pas à me demander, dit une dame âgée arborant une parfaite mise en pli, avant de se pencher vers Julie.

— J'ai deux gros chats très gentils, tu voudras venir
leur donner à manger ?

— Ouiiiiii, répondit Julie, ravie.

— Merci Chantal. Merci.

Élise remercia le ciel d'être si bien entourée. C'était
une chance d'avoir tant de bienveillance autour de soi.

7

Le père d'Élise, Richard Dubois, imposant patriarche de soixante-huit ans, avait réuni sa femme, son frère Thierry, sa fille unique, son beau-fils et ses petites-filles dans son salon. Il bourrait sa pipe en chantonnant. Julie jouait avec le chat et zigzaguait entre les fauteuils en chêne qui valaient une fortune. C'était l'époque où on investissait pour une vie entière dans ses meubles de salon. La table à manger était prévue pour accueillir de nombreux invités. La décoration de la pièce était désuète et soignée. Les poutres apparentes témoignaient de l'ancienneté de la demeure. De nombreuses photos en noir et blanc encadrées affichaient la réussite des ancêtres de la famille Dubois.

L'ambiance générale était joviale. Élise et sa mère amenaient les assiettes de gelée de ménage préparées par la boucherie du village. C'était le premier plat du menu de la Saint-Martin. Thierry s'amusait à essayer d'attraper Julie chaque fois qu'elle passait derrière lui, ce qui déclenchait chez la petite fille des cascades de rires cristallins. Élise pria Julie de se calmer et de venir s'asseoir, puis demanda à Christa de poser son livre et de venir à table. Son père fit tinter son verre de manière solennelle.

— J'ai une grande nouvelle. Une révision du plan local d'urbanisme a été votée par le conseil communal : mes terres agricoles seront dézonées !

Thierry toussa dans son verre.

— Qu'est-ce que cela signifie, papa ? demanda Élise.

— Que je vais pouvoir construire des dizaines d'appartements. Je vais devenir un riche propriétaire. Enfin, ces terrains deviennent intéressants !

Thierry frotta sa serviette contre sa chemise sur laquelle il avait fait gicler sa boisson. Il s'adressa à Richard, d'un ton contrarié.

— Tu aurais pu me parler de tes projets ! Tu avais dit que cela n'arriverait jamais ! Que ces champs resteraient des champs !

— Mais pourquoi est-ce que j'aurais dû t'en parler ? Ce ne sont pas tes terrains. Cela fait des années que j'y travaille, avec notre maire ici présent. Nous avons fait des pieds et des mains pour y parvenir.

Il fit un clin d'œil à Lucien. Élise fronça les sourcils. Lucien argumenta.

— Le village a besoin d'appartements. Un village qui ne croît pas est un village qui meurt.

— Le terrain va passer de deux francs le mètre carré à cent francs ! renchérit Richard.

— Pour quand est-ce prévu ? demanda Thierry.

— Malheureusement, cela va prendre encore quelques années. Ce n'est pas pour tout de suite, répondit Lucien.

— L'immobilier est le plus sûr des investissements. Ce sera ton héritage, Élise ! s'emporta Richard. Tu seras la plus importante propriétaire du village !

— Mais je ne veux pas d'immeubles ! Cela ne m'intéresse pas du tout. Nous avons une entreprise prospère, pourquoi vouloir davantage encore ?

114

— Une entreprise n'a jamais été une garantie à vie. Alors que l'immobilier, si. Tu en seras heureuse plus tard, pour tes vieux jours. C'est pour ta sécurité et pour tes enfants ! Tu ne travailles pas et qui sait ce qui peut arriver à Lucien ? C'est pour toi que je fais tout ça !

Lucien s'insurgea ; il pouvait très bien s'occuper lui-même de sa famille.

À la fin du repas, Élise lava la vaisselle en porcelaine et entreprit de la rapporter dans l'armoire de la chambre du fond. En passant à côté du bureau, elle surprit une conversation entre son oncle et son père.

— Laisse ces terres en zone agricole, tu n'as pas besoin de ça, Richard !

— Toi, tu as eu la maison des parents. Moi, je n'ai eu que les terres ! Je m'étais fait complètement avoir. Et maintenant que ça devient intéressant, évidemment, tu es jaloux !

— Je vais te le dire puisque tu ne me laisses pas le choix ; si tu ne veux pas déterrer un cadavre, abandonne cette idée !

Un silence plombé suivit, Élise était pétrifiée derrière la porte.

— Tu n'as pas fait ça ? Sur mes terres ! tonna Richard.

— Et tu voulais que je le mette où ? C'était le lieu le plus sûr. Tu ne comprends même pas que j'essaie d'arranger les choses ! Toujours ! Encore aujourd'hui !

— Dis-moi sur quelle parcelle tu l'as mis, Thierry ! Si on s'y prend bien, on pourra lui construire un immeuble dessus ! Ça réglerait définitivement le problème !

— Bon sang, Richard, on n'est pas dans un film, le squelette n'est pas enseveli assez profond. Si un seul paysagiste ou ouvrier commence à creuser le sol, tu auras directement une enquête sur le dos et tous tes travaux seront stoppés. Ensuite, on verra sur son squelette qu'il a été tué et on cherchera un coupable ! Si on remonte jusqu'à Antoine, nous tous serons inquiétés. Tous !

— Alors déplace-le ! Il y a des millions en jeu ! Je te paierai pour ça !

Les assiettes manquèrent de lui échapper des mains. Quelle horreur ! Le cadavre du Gros Louis était en train de pourrir là où elle allait se promener presque tous les jours ! Elle posa précipitamment la vaisselle et sortit prendre l'air. Ses souvenirs la projetèrent directement lors de cette affreuse soirée, dans la pénombre de l'écurie.

*

Élise était déjà allongée dans le noir quand Lucien la rejoignit au lit. À la manière dont il remuait à côté d'elle, elle comprit qu'il ne trouvait pas le sommeil. Soudain, il se leva et quitta la chambre. Des craquements et des bruits venant du salon lui indiquaient qu'il cherchait quelque chose. Mais que farfouillait-il ? Qu'est-ce qui lui tournait dans la tête ? Cela avait sûrement à voir avec l'annonce de son père. Elle devina qu'il était dans le coin bureau, là où elle rangeait toute sa paperasse. Il ne s'en approchait jamais. C'était elle qui était assignée aux tâches administratives de la famille. Il n'avait jamais réglé une seule facture du ménage. Après un moment de silence, elle reconnut le tintement d'une bouteille qu'on appuie sur un verre. Il se servait à boire.

Un pressentiment la poussa à se lever et à le rejoindre.

Il était avachi sur la chaise de bureau, un verre à la main. Il expliqua qu'il cherchait leur contrat de mariage. Qu'il n'avait aucune idée des conditions d'héritage dans un mariage. S'il avait droit à quelque chose ou pas.

— Mais au lieu d'un contrat de mariage, je suis tombé sur ça.

Plus Élise s'approchait et plus elle distinguait ce qui se trouvait en face de lui sur le bureau.

Non, non, non.

Son cœur fit un bond dans sa poitrine. Lucien s'était retrouvé nez à nez avec Antonio, souriant à pleines dents, photographié à son avantage et, avec l'article, des photos de Christa à tout âge. Christa en train de jouer du piano, Christa avec son sac d'école, Christa à douze ans, puis à quinze ans. Des photos qu'elle avait soigneusement sélectionnées et gardées pour les offrir à son ami le jour où elle se déciderait enfin à lui révéler sa paternité.

Il tenait dans la main la photo qu'elle avait prise elle-même d'Antoine et Christa, encore toute jeune, posant devant l'objectif.

— Je me suis demandé comment c'était possible qu'ils soient ensemble, puis j'ai vu le reportage dans le magazine, c'était à Londres.

Elle ne savait plus quoi dire, son cœur battait si fort qu'elle ne parvenait pas à prononcer un seul mot. Elle se demandait s'il avait bien tout compris.

— Tu avais insisté pour y aller, continua-t-il. Je ne comprenais pas ce que tu pouvais bien trouver à cette ville. Tu l'as vu en cachette ! Dans mon dos ! Tu avais tout planifié !

Un soulagement l'envahit. Ouf. Il ne parlait que de ce mensonge-là.

— Je… je voulais le revoir. C'était mon meilleur ami. Je savais que tu ne serais pas d'accord.

— C'est un fugitif ! On ne doit plus jamais s'approcher de lui !

— Ça fait seize ans ! Seize ans, Lucien ! Le reste du

monde s'en fiche. Laisse-moi avoir un ami. On ne fait rien de mal !

— Es-tu en train de me dire que vous êtes en contact ?

— Seulement par correspondance.

— Tu dois cesser de lui écrire ! lui ordonna-t-il. Tu vas nous créer des ennuis. Pense à nos filles !

Élise se renfrogna. « Tu peux toujours courir… » pensa-t-elle.

*

Les jours passaient et Christa avait l'impression de vivre dans une quatrième dimension. Elle se sentait comme ces héros de films d'aventures qui se retrouvent dans une impasse dont les parois se rétrécissent.

Malentendante à seize ans. Elle avait envie de se taper la tête contre les murs pour débloquer ses oreilles. Parfois, elle se pinçait le nez en soufflant de toutes ses forces et espérait qu'après une douleur fulgurante le son reviendrait, mais un bouchon ouateux persistait à la couper du monde. Ça va revenir, ça va se libérer, ce n'est pas possible, c'est n'importe quoi !

Christa était étendue dans son lit et ses yeux tombèrent sur son réveil. Un doute s'insinua dans son esprit. Elle saisit l'objet et enclencha la sonnerie au lieu du vibreur, puis elle le programma pour qu'il sonne deux minutes plus tard. Julie arriva dans la chambre en portant un jeu.

— Tu joues avec moi ?

— OK. On se met sur le tapis ?

Soudain, Julie lâcha la boîte et se plaqua les mains sur les oreilles.

118

Christa fut effarée. Elle comprenait que le réveil était en train de sonner, alors qu'elle n'entendait rien du tout.

— Elle fonctionne... murmura-t-elle. La sonnerie fonctionne...

*

La semaine à l'école fut très éprouvante. Christa était rentrée le soir complètement exténuée. Toutes les conversations à plusieurs étaient devenues compliquées, voire impossibles à suivre.

Il lui restait cependant une ultime confrontation qu'elle repoussait depuis le diagnostic : son cher piano.

Tremblante, elle posa la main droite sur le clavier et joua quelques notes. Puis un morceau entier. Elle fondit en larmes. Elle n'entendait plus la musique de la même manière. Les sons étaient étouffés. Il lui manquait de la clarté, mais le plaisir de jouer restait intact.

Sa mère avait informé Raphaël, son professeur de piano, pour qu'il potasse le sujet. Il rassura tout de suite Christa.

— Tu as la chance d'avoir été entendante, de connaître les sons. Ton cerveau les a enregistrés.

— Je ne distingue plus les nuances, je n'entends plus ce que je joue...

— Ne panique pas, on va trouver une solution. Peut-être qu'on pourrait essayer avec un piano digital et utiliser un casque audio ? Le son électronique est perçu différemment par l'oreille, peut-être que cela aiderait. Et quand tu auras tes appareils auditifs, ça ira mieux. Ne t'inquiète pas. On va essayer des trucs.

Il lui frictionna le dos.

— Ça va aller, ma grande. Ça va aller.

Sa mère n'avait pas perdu de temps pour prendre les choses en main. Elle avait tout de suite contacté l'Association jurassienne de Parents d'Enfants Déficients Auditifs. Elle y avait trouvé une mine d'or de conseils et de gens réconfortants. Non, ce qui lui arrivait n'était pas la fin du monde, mais il fallait agir en conséquence.

Avec son père, leur relation ne s'améliorait pas. Il la regardait bizarrement. Elle voyait bien qu'il avait du mal à y croire. Au lieu de lui poser des questions pour savoir comment elle se sentait, il se contentait de dire «ma foi, c'est comme ça, il faut faire avec» avec un fatalisme qui signifiait qu'il n'y avait pas de quoi en faire tout un plat.

En quelques semaines, sa mère avait réorganisé la maison. Elle avait trouvé un téléphone qui diffusait une lumière lorsqu'il sonnait et alors que ça faisait des mois que Christa en réclamait un, elle avait acheté un lecteur DVD pour pouvoir regarder des films avec les sous-titres.

Sans s'en rendre compte, depuis des années, Christa avait développé des tas de stratagèmes pour comprendre ce qu'elle n'entendait pas clairement. Elle prenait conscience de l'énergie colossale supplémentaire qu'elle devait fournir par rapport à son entourage. Aussi, avait-elle compris que toutes les fois où ses amies s'étaient montrées distantes, c'était elle qui l'était. Il lui revint en mémoire leurs disputes récurrentes: «Mais on en a parlé! C'est toi qui t'en fiches et qui ne nous écoutes pas!» Christa en avait des bouffées de chaleur de honte. Elle les prenait pour des pestes. Alors que le problème venait d'elle.

Sa mère avait contacté ses professeurs au lycée pour leur expliquer la situation et pour leur demander de remettre à Christa une version écrite de leurs cours, puisqu'il lui était difficile de prendre des notes. C'était tellement plus facile. Il y avait beaucoup moins de malentendus. Quand elle avait mal compris un concept en classe, elle pouvait ensuite voir noir sur blanc qu'elle avait exactement compris le contraire et reconsidérer le tout.

Toutes ces démarches n'en étaient pas moins épuisantes.

Élise, Julie et Christa avaient aussi commencé les cours de lecture labiale et de langage parlé complété (LPC). L'enseignante avait relevé que l'association pouvait mettre à disposition une interprète « codeuse » directement en classe, pour tous les cours principaux.

Christa avait été horrifiée.

— Et puis quoi encore ! Autant avoir une étiquette sur le front « débile profonde » ! Je vais à nouveau être la risée de tous !

— Mais arrête ! C'est pour que tu comprennes tout ce qui se dit, y compris par tes camarades. Tu manques toutes les discussions ! Tu ne vas pas laisser ce… ce problème technique saborder tes projets d'études ! Il y a un moyen de te faciliter la vie, il faut en profiter !

Médusée, Christa fusilla sa mère du regard, avant de s'effondrer. Élise la prit dans ses bras.

— Tu vas y arriver. Nous ne te laissons pas seule. Il faut juste adapter certains détails. Tu es intelligente, pleine de ressources.

— Certains détails ? Je vais peut-être devenir sourde !

— Ne dis pas ça. Ça ne sert à rien d'imaginer le pire.

Le plus difficile avait sans doute été de changer les habitudes familiales. Cesser d'allumer la radio comme ambiance de fond pendant les repas fut un sujet de grande tension entre sa mère et son père. Fermer les fenêtres lorsqu'on mène une conversation, parler distinctement

chacun son tour, se parler de visu au lieu de se téléphoner. Par chance, en cette fin d'année 1998, l'utilisation
des téléphones portables commençait à se généraliser et
c'était une véritable aubaine pour les personnes malentendantes qui avaient désormais la possibilité de communiquer par message texte au lieu de subir des appels
éprouvants.

Seule Julie avait assimilé très rapidement la nouvelle
particularité de sa grande sœur. Articuler en la regardant
en face devint rapidement un réflexe. Comme attirer son
attention par une petite tape sur le bras ou sur le sol,
avant de commencer une conversation. Le langage parlé
complété devint naturel. Elle l'utilisait chaque fois qu'elle
s'adressait à sa sœur. De sorte que Julie était la seule personne que Christa comprenait sans effort.

Puis au fur et à mesure de l'affinement des réglages de
ses appareils auditifs, Christa redécouvrit une multitude
de sons qu'elle n'avait même pas réalisé avoir perdus.

Le frottement de ses chaussures dans les graviers de
l'allée… le chant des oiseaux… un éclat de rire au loin…
de la musique sortant d'une voiture pétaradante… le
cliquetis des doigts sur un clavier…

Tous ces sons qui indiquent qu'il y a une vie alentour.

Mais aussi les sons désagréables comme une porte
qui grince, les bruits de bouche de son vis-à-vis en train
de manger, les frottements nerveux d'une jambe contre
une table.

Christa planquait ses appareils derrière les boucles
formées par sa chevelure volumineuse. L'audioprothésiste
lui avait recommandé de les porter en permanence, même
lorsqu'elle était seule, pour que son cerveau se réhabitue
à entendre tous les bruits et réapprenne à leur accorder
plus ou moins d'importance.

Son esprit de déduction analysait chaque phrase, détectait les mots dont le sens semblait erroné, suggérait plusieurs autres mots, sélectionnait le plus approprié, rassemblait le tout pour communiquer la phrase définitive à son cerveau. Comme un traducteur. C'était exténuant.

Elle dut aussi apprendre à gérer les humiliations. Apprendre à ravaler sa fierté et à demander de l'aide. Faire répéter les gens deux fois, trois fois, puis deviner un « laisse tomber » sur leurs lèvres, étouffer sa colère, l'injustice, sa tristesse. Ne pas entendre les communications des haut-parleurs dans les gares, manquer son train, s'énerver, apprendre à être constamment aux aguets et à lire sur les visages pour deviner s'il y a eu une annonce importante puis la faire répéter à un passant avenant.

Se ridiculiser parce qu'une phrase a été mal comprise. Ne pas s'attarder sur les sourires moqueurs, pleurer de rage en cachette. Ne pas se laisser aller, se lever le matin malgré tout et se rendre au lycée.

En classe, elle dut se résoudre à s'asseoir au premier rang, en face de l'interprète, positionnée à côté du professeur. Au début, les élèves furent perturbés par cette nouvelle collaboratrice qui agitait sa main à côté de sa tête, mais après quelques cours, ils n'y faisaient plus attention.

Christa perdit peu à peu les amitiés qu'elle avait mis tant de temps à nouer. Certaines personnes se détournèrent d'elle, mal à l'aise. D'autres s'appliquaient à lui parler en articulant exagérément comme si elles parlaient à une demeurée. Dans ces cas-là, la jeune fille devait se retenir d'éclater de rire pour ne pas les vexer. D'autres oubliaient sans cesse de faire attention et parlaient trop vite. Lorsque son interlocuteur s'agaçait de devoir se répéter, elle ne pouvait s'empêcher de ressentir de la honte. En règle générale, les gens se donnaient de la peine vingt minutes puis ils oubliaient, emportés dans la discussion. D'un côté, elle ne pouvait pas leur en vouloir, car cette manière de communiquer était contre nature et enlevait beaucoup de spontanéité.

Alors déçue, lassée de ne rien comprendre, c'était elle qui prenait ses distances.

Sa bulle, c'était la maison. Sa mère et sa sœur étaient les seules personnes qui ne s'étaient jamais moquées d'elle, qui ne s'agaçaient jamais, même après avoir répété plusieurs fois la même phrase et surtout, qui ne la traitaient jamais comme une handicapée. Le regard pétillant d'admiration de sa petite sœur de sept ans était salvateur lorsqu'elle rentrait le soir si épuisée qu'elle s'endormait à table pendant les repas.

Sa mère lui avait dit : « La vie ne s'arrête pas à la cour d'école. Je sais qu'à ton âge, c'est tout ton monde. Mais fais-moi confiance, bientôt tu pourras aller voir ailleurs et les gens t'accepteront telle que tu es. »

Il y eut un déclic. Partir.

Recommencer ailleurs. Loin de ceux qui ne comprenaient pas la nouvelle personne qu'elle était devenue.

Jour après jour, Christa rentra des cours déterminée à obtenir son diplôme afin de pouvoir poursuivre ses études dans une grande ville, dans un autre canton, loin du village.

*

C'était un dimanche d'octobre 1999, les filles étaient attablées et racontaient leur semaine chacune leur tour, en prenant soin de ne pas se couper la parole. Élise ne faisait plus dix choses simultanément, mais prenait le temps de s'asseoir.

Chacune était attentive aux expressions des visages des autres. Beaucoup de choses passaient par le regard. Elles étaient détendues, les rires fusaient, car Julie faisait le clown en racontant des anecdotes de petites filles. Les fenêtres étaient fermées malgré une météo radieuse. Élise réalisait combien ce handicap était pesant à vivre, car la personne malentendante avait constamment besoin de la coopération des autres. Ce qu'elle craignait par-dessus tout était le spectre de la dépression qui planait au-dessus de la tête de sa fille.

Son mari arriva dans la cuisine et tout de suite les conversations cessèrent comme le chant des oiseaux lorsque le ciel s'assombrit avant l'orage. Il se plaignit de la chaleur de la pièce.

— Mais vous êtes folles de fermer les fenêtres ? Il fait tellement beau dehors !

Il les ouvrit en grand puis se tira un café. Aussitôt, la pièce se fit envahir par le martèlement d'une tondeuse à gazon. Lucien fouilla dans le courrier, prit son journal. Elles attendirent qu'il cesse son manège, qu'il s'assoie et se plonge dans sa lecture pour reprendre la conversation. La maman voulait récupérer ce joli moment de complicité qui les liait toutes les trois. Mais chaque fois que Lucien tournait les pages de son journal, Christa sursautait comme s'il chiffonnait du papier cadeau près de ses oreilles. Lucien posa une question à Christa à propos d'un jeune du village. Elle s'approcha de lui en demandant :

— Comment ? Je n'ai pas compris.

Il grogna :

— Non rien !

Ce qui horrifia Élise. L'adolescente se referma comme une huître et s'enfuit dans sa chambre. Quelques secondes après, la chanson *Everybody Hurts* de R.E.M. résonnait à l'étage. L'adolescente l'écoutait en boucle depuis des semaines.

Pour Élise, c'en fut trop. Quelque chose de nouveau se produisit au fond de son âme. Elle qui ne disait jamais rien, qui à vrai dire, fuyait le conflit, ne pardonna pas à son mari d'avoir fait éclater leur bulle avec ses gros souliers, sa sauvagerie et son déni insupportable. Elle éloigna Julie en lui proposant une activité dans sa chambre et revint à la charge, plus déterminée que jamais. D'un geste rageur, elle arracha le journal des mains de son mari.

— Lucien ! Quand tu parles à Christa, regarde-la en face ! Arrête de secouer ton journal ! Et s'il te plaît, répète-lui ta question bon sang ! Toi, fais un effort ! Toi ! Depuis un an, sa vie est tellement compliquée, nous sommes là pour l'aider et non pour l'accabler ! Comporte-toi en père !

Le regard de Lucien devint noir.

— En père ?

— Oui ! En père !

Il la fusilla du regard avant de sortir de la pièce. Il revint lui jeter la photo d'Antonio et Christa sur la table. Sa voix s'étrangla.

— En père…

En imaginant l'effarement qu'il avait dû ressentir en comprenant la supercherie, elle se décomposa.

— Ce qui m'énerve, c'est que ça ne m'ait pas fait tilt avant ! ajouta-t-il.

Elle avait cessé de respirer. Voilà, elle y était, à cet instant tant redouté depuis toutes ces années. La honte la terrassait, elle aurait voulu être foudroyée sur place.

126

— Élise, comment as-tu pu me cacher ça ? Comment as-tu pu me mentir pendant plus de dix-sept ans ?

Elle fut bouleversée de voir des larmes couler sur ses joues pour la première fois de sa vie. Elle ne pouvait que lui raconter la vérité de sa situation à l'époque.

— Antoine ne pouvait pas être le père de cet enfant... Toi, tu étais là... et tu disais que tu m'aimais plus que tout.

Un grand silence suivit ses paroles. Les yeux humides, il montra toute sa détresse.

— Mais comment est-ce possible ? Il n'était plus là ! Quand ? Quand est-ce que vous...

— C'était le jour de mes vingt-deux ans. Le jour avant... le bal... C'était... en amis.

— Mais je croyais qu'il était gay !

— Il l'est ! À cent pour cent !

Il essayait de comprendre, se replongeant dans ses souvenirs pour reconstituer le fil de l'histoire.

— Tu voulais partir avec lui ! Je t'ai entendue ce soir-là. Je suis arrivé quand Antoine et toi étiez dehors. Il te disait qu'il allait t'emmener loin d'ici.

— Je ne crois pas que j'en aurais eu le courage, mais j'en rêvais, oui !

Soudain Élise réalisa ce qu'il venait de dire.

— Tu nous as entendus ? Tu savais ? Mais alors... c'est pour ça que tu étais si bizarre ce soir-là... que tu étais si... entreprenant.

— Je ne voulais pas que tu partes !

Lucien se statufia subitement. Il bégaya :

— Alors... c'est pour ça que tu m'as sauté dessus... ce fameux après-midi dans la prairie ? Pour me faire croire que c'était mon enfant, alors que tu étais déjà enceinte ! Mon Dieu !

— J'étais bien avec toi. Tu disais que tu voulais t'occuper de moi. Je venais de l'apprendre. Je n'avais pas la force de continuer seule. Seule contre tous. Seule avec un bébé…

Il ne pouvait pas comprendre. Un homme ne pouvait pas comprendre qu'elle n'avait jamais eu le choix. Qu'elle était complètement dépendante de ce que ses parents attendaient d'elle, de ce que la société attendait d'elle. Elle n'avait pas la force de subir le jugement destructeur des autres. D'être une traînée, une fille-mère, une mère célibataire. Comment un homme pouvait-il comprendre cela ? L'homme tout-puissant qui fait ce que bon lui semble depuis la nuit des temps. Qui diabolise la femme indépendante, qui la réduit au silence par diffamation.

Lucien était dévasté.

— Je ne sais pas quoi dire… lâcha-t-il, hébété.

— Je voulais que tu sois son père. Je ne voulais pas que ce bébé ait pour père un… criminel.

Sa voix se brisa. Il leva le regard, considéra cette dernière remarque comme si ça changeait tout.

— Lucien, c'est toi qui as élevé Christa. C'est ta fille. C'est toi qui étais à ses côtés. Pas un autre homme. Antoine n'a pas eu cette chance.

— Il s'est mis tout seul dans cette situation, dit-il, étrangement calme.

Ses traits se détendirent. Sa soudaine résilience, comme si un éclair l'avait frappé, fut étonnante. Il se passa plusieurs fois la main sur le visage, s'assit, se releva, jura, puis s'enquit, comme à bout de forces :

— Lui, est-ce qu'il le sait ?

— Non, il ne sait rien.

Il réfléchit.

— Je vais te demander une chose, Élise. Promets-moi de ne jamais lui dire ! C'est moi, le père de Christa.

Cette réaction la dérouta, mais elle acquiesça.

Un silence. Puis une question dans un murmure :

— M'as-tu seulement aimé, Élise ?

Comment résumer tant d'années de vie commune en une seule réponse. Que voulait dire « aimer » finalement.

— J'ai adoré nos premières années de mariage. Lorsque nous passions du temps ensemble.

Il fronça les sourcils, cela ne semblait pas être de bons souvenirs pour lui.

— Lorsque tu me donnais des cours de tout… Lorsque j'étais un ignorant et que tu m'as appris ton monde… Je n'étais qu'un empoté.

— Tu étais humble, passionné, tu t'intéressais à moi. J'aimais ce Lucien-là. Alors qu'ensuite…

Elle laissa sa phrase en suspens, elle n'avait nul besoin de l'accabler davantage. Il avait compris.

— En gros, tu me reproches d'être moins dépendant de toi !

Élise se sentait désespérée. Le manque d'attention, le manque d'échanges, que ce soit en conversations ou en temps passé ensemble, le manque de compassion pour les maux de Christa qui avait mis leur couple à rude épreuve. S'il ne comprenait pas tout ça de lui-même, si elle devait lui expliquer, à quoi bon ? S'il n'avait pas cela en lui, il ne changerait pas. Elle avait essayé de lui parler de ses besoins. Mais quand il n'y a pas de répondant de l'autre côté, on abandonne. Pour se protéger, pour arrêter d'espérer, pour cesser d'avoir des attentes qui rendent aigri.

Les deux époux se toisèrent quelques instants en silence, puis il attrapa ses clés de voiture et sortit.

*

Le grand jour de remise des certificats de maturité gymnasiale arriva. La chaleur était accablante dans la cour du Lycée cantonal de Porrentruy, ce vendredi 30 juin 2000. Il n'y avait pas un courant d'air. Pendant que son père serrait des mains à tout-va, Christa se tenait aux côtés de sa sœur et de sa mère. Celle-ci lui caressa le bras.

— Je n'en reviens pas que tu aies déjà dix-huit ans. Je suis maman d'une adulte… Tu es ravissante dans cette robe de soirée.

— Merci maman. Ma jeune maman de quarante et un ans, toi aussi, tu es super-belle !

Sa mère sourit, mais Christa savait bien que ça n'allait pas fort avec son père. Elle était assez mature pour comprendre que tout n'était qu'illusion. Ils feraient mieux de divorcer, c'était triste de les voir s'infliger cette vie sans tendresse, sans complicité.

— Tu peux aller vers tes amis si tu veux, proposa la maman.

Christa regarda au loin les jeunes gens rigoler ensemble. Ils étaient surexcités, ils riaient et parlaient tous en même temps. Elle ne comprendrait certainement rien à leur conversation.

— Non, je suis bien avec vous. Je les verrai plus tard.

Quelques jours auparavant, lorsqu'elle avait parcouru la liste des lauréats, après avoir trouvé son nom et pleuré de joie, elle avait cherché celui d'un de ses camarades particulièrement odieux envers elle. Elle avait été soulagée de ne pas le trouver. Il ne serait pas là pour lui gâcher sa journée. Elle n'aurait plus à voir cet imbécile. Jamais.

Ses moqueries, ses remarques ignobles sur sa plastique avantageuse autant que sur ses déficiences. Il faudrait du temps pour effacer le sentiment de honte, tels des reflux de souvenirs acides qui la prenaient à la gorge à tout moment. Autant d'humiliations qui avaient pourri sa confiance en elle.

Elle ferma les yeux.

Inspiration. Expiration.

De sa haine, de ses ressentiments.

Aller de l'avant. Toujours. Ignorer les connards et les bas de plafond. Les intolérants. Les impatients. Les antipathiques.

Inconsciemment, elle avait pressé la main de sa mère. Elles échangèrent un regard ému.

Les trois cents personnes ne se firent pas prier pour entrer dans la fraîcheur de l'ancienne église des Jésuites.

Assis en rangs d'oignons, cent vingt élèves accompagnés de leur famille attendaient qu'on cite leur nom. En réalité, les étudiants n'avaient hâte que d'une chose : poursuivre la soirée entre eux au parc du Pré de l'Étang.

Après des discours interminables était arrivé le moment où chacun montait sur scène pour recevoir son certificat des mains du directeur.

— Et maintenant, j'appelle Christa Comte à venir me rejoindre. J'aimerais lui décerner un prix d'honneur pour son acharnement et son courage. Épileptique et malentendante, sa scolarité a été un parcours semé d'embûches. Christa a surmonté ses difficultés et a réussi son diplôme, qui plus est, avec mention ! Elle mérite un tonnerre d'applaudissements !

Mortifiée, elle se leva. Dans le cas où certains ignoraient encore ses singularités, à présent tout le lycée était au courant. Toute la région même. Splendide dans une robe qui mettait en valeur sa silhouette longiligne, elle traversa la salle sous les acclamations. Les compliments admiratifs ou étonnés fusèrent. Parfois indélicats : « C'est une très belle femme, je n'aurais jamais pensé qu'elle était handicapée. »

À mesure qu'elle avançait, elle fut surprise de voir ses camarades lui sourire et lui lancer :

— Bravo, t'as assuré.

Elle en fut même émue. Le voilà, elle le tenait son certificat de maturité scientifique. Elle avait sué sang et eau pour l'obtenir. Son passeport pour la liberté. Elle avait décidé de partir étudier dans la plus grande ville de Suisse. Elle avait été admise à la renommée École polytechnique fédérale de Zurich. Socialement, elle recommencerait à zéro. Là où elle n'avait pas de sobriquet. Elle avait hâte d'être anonyme. Pas la fille de. Pas cette fille bizarre repliée sur elle-même qui donnait l'impression d'être à côté de la plaque parce qu'elle comprenait tout en décalage.

Juste Christa.

Elle ne dirait rien sur ses déficiences. Elle soignerait davantage son apparence pour faire oublier ce qu'elle était à l'intérieur. Elle les hypnotiserait avec son décolleté plongeant, elle les inciterait à la regarder en face grâce à son sourire « ultra brite ».

Le directeur clôtura son discours puis annonça une prestation au piano. De Christa Comte.

Un murmure enthousiaste parcourut la salle.

Stupéfaction pour ses parents qui n'étaient pas au courant. Son père l'interrogea du regard d'un air tendu, sa mère s'agita sur son siège. La jeune diplômée s'installa devant le magnifique piano à queue Steinway où Raphaël la rejoignit. Elle s'efforçait de rester sereine.

Inspire, expire. Calme-toi, s'encourageait-elle.

Il lui glissa :

— On s'en fiche du public, joue pour toi.

Christa exécuta une première montée de gamme pour se dégourdir les doigts et fut prise de panique.

La tonalité du piano lui parvenait de manière surprenante. Pourtant elle avait répété cet après-midi même dans la salle vide, pour s'habituer à entendre les notes résonner dans cet immense espace, mais le rendu était à présent encore différent. Une personne eut une quinte de toux, des chaises raclèrent le sol, une angoisse l'envahit. Elle vérifia que son appareil était bien sur l'option « musique » qui élargissait le spectre de perception des sons.

Raphaël perçut son agitation et lui prit le visage entre les mains.

— Chris, regarde-moi. Tout ira bien.

Elle aurait payé cher pour disparaître de cette scène à ce moment précis. Ne jamais avoir eu cette idée folle d'accepter ce défi. Elle allait se ridiculiser. Encore.

— C'est à cause de mon appareil, il y a un retour bizarre.

— Chris, Chris ! Écoute-moi bien, cela n'a rien à voir avec ta malentendance. Tous les musiciens sont confrontés à ce problème lorsqu'ils jouent dans des salles inconnues, sur de nouveaux pianos dont ils n'ont pas l'habitude. C'est le trac, c'est normal.

Un brouhaha s'amplifiait. Un enfant pleurnicha. Le directeur s'approcha.

— Le public s'impatiente.

Raphaël répondit du tac au tac :

— Qu'ils attendent ! C'est à eux de s'adapter à elle, pas le contraire !

133

Il se tourna à nouveau vers sa protégée.

— Je sais que ton cerveau a si bien mémorisé les notes que dès que tu auras commencé à jouer, tes doigts courront sur le clavier. Fais-toi confiance.

Christa se ressaisit. Elle avait cependant un avantage sur les autres musiciens ; elle éteignit ses appareils pour être au calme. Pour faire abstraction du public.

Inspiration… Expiration…

Son cœur ralentit.

Elle réenclencha ses aides auditives… et joua de tout son cœur. De toute son âme. Elle se laissa pénétrer par la musique, présenta un récital quasi charnel. Brahms l'emmena loin. C'est fini, terminé. Toutes ces années de moqueries, de manque d'amis, de manque d'amour.

Vint la note finale. Ovation.

Elle plongea ses yeux dans ceux de Raphaël. Il lui posa des questions sur la haute école à Zurich qu'elle avait visitée, il attira sa réflexion loin de cette scène, loin de sa prestation pour que son cerveau ne se fasse pas emporter par le torrent d'émotions qui la submergeait.

Le directeur et l'auditoire se demandaient pourquoi elle restait assise. Dans la salle, sa mère en larmes et sa sœur étaient prêtes à bondir vers elle. Elles voyaient Raphaël et Christa discuter. Elles seules avaient conscience de ce qui se jouait à l'instant.

Soudain, Christa se leva et salua son public, rayonnante.

Victoire.

*

À la fin de la cérémonie, ce fut l'heure des réjouissances. La foule joyeuse butinait autour d'un buffet, un verre à la main. De nombreuses personnes vinrent féliciter la jeune pianiste. Le visage lumineux, Julie l'enlaça et la complimenta :

— On dirait une princesse.

Son père s'y risqua également. Sa voix était brisée et il paraissait bouleversé.

— Bravo pour ta prestation et pour l'obtention de ton diplôme. Je suis très fier de toi.

Christa fut déroutée de voir son père aussi ému. Elle en fut toute retournée.

Sa mère ajouta qu'ils allaient rentrer et lui demanda si elle avait des affaires à prendre dans la voiture. La jeune femme changea de tenue derrière la portière.

— Amuse-toi, tu l'as bien mérité. Tiens-moi au courant pour que je ne m'inquiète pas, dit-elle en lui caressant la joue avec une infinie douceur.

— Je serai prudente, je te le promets.

*

Un espace vert au centre-ville ; le joli parc du Pré de l'Étang. De nombreux arbres, un ruisseau, un petit pont, une tonnelle et surtout la star des lieux : la fontaine. Les anciens élèves avaient tous troqué leur tenue élégante pour des shorts, des tongs, des jupes.

En début de soirée, l'ambiance était déjantée. Le lycée est terminé ! À nous les universités, les hautes écoles, les stages en entreprise, les voyages linguistiques. Enfin libres. Libres de sortir, libres de fantasmer son avenir, libres de jouir.

Un DJ balançait du son. L'alcool coulait à flots. Un besoin unanime de relâcher la pression rendait l'ambiance électrique, exacerbée par les cris des filles régulièrement jetées dans la fontaine. C'était le rituel ; tous à la flotte ! Surtout pour les audacieuses volontairement vêtues d'un tee-shirt blanc.

Équipée de quatre mille francs à chaque oreille, la jeune fille se tenait à distance du point d'eau. Car vu l'état général des personnes présentes, il y avait peu de chances qu'elles se soucient qu'un appareil auditif ne soit pas *waterproof* ! Que faire ? Le retirer ? Elle ne pourrait plus du tout communiquer, même si, appareil ou pas, cela ne faisait plus de différence à ce niveau de tumulte. Christa était épuisée par toutes les émotions de sa journée. Elle enleva donc ses « oreilles » et plongea dans son aquarium intérieur.

En pleine discussion avec un de ses camarades, Christa reconnut un garçon qui lui plaisait beaucoup. Cependant en l'état actuel des choses, ce n'était même pas la peine de lui adresser la parole. Elle se ridiculiserait à essayer de le comprendre et allait à nouveau passer pour une attardée.

C'était dans ces moments-là que cela lui pesait le plus ; quand son handicap la coupait des personnes avec qui elle aurait aimé faire connaissance. Elle se sentait bâillonnée.

Errant au milieu de la foule, elle reçut quelques sourires engageants qu'elle aurait pu saisir au vol, si elle avait pu entamer une conversation ici. Morose, elle but quelques verres d'alcool et commença à danser. Cela lui donna le courage nécessaire pour aborder le type et l'entraîner dans une danse langoureuse. Lorsqu'il approcha ses lèvres, elle se laissa emporter par la vague de chaleur.

Découverte.

Embrasement des corps. Seuls les gestes comptent. Plus besoin de comprendre des mots.

Ses caresses sensuelles dans son dos, sur ses seins.

La respiration dans son cou, les frissons, l'excitation, le plaisir.

Alors c'était ça, ce monde inconnu jusqu'alors ? Celui qui effraie, celui qui fait souffrir, celui qui rend fou de joie ou de douleur ?

Ce nouvel univers qui lui permettrait de communiquer autrement.

Par les sens.

Deuxième partie

« Sur un malentendu, j'ai fait la sourde oreille
Peur du silence imprévu, de dépendre d'un appareil
Il y a comme un vide absolu, qui n'a de pareil
Que le vide absolu
Sur un fil tendu, j'ai marché pour pas me perdre. »

Chanson de Hoshi – *Fais-moi signe*

1

Huit ans plus tard, Christa, vingt-six ans, terminait sa journée de travail au rayon parfumerie du centre commercial de la rue Haute à Porrentruy. Dehors il faisait bon, les vacances d'été étaient terminées et on sentait un certain regain de l'activité générale.

Sa crinière brune frisée d'adolescente s'était muée en cascade lisse et platine. À présent apprêtée jusqu'au bout des ongles, elle paraissait sortir d'un magazine de mode. Son apparence sophistiquée était le seul vestige de sa vie zurichoise déchue. Son physique était devenu une obsession. Un besoin de contrôle qui se traduisait par une chasse à la perfection et par l'investissement d'une grande partie de son maigre salaire de vendeuse en soins esthétiques et en fringues. Son allure était son arme. Le but était d'attirer l'attention pour que les visages soient tournés vers elle et qu'elle puisse lire sur les lèvres.

La soirée était déjà bien entamée. Elle flânait en jogging, un verre de chianti à la main en fumant à la fenêtre de son appartement. Un coup d'œil vers la bouteille bientôt vide l'agaça. L'alcool la rendant toujours d'humeur câline, elle ne pouvait se résoudre à rester seule cette nuit.

Elle écrivit un texto à Simon qui lui répondit qu'elle était la bienvenue chez lui pour un dernier verre.

*

Bruissement de tissus. Les vêtements tombèrent au sol, les peaux se dénudèrent. Danse lente des corps à la recherche de l'osmose. Respirations haletantes. Il lui susurrait des indications, mais elle n'entendait pas. Il leva son menton pour qu'elle le regarde.

— Arrête, tu me chatouilles !

— OK, OK. Pardon.

— Continue !

Le rythme accordé, ils se laissèrent emporter.

Allongée contre lui, elle sortit de sa torpeur. Sa tête cognait, son haleine était lourde. Il faisait encore nuit.

Se lever, partir.

Pourtant les bras étaient rassurants, pourtant rien ne l'attendait. Elle s'extirpa des draps et s'isola dans la salle de bains pour se rafraîchir.

Elle revint s'asseoir au bord du lit et rassembla ses vêtements. Il l'attira à lui sous le duvet chaud. Il alluma une lumière tamisée, juste pour qu'elle voie sa bouche. Il lui prit le visage entre les mains pour être bien en face d'elle et articula distinctement :

— Reste, on pourrait traîner au lit, prendre un bain ensemble, puis petit-déjeuner et se recoucher, reste !

Elle baissa ses yeux fatigués, ses traits se crispèrent.

— Je ne suis pas ton ennemi. Laisse-moi te bercer, laisse-moi être tes amarres, dit-il las.

— Toi et tes grandes phrases…

Il eut un mouvement de recul avant de monter le ton :

142

— Qu'est-ce que tu fuis ? Si tu me disais ce qui s'est passé à Zurich, je pourrais t'aider.

Son visage se décomposa. Elle se retrouva projetée au fond du trou noir. Son corps se mit à trembler. Elle se leva et commença à rassembler ses affaires vite, vite pour partir le plus loin possible.

— Chris... merde, excuse, s'il te plaît... fait chier, dit-il en lui prenant le bras.

Elle se dégagea.

— C'est bon, Simon. Y a pas de soucis. Je vais y aller.

— Tu devrais te faire aider, Chris ! En parler à quelqu'un...

— Ça fait deux ans, c'est du passé.

— Tu fais encore des cauchemars... ce n'est pas « passé ».

Christa sentait bien qu'il en avait marre de ses névroses. Il souffrait de son manque d'attachement. Comment lui dire qu'elle ne ressentait rien pour lui ? Que ses étreintes étaient purement physiques, que son cœur restait de marbre.

Il ferait mieux de se trouver une gentille petite amie. Une qui ne demanderait qu'à le coller toute la journée, à mettre sa brosse à dents dans son gobelet. Mais non, il s'accrochait à cette estropiée du cœur, qui ne se donnait pas le droit d'être heureuse.

Dans la douceur de septembre, elle arpentait la rue silencieuse en fumant. Un mal de crâne lui rappelait sa gueule de bois. Elle espérait dormir encore quelques heures avant d'aller travailler.

De retour dans son appartement vide, elle se glissa tout habillée sous ses draps froids et ferma les yeux.

Comme presque chaque nuit, elle se retrouva projetée en octobre 2006, sur un chantier de la région zurichoise, alors qu'elle était responsable de projet. Elle venait de passer six mois à le préparer. La circulation avait été stoppée, l'électricité coupée, son équipe avait quatre heures à disposition pour réaliser les travaux.

Le ciel est d'un bleu intense, pas un nuage ne résiste à la bise. Debout au milieu d'un champ au bord d'une autoroute, le vent lui fouette le visage. Dans un vacarme infernal, les pales commencent à tourner et l'hélicoptère décolle, chassant l'air et la poussière autour de lui. Christa ferme les yeux et appuie ses mains de toutes ses forces sur ses oreilles pour les protéger.

Un cri déchira la nuit et la réveilla en sursaut. Elle mit quelques secondes à réaliser qu'il était sorti de sa propre gorge. En sueur et complètement désorientée, elle avait du mal à respirer. C'était pourtant le cauchemar récurrent qui lui pourrissait son sommeil depuis deux ans.

Bien qu'elle fût éveillée, ses pensées restaient bloquées là-bas.

Foutue asociale qui passe son temps à fuir au lieu de se réfugier dans des bras amis.

Les pales aiguisées de l'hélicoptère battent le vent… Flap flap flap.

Elle sortit de son lit, tremblante, trébucha sur un tabouret, aveuglée par les larmes, enclencha toutes les lumières de son appartement pour que son esprit se reconnecte à la réalité, mais sans succès. Qu'il se taise, qu'il se taise ! Elle alluma la télévision, ouvrit une bouteille de vin, en avala une grosse gorgée et tira sur sa clope de toutes ses forces afin d'enfumer ses souvenirs le plus vite possible. Elle but exagérément jusqu'à ce qu'elle replonge dans un mauvais sommeil.

*

144

Une bouteille de vin vide traînait sur la table, un cendrier puant débordait de mégots. Péniblement, Christa ouvrit les yeux, éblouie par la lumière vive qui perçait à travers les stores et s'assit, la tête lourde. Son réveil affichait une heure beaucoup trop avancée dans la matinée, ses vibrations n'avaient pas réussi à la réveiller. Quelle nuit de merde. Son corps entier exhalait le tabac froid, son haleine empestait la godaille, ses cheveux lui collaient au visage. Une nausée la saisit.

Fenêtre ouverte pour sécher ses cheveux fraîchement lavés, clope au bec, elle fonçait sur la route cantonale. En constatant l'heure sur le tableau de bord de sa voiture, elle se serait mis des claques. Elle allait être très en retard au travail.

La radio ne lui renvoyait que des paroles inaudibles. En manipulant ses prothèses auditives, soudain un bruit la fit sursauter et manqua de l'envoyer dans le bas-côté. Elle lâcha un juron et lança ses appareils au fond du siège. Et ces satanés Alka-Seltzer qui tardaient à faire effet ! Elle aurait aimé faire demi-tour et se replonger sous ses draps. Annihiler cette journée avec une saison complète de *Dr House*, mais elle balaya avec regret cette perspective, sachant qu'elle ne pouvait s'autoriser une absence de plus. Sa cheffe l'avait à l'œil. Et comme elle était déjà en retard, impossible de passer chez l'audioprothésiste. Sans ses aides auditives, les prochaines heures s'annonçaient extrêmement éprouvantes.

Les terrasses du centre-ville ne désemplissaient pas, majoritairement occupées par des habitués. Deux cantonniers buvaient leur café sur la place. Le plus jeune, un corps athlétique et le visage buriné, avait fréquenté l'école secondaire en même temps qu'elle. Il la salua de la main, puis raconta quelque chose à son collègue plus âgé, les yeux braqués sur ses jambes. Son cœur s'accéléra lorsqu'elle crut lire le nom *Shake-shake* sur ses lèvres. À son regard courroucé, il répondit par un clin d'œil. Elle n'en revenait pas que ce maudit surnom perdure après douze ans. À son retour de Zurich, elle avait espéré recommencer à zéro, mais ici, rien n'était oublié.

Sa mère lui disait qu'il ne fallait pas toujours voir le côté négatif, qu'elle rencontrerait des imbéciles partout. Il y avait aussi beaucoup de gens qui la soutenaient. C'est vrai qu'elle avait trouvé facilement un travail. Il lui avait suffi d'en parler un peu autour d'elle pour qu'on lui fasse une proposition.

Christa frotta son mégot contre la semelle de son escarpin à talon aiguille avant de le mettre à la poubelle.

En franchissant les portes coulissantes de l'entrée principale du centre commercial, une étudiante vêtue d'un tee-shirt publicitaire l'aborda avec un enthousiasme de vendeuse débutante. Christa déclina son offre en montrant le badge d'employée qu'elle était en train d'accrocher sur son chemisier et l'invita à passer la voir plus tard pour lui filer des échantillons. Elle slaloma entre les rayons de sacs et de foulards en saluant la vendeuse du rayon bijoux. Au sous-sol, on trouvait le secteur alimentation, avec le rayon boucherie et la poissonnerie, où le personnel ne voyait pas la lumière du jour. Le soir, à chacun son fumet. « Je préfère sentir le parfum que le poisson… » pensait la conseillère en parfums. « Je préfère sentir le poisson plutôt que d'avoir les narines brûlées par toutes ces émanations chimiques… » pensait la poissonnière. D'autant plus qu'il ne s'agissait pas que d'odeurs ; les effluves de parfums provoquaient de terribles migraines.

Quand Christa arriva dans sa zone de vente, les fragrances lui donnèrent envie de vomir. Elle prit son poste au rayon maquillage ; il n'y avait pas plus cliché. Après avoir travaillé dans un milieu essentiellement masculin, c'était compliqué pour elle de ne côtoyer que des femmes. Autant au niveau relationnel qu'au niveau technique. Les voix féminines lui étaient plus difficilement perceptibles que les voix graves.

En voyant arriver la retardataire, la responsable de rayon ne manqua pas de faire une remarque.

— Plus de deux heures de retard ! Ça m'étonnerait qu'à Zurich tu te permettais autant de négligence !

Christa marmonna des excuses. Elle savait ce que Judith pensait d'elle. Cette dernière la voyait comme une prétentieuse et se sentait provoquée par sa formation d'ingénieure. Handicapée et ingénieure, c'était carrément un affront.

Sa supérieure la détaillait de pied en cap. Christa se doutait qu'elle rêvait de la virer et que chaque faux pas était du pain béni pour elle. Elles se connaissaient depuis l'école maternelle et Christa la soupçonnait même d'avoir lancé le surnom *Shake-shake*.

— Tu peux directement te rendre dans le bureau de Cyril, lui asséna celle-ci les lèvres pincées.

Elle n'aimait pas Judith, mais il y avait une chose pour laquelle elle lui était reconnaissante ; lorsqu'elle lui parlait, elle la regardait droit dans les yeux, toujours en face, car elle voulait être sûre d'être comprise. Alors qu'autrefois, elle faisait exprès de se détourner pour que les oreilles malentendantes perdent le fil.

En s'éloignant, des borborygmes la firent se retourner et elle vit Judith tapoter sa propre nuque en fronçant les sourcils. Ses lèvres formaient les mots « ton tatouage » en secouant la tête.

Dans un geste défensif, Christa remonta son col de

chemise. Quelle casse-pieds ! Quelle règle débile datant du siècle dernier d'interdire les tatouages pour une vendeuse ! Elle devrait lâcher ses cheveux alors qu'il faisait si chaud aujourd'hui !

Elle poussa la porte de service et gravit les étages lentement. Clac clac, ses talons résonnaient dans la cage d'escalier. Je veux ce job ou non ? Je m'en fiche ou je m'arrange pour le garder ? Je le déteste, mais je n'ai aucune envie d'en chercher un autre. J'aurais dû me renseigner s'il y a des annonces dans les boutiques du coin. Ce qui serait étonnant ; celles-ci avaient déjà du mal à tourner. Ou alors, aller à l'usine. Au moins là, mes oreilles seraient au repos toute la journée.

« Et tu crèverais d'ennui ! » lui susurra son instinct.

Cyril et elle se connaissaient depuis le collège. Il faisait partie des jeunes qui traînaient à la gare de Porrentruy en fin de journée, avant de prendre le train pour retourner dans leur hameau. Ses parents étaient agriculteurs. Ceux-ci devaient être fiers de leur fils devenu directeur d'un grand magasin. Ou pas. Peut-être qu'ils auraient préféré qu'il reprenne l'exploitation familiale. Très peu d'amis de sa génération s'y étaient risqués.

Christa s'était excusée et avait expliqué que ses aides auditives étaient tombées en rade ce matin, que ça l'avait retardée. Cyril la regarda, suspicieux.

— Tu ne te fous pas un peu de moi ? Je t'ai vue hier à l'apéro et tu n'avais pas l'air sur le point de rentrer.

— Ça n'a rien à voir, je te dis que mon appareil est tombé en panne. Cyril, tu ne vas quand même pas virer une handicapée !

— Je n'y crois pas que tu oses me dire ça à moi ! Je ne t'ai jamais considérée comme telle, tu le sais bien ! Je pense même que tu es surqualifiée pour ce job. Tu t'ennuies ? Je te passe responsable de rayon quand tu veux.

— Je t'ai déjà dit que ça ne m'intéressait pas. Bon, je peux retourner bosser ?

— T'es gonflée quand même. Judith a raison d'être révoltée. Tu ne respectes rien ! Et ton attitude est insultante !

Elle prit un ton conciliant, se radoucit et s'excusa platement.

— Écoute Cyril, j'en peux plus de ces odeurs. Ça me file des migraines terribles. Déplace-moi à l'électronique, c'est davantage dans mes cordes.

— Je ne vais tout de même pas mettre Frank au rayon maquillage.

— Pourquoi pas ? Je suis sûr qu'il est assez intelligent pour apprendre !

— Il est électricien de formation.

— Et alors ? Ça prouve qu'il sait se servir de ses dix doigts !

Cyril soupira, excédé et dit qu'il allait y réfléchir, mais elle comprit que c'était surtout pour clore la discussion. Pour sa part, elle promit qu'elle allait être une employée modèle et lui proposa de travailler les prochains samedis. Elle avait un avantage ; comme elle était une des seules à ne pas avoir d'enfant, elle était très flexible avec les horaires.

Dix-huit heures trente, la voix féminine annonçant la fermeture imminente du magasin résonnait dans les haut-parleurs. Enfin !

Avec quarante pour cent d'audition en moins à chaque oreille, la communication avec les clientes avait été très compliquée. Christa s'était sentie humiliée toute la journée.

Alors que dans son for intérieur, elle avait envie de leur hurler d'arrêter de mâcher leur chewing-gum comme une vache qui rumine pour pouvoir lire sur les lèvres, de cesser de bouffer leur sandwich ou de se toucher la bouche en parlant, elle avait été contrainte de leur réciter poliment cette phrase rabâchée des milliers de fois depuis ses seize ans : « Pardon, je suis malentendante, pouvez-vous répéter votre question en me regardant pour que je puisse lire sur vos lèvres ? » Aussitôt prononcée, elle percevait l'attitude de son interlocutrice changer. Certaines articulaient si exagérément que la lecture labiale ne lui était d'aucun secours. D'autres s'apitoyaient sur son sort avec un ton affecté insupportable. Le pire étant lorsque la cliente se détournait en soupirant d'agacement pour s'adresser à Judith.

*

Dans la vieille ville, les bars étaient bondés comme tous les jeudis. L'humeur était joyeuse, les rires se répercutaient contre les immeubles et résonnaient au loin. Dès dix-sept heures, les textos fusaient dans les bureaux, dans les usines, sur les chantiers. Les yeux en pixels éblouis par les rayons du soleil devenaient euphoriques. Les muscles courbaturés par les travaux extérieurs craquaient de plaisir en s'attablant devant une bière fraîche.

Chacun rejoignait les pubs du centre-ville en se promettant de ne pas rentrer tard puisque le lendemain il fallait retourner au boulot. Puis, rebutés à l'idée de se retrouver seuls dans un appartement vide, certains se laissaient entraîner et reléguaient l'heure de rentrée aux oubliettes, heureux de passer des moments ensemble à rire et à refaire le monde. Ces soirées étaient de celles qui construisent des souvenirs joyeux. L'ultime journée de la semaine était alors si pénible qu'on redevenait raisonnable quelque temps, on se référait à ces derniers exploits en rigolant : « La cuite que tu tenais ! » et on se lançait des : « On ne rentre pas tard ! » ponctués d'un clin d'œil chargé de sous-entendus.

Depuis que Christa était revenue vivre dans le Jura, elle n'avait pas retrouvé d'amitié digne de ce nom. Ses contemporains ne l'avaient pas attendue pour aller de l'avant, se marier, avoir des enfants, monter leur petite affaire. Ils n'avaient que faire de cette femme secrète qui ne révélait rien d'elle.

Christa ne recevait pas de messages.

Et Christa n'était pas raisonnable. Elle avait besoin d'un verre, puis deux, puis trois, incapable de s'arrêter, dépourvue de self-control. Elle n'avait rendez-vous avec personne, mais elle trouvait toujours un partenaire de beuverie pour la soirée. *Shake-shake* était solitaire et levait facilement le coude.

Dans les petites villes, tout le monde se connaît de près ou de loin, par ouï-dire ou par réputation. Les gens ont tous des préjugés les uns contre les autres, même s'ils se connaissent peu.

Un infime scandale, un dérapage et la mémoire collective s'en souvient. Et quand l'opinion publique est passée à autre chose, il y a toujours quelqu'un qui se fait un malin plaisir de ressortir les vieux dossiers. La parfaite mère de famille aura bien du mal à faire oublier le vol à l'étalage commis à l'adolescence. L'ambitieux avocat cravachera dur pour étouffer son surnom de Vomito, gagné ce jour cauchemardesque où il avait dégobillé sur une de ses camarades d'école primaire.

Les sobriquets collent à la peau. Drôles, amicaux, mais

parfois aussi nocifs. Certains ne s'en remettent jamais, luttent toute leur vie pour s'en débarrasser.

Élise posa ses sacs de commissions dans sa cuisine, descendit à la buanderie sortir les habits de son père du lave-linge, puis remonta pour lui préparer une tarte. À septante-huit ans, il vivait seul. Sa femme, la mère d'Élise, était décédée cinq ans auparavant. Il ne s'en était jamais remis. Il avait perdu son plus grand soutien. Cette perte avait été un choc pour toute la famille.

Soudain conscient de sa propre mortalité et du risque qu'il puisse bien finir dans *un home*, Richard avait réglé ses affaires. Il avait légué tous ses terrains à sa fille et transmis la direction de son entreprise à son gendre, restant cependant propriétaire. Elle avait été très étonnée, Dubois & Cie étant toute sa vie. Elle n'aurait jamais pensé qu'il accepte d'arrêter de travailler.

Depuis que Lucien était au courant du véritable lien entre Christa et Antonio, Élise avait cessé toute correspondance avec ce dernier. Combien de fois, en huit ans, attablée à son bureau, elle avait couché ces quelques mots : « Tu es le père de Christa. Pardonne-moi. » et les avait finalement déchirés ? Avoir juré de ne jamais lui révéler sa paternité lui semblait une double trahison. Elle n'avait pu imaginer continuer sa relation avec son ami sans être complètement honnête.

En revanche, huit ans plus tard, elle s'étonnait encore que Lucien ne lui ait jamais fait ressentir la moindre rancœur. Leur vie avait continué comme si de rien n'était. Elle n'aurait jamais cru cela possible de sa part. Alors qu'il était habituellement de nature jalouse, cet acte de pardon lui paraissait un geste d'amour incommensurable. Extrêmement reconnaissante que ses filles et l'ambiance familiale ne soient nullement perturbées par ces nouvelles vérités, elle avait étouffé ses questionnements et ses projets de revoir Antonio. Ils n'avaient plus jamais abordé le sujet. La situation était ainsi à présent.

Élise traversa la maison jusque dans le verger. Lucien était en train de ramasser des damassines. Il avait tendu des filets sous chaque arbre pour que la prune ne se blesse pas en tombant et pour faciliter la récolte. Au milieu de son organisation très chargée vu ses multiples casquettes, son époux avait toujours trouvé le temps de s'occuper de ses fruits deux fois par jour pendant toute la période de fin juillet à la mi-août. Il en faisait des tonneaux qui deviendraient ensuite de l'eau-de-vie. C'était une tradition qui se transmettait de génération en génération. Cent ans auparavant, chaque ferme du village possédait son alambic et distillait son propre élixir. Lucien avait remis la main sur celui de son grand-père, caché au fond d'un grenier, ayant miraculeusement échappé à la destruction générale des alambics qui avaient eu lieu de la fin des années 1960 jusqu'en 1990. Sa grand-mère lui avait raconté que cette réglementation étatique n'avait pas été si mal accueillie qu'on aurait pu le croire, car l'alcool était un véritable fléau dans de nombreuses familles. Beaucoup de conjoints ou d'enfants de parents alcooliques avaient écrit à la régie fédérale des alcools en les suppliant de venir confisquer l'alambic familial. Il en avait découlé des mesures drastiques de surveillance de production de l'alcool fort et une interdiction générale pour toute fabrication privée. Les fruits récoltés devaient alors être amenés dans une distillerie officielle, où des taxes étaient prélevées et surtout l'alcoolémie contrôlée. Cela dit, bon nombre de villageois s'y adonnaient tout de même en cachette de manière artisanale.

Ainsi pendant plusieurs semaines, des heures durant, Lucien avait rempli son tonneau de cent vingt litres. Il devait ensuite laisser fermenter le contenu à température ambiante en le remuant régulièrement à l'aide d'un long bâton pour maîtriser les remontées de matière. Lorsque la mixture était inerte, le tonneau était scellé hermétiquement. Les fruits reposaient deux mois supplémentaires avant d'être distillés. Lucien réalisait aussi cette étape, en toute illégalité, transformant les cent litres en huit litres d'eau-de-vie de damassine. Il couvrait ensuite la bombonne d'un bouchon en tissu pour laisser passer les effluves. Au fil des mois, le sucre de l'alcool se stabilisait et la goutte se bonifiait, devenant un liquide précieux.

Élise entra dans la salle fourre-tout, où s'amoncelaient vieux canapé, étagères de pots de confitures, de bricolage et de rouleaux de laines colorées. Elle ouvrit une armoire remplie de bouteilles vides pour s'assurer qu'il y en ait suffisamment. Celles-ci étaient destinées à accueillir la production de l'année dernière, qui dormait depuis dix mois dans la dame-jeanne. Tout le processus représentait un travail énorme, proportionnel à la fierté qu'éprouvait chaque producteur à offrir un verre à ses invités.

Lucien la rejoignit et posa sa main sur sa nuque dans un geste tendre.

2

Julie avait huit ans quand sa sœur annonça qu'elle partait étudier à Zurich à la fin de l'été 2000. L'adolescence de Christa avait été si mouvementée que son absence créa d'abord un grand vide dans la maison, mais ensuite une atmosphère plus sereine s'installa. Terminés les cris générés par les disputes, terminées les séries de rendez-vous chez les spécialistes; Élise et Julie eurent subitement de grandes plages de temps libre. Même si la petite fille était habituée à s'occuper seule et passait des heures à dessiner, sa maman jouait plus souvent avec elle.

Christa rentrait peu à la maison. Quand sa maman lui avait demandé si elle avait averti ses professeurs de son handicap, elle avait répondu qu'elle n'en avait pas eu besoin, qu'elle se débrouillait très bien avec la technologie. Sa mère lui avait lancé un regard inquiet.

— Tu dois leur dire! Sinon, c'est moi qui les appelle!

— Ne te mêle pas de ça! Je suis une adulte à présent. Je gère!

Quatre ans plus tard, ils fêtèrent en famille l'obtention du diplôme en ingénierie de l'environnement de Christa, alors âgée de vingt-deux ans. Leur père était fier et le criait sur tous les toits. Julie et Élise avaient pensé que l'étudiante reviendrait en Ajoie pour décompresser et se reposer, mais elle annonça à ses parents qu'elle restait à Zurich.

La petite fille comprit alors qu'elle ne reverrait plus sa sœur avant longtemps et s'en accommoda.

Il y eut pourtant une dispute mémorable entre ses parents, qui avait fortement marqué Julie. Ce jour-là, sa mère était très inquiète pour Christa. Elle trouvait qu'elle ne se reposait pas assez.

— Lucien, appelle-la et dis-lui qu'on peut lui donner plus d'argent de poche ! Elle n'a pas à travailler pour ça ! Réalises-tu à quel point c'est déjà incroyable de mener ce genre d'études en étant malentendante ? Il n'y a pas besoin de la surcharger !

— Je trouve que c'est justement la bonne manière. Ça lui apprend la vie.

Sa mère était alors sortie de ses gonds.

— Comme si la vie ne lui en avait pas déjà assez fait baver ! Tu es un monstre ! Tu n'as pas de cœur !

— C'est ça, c'est ça. C'est toujours moi, le con.

Son père était parti. C'était sa manière de clore la discussion.

Quand Élise était passée précipitamment devant elle, en sanglotant, pour rejoindre sa chambre, Julie l'avait entendue marmonner : « Tonio n'aurait jamais laissé faire une chose pareille. »

Fin 2004, Christa avait décroché un poste dans un bureau d'ingénieurs sur la place zurichoise et était rentrée à la maison métamorphosée. Sa magnifique chevelure bouclée brune était devenue blond platine et lissée, son allure plus sophistiquée. Alors que son père ne tarissait pas d'éloges sur sa nouvelle apparence, Julie la détaillait en se demandant où était passée sa grande sœur. Lucien ne touchait plus terre, fier comme un coq d'avoir une fille ingénieure à Zurich. Sa mère avait montré un enthousiasme plus modéré, toujours aussi inquiète. Elle lui trouvait la mine fatiguée.

Julie avait treize ans quand sa sœur lui avait confié :

— Là-bas, on ne me considère pas comme une handicapée, je suis comme tout le monde. J'ai même la cote ! Comme il y a peu de femmes dans mon métier, on recherche ma compagnie.

— Et après le travail, tu fais quoi ?

— Du sport, je lis et je vais beaucoup au cinéma ! J'ai investi dans des appareils auditifs hyper-perfectionnés qui possèdent une fonction qui s'appelle la « position T ». À Zurich, il y a des méga-cinémas équipés de cette technologie et ça me permet de brancher mon appareil directement sur le son du film, c'est un pur bonheur. Oh frangine, c'est incroyable d'entendre à nouveau les voix des comédiens distinctement, les conversations au complet, les subtilités du langage, les nuances de ton. Et la musique ! La musique ! Une émotion de dingue ! Du coup, je ne m'en prive pas.

— Tu y vas avec qui ?

— J'y vais seule. Et c'est tellement reposant. J'apprends à me contenter de moi-même.

La cadette savait qu'autrefois, sa sœur n'avait jamais osé dire à ses amies qu'elle ne comprenait pas la moitié des dialogues des films au cinéma. Elle devait toujours lire attentivement le résumé avant la projection pour saisir le sens de l'histoire. Et c'était sans compter le bruit assourdissant des sachets de pop-corn qui parasitait toute la séance.

Jusqu'à ce qu'il se passe un événement bizarre ; un soir

de 2006, sa mère avait raccroché le téléphone, perturbée et avait expliqué que Christa allait rentrer à la maison.

— Elle ne veut pas m'en dire davantage, mais je sens qu'il y a eu un problème. Je crois qu'elle s'est fait licencier. Mais je n'en sais pas plus.

Julie se souviendrait toujours du retour de la sœur prodigue, qui avait mené des études prestigieuses, dans un dialecte allemand, qui plus est ! Elle était rentrée à la maison avec toutes ses affaires et dans un triste état. Abattue. Amaigrie. On aurait dit un fantôme. Sa mère la sermonnait : « Tu as besoin de te reposer, tu as beaucoup trop tiré sur la corde depuis plusieurs années. Tu n'as jamais fait de pause. »

Elle était restée alitée pendant des jours. Son apparence fragile avait inspiré un énorme élan d'amour à Julie. Elle avait même hésité à se glisser dans son lit pour se blottir contre elle à la recherche de leur ancienne complicité, mais une soudaine pudeur l'en avait empêchée, quelque chose était rompu. Un champ magnétique émanant de sa grande sœur la tenait à distance.

Après être restée quelques semaines dans la demeure familiale, Christa avait pris un appartement en ville de Porrentruy et avait trouvé un travail de vendeuse dans un centre commercial. Au grand dam de son père qui ne comprenait rien à ce manque d'ambition et qui avait honte d'un tel revirement de situation. La fille dont il était si fier ne lui permettait plus de briller en société. Il en avait résulté quelques disputes entre ses parents, car sa mère culpabilisait, se disait qu'ils étaient peut-être eux-mêmes les responsables de la pression énorme que leur fille se mettait sur les épaules. « Laissons-la se reposer dans un job plus cool si elle en a envie ! Nous devrions être heureux qu'elle éprouve le besoin de se rapprocher de nous. »

Julie éprouva de la satisfaction à ce que sa sœur suive une voie plus modeste. Pas par jalousie, car elle était fière d'elle et elle représentait un modèle de persévérance, mais soudain elle redevenait plus humaine. Sa sœur n'était plus cette machine de guerre, dont les exploits avaient pour conséquence de faire paraître ses petites réussites pâlichonnes. Elle n'avait jamais ressenti de concurrence avec elle dans l'amour que ses parents lui portaient, mais elle sentait bien que son père ne se vanterait pas de son parcours autant qu'il s'enflammait pour celui de Christa.

Néanmoins, ce n'est pas pour autant qu'elles retrouvèrent leur relation d'antan. Elles étaient devenues des étrangères l'une pour l'autre, laissant à Julie un certain sentiment amer de nostalgie de l'enfance.

*

Julie pratiquait la danse contemporaine depuis quelques années. Cette discipline avait modifié sa manière de dessiner. Avant, elle passait son temps assise, recroquevillée sur sa table de travail. À présent, elle peignait à quatre pattes à même le sol ou debout, sur des feuilles fixées au mur. Elle avait besoin de bouger. Ses bras, ses jambes, son corps entier devenaient pinceaux. Toujours entraînée par de la musique, elle laissait les couleurs exprimer ses états d'âme. Son rêve était d'avoir un atelier dans lequel elle pourrit librement s'emporter sans craindre de salir le sol ou les parois.

À la fin de sa scolarité, elle avait émis le souhait d'entreprendre des études en art visuel, le lycée cantonal de Porrentruy proposant une maturité artistique. Mais aux yeux de son père, « faire des dessins » n'avait aucune valeur sur le marché du travail. Il disait qu'il lui fallait une « vraie » formation, pour lui garantir un revenu stable. Sa mère se rangea du côté de son père, étant d'avis qu'en tant que femme, il était important qu'elle assure son indépendance financière. Elle avait suggéré qu'elle garde sa passion comme hobby.

Les semaines avaient passé sans que Julie se résolve à postuler dans la moindre entreprise jusqu'à ce que finalement son père lui décroche une place d'apprentissage comme employée de commerce.

3

Du haut de sa colline, le château de Porrentruy domine la ville en sage bienveillant. Jusqu'au début du vingtième siècle, ses murs avaient hébergé tour à tour un orphelinat, l'école d'agriculture du Jura, une partie de l'administration du district de Porrentruy, puis le tribunal et les prisons. Le siège du tribunal cantonal s'y était installé depuis la création de la République et canton du Jura en 1979, puis dès 1999 l'ensemble de la justice jurassienne de première instance.

En 2008, Julie entamait donc sa deuxième année d'apprentissage dans les bureaux du ministère public auprès de la juge d'instruction, dans l'aile sud du château dénommé le pavillon de la Princesse Christine. Elle venait de fêter ses seize ans et elle se sentait comme un misérable insecte piégé dans une toile d'araignée. À elle le jargon juridique, le droit, la multitude de lois à apprendre par cœur, le vocabulaire exigeant des correspondances judiciaires, les lectures de rapports de police, les heures de prises de PV. Et pour couronner le tout, elle n'était autorisée à porter ni jean, ni short, ni baskets. Comment supporter trois années de ce régime, alors que chaque journée s'étirait à l'infini ?

Les hautes fenêtres offraient une vue imprenable sur la vieille ville. Julie tapotait son crayon sur le coin de son clavier, désespérée devant la lettre qu'elle devait terminer. Elle cherchait la bonne tournure de phrase dans une liste de termes alambiqués, alors qu'une voix intérieure parasitait ses pensées en lui martelant : « Mais qu'est-ce que tu fais là ? Enfuis-toi ou tu vas mourir d'ennui. »

Sa seule source de bonheur venait d'une œuvre de l'artiste peintre jurassien Jean-François Comment, suspendue en face d'elle. Elle adorait cette toile abstraite imposante nommée sobrement « Turquoise, 116x89, 1994 ». D'un bleu sombre, elle montrait dans le bas du tableau une fine ligne verticale entremêlée de noir, de blanc et de nuances de bleus, puis au-dessus, un amas de mêmes tons plus denses, combinaison de jets de peinture et de coups de spatules, flambant rouge au centre, telle une croix ensanglantée. À force de l'admirer et selon son humeur du jour, elle y percevait différentes interprétations. Aujourd'hui, elle s'y voyait, elle, évanescente et fragile, menacée par une énorme bestiole vrombissante prête à la dévorer. Elle se leva pour sortir au grand air dans la cour du château. À la lisière des champs, agrémentée d'arbres et d'espaces verts, l'air était pur et l'atmosphère paisible.

Comme à chacune de ses pauses, ses pas la menèrent de manière irrépressible à quelques mètres de là, jusqu'à la tour Réfous, ancien beffroi de la principauté, qui offrait une perspective unique sur toute la ville. La jeune fille gravit les marches en bois de l'escalier extérieur. La plateforme située à neuf mètres de haut proposait déjà une vue intéressante, mais ce qu'elle aimait surtout, c'était pénétrer au cœur des pierres multicentenaires jusqu'au sommet du donjon, un espace cylindrique surplombé par une magnifique charpente lissée par les années. La moitié des embrasures étaient sécurisées par des grillages et l'autre moitié par des fenêtres verrouillées.

Elle s'installa contre un encadrement et laissa son regard errer sur la ville.

Après quelques instants, Julie plongea la main dans son sac, tâta du bout des doigts une petite barre d'acier froide et rassurante, puis se résigna à redescendre. On était le premier jour d'automne, pourtant un soleil resplendissant l'éblouit dès son retour dans la cour. Dans son bureau, elle ferma les fenêtres pour garder la fraîcheur à l'intérieur et reprit sa position en face de la juge. Cette dernière était en pleine conversation téléphonique avec le chef de la police cantonale. Elle avait un ton autoritaire qui l'impressionnait. C'était, elle aussi, une de ces femmes qui avaient dû faire leur place dans un milieu essentiellement masculin.

On frappa à la porte. Le gardien de prison entra avec un homme menotté, âgé d'une vingtaine d'années. Un jeune de la région qui avait très mal tourné, incarcéré pour braquage à main armée dans une station-service, multirécidiviste. Une odeur de sueur envahit la pièce. Le type paraissait paniqué. Il scrutait frénétiquement les alentours comme un animal traqué. Soudain, par un brusque coup d'épaule, il se dégagea de la poigne de l'officier et courut vers la fenêtre en double vitrage qu'il heurta violemment dans un bruit sourd. Personne n'eut le temps de réagir. Le visage en sang, il hurlait qu'il ne voulait pas retourner en prison, qu'il préférait crever ! Le gardien émit un juron et l'empoigna fermement pour l'emmener à l'infirmerie. Il s'excusa auprès de la juge restée impassible. Elle en avait vu d'autres. Julie fut choquée par la rapidité des événements. Si cinq minutes auparavant elle n'avait

163

pas fermé la fenêtre, cet homme se serait écrasé quelques mètres plus bas sous ses yeux.

La juge termina son appel et s'adressa à elle.

— Ton stage à la police judiciaire commence cet après-midi. Tu peux y aller. Ils ont besoin d'un coup de main pour de l'archivage.

Parfait ! Passer toute la journée dans une salle à classer des dossiers lui convenait très bien. Elle pourrait reposer son cerveau de cette correspondance barbare et écouter sa musique toute la journée.

*

Enfin à l'air libre, l'adolescente mit en marche son iPod et ferma un instant les yeux. La voix d'Amy Lee du groupe Evanescence investit tout l'espace. Les vibrations créées par les notes cristallines parcoururent son système nerveux et en dénouèrent chaque tension.

Wake me up inside
Wake me up inside
Call my name and save me from the dark
Bid my blood to run
Before I come undone
Save me from the nothing I've become

Sa respiration ralentit, les battements stressés de son cœur se transformèrent en ondes positives, son corps se réchauffa et enfin ce monde devint supportable. Elle revit l'image du type qui s'éclatait le visage contre la vitre, en musique, comme dans un film. Elle descendit le chemin des remparts en flottant.

Au bureau de la police cantonale, une dame jeta un œil à l'élégant pantalon en tissu qu'elle portait et lui conseilla de se vêtir d'un jean, moins fragile pour manipuler des boîtes en carton toute la journée et de prendre un pull-over, car les archives se gardent dans une salle climatisée. Enfin, elle pourrait s'habiller de manière confortable pour venir travailler.

*

Le soir, dans sa chambre, Julie voulut étendre du papier sur le sol pour peindre, mais la configuration de la pièce ne lui permettait pas de le disposer convenablement. Le format étant trop grand, elle ne put que le dérouler sur une petite distance. Elle coucha sa chaise de bureau sur son lit pour faire de la place, souleva des meubles, mais ne sut pas où les poser. Coincée, elle se cogna et se pinça un doigt. Elle pesta, puis, dépitée, rangea le long rouleau et sortit son bloc à dessin.

Une idée lui vint. Elle pensa au salon énorme du rez-de-chaussée, à l'immense espace qui s'offrait à elle si elle écartait les meubles. Ses parents étaient absents toute la soirée, il fallait qu'elle tente le coup.

Elle dévala les escaliers, poussa le canapé avec peine puis déplaça le bureau de sa mère. Quelques bouts de papier déchirés couverts de moutons de poussière apparurent par terre. La curiosité la fit saisir les morceaux et essayer de les assembler. Elle reconnut le début d'une lettre, car elle lut « mon cher ami », puis « père de Christa ». Un autre bout comportait le début d'un mot « pard », mais elle ne trouva pas la suite. Puis elle déchiffra « tu es le » et la déchirure semblait correspondre à celle devant le deuxième morceau. Elle les positionna côte à côte : « Mon cher ami... tu es le... père de Christa... »

Son cœur fit un bond. Qu'est-ce que c'était que ça ? Son cerveau s'emballa. Elle pensa à la penderie de sa mère où autrefois elle cachait ses courriers privés. Julie grimpa quatre à quatre les escaliers en priant pour qu'elle n'ait pas changé ses habitudes.

En fouillant tout au fond de l'armoire de la chambre parentale, elle dénicha des lettres en provenance de Londres et de Berlin, toutes signées Antonio Caligiari. Elle les parcourut et constata une correspondance assez sobre, dans laquelle ils échangeaient sur leur vie sans vraiment aborder de sujets intimes. Pour une relation de meilleurs amis, ils ne se confiaient pas beaucoup. La plus ancienne lettre datait de 1987. Aucune d'elles ne laissait supposer que le mot déchiré s'adressait à lui.

Des photos se trouvaient également dans la boîte. Elle découvrit sa sœur à différents âges, dont une, à côté d'un homme. Elle eut un choc ; il ressemblait de manière évidente à sa sœur. Ses yeux d'un bleu électrique semblables à ceux de Christa ne laissaient planer aucun doute. Cet homme était le père de Christa.

Au fond de la boîte elle trouva une lettre pliée en quatre, usée d'avoir été ouverte de nombreuses fois. Julie lut qu'elle datait de 1981, avant le mariage de ses parents. Ce bout de papier avait presque l'âge de sa sœur.

« Ma chère Élise,

Pardon. Pardon. Pardon.

Pour ce qui s'est passé. Je suis complètement responsable de la tournure de cette soirée cauchemardesque. J'ai mal agi et ça me rend malade. Pardon de t'abandonner. Ta famille prendra soin de toi et t'aidera à te reconstruire. Tu as de la chance de l'avoir.

Je pars à Londres. À présent, je n'ai plus le choix. Je vais entamer un nouveau chapitre là-bas.

Je t'embrasse tendrement et te souhaite une belle vie.

Détruis cette lettre immédiatement, c'est plus prudent.

166

Ton Antoine. »

Que s'était-il passé ? Qu'avait-il fait ?

Pourtant sa mère n'en avait jamais parlé comme d'un sale type alors que visiblement, il s'était mal conduit. En le voyant si charmant, elle se demanda si Élise était aveuglée par lui, s'il l'avait séduite pour ensuite l'abandonner. Comme il n'y avait jamais clairement son nom sur les clichés, il ne lui restait plus qu'à vérifier une chose ; elle alluma son ordinateur et tapa le nom « Antonio Caligiari » dans le moteur de recherche. Le même homme surgit, un peu plus âgé, mais toujours aussi élégant, souriant, sur un site internet de cabinet d'architectes à Berlin.

Son cœur cognait dans sa poitrine.

Qui était au courant ? Est-ce que son père savait ?

Bien sûr, comment ne pourrait-il pas le savoir alors qu'il avait connu cet homme autrefois ? Était-ce pour cette raison que Lucien n'avait jamais réellement accepté Christa telle qu'elle était ? Qu'il lui menait la vie dure ?

Et Christa ! En avait-elle la moindre idée ? Son père et sa sœur avaient déjà eu de grosses disputes et s'étaient crié des horreurs. Si cette dernière avait su, elle lui aurait jeté à la figure qu'il n'était pas son père. C'est certain. Elle n'était pas au courant.

Assise sur le lit, Julie se maintenait la tête en se balançant d'avant en arrière. C'était énorme, énorme. Et elle, maintenant, que devait-elle faire de ça ? Un désespoir profond l'envahit. Ses certitudes devenaient soudain chancelantes. Alors qu'elle pensait que sa mère était son roc, c'était comme si elle réalisait que sa vie entière était construite sur un mensonge.

Elle avait tout remis en place avant que ses parents ne rentrent, puis elle était vite allée se coucher pour ne pas les croiser. Sa découverte l'obséda toute la nuit.

Le lendemain, elle se rendit à son travail au commissariat dans un état vaseux.

Dans la salle des archives, l'adolescente considéra les longues étagères en métal, remplies de cartons qui maintenaient les dossiers debout, classés chronologiquement. Une conversation animée était diffusée par une vieille radio. Sa nouvelle collègue lui expliqua :

— Dans cette salle, il y a tous les dossiers datant d'avant 1990 qui ont fait l'objet de recours judiciaire ou de plaintes. Dès 1991, nous avons tout informatisé. Nous allons éliminer tous les documents qui ont plus de vingt ans, ça va faire de la place ! Nous devons les sortir des cartons et les passer à la broyeuse. Ça devrait être fait chaque année, mais nous avons beaucoup de retard. Bon, je te laisse, tu peux éteindre la radio si ça te dérange. Je suis à l'accueil si tu as besoin de moi.

L'adolescente prit la première boîte au fond de la salle. Elle fit de gros yeux en constatant qu'elle datait de 1960. Elle allait y passer des semaines ! Les répertoires étaient classés par année, puis par ordre alphabétique des noms de famille des accusés. Les trois premières lettres se trouvaient sur la tranche, comme dans une bibliothèque.

Les heures passèrent. Assise à même le sol, Julie prenait une boîte, sortait les dossiers, vérifiait rapidement qu'il n'y ait aucune pièce métallique, puis constituait de petits tas pour les passer à la déchiqueteuse. Le chuintement du papier glissant dans la machine, les feuilles réduites en lambeaux ; ce procédé avait quelque chose de thérapeutique et purifiant. Elle se sentait comme ça depuis un certain temps ; en lambeaux. Éparpillée.

La première page lui sautait aux yeux, comportant le nom des personnes impliquées et la raison. Il y avait surtout des querelles de voisinage et de couples. Son grand-oncle Thierry était souvent mentionné.

Sa tâche répétitive permettait à ses pensées de s'évader. Elle repensa à la lettre la plus ancienne qu'elle avait trouvée et une idée lui traversa l'esprit. Elle parcourut les longues rangées de dossiers à la recherche de l'année 1981 puis elle chercha le nom de famille d'Antonio, sans trop y croire.

Rien. Il n'y avait rien. En 1980, non plus.

Elle regarda alors les années précédentes.

Bingo. En 1972, le nom d'Antonio Caligiari apparaissait. L'excitation de la découverte lui redonna des couleurs.

Il s'agissait d'une plainte contre lui, à ce moment-là âgé de quinze ans.

Le plaignant se prénommait Louis Grosjean, un habitant du village, âgé de vingt-trois ans au moment des faits.

La déposition décrivait un accident avec une bombe artisanale qui avait sauté dans la main du plaignant et lui avait fait perdre deux doigts. Le jeune Antonio était accusé de mise en danger d'autrui et de lésions corporelles graves. Étant donné son jeune âge, il avait bénéficié d'un sursis tout en écopant de quinze jours de travaux d'intérêt général. Julie fronça les sourcils. Tiens, alors comme ça, l'ami de sa maman était un petit voyou ?

En fin d'après-midi, elle rejoignit sa bande de potes dans le seul bar en ville où elle se sentait bien, les Deux-Clefs, le bar alternatif de la région, fréquenté par les étudiants, les artistes et les cabossés de la vie. Le tenancier était en pleine conversation avec un habitué. Celui-ci parlait de la nouvelle loi fédérale pour une interdiction de fumer dans les lieux publics. Un tremblement de terre pour les fidèles ! Si on ne pouvait même plus librement fumer sa clope en buvant une bière, où allait-on ?

Julie rejoignit la table ronde où se trouvaient ses amis. La plupart d'entre eux suivaient un apprentissage en entreprise ; micromécanicien en horlogerie, coiffeuse, mécanicien garagiste, employée de commerce et peintre en bâtiment. Elle avait particulièrement d'affinités avec ce dernier, qui dessinait divinement bien. Il rêvait de devenir illustrateur. Il avait d'énormes cernes et les doigts multicolores, à force de passer toutes ses nuits à manier ses aquarelles et ses crayons. Sur son lieu de travail, il ramassait régulièrement les restes de rouleaux en papier de protection de sol et les utilisait pour ses dessins. Il en fournissait d'immenses morceaux à Julie.

Ce soir-là, ils débattaient d'un sujet dont elle n'avait même pas essayé de comprendre la teneur. Elle ne parvenait pas à revenir à l'instant présent. Elle était bloquée dans ses réflexions, éprouvée par sa découverte.

Qui était le père de sa sœur ? Pourquoi était-il parti si loin ? Elle mourait d'envie d'en apprendre plus.

Pour la première fois, elle réalisa à quel point ses parents s'étaient peu fréquentés avant de se marier. À peine quelques mois. Et avec quelle rapidité sa mère était tombée enceinte.

Son ami peintre l'interrompit dans ses pensées.

— Ça va, Ju ?

— Ça va. Il y a un truc qui me prend la tête.

Il lui demanda si elle avait utilisé le papier qu'il lui avait donné. Il aimait bien Julie et il voulait l'aider à exercer son art. Elle se plaignit.

— Je ne sais pas où m'installer, tout est si impeccable chez moi ! J'ai l'impression de vivre dans une vitrine de magasin. En plus, ma chambre est trop petite.

170

— Tu te débrouilles, mais tu le fais ! Tu vas crever si tu ne sors pas ce qui t'étouffe à l'intérieur.

Julie sursauta. Il avait vu.

Le cœur battant, elle plongea la main dans son sac et chercha le métal froid.

*

Après avoir travaillé dans les archives toute la journée, la jeune fille sortit épuisée par tous les scénarios qui lui étaient passés par la tête. La maison était vide, ses parents avaient une assemblée suivie d'un repas, ils ne rentreraient pas avant minuit. Ils auraient bien aimé qu'elle s'engage elle aussi dans une société. Ils rouspétaient que les jeunes rechignaient à consacrer du temps à la collectivité, trop égoïstes. Mais ce qu'ils ne voulaient pas s'avouer, c'était que bien souvent, la collectivité prenait le pas sur la vie de famille. À présent, leurs absences convenaient à Julie. Elle aimait être seule.

Tout cet espace à sa disposition... c'était trop bête de ne pas en profiter.

L'injonction de son ami lui tournait dans la tête.

C'était maintenant ou jamais.

Elle courut dans sa chambre, quitta ses vêtements larges et enfila un short et un débardeur, puis dévala les escaliers et dans un élan de rage réussit à écarter le canapé luxueux et la table de salon. Le tapis fut enroulé sur le côté et tous les bibelots susceptibles d'être endommagés furent enlevés. Julie étendit le papier sur le sol, recouvrant ainsi toute la surface du séjour, avant d'ouvrir ses pots de peinture et de les aligner par couleur. Tout était prêt.

Ses écouteurs vrillés dans les oreilles, elle lança sa

playlist sur son iPod. Elle ferma les yeux, la musique l'envahit. Les notes s'emparèrent d'elle. Elle jeta sa tête en arrière, inspira profondément, descendit au plus profond d'elle-même. Ses mains plongèrent dans des gobelets de peinture, puis en transe, guidée par la mélodie, elle entama une danse. Elle étala du bleu, se mit à quatre pattes, frotta la peinture avec les genoux, puis traça un immense cercle, trempa son pied, fit des pas, puis se laissa couler sur le papier, tapota le sol, reprit de la peinture qu'elle appliqua sur ses cheveux, s'allongea, griffa la toile, macula son corps et par un mouvement de balancelle, marqua l'empreinte de son ventre. Elle s'étendit de tout son long, roulant et badigeonnant, recevant les frottements du papier contre sa peau comme autant de caresses. Étincelles, éclaboussures, de la peinture giclait autour d'elle. Sa personne faisait partie intégrante de l'œuvre.

Soudain, elle eut une vision effrayante ; son père était sur le pas de la porte. Quelle horreur, elle n'avait pas vu le temps passer ! Il l'observait, médusé. Il ne comprenait pas. Sa fille était devenue folle. Sa colère augmenta lorsqu'il aperçut de la couleur sur le mur. Il marcha dans de la peinture, recula en jurant, macula le parquet, explosa.

— Tu ne peux pas prendre un bloc à dessin comme tout le monde ?

Surprise dans son intimité, elle bredouilla qu'elle allait nettoyer, aussi honteuse et mal à l'aise que s'il l'avait vue danser nue.

Sur le sol, des couleurs s'entremêlaient comme une tempête d'automne, des empreintes de mains, des impressions grossières de parties du corps se juxtaposaient à de fines lignes. Des tourbillons çà et là formaient un ensemble splendide.

Elle se précipita et déchira le papier frénétiquement pour rassembler le tout dans un sac-poubelle. Elle courut chercher une brosse avec du savon et entreprit le nettoyage du mur. *Comme tout le monde...* il avait dit. Non. Elle ne pouvait pas. Et qu'est-ce que ça voulait dire ? Qui était-ce « tout le monde » ?

Plus tard dans la salle de bains, pendant qu'elle lavait la peinture sur son corps, elle entendit sa mère qui tentait de trouver une solution. Elle proposa de louer un local au village. Le paternel balaya l'idée avec des remarques consternantes.

Pour une fois, sa mère insista.

— On ne lui paie pas d'études puisqu'elle fait un apprentissage. Nous pourrions lui offrir la location d'un atelier quelques mois.

— Qu'elle finisse d'abord son apprentissage. Après on verra, rétorqua Lucien.

Julie tendit l'oreille, dans l'espoir d'entendre sa mère répliquer, mais rien ne vint.

Une remontée acide lui brûla la gorge.

Deux ans. Elle serait coincée encore deux longues années dans ce tribunal. Dans cette maison. Sans exutoire.

Avec un père qui ne la voyait pas.

Avec une mère qui était à présent une inconnue.

*

La semaine s'écoula dans une ambiance particulièrement tendue. L'adolescente en voulait à ses parents, mais encore plus à sa mère. Concernant l'atelier, Julie avait bien compris que celle-ci subissait l'autorité de son mari, mais elle trouvait qu'elle pourrait s'affirmer davantage. Il lui semblait qu'elle avait son mot à dire. Elle avait choisi son camp. Et ce n'était pas le sien.

Le week-end arriva et après avoir passé une agréable soirée à jouer au billard aux Deux-Clefs, ses amis proposèrent de sortir dans la discothèque de la région. Au grand dam de Julie, car elle y détestait la musique et l'atmosphère étouffante chargée de fumée. Mais comme elle n'avait aucune envie de rentrer chez elle, elle ne pouvait que prier pour que le videur leur refuse l'entrée. Malheureusement, aux prises avec un client fortement alcoolisé, il ne leur accorda pas la moindre attention et ils s'engagèrent facilement dans la salle bondée.

Un public varié issu de toute la région se retrouvait ici. Ils dénichèrent un coin de table libre. Au moins, elle ne serait pas malmenée dans la foule, debout un verre à la main. Elle se précipita sur la chaise la plus isolée.

Un membre du groupe proposa d'aller chercher la boisson gratuite qu'ils avaient reçue avec leur billet d'entrée. Julie souhaitait un coca.

— Un whisky-coca, tu veux dire ? Ça te détendra.

— Non, un coca, s'il te plaît ! Fais pas chier.

Elle était mal à l'aise. Christa était forcément présente dans cette salle, puisque c'était le seul lieu ouvert après la fermeture des pubs. Depuis que sa grande sœur était revenue dans la région, elle était ingérable. Elle sortait trop, buvait trop, fumait comme une candidate au suicide. Son joli visage commençait à être marqué par son hygiène de vie déplorable.

Julie scruta la foule à proximité du bar. Christa n'était jamais loin du bar. Et soudain elle la vit, un cocktail à la main, une cigarette dans l'autre, collée contre deux types. Elle riait à gorge déployée et se laissait tripoter en public. Elle tenait à peine debout.

La sœur cadette serra les dents et détourna le regard. Deux heures du matin, la session latino attirait la foule sur la piste de danse. C'était déjà bien au-delà du seuil de tolérance de Julie, qui n'en pouvait plus. Elle avait perdu de vue sa sœur depuis un moment. Ça l'ennuyait d'appeler sa mère pour rentrer. Elle partit à la recherche d'une brave âme qui voudrait bien la rapatrier saine et sauve dans son village et donc qui devrait être sobre, ce qui réduisait considérablement ses chances de succès.

Dans le hall d'entrée, elle tomba nez à nez avec Christa. Celle-ci était avec deux types qui la soutenaient, littéralement. Elle était complètement saoule, son chemisier était ouvert, l'un d'eux lui malaxait le ventre et l'autre avait carrément sa main dans l'arrière de son pantalon. Tous trois tanguaient et bousculaient des gens. Julie était choquée et aurait aimé ne jamais être venue.

D'une voix pâteuse, les yeux vitreux, Christa commença une phrase :

— Nous allons chez…

Puis elle s'interrompit comme occupée par une autre pensée.

Julie se demanda si elle était sur le point de vomir ou pire, si elle allait faire une crise d'épilepsie. Ce qui ne serait pas étonnant étant donné son état. Mais Christa empoigna les cheveux du type, qui était en train de lui mordre la nuque, pour voir son visage.

— C'est quoi ton nom déjà ?

L'adolescente rassembla toute son autorité.

— Je te ramène !

Le ton était tremblant, elle l'aurait voulu plus ferme. Sa sœur tituba, sa bouche se tordit dans un rire sans joie.

— Tu me quoi ? Tu me ramènes ? En vélomoteur ou quoi ? Elle est trop, ma p'tite sœur. Mais la soirée ne fait que commencer ! Alors les gars, on va chez lequel de vous deux ? demanda-t-elle en ébouriffant la tête des deux hommes comme s'ils étaient des labradors.

Julie ne put que suivre des yeux le lamentable trio sortir du bâtiment sous une salve de commentaires peu flatteurs. Pendant quelques secondes, elle se sentit terriblement seule et impuissante. Comment aider quelqu'un qui ne le souhaite pas ? Doit-on le laisser couler ? Quand peut-on être accusé de non-assistance à personne en danger ? Soudain, elle fut saisie d'un mauvais pressentiment et se précipita dehors, où elle trouva sa sœur étendue sur le sol au milieu du parking. Un des types chancelait, les mains dans les poches. L'autre essayait de relever Christa en tirant sur son bras, mais le corps était raide comme du bois.

Julie plongea sur elle et constata les yeux révulsés, la mâchoire crispée, les tremblements qui transformaient le corps en pierre. Elle dégaina son téléphone et lança le chronomètre.

— Écartez-vous ! gronda-t-elle.

Quinze secondes.

Christa s'agitait comme électrocutée. Julie retira sa veste et la glissa sous le bras qui frappait frénétiquement le sol.

Trente secondes.

Un des types prit peur et s'éloigna. L'autre était assis par terre et avait l'air absent.

Quarante-cinq secondes.

Les deux mains sur son téléphone, Julie se tenait prête à composer le 144. Cela faisait longtemps qu'elle n'avait plus joué les infirmières. Elle avait oublié à quel point le temps paraissait élastique. Dans ce cas-là, chaque seconde rivalisait avec l'éternité.

Cinquante-cinq secondes.

Le corps soudain se relâcha, les yeux palpitèrent avant de se fermer. Aussitôt elle tourna sa sœur sur le côté et replia le genou dans la position de sécurité. Celle-ci vomit une partie de l'alcool ingurgité.

Le gars se réveilla en beuglant son dégoût et retourna vers le bâtiment. La nuit était sans lune, on les distinguait à peine. Avec un peu de chance, personne ne les reconnaîtrait. Des fêtards passaient à quelques mètres sans faire attention à elles.

Julie caressa les cheveux de sa sœur désormais tranquille.

— Oh! Frangine, pourquoi te détruire ainsi?

Elle fouilla dans son sac et en sortit ses clés de voiture. Lorsqu'elle actionna la commande à distance, des phares clignotèrent à proximité. Elle alla ouvrir la portière du passager et revint chercher Christa. Elle parvint à la réveiller et à la soutenir tant bien que mal jusqu'à l'installer dans le véhicule.

L'adolescente fit tourner la clé dans le contact et démarra.

— Tu n'habites pas loin. Je te ramène.

Elle avait déjà roulé plusieurs fois avec son père, elle s'en sentait capable, mais au premier virage serré, elle se déporta et une voiture arrivant en sens inverse klaxonna vigoureusement. Christa sursauta, empoigna le volant et parvint à rabattre le véhicule de justesse.

— Tu veux nous tuer ou quoi? Arrête-toi sur le bas-côté.

Christa ouvrit la portière et vomit dans l'herbe. Julie tremblait de tous ses membres et devint hystérique.

— Si tu ne te mettais pas dans des états pareils, on n'en serait pas là!

Christa se toucha les oreilles et paraissait chercher quelque chose. Elle avait perdu un de ses appareils.

— Quelle vie de merde… murmura-t-elle.

De grosses larmes lui dégringolaient sur la joue. Julie n'avait pas du tout pensé à regarder à terre lorsqu'elle était allongée. Elle aurait aimé lui répondre quelque chose qui puisse l'apaiser, mais elle ne pouvait qu'être d'accord, vraiment.

Elles en étaient toutes deux là, l'une à pleurer doucement les yeux clos, l'autre à tenter de rassembler ses esprits lorsqu'une voiture s'arrêta à leur hauteur.

— Les flics ! s'exclama la fraudeuse horrifiée en se redressant sur son siège. Je ne pourrai pas passer mon permis avant des années.

Sa sœur murmura qu'en effet, sur ce coup-là, elle avait fait fort. La situation lui tira même un sourire.

— Je te parie qu'ils connaissent papa.

L'adolescente blêmit davantage, si c'était possible.

Un des deux hommes arriva à sa hauteur et braqua sa lampe torche dans l'habitacle. Il y avait effectivement un contemporain de son père.

— Tiens, les filles Comte !

Il parut surpris, mais ne cacha pas son sourire. Sa nuit devenait enfin excitante. Le plus jeune policier se contenta de saluer Christa qui avait fréquenté le lycée avec lui. Le vieux fit la grimace.

— Ça sent la gerbe dans cette bagnole. Va falloir qu'on vous fasse souffler, les filles. Descendez.

Puis en s'adressant à la fille trop jeune, derrière le volant :

— Toi, je ne te demande pas ton permis, n'est-ce pas ? Tu bosses au tribunal, non ? T'es gonflée.

Il s'éloigna pour passer un coup de fil. Julie n'en

revenait pas. Elle allait être privée du peu de liberté qu'elle avait. Son père n'allait pas lui pardonner.

Le type revint quelques minutes plus tard, la mine contrariée.

— Montez dans notre voiture, on vous emmène.

*

Élise était bouleversée face à Christa, assise sur le canapé, dans un état épouvantable.

— Vous vous rendez compte que vous auriez pu vous tuer ?

Son mari était furieux que ce soit à nouveau Thierry qui lui sauve la mise. Heureusement que les policiers avaient eu la présence d'esprit d'appeler leur chef au lieu de les emmener directement à la gendarmerie. Lucien espérait que personne n'ait vu leur voiture suivie de la voiture banalisée rouler jusque chez eux. Sinon tout le village en parlerait avant même la messe de dimanche.

— Nom de Dieu, Julie ! La prochaine fois, tu nous appelles ! Qu'est-ce qui t'est passé par la tête ?

La tête rentrée dans les épaules, elle restait muette, honteuse.

— Et toi, Christa ? Qu'est-ce que c'est cette fois ? Alcool ? Drogue ? Heureusement que Thierry t'adore et qu'il ferme les yeux sur ton comportement ! Déjà que tu fiches ta vie en l'air dans ce foutu centre commercial, tu vas emmerder toute la famille ?

— Lucien… s'interposa Élise en lui posant la main sur le bras.

Il fallait qu'il arrête de lui reprocher de travailler comme vendeuse. Au moins, elle travaillait ! Ce n'était pas comme si elle vivait à leurs crochets ! Et au vu de ce que Christa avait traversé, elle ne pouvait s'empêcher de se dire qu'elle s'en sortait bien. Elle pourrait être en dépression ou pire…

Une petite voix lui disait : « Mais ouvre les yeux ! »

Lucien était hors de lui.

— Tu ne m'entraîneras pas dans ta chute, tu m'entends ? J'ai bossé comme un fou pour arriver là où je suis !

Élise savait que son mari ne supportait pas la faiblesse. Il ne supportait pas les perdants, les mous, ceux qui se plaignent que la vie est contre eux ou qui clament qu'ils sont nés sous la mauvaise étoile. Il disait qu'on fait avec les cartes qu'on nous a données. Il disait : « Si tu es malin et si tu travailles très dur, tu peux choisir ton destin. » Elle ne pouvait le contredire ; il l'avait fait. Mais elle trouvait que ce n'était pas blanc ou noir. Ce n'était pas si évident.

Depuis que Christa était revenue dans la région, ils en entendaient de toutes les couleurs à son sujet. Lucien fulminait : « On n'a pas idée de se laisser aller pareillement. Elle n'a que vingt-six ans, elle n'a qu'à rebondir ! Elle est forte. Elle a traversé bien pire. »

Il ne voulait pas qu'elle soit une assistée. Handicapée ou pas, c'est un état d'esprit. Elle doit se battre plus que les autres ? Et alors ? De toute façon dans la vie il faut se battre. Tant mieux si elle y est préparée. Ceux qui sont nés gâtés par la vie se laissent dévaster par la moindre difficulté. Et en plus, ils ne mesurent pas la chance qu'ils ont. Ils ne reconnaissent pas le bonheur.

Élise le laissa déverser sa colère. Peut-être que sa fille avait besoin de se faire secouer les plumes puisque la douceur et la compréhension d'une mère ne l'empêchaient pas de faire n'importe quoi ?

Lorsque la tempête fut passée, sa cadette sortit de son mutisme.

— Elle a fait une crise sur le parking et elle a perdu une de ses aides auditives. On était à l'écart, avec un peu de chance, elle est encore intacte.

— Il faut y retourner ! réagit Élise au quart de tour.

Lucien bondit.

— Personne ne sort d'ici ! Il est trois heures du matin et vous avez été ramenées par la police !

— Je dois y aller ! As-tu la moindre idée de combien coûtent ses appareils ?

— Mais c'est n'importe quoi !

Élise rétorqua avec fermeté qu'elle s'y rendait avec Julie. Il n'avait qu'à aller se coucher.

Au moment de fermer la porte, elle vit Lucien tirer la couverture sur Christa endormie et lui caresser les cheveux.

Sa fille. La fille d'un autre.

S'il ne savait pas lui montrer son amour, c'était peut-être parce qu'elle lui ressemblait trop. Elle se battait contre des difficultés physiques et lui se battait contre son besoin inextinguible de reconnaissance.

4

Ce samedi après-midi, Christa quitta son job, exténuée. La gueule de bois était sévère. Elle s'était sentie déprimée toute la journée. Elle n'avait aucun souvenir de cette nuit. Il était fréquent que quelques heures de sa vie précédant ou suivant une crise d'épilepsie soient effacées de sa mémoire. Déstabilisant. Même si cette fois, c'était probablement l'alcool qui était responsable de son trou de mémoire. Elle visualisait vaguement le parking, puis sa sœur au volant de sa voiture, puis le visage de son père dans le salon de ses parents, les traits tirés, marqués par la déception, en train de cracher ces mots affreux : « C'est ce que tu veux ? Être un modèle de dépravée pour ta sœur ? Un déchet ? Une alcoolique qui bave et se donne en spectacle ? Tu veux qu'elle devienne comme toi ? »

Non. Bien sûr que non, elle ne voulait pas ça. Elle était tellement focalisée sur son nombril, qu'elle n'avait pas pensé une seconde à sa sœur. Depuis qu'elle était rentrée, elle n'avait pas vraiment repris contact, trop occupée à se morfondre et à saccager sa réputation.

Parfois, elle se remémorait lorsqu'elle-même avait son âge et Julie six ans. Leur relation était simple et pleine de douceur. Lorsque son cœur s'emballait, que ses sens lui échappaient, sa sœur était la lumière rassurante qui la guidait.

Et elle, qu'avait-elle fait pour sa sœur ? Rien.

Elle fut accablée de honte.

Il s'était passé tant de choses à Zurich. Sa famille ne la connaissait plus. Elle tenait à distance les deux femmes qui avaient toujours été là pour elle. Toujours.

Christa se gara devant chez elle et sortit ses clés en grimpant les escaliers. Sur son palier, Simon l'attendait, alors qu'il ne venait jamais sans prévenir.

Elle s'inquiéta.

— Tout va bien ?

Le regard fuyant, il dit qu'il avait besoin de lui parler.

À sa manière d'enlever sa veste, de regarder nerveusement autour de lui alors qu'il connaissait les lieux par cœur, elle sut que quelque chose n'allait pas.

Une migraine vrillait les tempes de Christa. Ça allait être pénible de se lancer dans une conversation sérieuse. Elle posa ses affaires et l'invita à se servir un verre. Elle voulait prendre une douche, avaler un Dafalgan.

— Je ne te propose pas de me rejoindre, j'ai un terrible mal de crâne.

Sa remarque se voulait mutine, mais elle était si exténuée que le ton n'y était pas.

— Je ne viens pas pour « ça » !

Il prit une grande inspiration, regarda au plafond quelques secondes, comme pour retenir ses larmes, Christa le trouvait bien dramatique et il commençait à l'agacer. En fait, elle avait envie d'un bain. Oh oui, un bon bain chaud.

Il lui dit qu'il n'en pouvait plus d'être un partenaire de jeu pour une nuit de temps en temps, qu'il voulait une relation sérieuse, être avec elle aussi pour regarder la télé, faire la cuisine, partir en week-end, sortir en couple avec des amis.

Elle se crispa.

— Arrête de te prendre la tête, Simon. On s'amuse bien, non ? J'aime faire l'amour avec toi.

— Ça ne me suffit plus. Justement, on est bien ensemble, non ? Je t'aime beaucoup… mais tu me tiens à distance et je ne le supporte plus.

— Tu ne te rends pas compte, mais très vite, tu te lasserais de faire attention à moi avant de parler, tu en aurais marre de ne pas sortir avec des amis, sous prétexte que je ne comprends pas les conversations. Je ne suis pas un cadeau.

— Tu n'as pas le droit de prendre la décision à ma place, c'est humiliant ! Tu ne me donnes aucune chance ! Je te connais et ça m'est égal que tu sois malentendante.

Christa plongea tout au fond d'elle. Il fallait qu'elle soit honnête avec elle-même et avec lui. Il fallait qu'elle lui dise.

— Simon, je suis désolée, mais… je ne suis pas amoureuse de toi.

Ses épaules solides s'affaissèrent. Il parut surpris. Peut-être pensait-il qu'elle avait juste peur et que s'il la convainquait de son amour, elle serait heureuse de s'abandonner à lui. Il recula dans un geste de dépit et répondit quelque chose qu'elle ne comprit pas, car il avait mis les mains devant sa bouche.

Quand il se calma et la regarda enfin, il s'appliqua à bien articuler.

— C'est fini. On en reste là. Cela ne m'intéresse plus. Bonne chance à toi.

Il ferma la porte derrière lui et un silence assourdissant envahit l'appartement. Elle se concentra sur ce qu'elle ressentait, elle guetta la déchirure, la douleur lancinante de la peine de cœur, mais fut presque effrayée de constater que cette rupture ne lui faisait strictement aucun effet. Mais qu'est-ce qui cloche chez elle ?

*

Élise longeait la Grand-Rue au centre de la capitale ajoulote d'un pas pressé, la main crispée sur son sac à commissions, le souffle court. Elle venait d'avoir une conversation désagréable avec deux connaissances. Celles-ci avaient commencé à débattre sur les prix de certaines denrées, lorsque devant une Élise silencieuse, l'une d'elles s'était exclamée :

— Enfin, toi, tu t'en fiches, tu n'as pas besoin de faire attention à tes dépenses ! Tu n'as même pas besoin de travailler !

Elle avait bêtement rougi comme une adolescente et n'avait pas su quoi répondre pour lui rabattre son caquet.

Être une privilégiée engendrait beaucoup de jalousie et elle pouvait le comprendre. Les fins de mois difficiles lui étaient inconnues, elle ne regardait jamais les étiquettes lorsqu'elle faisait ses courses. Néanmoins, sentir de l'animosité de la part de ces femmes l'avait blessée. Il n'y avait vraiment pas de quoi être jalouse. Vivre dans cette grande maison avec une ado taciturne, qui passait son temps coiffée d'un casque sur les oreilles et un mari absent avec qui elle n'arrivait pas à échanger la moindre conversation intéressante, n'avait vraiment rien d'enviable. Et le travail… pas si simple comme sujet ! Elle aurait bien aimé reprendre une activité, mais après une si longue pause, ce n'était pas évident. Et qu'est-ce qu'elles savent de ma vie, ces deux biques ? J'aurais dû répondre : « Au revoir

186

mesdames, je suis pressée, je vais dépenser mon fric ! »
Voilà ce que j'aurais dû leur dire.

Préoccupée par ses ruminations, à la hauteur du musée de l'Hôtel-Dieu, elle tomba nez à nez avec le docteur Philippe Jaccot qui sortait du bâtiment. Elle ne l'avait plus croisé depuis des années. Son cœur manqua un battement et elle sentit le rose lui monter aux joues.

Philippe avait été très présent pendant toute la période d'adaptation de Christa à sa nouvelle vie de malentendante. Ils étaient même devenus amis. Mais ensuite les rendez-vous pour Christa s'étaient espacés et il était devenu inconvenant de le voir « pour le plaisir ». Cette relation amicale avait fait surtout beaucoup de tort à son mariage qui supportait mal la comparaison.

Il ne cacha pas sa joie de la revoir et son attitude chaleureuse lui redonna instantanément du baume au cœur. Lorsqu'il demanda des nouvelles de sa fille aînée, elle lui décocha un sourire morose.

— Alors là, je t'invite à boire un café, parce qu'il y en a pour un moment !

*

Elle avait passé un après-midi délicieux, hors du temps, échangeant sur divers sujets, se sentant écoutée. Elle fut médusée de constater à quel point une conversation pouvait être source de bonheur. Le cœur léger, elle rangea ses courses dans sa cuisine en chantant, puis écrivit un texto de réconciliation à sa cadette pour lui proposer une soirée entre filles devant un bon film. Elle n'avait jamais été brouillée aussi longtemps avec elle et il lui semblait que sa rancœur était complètement disproportionnée. Ce que l'adolescence pouvait être épuisante parfois !

*

Concentrées sur leur chorégraphie, Julie et les autres filles roulaient des épaules, s'avançaient, sautaient dans des mouvements amples et souples, face à un miroir qui occupait toute la largeur de la salle. La musique l'envahit, s'empara de chaque particule de son corps et la transporta. Elle aimait sentir ses muscles saillir, la transpiration perler dans son dos. Si elle avait eu un pouvoir magique à cet instant-là, elle aurait transformé cette salle de danse en atelier équipé d'une immense feuille de papier sur le sol, pour pouvoir faire jaillir ses émotions sous forme d'éclaboussures de couleurs.

Aujourd'hui particulièrement, elle n'avait pas envie de s'arrêter. Elle voulait s'épuiser pour empêcher son cerveau de réfléchir. Depuis quelques jours, elle essayait de se faire à cette idée inimaginable ; une moitié de sa sœur lui était complètement étrangère. Sa sœur avait des gènes italiens ! Plus elle y réfléchissait et plus c'était évident. Plus elle analysait ses traits de caractère et plus cela lui sautait aux yeux. Quant à son physique, elle tenait sa crinière bouclée de sa mère, mais son teint facilement hâlé était méditerranéen. Et la couleur de ses yeux qui sortait de nulle part… qu'elle avait soi-disant hérité d'un grand-parent… pas besoin de chercher si loin !

À la fin du cours, Julie remballa ses affaires à regret et quitta la salle.

La température était agréable en cette fin d'aprèsmidi. Elle respira à pleins poumons l'air pur, une odeur de grillades lui ouvrit l'appétit. Lentement les peupliers

188

se dénudaient, leurs feuilles aux nuances flamboyantes tapissaient les trottoirs.

Les jeux de mots de MC Solar l'accompagnèrent dans la traversée de la ville jusqu'au *skatepark* où elle s'assit en tailleur sur un banc. Le roulement régulier des planches à roulettes sur le bitume avait le pouvoir de l'apaiser, mais aujourd'hui, elle doutait de trouver la paix. Elle sortit la liste de termes juridiques qu'elle était censée apprendre. Quelle plaie… Une lassitude extrême la gagnait quand un texto de sa mère lui retourna le sang. Celle-ci lui proposait d'aller chercher une pizza et de passer la soirée entre filles devant un film. « Qui es-tu ? » avait-elle envie de lui répondre.

Depuis qu'elle avait découvert son secret, elle avait l'impression que des pans entiers de sa vie s'étaient écroulés, à la manière d'un château de sable entamé par les vagues. Et même si elle avait le courage de lui demander des explications, comment être certaine qu'elle lui dirait la vérité ? Comment lui faire confiance ? Elle n'avait aucune envie de rentrer à la maison. Julie répondit par message qu'elle passait la nuit chez une copine. Elle préférait passer la nuit à la belle étoile plutôt que la soirée avec elle.

Complètement déprimée, elle remballa le tout. Elle avait urgemment besoin de prendre de la hauteur. La main au fond de son sac, elle s'assura que l'objet métallique était bien là, puis elle s'en alla en direction de la vieille ville. Ce soir, elle oserait.

En franchissant la porte qui traverse le pavillon et débouche dans la cour du château, elle croisa un groupe à l'enthousiasme bruyant. L'idée qu'il y ait soudain une horde de touristes en haut de sa tour ne lui était pas venue à l'esprit. Elle pria pour qu'il n'en soit rien. Les bruits de la ville lui parvenaient au loin lorsque plongée dans la pénombre, elle franchissait chaque niveau en se disant que si quelqu'un arrivait, elle se cacherait dans un recoin. Elle fut soulagée de ne trouver personne au sommet.

Sa main plongea dans son sac, tâta le métal froid, puis retira la clé carrée qu'elle gardait précieusement. Si le concierge la voyait, elle pourrait se faire renvoyer. Mais ce soir, elle n'en avait absolument rien à faire. Elle débloqua la fenêtre et l'ouvrit en grand. Le cœur battant, elle s'assit au bord du vide pour assister au coucher de soleil. Sa vue n'était ni gâchée par un grillage ni par une vitre. Elle avait l'impression de voler. Un apaisement l'envahit. Le ciel s'enflamma dans un dégradé orangé puis la nuit enveloppa la ville.

Ne restaient plus que les luminaires et le silence.

Enfin.

*

Christa fumait à sa fenêtre. Les idées noires rôdaient, tournaient autour d'elle comme des ombres malveillantes. Elle s'enfouit sous son duvet et s'endormit.

Une crise d'angoisse la réveilla à minuit en sursaut et en sueur.

Impossible de rester seule ici. Besoin d'un verre. Besoin de chaleur pour réchauffer son cœur glacé. Elle s'habilla et sortit.

Les bars de Porrentruy étaient bondés, comme tous les jeudis.

Elle sentait les regards sur elle, elle avait l'habitude.

Les apparences. Si tu es trop maquillée, tu es une chasseuse. Si tu ne l'es pas assez, tu te négliges.

Ce soir elle portait un haut dos nu révélant un imposant tatouage. Elle connaissait pratiquement tout le monde. Des types lui firent des clins d'œil, des filles la snobèrent. Le tube entraînant de Magic System *Zouglou Dance* résonnait à plein volume. Tenir une conversation ici lui aurait été impossible. Elle s'enfonça vers le caveau au fond du bar, là où dans une lumière tamisée, les corps dansaient en se frôlant dans l'obscurité.

Quelques membres de l'équipe régionale de basket étaient accoudés au comptoir, en pleine discussion. Bien classés dans leur ligue, ici ils étaient de véritables stars. En partie grâce à leurs joueurs étrangers, des basketteurs afro-américains à la stature imposante. Loin de chez eux, sans attaches, ils étaient des clients assidus des bars de la ville. Des groupies étaient agglutinées autour d'eux. Le capitaine Derrick Johnson et Christa se comprirent en quelques gestes.

— Hey Chris! *What's up?* Tu viens faire le plein?

Elle approuva et il éclata d'un grand rire communicatif.

— Je reconnais la Chris des grands soirs. T'as envie de faire la fête, toi. Phil, une tournée de mojitos, s'il te plaît!

Christa ferma les yeux pour apprécier la main chaude qu'il venait de poser dans le bas de son dos. Ça faisait un moment qu'il lui tournait autour et ce soir, c'était exactement ce dont elle avait envie. Du pur sexe sans prise de tête. Pas de discussion qui lui demandait toujours une extrême concentration. Juste fonctionner à l'instinct animal. Laisser parler la peau et la chimie des corps.

À la fermeture du bar, la soirée se poursuivit dans une des villas des beaux quartiers de la ville. Toute l'équipe était invitée par une des jeunes groupies qui voulait fêter l'absence de ses parents.

La villa immense comportait plusieurs chambres et salles de bains. La sono *hi-tech* arrosait tous les étages, les corps se frottaient au rythme de Fat Joe, Lupe Fiasco, Eminem et autres mignardises pendant que les drogues douces se mélangeaient à l'alcool. Un nuage de marijuana flottait dans l'air. Christa entraîna le capitaine dans une chambre à l'étage.

— J'espère que tu as ce qu'il faut, lui dit-elle coquine, en posant ses mains sur ses abdominaux.

— Hey! Oui, toujours avec moi, répondit-il surpris d'enfin parvenir à ses fins.

— Attention, je ne suis pas une de tes petites jeunettes... il va falloir te donner de la peine...

— Tu vas voir ce que tu vas voir...

Il la souleva comme si elle était un poids plume, la posa sur une commode et l'embrassa fougueusement. Elle sut tout de suite qu'elle n'allait pas être déçue. Il s'ensuivit une étreinte puissante, généreuse, sans aucune pudeur, qui réveilla tous ses sens. Aucun sentiment à part un profond respect réciproque.

Il faisait encore nuit quand Christa se dégagea de l'étreinte de Derrick et se faufila à l'extérieur de la chambre. Elle voulait partir avant que quelqu'un ne se réveille. Elle détestait les matins, la lumière blafarde, les visages décomposés, les haleines fétides, les humeurs mauvaises. Et sa conscience, qui la regardait d'un œil sévère en secouant la tête.

À la lueur de la lune, ses chaussures à la main, elle longea la galerie de la vaste demeure ravagée de désordre. Les portes ouvertes laissaient entrevoir des corps à moitié nus. Dans le salon en contrebas, les larges canapés offraient une scène orgiaque de corps blancs et noirs entremêlés.

La jeune hôtesse s'était vantée d'avoir une femme de ménage qui allait venir tout nettoyer avant que ses parents ne rentrent. Cette pauvre dame ne s'attendait certainement pas à découvrir un tel foutoir. Les bouteilles de bière et de whisky jonchaient le sol parmi les mégots de cigarettes et de joints, les cendriers improvisés, les pipes à eau, les emballages de capotes et de pastilles en tout genre. Ça sentait la cendre froide et l'alcool rance des lendemains de fête.

Tandis qu'elle descendait l'escalier à pas de loup, Christa aperçut à travers les larges baies vitrées une Mercedes arriver en trombe devant la maison. Un homme d'âge mûr, les cheveux en bataille, sortit énergiquement de la voiture. Si c'était le père d'une des filles mineures présentes ici, il allait être servi par le spectacle. Une voiture de police arriva plus calmement, puis une autre et des policiers en sortirent.

Merde, qu'est-ce qu'ils fichaient ici ? Elle eut un flash ; Derrick qui brandissait un sachet de pilules et une plaque de « beu ».

Elle remonta quatre à quatre les escaliers et le secoua sans ménagement.

— Réveille-toi, Derrick ! Les flics sont là !

Derrick sortit le petit sac qui était sous son lit et regardait partout complètement paniqué.

— Putain, ils vont me virer, je devrai retourner en Amérique, fait chier !

Christa ne réfléchit qu'une seconde avant de lui arracher le sachet des mains et de le fourrer dans son sac. Par chance, la fenêtre donnait sur un avant-toit. Elle se fit la plus discrète possible alors que les tuiles claquaient sous ses pas. Lorsqu'elle sauta à terre, elle se retrouva nez à nez avec un agent de police, qui se trouva être un ancien camarade d'école, plutôt timide à l'époque.

Ils restèrent figés un instant, elle le suppliait du regard.

— Fous l'camp, Chris.

Elle s'enfuit en courant.

Il était trois heures du matin, la ville de Porrentruy était silencieuse. Elle vomit copieusement dans une poubelle, avant d'entamer les deux kilomètres qui la séparaient de sa voiture au centre-ville. Ses talons aiguilles à la main, en nage, les joues maculées de traces de maquillage, Christa avait mal au crâne et terriblement envie d'un verre d'eau. Tout en priant pour ne croiser personne, elle termina sa route pieds nus et claudiquant, les orteils en sang.

Ah, la belle héroïne déchue. Quelle fière allure, au petit matin !

Péniblement, elle s'assit derrière le volant de sa voiture et posa son sac à main à côté d'elle, le sachet de Derrick s'en échappa. Elle secoua la tête, éreintée. Mais qu'est-ce que tu fous ? Où vas-tu comme ça ? À part dans une tombe ? Elle se sentait tellement perdue, comme si elle essayait d'attraper un fil qui ne cessait de lui échapper.

Une colère inattendue la submergea. Elle frappa son volant plusieurs fois de rage.

— Merde ! Merde ! Merde ! Putain !

Ses larmes l'aidèrent à nettoyer son visage avec un mouchoir. Ses pieds étaient en feu. Heureusement, elle gardait toujours une paire de baskets dans le coffre. Elle les enfila avec soulagement.

Un message entrant fit vibrer son téléphone et à sa grande surprise, elle lut le nom de sa sœur. Tiens, elle ne dort pas, elle ?

Une splendide photo de Porrentruy de nuit était accompagnée d'un mot : « C'est beau, non ? » Elle comprit immédiatement qu'elle avait été prise de la tour Réfous, seul point de vue aussi élevé dans la région.

Mais que faisait-elle là-haut à trois heures du mat' ? Christa resta perplexe quelques secondes. Comment avait-elle pu prendre une photo aussi jolie à travers la fenêtre ?

Elle eut un pressentiment ; il n'y avait pas de vitre !

Sa sœur était au bord du vide, à plus de trente mètres du sol !

Elle l'appela sur son portable, mais tomba sur son répondeur. Une montée d'adrénaline la fit trembler en pianotant sur son clavier.

« Quelle vue magnifique ! J'arrive ! Je ne suis pas loin, attends-moi. »

Christa démarra en trombe pour rejoindre le château au plus vite.

Ce furent les minutes les plus longues de sa vie. Sa petite sœur, qu'elle négligeait depuis des mois, était assise en haut d'une tour et elle n'avait aucune idée de l'état d'esprit dans lequel celle-ci se trouvait. Elle se gara à la hâte, avant de débouler dans la cour intérieure, puis entama l'ascension de l'énorme cylindre. Dans la précipitation, elle glissa et se cogna la jambe contre une des hautes marches. La douleur la ramena instantanément à quelques mois en arrière. C'était un vendredi soir, il était déjà vingt heures, elle avait prolongé l'apéro après le travail dans un bar de Porrentruy. En voulant prendre son portable, elle avait vacillé en se levant de sa chaise et s'était cognée contre la table. Quand elle avait enfin regardé son téléphone, plusieurs appels en absence et messages textes de sa sœur étaient affichés.

18 h 06 : « Je suis prête, tu viens à quelle heure ? »

18 h 30 : « Où es-tu Chris ? Je n'arrive pas à te joindre ! »

18 h 45 : « Je suis inquiète ! Tu vas bien ? Appelle-moi ! »

19 h 30 : « Un ami m'a dit qu'il t'a vue au Faucon à Porren ! Tu as oublié notre soirée ! »

Elle avait alors eu un petit rire… « Putain… J'ai oublié ma frangine… Je lui avais proposé d'aller au cinéma… » puis elle avait pouffé : « Mais de toute façon, je peux même plus conduire ! »

Et elle, la grande sœur, avait simplement rangé son téléphone et oublié cet incident, sans même se donner la peine de répondre aux messages.

Les sœurs n'en avaient jamais reparlé. Christa ne s'était jamais excusée.

Bouleversée, elle gravit les dernières marches en jurant qu'elle ferait mieux dorénavant, qu'elle remplirait enfin son rôle de grande sœur, qu'elle rattraperait toutes ses années de médiocrité. Pire, d'indifférence. Par pitié, qu'il n'arrive rien à Julie !

*

La ville de Porrentruy endormie à leurs pieds, les deux sœurs étaient assises côte à côte, dans l'embrasure d'une lucarne, appuyées contre la pierre fraîche.

— Tu lâcherais tout pour partir ? Sur-le-champ ? demanda Julie à sa sœur.

— Tout quoi ? Tu viens de le dire ; je n'ai rien.

Pendant quelques instants, elles se souvinrent toutes deux des innombrables nuits qu'elles avaient passées, collées l'une contre l'autre, enveloppées par ce sentiment d'amour fraternel infini qui réchauffe l'âme. C'était il y a si longtemps. Christa prit son ton le plus doux.

— Où aimerais-tu aller ?

Julie ne réfléchit même pas, comme si elle y avait déjà pensé.

— À Berlin. Je veux partir à Berlin.

Berlin. Même si c'était une capitale, le coût de la vie

y était resté raisonnable. Ses anciens collègues zurichois en parlaient comme de la ville prodige. La ville du renouveau, de l'espoir, de l'art, des découvertes. Une métropole inspirante. Christa y vit un signe. Elle eut soudain l'impression que dans cette ville ravagée pendant la guerre et qui pourtant avait réussi à se reconstruire, elle pourrait elle aussi y puiser une nouvelle force.

— OK, Ju. On part à Berlin. Maintenant.

— Sérieux ? s'exclama Julie en se redressant d'un coup, une étincelle dans les yeux.

— Oui. Sérieux. À présent, descendons de cette tour, s'il te plaît. Je ne me sens vraiment pas bien.

Au regard que Julie lui lança, elle comprit qu'elle avait une mine effroyable. Christa se cramponnait à la barrière pour tenir sur ses jambes. La tension qui l'oppressait se relâcha et elle se sentit partir. Son corps entier s'affaissa pour s'écrouler dans les dernières marches de l'escalier.

Julie plongea sur elle, prise de panique.

— Chris ! Ça va ? Regarde-moi, regarde-moi ! Fais-moi un câlin !

Cela faisait des siècles que sa sœur n'avait plus fait ça. Elle se reprit et adopta un ton plus serein, mais ferme.

— Prends-moi dans tes bras, grande sœur ! J'en ai besoin, j'ai besoin de te sentir contre moi. Donne-moi tes bras !

Ses muscles étaient déjà en train de se crisper.

— Chris, ouvre les bras !

Christa se fit violence, se concentra sur ce bout de femme qu'elle aimait tant… la tempête s'éloigna.

Ses bras s'avancèrent lentement et enlacèrent la jeune fille en pleurs.

Leurs larmes, leurs rires se mélangèrent. Quelque chose de nouveau était né.

Troisième partie

« Hey little sister, won't you come and sit down?
I feel like talking, can you please spare me some time?
Hey little sister, I know I haven't been around
Let me say what on my mind
I have to say what on my mind
Hey little sister, don't let them boy play with your soul
You deserve the whole world and maybe a little more
Hey little sister, don't be scared to be yourself
It's the only thing you are. »

Chanson d'Imany – *Hey Little Sister*

« Hey petite sœur, viens t'asseoir
J'ai envie de parler, peux-tu m'accorder un peu de ton
temps?
Hey petite sœur, je sais que je ne suis pas assez présente
Laisse-moi dire ce que je pense
Je dois dire ce que je pense
Hey petite sœur, ne les laisse pas jouer avec ton âme
Tu mérites le monde entier et peut-être un peu plus
Hey petite sœur, n'aie pas peur d'être toi-même
C'est la seule chose que tu es. »

1

Avant de s'enfuir comme des voleuses en pleine nuit, elles étaient passées à l'appartement de Christa pour prendre quelques affaires.

C'était un sentiment curieux de préparer sa valise dans la pénombre. Christa s'était laissé gagner par l'excitation du projet fou et elle avait elle aussi hâte de disparaître dans le décor de cette immense ville de plus de trois millions d'habitants.

L'aube pointait à l'horizon. Il fallait partir vite. Avant que la lumière du jour ne fasse fondre son exaltation, avant que sa raison n'étouffe son extravagance, avant qu'elle n'analyse ce qu'elle était en train de faire et qu'elle ne se dégonfle. Julie avait refusé de passer chez leurs parents. Elle estimait que c'était trop risqué de tomber nez à nez avec leur mère, ou pire, leur père. Trop risqué qu'ils les coupent dans leur élan. L'impulsion excitante de tout quitter sur un coup de tête n'aurait résisté ni à un interrogatoire ni à des explications sur leurs motivations.

Christa se serait bien reposée quelques heures avant d'entreprendre un voyage de mille kilomètres. Plus de dix heures au volant d'une voiture lui semblaient insurmontables. Mais son instinct lui soufflait que c'était maintenant ou jamais. Que ce genre d'opération de sauvetage ne s'organisait pas, elle se vivait dans l'instant.

Partir.

Changer d'air.

Après une heure de route, elles avaient franchi le Rhin à Bâle pour entamer un long périple sur l'autoroute allemande en direction du nord. Elles avaient toutes deux ressenti un mélange de soulagement et d'excitation en dépassant le panneau « Berlin 850 km ». Julie s'était tassée sur le siège passager, avait enfoncé ses écouteurs dans les oreilles et s'était assoupie. Une succession de champs verdoyants, de forêts luxuriantes, de villages typiques avec leurs murs blancs striés de poutres brunes apparentes défilaient à présent sous les yeux indifférents de Christa qui luttait contre la fatigue. Il fallait qu'elle tienne le coup. Sa main plongea discrètement dans son sac et en sortit une pilule, qui devait être une sorte d'ecstasy sans qu'elle sache précisément ce que c'était, Derrick en prenait pour faire la fête toute la nuit.

Le trajet laissait largement le temps à Christa de se perdre dans ses pensées. Elle jeta un œil sur le visage paisible à côté d'elle. Des souvenirs de son enfance lui revenaient. Julie, alors âgée de cinq ans, chantait à tue-tête les derniers hits de Disney, exaspérant l'adolescente qu'elle était. Elle aurait pu la bâillonner, mais au fond, cet enthousiasme enfantin et ces grands yeux espiègles lui inspiraient une affolante bouffée d'amour. Leur relation était tellement plus simple autrefois.

À présent, ces mêmes yeux bruns s'évertuaient à ne rien laisser transparaître. Quelles étaient ses aspirations ? Quel chemin intérieur avait-elle parcouru ces dernières années ? Elle ne connaissait plus sa petite sœur.

Christa se remémora son dernier relevé bancaire et fit un rapide calcul. Elle avait très peu d'économies. Son maigre salaire actuel était complètement absorbé par ses charges courantes, les fringues et les soins esthétiques sans oublier les sorties, avec un certain budget pour l'alcool. Son appareil auditif lui avait coûté un bras. C'était un des premiers achats qu'elle avait fait avec sa rémunération d'ingénieur. Le modèle était perfectionné et avait augmenté sa qualité d'audition, mais le désavantage était qu'il consommait beaucoup d'énergie. Elle devait changer les piles deux fois par semaine. Elle en gardait en stock partout, dans sa boîte à gants, dans son sac, ses manteaux, son bureau, pour ne pas risquer de se retrouver en panne d'oreilles. Ensuite, en comptant la nourriture pour deux, le prix d'une chambre, les transports sur place, les loisirs, elles pourraient tenir quelques jours, voire une pincée de semaines, mais pas beaucoup plus. Deux semaines, ce serait bien. Elle pourrait toujours emprunter sur sa carte de crédit, elle se débrouillerait après. Sans doute allait-elle se faire licencier, si elle ne retournait pas au travail lundi. Bon. Un pas après l'autre.

En milieu de matinée, les yeux de Julie s'entrouvrirent et regardèrent le paysage bavarois défiler. Elle s'éclaircit la voix puis demanda :

— Tu y es déjà allée, toi, à Berlin ?

— Non. Je ne peux pas prendre l'avion. Mes tympans ne supportent pas l'altitude.

— Ah bon ? s'étonna Julie.

— Une fois, je me suis rendue à deux mille cinq cents mètres d'altitude en télécabine et j'ai eu l'impression que mon crâne allait exploser. Je ne m'imagine pas décoller jusqu'à dix mille mètres.

— C'est chiant…

— Oui, on peut dire ça comme ça, lâcha Christa dans un petit rire.

À Zurich, ses collègues partaient en virée d'un week-end à Berlin. Départ le samedi avec un vol *low cost*, détente l'après-midi dans un *Biergarten*, sortie toute la nuit dans les boîtes électros, brunch le dimanche puis retour en Suisse en fin de journée. Elle n'avait jamais pu les accompagner. Elle allait enfin la voir, cette ville exceptionnelle. Berlin. Rien que le nom sonnait comme une promesse. À condition qu'elles ne finissent pas dans le décor. Sa sœur l'observa.

— Ça va ? Pas trop crevée ?

— Si, terriblement, c'est dur. Il faut que tu m'aides. Tu me racontes quelque chose ?

— J'ai rien à dire de spécial…

— Je t'en prie, Julie !

— Tu joues encore du piano ? demanda Julie en écarquillant exagérément les yeux pour tenter de se revigorer.

Christa lui lança un regard surpris.

— Non. Je n'avais pas de piano à Zurich.

— J'aimais bien quand tu jouais. C'est ce qui m'a manqué le plus lorsque tu es partie de la maison. En rentrant de l'école, il n'y avait plus que le silence…

Son instrument. Quand ses doigts couraient sur le clavier, ses soucis s'envolaient, son esprit s'apaisait. Autrefois, elle jouait plusieurs heures par semaine.

— Mais là, ça fait un an et demi que tu as ton appartement. Pourquoi n'as-tu pas pris de piano ?

— Je n'en sais rien. J'ai perdu l'habitude. Et toi, Ju ? Qu'est-ce qui te branche ?

— Pas de bosser dans un bureau en tout cas.

Christa attendit qu'elle développe, mais Julie n'en fit rien.

— À Berlin, dit Christa, nous irons au cinéma, il y a sûrement des salles incroyables, équipées pour moi.

Ses yeux palpitaient.

— Bon. J'ai besoin d'une pause.

Elle quitta l'autoroute et trouva un *tea-room* dans un village.

Une fois installée sur la terrasse, Christa s'alluma une cigarette. Dans un allemand parfait, elle commanda du café et leur petit-déjeuner. Julie toucha à peine à son assiette.

— C'est quoi le plan? s'enquit celle-ci.

Machinalement, comme elle le faisait toujours dans leur intimité, elle accompagna ses paroles du code de la langue parlée complétée, pour que sa sœur la comprenne sans effort.

Christa lança un coup d'œil effrayé autour d'elle, alors que personne ne les regardait.

— Arrête de gesticuler, je te comprends très bien.

Julie se rembrunit. Christa répondit à sa question.

— On s'aère la tête une ou deux semaines, on fait la fête, on sort, on s'amuse, puis on rentre et tu reprends ton apprentissage. Tu le finis et après, tu vis ta vie.

Elle observa la réaction de sa petite sœur qui resta impassible, fixant un point au loin.

— On dirait papa, dit cette dernière, cinglante.

— Là, tu veux m'énerver. En parlant de nos géniteurs, je mets un message à maman. Et pour ton job, on fait comment? Tu les appelles lundi?

Julie haussa les épaules. Ses yeux devinrent humides.

— Je m'en fiche de mon job, lui dit-elle en appuyant bien ses gestes de LPC, pour que sa sœur comprenne chaque syllabe.

— OK, OK. On verra. Moi, je vais contacter ma chetfe

et lui dire que je suis malade. Je verrai si je me fais virer ou non.

Christa empoigna son portable. Julie s'inquiéta.

— Qu'est-ce que tu vas lui écrire à maman ? Ne lui précise pas où nous allons. Les parents n'ont pas besoin de savoir.

Christa leva les yeux au ciel puis pensa qu'elle avait raison ; ça allait les faire flipper. Elle tira une dernière taffe sur sa cigarette avant de l'écraser.

— Bon d'accord. Alors je lui écris qu'on est ensemble, que tout va bien, qu'on a pris le large quelques jours.

Christa se disait que sa mère n'allait pas comprendre pourquoi elles partaient hors vacances scolaires. Sa sœur allait avoir des ennuis avec son maître d'apprentissage. Christa allait encore passer pour l'adulte irréfléchie qu'elle était.

Avant de reprendre la route, elle gara la voiture dans un coin à l'abri des regards et elles dormirent un moment. C'était loin de suffire pour la remettre d'aplomb, mais ça lui permettrait de conduire jusqu'à la fin du trajet.

En début de soirée, Christa quitta l'autoroute et arriva dans un quartier résidentiel, plutôt bien tenu. Elle était si fatiguée, son corps entier tremblait, son cœur battait trop vite. Elle ne se sentait pas bien du tout et il lui vint à l'esprit qu'elle pourrait faire un malaise cardiaque avec toutes les cochonneries qu'elle ingurgitait.

— Nous voici à Berlin. Maintenant dès que tu vois un hôtel, tu cries. Nous changerons ensuite, après avoir mieux étudié les lieux. Là, je n'en peux plus. Et il faut que je pisse.

Elle ponctua sa remarque d'un petit rire, en espérant rassurer sa sœur qui la regardait d'un air inquiet. Julie scrutait les panneaux indicateurs.

— Ibis, à gauche !

À peine la voiture garée dans le parking, Christa se sentit partir et paniqua.

— Julie !

Il ne fallut que quelques secondes à celle-ci pour comprendre la situation. Ni une ni deux, elle bondit hors de la voiture et sortit Christa pour la coucher sur le sol. Dans ces moments-là, sa force physique était insoupçonnable. Elle avait à peine senti le poids de sa sœur. Elle posa sa tête sur ses genoux et lui dit des mots rassurants pendant que les yeux de sa sœur se révulsaient. Elle pria pour que personne de l'hôtel ne vienne à ce moment-là et ne prenne peur. Ils pourraient refuser de leur louer une chambre. Le regard de Julie passait frénétiquement de sa montre à l'entrée du parking. Elle priait pour qu'elle ne vomisse pas et surtout pour que la crise ne soit pas trop longue. Elle ne connaissait même pas le numéro des urgences en Allemagne.

Lorsque le corps se ramollit, Julie aida sa sœur à se relever. Mais Christa devint rouge écarlate lorsqu'elle constata que sa vessie avait lâché. Son jean avait viré au bleu foncé.

— C'est pas grave, Chris. Je vais mettre une serviette-éponge sur le siège et je vais voir s'il y a une chambre. OK ? Tu peux rester là ? Je reviens vite.

*

Christa ouvrit les yeux, complètement confuse au milieu de la nuit. En tâtonnant à côté d'elle, elle trouva une lumière et découvrit qu'elle était dans un grand lit dans une chambre qu'elle ne connaissait pas. La place était vide à côté d'elle. Une montée d'angoisse lui comprima la poitrine. Qu'avait-elle fait encore ? Dans quel lit avait-elle fini ? Avec qui ? Après quelques secondes, elle se souvint qu'elle était à Berlin avec Julie, puis… que sa petite sœur avait une attirance pour le vide ! Elle se redressa rapidement et regarda la fenêtre pour constater avec soulagement qu'elle était fermée.

Où était sa sœur ?

Son cœur battait dans ses tempes, la chambre vibrait à travers son corps, les murs ondulaient devant elle, se rapprochaient pour l'écraser. Elle allait crever toute seule dans cet hôtel.

Soudain quelque chose bougea à côté d'elle parmi les draps et le visage endormi de Julie apparut. Bon sang, elle était en train de craquer, il fallait qu'elle se calme. Sentant son agitation, deux bras chauds et bienveillants l'enlacèrent. La chambre et ses objets se stabilisèrent, les murs reprirent leur place initiale, un nuage de douceur l'enveloppa. Plus rien n'eut d'importance, sauf cette étreinte.

Christa cala sa respiration sur celle de sa sœur et son pouls ralentit. Elle se rendormit.

*

Samedi matin, Christa se réveilla le nez contre l'aisselle de Julie qui s'était redressée pour regarder la télévision. Elle s'écarta, embarrassée par cette proximité depuis longtemps oubliée. Sa gêne s'accentua lorsqu'elle vit que sa sœur avait pris la peine de lui ôter son appareil auditif et de le poser sur la table de nuit, avant de se raisonner : « C'est ma sœur, c'est bon, elle connaît. » Julie remarqua son regard.

— Tes appareils sont beaucoup plus petits qu'autrefois, ils ont l'air plus confortables. C'est cool.

— Oui, mais c'est à double tranchant, car comme les gens ne remarquent pas que je suis appareillée, ils ne font pas du tout attention en me parlant.

Christa sortit du lit et se déshabilla entièrement pour prendre une douche. Son corps sculptural aux proportions parfaites était orné d'un long tatouage du milieu de l'épaule jusqu'à la cuisse. Elle réapparut quinze minutes plus tard de la salle de bains et s'approcha complètement nue pour récupérer ses appareils avant de s'habiller. Elle surprit le regard intimidé de sa sœur sur son dos.

— Ça fait longtemps que tu as ce tatouage ?

— Non... Je l'ai fait à Zurich.

— Il est beau... Il est énorme... Pourquoi tu en as choisi un si... imposant ?

— C'est difficile à expliquer... C'était un peu comme revêtir une armure. J'avais l'impression que ça me donnait une aura de dure à cuire. Étant donné que j'évoluais dans un monde d'hommes, ça m'a aidée à me sentir plus forte. Bon, tu te bouges ? On descend ? J'ai besoin d'un café.

— Je n'ai aucune envie de sortir.

— Il faut aussi que tu manges.

— Je n'ai pas faim.

Christa souleva le duvet pour la découvrir.

— Aller, hop ! Debout ! Je veux quitter cette chambre et je ne te laisse pas toute seule. Alors tu viens. On prend le petit-déj' en bas et ensuite, on va explorer la ville ! Te rends-tu compte que nous sommes à Berlin ? À Berlin ! Tu y crois ça ? Viens !

Le réceptionniste leur expliqua qu'elles se trouvaient dans un quartier résidentiel de Charlottenburg à l'ouest de Berlin. Elles décidèrent de prendre le métro jusqu'à Berlin-Est, là ou les prix étaient plus abordables et l'ambiance plus festive et dépaysante. La rue et ses trottoirs étaient spacieux, la piste cyclable également, les rangées d'arbres bien alignées abritaient des bancs. La capitale allemande, en grande partie détruite pendant la guerre, avait été reconstruite en tenant compte des piétons, des cyclistes et des espaces verts.

Les filles se firent souvent rappeler à l'ordre par des tintements de sonnette stridents qui faisaient sursauter Julie. Celle-ci saisissait alors sa sœur par la manche pour la tirer hors de la piste.

Son attention fut retenue par un *washcenter* équipé de plusieurs machines à laver le linge en libre-service. Il y en avait dans chaque quartier. Sa sœur s'attarda devant la vitrine d'un coiffeur *cut & go*, émerveillée par le concept : dix euros pour une coupe sans rien d'autre. Tu tires un ticket numéroté pour attendre ton tour, comme à la poste. Tu vas te faire shampouiner, puis tu changes de file d'attente avec ta serviette sur la tête. Une coiffeuse ou un coiffeur te prend en charge et ensuite, tu peux te sécher les cheveux toi-même avec un appareil mis à disposition. Rapide et efficace.

Julie leva les yeux au ciel quand Christa critiqua le concept, trop impersonnel à son goût, avant que celle-ci ne réalise qu'elle devrait sûrement y recourir plus tôt qu'elle ne l'imagine, vu l'état de ses finances. Elle pensa à son standing zurichois, où elle payait plus de deux cent cinquante francs suisses sa séance chez le *maître coiffeur* (s'il vous plaît) pour obtenir un blond platine et un lissage impeccable.

L'entrée du métro était discrète, cachée derrière un arbre. Elles la repérèrent au loin grâce au poteau jaune orné d'un gros U bleu. Sous une enseigne indiquant « U7 Richard-Wagner-Platz », un escalier s'enfonçait sous la ville. Il n'y avait personne sur le quai et la rame était peu occupée. Puis après deux arrêts, elles changèrent de métro, parcoururent des dédales souterrains jusqu'à l'accès à la station Charlottenburg, remontèrent des escaliers qui débouchaient sur une autre station souterraine spacieuse, que l'on traversait avant d'enfin gravir de nouvelles marches jusqu'en surface où passait la ligne du S-Bahn qui reliait Berlin de part et d'autre.

Plus la rame filait vers l'est et plus les va-et-vient dans les wagons s'intensifiaient, plus les looks des occupants devenaient exubérants, les tatouages et les piercings nombreux. Toujours plus d'hommes et de femmes avaient le crâne rasé partiellement ou complètement, ou au contraire les cheveux colorés. Il y avait également plus de profils cabossés, de membres amputés, d'apparences souffreteuses. Plus d'Indiens, d'Asiatiques, de Turcs, plus de touristes aussi, plus de tout. Berlin cosmopolite. Qui est Berlinois, qui est d'ailleurs ? Impossible à deviner.

Julie était assise sur la banquette et observait les occupants, ses écouteurs vrillés dans les oreilles.

C'est dommage, pensa Christa. Elle a la chance d'avoir la capacité d'entendre ce qui l'entoure. Si quelqu'un l'aborde, elle peut répondre à son interlocuteur. Elle peut facilement se connecter à son environnement extérieur. Mais elle choisit de s'isoler dans sa musique. Cela lui paraissait complètement absurde, elle qui aurait donné n'importe quoi pour retrouver la spontanéité de l'étincelle avec autrui. Lorsqu'elle bousculait quelqu'un par inadvertance, dans la plupart des cas elle ne comprenait pas la réaction de la personne. Si c'était un mot d'excuse, ou de révolte, ou d'insulte ou d'humour, elle devait le déduire à l'expression de son visage. Elle voyait comment les autres, les entendants, agissaient. Ils établissaient des connexions par un simple regard accompagné d'un mot, un murmure, comme des atomes qui se cognent et s'aimantent. Se bousculer, susurrer quelque chose, sourire, faire passer une énergie, créer des liens.

Dans ce contexte, puisque c'était Julie qui était isolée de l'extérieur, Christa fit quelque chose qu'elle n'avait plus fait depuis longtemps ; elle prit l'initiative d'utiliser le LPC pour demander à sa sœur ce qu'elle écoutait. Julie retira ses écouteurs et les lui tendit. Le morceau des Red Hot Chili Peppers *Snow (Hey Oh)* l'envahit avec bonheur.

Cela la projeta dans un bar zurichois, en pleine fiesta de remise des diplômes. Elle avait passé tant de soirées à réécouter ses cours, à relire des notes, à retranscrire des enregistrements, elle était épuisée d'avoir dû travailler encore plus que ses camarades. Durant ses années d'études, elle n'avait jamais eu autant de discipline, pleinement consciente des efforts phénoménaux qu'elle demandait à son cerveau, elle sentait qu'il ne tolérerait aucun écart. La seule pensée qu'elle pourrait avoir une crise d'épilepsie dans un amphithéâtre rempli d'une centaine d'étudiants suffisait à museler ses envies de sortie et la contraignait à garder le cap. Elle s'était bien rendue quelquefois à des soirées d'étudiants, mais elle était restée rarement plus d'une heure, tant les conversations en groupe dans un brouhaha lui étaient inaccessibles.

Step from the road to the sea to the sky, and I do believe it, we rely on, when I lay it on come get to play it on, all my life to sacrifice. Elle s'y voyait encore. Ce soir-là, des organisateurs avaient privatisé le bar le plus *hype* de Zurich. Une pression énorme s'envolait des épaules de chaque étudiant, ils étaient dans un esprit de complet lâcher-prise, l'ambiance était électrique. C'était une soirée *no limit*. Ils s'arrosaient de champagne, dansaient dévêtus sur les tables. Loin de leurs proches et sur le point de se disperser dans toute l'Europe, les jeunes diplômés futurs cadres étaient complètement désinhibés.

Ce soir-là, elle s'était même retrouvée à snifer une poudre blanche sur le coin d'une table. Tout avait été permis et ils en avaient plus qu'abusé.

*

Le croisement d'une rame qui passait en sens inverse fit claquer les vitres.

Sans sa musique sur les oreilles, Julie redécouvrait les bruits ambiants ; les sons chantants de l'hindi dans le siège d'à côté, les murmures amoureux de ses voisins, une conversation en allemand au téléphone, le tempo du métro filant à grande vitesse sur les voies, un musicien de rue qui slamait dans le wagon et produisait des *beats* avec sa bouche, un type qui tapait du pied en rythme.

Lorsque le S-Bahn s'arrêta à Alexanderplatz, une foule bigarrée monta, dont deux jeunes hommes portant des sacs chargés de matériel. Il se dégageait d'eux une forte odeur de solvant, leurs jeans étaient troués et tachés de laques. Des masques de protection pendaient autour de leur cou, des piercings ressortaient à plusieurs endroits sur leur visage, des pointes en métal jaillissaient de leurs lobes. Ils discutaient avec enthousiasme et Julie tendit l'oreille pour les comprendre. Elle devait s'habituer à l'accent berlinois, elle ne saisissait pas tout. Ils parlaient d'un projet qu'ils étaient en train de réaliser sur un mur, d'un lieu de rencontre ; un bar à l'ambiance jamaïcaine au bord de la Spree. Selon ce qu'elle comprit, c'était un bar coopératif illégal, qui changeait de lieu chaque fois que les autorités s'activaient à le fermer.

213

À l'arrêt suivant, lorsque le son de fermeture des portes retentit, une personne se précipita vers la sortie et bouscula Julie, qui fit tomber son sac à terre. Son carnet de dessins s'en échappa et glissa jusqu'aux pieds du jeune coiffé d'un bonnet sur une chevelure de *dreadlocks*. Il le ramassa et commença à le feuilleter, ce qui énerva Julie.

— Rends-le-moi ! ordonna-t-elle en oubliant sa timidité.

Après un haussement de sourcils surpris, il lui répondit en français avec un fort accent allemand.

— C'est pas mal ce que tu fais.

Elle récupéra son cahier et le rangea précipitamment dans son sac. Il s'en amusa.

— Tu habites ici ?

— Non.

Ils se toisèrent. Il lui lança :

— Ça te dirait de découvrir un lieu cool ? On va faire une performance. Ça pourrait te plaire.

— Ah ouais ? Une performance ? Carrément ?

Il sourit.

— Ouais, carrément.

Il avait le regard appuyé de celui qui n'avait aucune gêne. Pas encore vingt ans et déjà sûr de lui. Puis il se tourna vers son ami, ignorant Julie ostensiblement.

Julie jeta un œil à sa sœur qui avait les yeux fermés et écoutait sa musique.

Après quelques stations, la rame s'arrêta et les grapheurs sortirent.

En une fraction de seconde, Julie se décida et empoigna le bras de sa sœur pour la tirer sur le quai.

Elles suivirent la route, traversèrent un parc, pour se retrouver au bord de la Spree, la rivière qui scinde Berlin en deux d'est en ouest. Elles longèrent une minuscule partie du mur de Berlin, admirant les nombreux bâtiments transformés par le *street art*.

— Il n'y a rien ici ! Est-ce que tu sais où tu vas, au moins ? s'impatientait Christa.

— On est là pour visiter, non ?

Entre la rivière et un bâtiment, il semblait y avoir un couloir qui débouchait sur un portail. Avant de le franchir, le garçon qui lui avait adressé la parole se retourna, sourit en l'apercevant et laissa ouvert.

— Viens, on va voir là-bas, dit Julie.

Les sœurs découvrirent une galerie sur le mur de laquelle des graffeurs s'activaient. Au bout du couloir, au-dessus de leur tête, une grande plaque en parpaing affichait le nom YAAM aux couleurs africaines. Elles pénétrèrent alors dans une vaste cour intérieure couverte de sable fin. Quel dépaysement ! Julie s'extasia devant le comptoir en bambou, la place aménagée de chaises longues, le terrain de beach-volley, une zone de jeux avec des pelles et des seaux pour les plus petits et une estrade équipée d'amplis prête à accueillir de la musique live. Assis à même le sol ou debout, les corps bougeaient au rythme de la musique reggae, des gobelets ou des bières à la main, fumant et riant. Le look du public allait du style rasta aux hipsters soignés jusqu'au bout de la barbe. On était en octobre, le fond de l'air était frais, mais les rayons du soleil faisaient illusion. Cela n'empêchait pas la majorité des personnes présentes d'être pieds nus. Une des vieilles façades avait été recouverte d'une toile blanche. Les deux jeunes du métro semblaient connaître beaucoup de monde.

En constatant la mauvaise humeur de sa sœur, Julie comprit rapidement qu'elle n'était pas à l'aise. La musique lui déplaisait, le sable allait bousiller ses chaussures, la faune était trop alternative. Et cerise sur le gâteau, le bar ne proposait pas de vin.

— Julie, j'ai pas trop envie de rester ici.

— Oh, je t'en prie ! J'adore cet endroit !

— OK, alors on boit un verre et on y va, je te prends une bière ?

— Non, un thé froid, s'il te plaît.

Christa leva les yeux au ciel.

— Tu te sentirais peut-être moins déprimée si tu te laissais aller de temps en temps.

Julie rétorqua du tac au tac d'un ton cinglant.

— Si s'éclater signifie se bourrer la gueule à ne plus savoir son nom et coucher avec n'importe qui, ça ne m'intéresse pas.

Christa en fut abasourdie et vira écarlate. Sans répondre, elle s'éloigna vers le bar.

Julie n'était pas fière d'elle, mais elle n'en pouvait plus de cette injonction à « faire la fête », à boire de l'alcool pour être cool. Elle n'avait pas besoin de ça ! Elle avait encore en travers de la gorge la soirée catastrophe de la sortie de discothèque de Porrentruy qui avait failli se terminer au poste de police. Alors que pour sa sœur, ça n'avait pas l'air d'avoir provoqué la moindre remise en question. Julie chercha des yeux celui qui l'avait entraînée ici et le trouva en train de préparer son matériel au pied du mur drapé. Elle s'installa sur une chaise longue à proximité. Un soleil doux réchauffait son visage. Il était impossible de détonner dans le paysage, alors que dans un village, dès que l'apparence d'une personne sortait de l'ordinaire, elle se faisait catégoriser d'originale à tendance barjo ou de droguée. Elle ne voulait plus retourner dans ce fichu bureau ni relire le moindre terme juridique.

Pour le moment, il était hors de question qu'elle rentre en Suisse.

Sa sœur posa les boissons sur une caisse en bois qui servait de table basse et s'installa à son tour dans une chaise longue. La musique colorait l'ambiance sans être trop perturbante.

— Tu ne te rends pas compte… lui dit Christa sur le ton de la confidence.

— De quoi ?

— De ce que c'est d'être coupée du monde. Tout le temps. De ne jamais pouvoir suivre une conversation, une discussion légère.

— Je trouve que tu as de la chance de ne pas subir les bruits, les nuisances sonores, les conversations débiles. Quand tu as besoin de silence, tu peux débrancher tes appareils.

Sa sœur la regarda comme si elle avait dit une énormité.

— Tu ne sais pas ce que tu dis ! Car même avec mes appareils, tu sais très bien que je n'entends pas comme toi. Toi, tu peux choisir de t'isoler ! Moi, je n'ai pas le choix ! Je n'ai jamais eu le choix !

D'énervement, Christa retroussa ses manches pour se gratter les bras, dévoilant des plaques rouges sèches. Elle se griffait jusqu'au sang.

Julie aussi était exaspérée. Bien sûr qu'elle était consciente que sa sœur avait une vie compliquée, mais elle trouvait que son comportement destructeur n'allait en rien l'améliorer.

Soudain la musique devint plus forte. Machinalement, Julie accompagna ses paroles du langage parlé complété. Christa attrapa sa main en regardant autour d'elle comme un animal traqué.

— Arrête ça ! siffla-t-elle entre ses dents.

Julie dégagea son bras et insista en répondant avec les mains.

— J'ai envie que tu me comprennes et je ne vois pas pourquoi ça te gêne, on ne connaît personne ! Personne ne nous regarde. Les gens s'en fichent !

Christa se leva brusquement. Julie la retint par le bras.

— Chris, tu n'as pas le droit de m'empêcher de m'exprimer. C'est naturel pour moi. Nous avons toujours communiqué ainsi depuis que je suis petite !

Sa grande sœur paraissait tellement tourmentée. Elle s'enfuit hors du bar.

Julie réalisa qu'elle souffrait sans doute beaucoup plus que ce qu'elle avait imaginé. Et pour la première fois, elle envisagea que peut-être sa mère et elle ne l'avaient jamais vraiment comprise.

*

Christa se sentait révoltée, honteuse et malheureuse, en s'éloignant du YAAM à grandes enjambées, pendant que la nuit déployait son voile sur la ville. Un courant d'air froid la fit frissonner.

Afficher son handicap, c'était montrer au monde entier qu'elle avait besoin des autres. Tout ce que son père détestait. C'était pour lui un signe de faiblesse. La honte de la mendicité. Elle n'avait pas le droit de se plaindre. Pas le droit. Il y avait tellement plus malheureux qu'elle. « Arrête de pleurnicher, lui disait son père quand il prétendait la bousculer pour son bien. Sois forte. Tu es intelligente, tu es une belle femme, tu pourras obtenir ce que tu veux. »

Oui, bien sûr que la volonté atteint des sommets. Mais à quel prix ? Pour quel épuisement du corps et de l'esprit ?

Elle arpentait le quartier de Friedrichshain sans but, jusqu'à ce que ses pas la mènent au carrefour de la Simon-Dach-Strasse et de la Revaler Strasse. D'immenses lettres « RAW » en graffiti sur un mur en briques rouges attirèrent son attention. Elle avait souvent entendu parler du quartier du RAW-Tempel, une ancienne industrie datant de 1826, servant d'usine de maintenance ferroviaire avant la chute du Mur. Le complexe était une zone très étendue hébergeant entre autres un *skatepark* célèbre pour sa rampe la plus haute d'Europe, un mur de grimpe, un dojo, des galeries d'art, des ateliers d'artistes et même un marché bio hebdomadaire. Cependant, dès que le soleil se couchait, le RAW changeait de visage et se transformait en zone culte des noctambules berlinois.

Lorsque Christa pénétra dans l'enceinte, elle découvrit une dizaine de night-clubs et de bars. Dans une ambiance tamisée, des luminaires dans des bougeoirs palpitaient de toute part, des lignées d'ampoules colorées façon guinguette décoraient les terrasses, des faisceaux de lumière mettaient en valeur les murs en briques rouges et leurs magnifiques gigantesques peintures murales. Le site entier était une galerie de *street art* à ciel ouvert. Les musiques étaient de style punk, rock, latino, électro, il y en avait pour tous les goûts et tous les looks. Il y avait du monde partout. Les nombreux espaces étaient aménagés avec de vieux canapés et des meubles de brocantes, leur principale qualité étant d'être confortables. Tour à tour, des odeurs d'alcool, d'herbe et d'encens flottaient dans l'air.

Errant dans cette foule, Christa ne s'était jamais sentie aussi seule. Les ténèbres l'envahissaient, ce vide en elle revenait comme un boomerang. Se disputer avec sa sœur était pire que tout. Ça la touchait beaucoup plus qu'elle ne l'aurait pensé. Son exploration la mena jusqu'à un bar latino, où la musique était si forte que tout espoir de conversation était utopique. Alors ici, elle serait au même niveau que les autres personnes. Elle voulait boire, sentir l'ivresse l'envahir, danser sans retenue, être emportée par les vibrations des basses, se sentir moins vide, dans une foule en transe, déconnectée de la réalité.

Elle commanda une vodka qu'elle but cul sec, puis une autre, puis une autre. La chaleur et la torpeur familières l'envahirent presque aussitôt. Pendant qu'elle se trémoussait au milieu de la piste de danse au son d'une musique cubaine, les yeux fermés, seule avec son verre, une phrase d'un texte étudié autrefois au lycée se rappela à elle : « Ces limbes délicieux où les lumières de l'esprit s'éteignent, où le corps, délivré de son tyran, s'abandonne aux joies délirantes de la liberté. »

Les mots de Balzac résonnaient en elle comme une évidence ; elle se sentait libre. Rien ni personne ne pouvait l'empêcher de vivre comme elle l'entendait et surtout pas sa famille. Elle avala une grande gorgée du liquide glacé en l'appréciant comme si elle retrouvait une amie.

*

Julie ne décolérait toujours pas depuis que sa sœur avait quitté le YAAM une heure auparavant. Qu'elle fuie ! Qu'elle s'en aille puisque c'était tout ce qu'elle savait faire ! Qu'elle la laisse tranquille puisqu'elle s'arrangeait toujours pour lui gâcher ses soirées. Elle avait l'habitude de cette grande sœur encombrante, égocentrique, qui emmerdait tout le monde avec ses états d'âme. Comme s'il n'y avait qu'elle qui avait des problèmes !

J'aurais dû la suivre. J'aurais dû rester avec elle. Elle va faire une connerie, lui soufflait son cœur, alors que sa tête lui disait : stop, ce n'est pas à toi de t'en inquiéter ! C'est elle, l'adulte ! Elle a bientôt trente ans. Qu'elle se débrouille !

Piétinant le sol nerveusement un peu à l'écart, en prise avec ses réflexions, elle n'avait pas vu le grapheur s'approcher d'elle.

— Salut, tout va bien ? demanda-t-il en scrutant les alentours. Tu es seule ?

— On dirait bien, répondit-elle un peu sèchement.

Il lui tendit la main.

— Moi, c'est Nathan. Je t'offre un verre ?

— Si je fumais, je pourrais me calmer en tirant sur ma clope ! Mais tu vois, ma sœur m'a dégoûtée assez tôt avec ses odeurs de goudron !

— Très bien. La clope, c'est débile.

— Et si je buvais de l'alcool, je me détendrais en descendant quelques verres, mais tu vois, j'ai vu ma sœur tellement de fois vautrée dans son vomi, dans un état si pitoyable, j'en ai éprouvé trop de honte pour elle. Je ne pourrai jamais risquer de me retrouver dans le même état.

— Tu veux te lancer ? dit-il en lui tendant sa chemise tachée de peinture. Le mur t'attend. Fais ce que tu veux. Il y a des bombes et de la peinture.

— Mais je… je n'ai jamais peint sur un mur !

Elle sonda son expression, épatée qu'il soit prêt à lui céder son espace. Il lui prit la main et l'attira devant le mur blanc. Il y avait de l'agitation tout autour, mais personne ne faisait attention à eux. Il dégageait quelque chose d'infiniment doux et en même temps une force prématurée pour son âge.

La colère de Julie se rassembla en son centre pour se diriger dans ses mains. Elle savait exactement ce qu'elle allait dessiner.

Elle empoigna une craie graphite grise pour commencer à esquisser les contours.

Quand trois heures plus tard Julie réintégra son corps et se rendit compte qu'il faisait nuit, la musique était plus forte et il y avait beaucoup plus de monde. Un peu paniquée, elle chercha des yeux Nathan qui était resté à proximité. Il s'approcha en sifflant d'admiration devant les milliers de coups de crayon qui représentaient une femme hurlant, les yeux plissés de colère.

— Beau travail. J'aime beaucoup ce que tu fais. Ça dégage quelque chose d'intense.

Julie rosit.

— Merci… il faudra que je revienne pour la mise en couleur.

— Cool.

Son regard était pénétrant. Il l'intimidait et elle voyait qu'elle l'intriguait. Une Suissesse à Berlin, c'était peut-être exotique.

— Bon, maintenant, viens boire un verre avec nous. Je t'offre une limonade !

*

Au petit matin dans le club latino, Christa se réveilla la bouche pâteuse, couchée sur un sofa dégoûtant dans une pièce sans fenêtres. L'air était poisseux, la musique était toujours aussi forte et quelques énergumènes dansaient encore. La tête lui tournait. Il lui fallut un moment pour déchiffrer l'heure sur son téléphone. Cinq heures. Elle s'extirpa avec peine de sa piteuse couche et suivit des escaliers qui la ramenèrent à la surface dans une autre foule dansante. Une fois dehors, l'air frais s'engouffra dans ses poumons et la fit valser comme sur un manège. Elle vomit au coin d'un immeuble qui empestait l'urine. Après avoir réclamé un verre d'eau, elle avala une pilule du sachet de Derrick pour se remettre d'aplomb. En se dirigeant vers la sortie du RAW, elle prit soudain conscience qu'elle avait abandonné sa petite sœur dans un bar, seule, alors qu'elle venait d'arriver à Berlin et qu'elle était déprimée. Paniquée, nauséeuse, elle accéléra le pas jusqu'à la bouche de métro la plus proche. Dans les rues, les fêtards se confondaient avec les travailleurs de nuit. Certains noctambules étaient dans un état pitoyable et elle dut se rendre à l'évidence qu'elle en faisait partie. Elle se reprocha son inconscience, son manque de responsabilité. S'il arrivait quelque chose à Julie, elle ne s'en relèverait jamais. Elle parcourut les derniers mètres jusqu'à l'hôtel en courant comme une désespérée, jurant à une force supérieure qu'elle allait cesser ses excès, qu'elle allait se reprendre en main, qu'elle n'abandonnerait plus jamais sa sœur.

Lorsqu'elle ouvrit la porte de leur chambre et qu'elle aperçut la jeune fille paisiblement endormie, un immense soulagement l'envahit. Merci, mon Dieu. Merci.

Une baisse de tension lui fit perdre l'équilibre. Elle trébucha et tomba à genoux dans un boucan pas possible, réveillant Julie en sursaut.

— T'étais où, putain ? Tu fais chier, Christa ! Ça va recommencer ? Sérieux ?

Et elle fondit en larmes.

— Oh non, ne pleure pas, Ju. Pardon, excuse.

À quatre pattes sur le sol, la fêtarde rassembla avec peine le contenu de son sac à main éparpillé sur la moquette. Le sachet de pilules gisait parmi ses affaires de maquillage. Elle le ramassa, le considéra un instant, puis alla dans la salle de bains pour le balancer dans les toilettes, avant de prendre une douche brûlante, en s'insultant pour sa stupidité.

De retour dans la chambre, elle se glissa sous les draps à côté du corps chaud et rassurant à nouveau endormi.

À ce moment-là, rien au monde n'était plus important que d'être auprès de sa petite sœur.

2

La radio diffusait une musique entraînante dans la cuisine pendant qu'Élise préparait un plat de lasagnes pour son père. Elle le cuirait demain matin et le lui apporterait pour midi. Richard avait perdu beaucoup de poids. Son appétit l'avait quitté avec sa femme.

Lorsqu'elle reçut un message de Christa disant qu'elle était partie quelques jours loin d'ici avec Julie, cela la surprit et la ravit en même temps. Pour la première fois depuis des années, Christa prenait du temps pour sa petite sœur. Le timing était bizarrement choisi, mais des vacances ensemble leur faisaient sans doute le plus grand bien à toutes les deux. Lucien allait râler que Julie manque l'école, mais une pensée mesquine lui traversa l'esprit ; allait-il seulement se rendre compte de leur absence ? Amère, elle ne pouvait s'empêcher de lui en vouloir pour son manque d'engagement envers ses filles. Au début de leur vie de famille, elle pensait que c'était dans l'ordre des choses, elle-même habituée à un père très occupé. Mais les temps avaient changé, elle avait remarqué que les hommes s'investissaient davantage dans l'éducation de leurs enfants. Plus Lucien les ignorait, plus elle éprouvait du désamour pour lui.

Depuis qu'elle avait revu Philippe Jaccot, elle pensait souvent à lui. Il avait l'air tellement plus serein que Lucien, plus en paix. Il dégageait la force de celui qui n'a rien à prouver et portait de manière générale un regard bienveillant sur le monde.

Élise achevait la composition de ses lasagnes lorsque Lucien arriva dans la cuisine en sifflotant. Il posa une bouteille de champagne sur la table d'un geste théâtral, puis sortit deux verres à pied de l'armoire.

— Je sors d'une séance du conseil communal ; le grand jour est arrivé ! Ça y est ! Tes parcelles agricoles sont devenues des zones constructibles ! Tu vas recevoir un courrier ces prochains jours. Au lieu de deux francs suisses le mètre carré, elles peuvent t'en rapporter cent deux ! Si je me souviens bien, tu possèdes dix hectares ? Tes terres valent à présent une fortune. Tu te rends compte ?

Élise marqua un temps d'arrêt, surprise par la nouvelle. Lucien fit sauter le bouchon et remplit les coupes.

— Tu entends ce que je te dis ? Tu possèdes un million de francs en terres ! Tu es riche !

— Seulement si je les vends.

— Ce serait stupide de les laisser en terrain agricole ! Je vais te les transformer en mine d'or ! J'ai déjà les plans, je vais te montrer le quartier que je vais construire.

— Mon père n'en a plus parlé depuis si longtemps, je pensais que ce n'était plus d'actualité.

— Ton père n'aurait plus la force d'envisager un projet de si grande ampleur. Mais moi, je suis là ! Nous sommes là !

— Nous ?

Il trépignait, essuyait ses mains moites sur son pantalon, peinant à contenir son excitation. Il lui tendit un verre, mais elle l'ignora. Elle recouvrit son plat de lasagnes d'un film en cellophane et le rangea dans le frigo.

— C'est Dubois & Cie qui va être l'entreprise de construction principale du projet. Je vais doubler le parc de machines pour pouvoir mener à bien le chantier. Ça va fournir du travail pendant deux ans à des centaines de personnes ! Nous allons devenir la famille la plus riche du village !

Cette dernière remarque l'horrifia. L'ambition de Lucien la désemparait. Il était aussi borné que son père. Dès qu'une opportunité de faire de l'argent se présentait, il fallait qu'il « sente l'affaire du siècle ». Elle réalisa que jamais, au grand jamais, il n'avait envisagé de mener une vie plus tranquille. Depuis que Julie était grande, Élise réclamait plus de sorties culturelles, de voyages pour découvrir le monde, mais lui s'y refusait, arguant qu'il ne voyait pas l'intérêt d'aller s'ennuyer ailleurs, de se confronter à des nouveautés forcément déstabilisantes alors qu'on était si bien ici.

— Tu ne peux pas utiliser mes terrains sans mon accord, Lucien.

— Oui… c'est vrai. Mais pourquoi est-ce que tu refuserais ?

— Ça ne m'intéresse vraiment pas !

— Tu n'auras rien à gérer, c'est moi seul qui assumerai toute la charge.

— Mais tu te rends compte de l'ampleur de la tâche ? Nous n'allons carrément plus te voir !

— Élise, le travail ne m'a jamais fait peur. J'aime ça. Je ne suis pas un contemplateur, j'ai besoin d'action !

Elle avait compris oui, merci ! Mais aussi gorgée d'espoir que toutes ces femmes emplies d'illusions, elle pensait qu'en vieillissant il pourrait changer ou du moins, s'assagir.

— Lucien, je ne veux pas les vendre, c'est tout! C'est mon héritage.

— Mais pourquoi? C'est ridicule! Il ne te rapportera rien si tu n'en fais rien!

Lucien respira profondément pour se calmer.

— Bon, écoute. Je comprends que ça te fasse un choc. Tu n'es pas obligée de les vendre, on peut s'associer. On va ouvrir une nouvelle structure: Comte SA. Tu ne dois pas décider aujourd'hui. Mais ne tarde pas trop, il n'y a pas que tes terrains qui sont dézonés. Nous devons être les premiers à déposer le projet. J'ai rendez-vous avec un investisseur. Je dois te laisser, ma chérie! Ma future associée! Voilà un projet qui me plaît. Nous allons de nouveau travailler ensemble. Comme autrefois. J'ai hâte!

Surexcité, il s'approcha d'elle et l'embrassa sur la joue avant de sortir.

Après son départ, Élise dut s'asseoir pour encaisser la nouvelle.

Un million. Un million! Voilà qui pourrait la mettre à l'abri jusqu'à la fin de ses jours.

Voilà qui pourrait lui permettre de vivre seule.

Sans Lucien.

Pourtant elle ne pouvait plus envisager de vendre ces terrains, depuis qu'elle avait entendu dix ans auparavant une conversation entre son père et son oncle à travers une porte. Elle ne voulait pas courir le moindre risque que le squelette soit découvert et qu'Antoine soit accusé de meurtre.

Soudain elle réalisa; Lucien ne sait pas. Il n'est pas au courant que l'objet de sa convoitise dissimule le cadavre du Gros Louis. Son père ne lui avait donc rien dit.

228

*

Le soleil perçait à peine derrière de gros nuages quand Élise, ses lasagnes encore chaudes dans les mains, sonna à l'appartement de son père. Elle bâillait à se décrocher la mâchoire à cause de cette histoire de terrain qui l'avait tenue éveillée une grande partie de la nuit.

Au début, elle s'était dit qu'elle pouvait simplement révéler à Lucien ce qu'elle savait, pour qu'il comprenne le dilemme et abandonne son projet, mais elle fut soudain certaine que ça ne l'arrêterait pas, aveuglé par l'argent que cette affaire pourrait lui rapporter. Au milieu de la nuit, une certitude affreuse lui avait donné des bouffées de chaleur ; Lucien détestait tellement Antoine, qu'il mettrait à jour le corps pour qu'Antoine aille en prison !

Il ne fallait donc pas qu'il touche à ses champs. Elle ne pourrait jamais les vendre. À qui que ce soit.

Rien ne bougeait derrière la porte alors que la télévision à plein volume indiquait à Élise que son père était bien présent. Il lui arrivait d'ignorer ses visiteurs, quand il était de mauvaise humeur et qu'il voulait qu'on lui fiche la paix.

Elle insista, frappa bruyamment du plat de la main, le héla. Enfin le déclic se fit entendre et la porte s'ouvrit. Apparemment, c'était un jour sans. Son allure était négligée et une forte odeur d'alcool se dégageait de son corps. Il traînait la patte, ses yeux larmoyants faisaient peine à voir.

— Pourquoi tu hurles comme ça ? Ça n'va pas la tête ? Tu es déjà allée à la boucherie ?

— À la boucherie ?

— Oui, je veux du boudin, avec de la compote de

pommes et des « roûnes[1] ». Tu m'as dit que tu m'en apportais.

— Mais non, ça, c'était hier ! Tu en as mangé hier, tu ne te souviens plus ? Je t'ai fait des lasagnes. C'est la recette de Julie.

— C'est qui Julie ?

— Mais c'est ma fille ! Qu'est-ce qui t'arrive ? Tu as bu combien de verres ?

Il répondit qu'il faisait ce qu'il voulait. Qu'on n'allait tout de même pas en plus lui enlever son plaisir de boire un bon petit verre de gnôle !

Elle le réprimanda, il n'était que dix heures ! Puis elle lui emboîta le pas jusqu'à sa cuisine. La table n'avait pas été débarrassée depuis la veille. Au milieu trônaient une bouteille de vin et une fiole d'eau-de-vie de damassine, toutes deux bien entamées. Richard s'assit lourdement sur la chaise et prit son verre de goutte dans la main. Élise lui servit un grand verre d'eau en lui ordonnant de le boire.

— Tu es au courant que tes terrains ont été dézonés ?

Il la regarda d'un œil circonspect et fit une espèce de bruit en secouant les épaules. Elle entreprit de débarrasser la vaisselle.

— Lucien s'imagine qu'il va y construire tout un quartier !

Il avait un regard bizarre, comme plongé dans son passé. Un petit rire le faisait tressauter, puis alla *crescendo* jusqu'à être secoué sur sa chaise. Sa joie était communicative, même s'il était ivre. Elle eut un regard attendri pour ce vieil homme, qui arrivait au bout de sa vie.

— Qu'est-ce qui te fait rire ?

---

1. Racines rouges, en patois jurassien.

— Rien… il aura juste une petite surprise en creusant son trou ! dit-il en redoublant d'hilarité.

Élise pâlit. Elle n'en revenait pas que ce sujet le fasse rire ! Son père devenait vraiment sénile. Elle pouvait lui dire, à présent, qu'elle savait. D'ailleurs autrefois, elle était trop jeune, trop impressionnée pour oser aborder le sujet. Aujourd'hui, elle avait envie de crever l'abcès. Elle interrompit ses rangements, s'essuya les mains et s'assit en face de lui.

— Je suis au courant pour Le Gros Louis, papa. Je sais qu'il est enseveli sous nos terres.

Un frisson de dégoût la fit trembler des pieds à la tête. Elle se corrigea :

— Sous mes terres, à présent. Je vous ai entendus en parler, Thierry et toi, un soir de Noël, il y a longtemps. D'ailleurs, la moindre des choses aurait été que tu me le dises quand tu me les as léguées !

Il la regarda en fronçant les sourcils, les yeux brillants à cause de l'alcool, les épaules affaissées. Il réfléchit un moment. Puis il dit d'une voix pâteuse :

— Fallait rien dire. Rien. Fallait se la zipper.

Sa main fit mine de fermer une fermeture éclair sur sa bouche. Il chantonna :

— Tel est pris qui croyait prendre ! Lucien zigouille cette brute, se donne mille peines pour que personne ne le sache et trente ans plus tard, c'est lui qui le déterre ! Ah ! C'est quand même bien fait !

— Comment ça : « Lucien zigouille cette brute » ? dit-elle les yeux écarquillés, figés d'effroi.

— Chut ! Faut pas le dire ! Faut dire que c'est l'Italien ! Comme ça, il fout l'camp !

Élise eut l'impression que son sang quittait son corps. Mais qu'est-ce qu'il était en train de lui dire ?

— Papa, est-ce que c'est Lucien qui a tué Le Gros Louis ?

— Chut ! Faut pas l'dire ! C'est un secret entre Lucien et moi !

Sa conversation avec son ami à Londres lui revint. Mon Dieu.

Elle dut s'appuyer pour ne pas perdre l'équilibre.

— Vous… vous avez dit à Antoine qu'il l'avait tué et qu'il devait fuir…

— C'est vide !

— Qu… quoi ?

— Mon verre, c'est vide, donne-moi ma bouteille !

— Lucien a fait croire à Antoine que c'était lui !

Une immense vague de colère la submergea tout entière au fur et à mesure que son esprit mesurait l'importance de l'information.

— Je… je n'en reviens pas… Lucien a fait accuser Antoine à sa place ?

— Donne-moi cette bouteille, nom de Dieu !

Elle empoigna le verre d'eau qu'il n'avait pas touché et le lui jeta à la figure.

— Vous êtes des malades !

Il se pencha en avant, perdit l'équilibre et roula sur le sol.

— Faut que j'aille pisser, aide-moi.

Un dégoût profond de cet homme la pétrifiait et lui enlevait toute compassion. Il tentait en vain de se relever, tant il était ivre.

— Je vais me pisser dessus…

Elle le laissa là et sortit dans la rue, humiliée par un sentiment de trahison. Elle avait été grugée. Toutes ces années gâchées loin d'Antoine.

232

Elle était tremblante de colère en rentrant chez elle pour se confronter à son « cher mari ».

*

Les vapeurs d'alcool qui se dégageaient de la salle saisirent Élise à la gorge dès le hall d'entrée de leur maison. C'était le grand jour pour Lucien ; l'étape finale de mise en bouteilles de l'eau-de-vie de damassine. Ce procédé exigeait toute son attention et il avait demandé qu'on ne le dérange sous aucun prétexte.

La bombonne en verre longtemps stockée à la cave trônait à présent sur une table et était équipée d'un robinet. Lucien était à l'œuvre, concentré à remplir méthodiquement des fioles élégantes avec le précieux breuvage en les alignant sur la table. Il y en avait déjà une vingtaine.

Elle débarqua en plein milieu de ce rituel sacré et posa brusquement son sac à main. Une bouteille oscilla légèrement. Lucien bondit pour la rétablir en lui ordonnant de faire attention. Mais Élise paraissait si en colère qu'il s'interrompit.

— Qu'est-ce qui se passe ?

Lucien se sentit immédiatement mal à l'aise. Soudain d'un coup de main, elle fit basculer une bouteille qui se brisa sur le sol.

— Mais que fais-tu ? cria Lucien.

— C'est toi qui as tué Le Gros Louis !

— Quoi ? Mais pas du tout !

— Arrête de mentir ! Mon père me l'a dit ! Arrête de te foutre de moi !

Elle serrait les poings, tendue comme un arc. Elle se sentait au bord de l'implosion. Elle prit une deuxième bouteille et la lâcha sur les pieds de Lucien. Elle voyait dans ses yeux qu'il avait peur de ce qu'elle pouvait faire. Soudain, elle devenait incontrôlable.

— Mais arrête ! cria-t-il paniqué. Qu'est-ce que ça change ?

— Mais ça change tout ! Tu as fait croire à Antoine qu'il avait tué un homme ! Pour qu'il se tienne éloigné de moi ! Tu l'as forcé à s'enfuir ! À m'abandonner !

Il l'attrapa par le bras pour l'éloigner de la table, mais il ne réussit pas longtemps à l'immobiliser, la hargne décuplait ses forces. Dans une torsion, elle se dégagea et se lança vers la table qu'elle balaya d'un coup de bras. Toutes les bouteilles se brisèrent à terre dans un grand fracas. Lucien n'en croyait pas ses yeux et hurla comme un fou.

L'alcool se répandait au milieu des débris de verre, une odeur piquante embaumait toute la salle. Furieux, Lucien criait au scandale. Élise prenait le dessus à la manière d'une lionne enragée.

— Mais si tu savais comme je m'en fiche de ton alcool. Je te parle de la vie d'un homme ! Merde !

— Le Gros Louis était une ordure ! Il ne méritait que de crever ! J'aurais dû recevoir une médaille ! Cette mauviette n'a même pas été foutue de frapper assez fort ! Il était évanoui comme une fillette et Le Gros Louis allait le réduire en bouillie !

Lucien soufflait comme s'il avait couru un sprint.

— Je lui ai sauvé la peau à cet imbécile ! Il me devait bien ça !

Élise n'en crut pas ses oreilles. Antoine lui « devait » d'endosser le crime à sa place ? Mais ce n'était quand même pas sa faute s'il se faisait agresser ! Lucien n'avait de cesse de la manipuler, de retourner les événements à son avantage, elle ne voulait plus rien entendre. Elle voulait juste déverser sa rage pour que celle-ci ne la brûle pas vivante. Elle bondit vers la bombonne et la saisit prête à la fracasser à terre. Il se dressa devant sa femme en furie, effrayé, la suppliant de reculer.

— Si Thierry avait su que c'était moi qui avais tué Le Gros Louis, il ne m'aurait pas aidé. Il n'aurait jamais dissimulé un homicide pour moi. Ma vie aurait été foutue. Antoine a pu continuer sa vie.

— Continuer sa vie ? Ah, parce que tu crois qu'il a bien vécu ? Avec un meurtre sur la conscience ?

Soudain, elle réalisa tout ce que ce mensonge avait impliqué ; si Antoine avait été la personne innocente et Lucien le meurtrier, elle n'aurait pas dû lui cacher sa grossesse. Il aurait été le père de Christa depuis le début. Et elle n'aurait jamais épousé Lucien.

— Tu as menti pour qu'il soit éloigné de moi, pour que je sois obligée de rester à tes côtés. C'est à cause de toi que je me suis retrouvée complètement seule alors que j'étais enceinte !

Soudain, elle fut frappée par une évidence.

— Mon Dieu, c'est pour ça que le jour où tu as appris que Christa n'était pas de toi, tu l'as si bien accepté. Parce que tu avais fait du père de cet enfant un criminel et que tu te sentais redevable.

Elle devint livide.

— Ce n'était donc pas par amour pour moi que tu l'as acceptée, mais parce que tu te sentais coupable.

Antoine n'avait pas vu grandir sa fille. Deux êtres s'étaient manqués.

— Je ne te pardonnerai jamais, Lucien.

Elle se tourna vers la bombonne et la poussa hors de la table. Celle-ci se fracassa en mille morceaux, à l'image de l'état de son cœur à cet instant même.

*

Élise sonna puis entra directement chez son parrain. Des dizaines de dessins d'enfance de ses filles couvraient un des murs de la cuisine. Offert récemment par Julie, un portrait réalisé au crayon était affiché dans le salon. Dans un coin, il y avait même de très vieux bricolages signés de sa main d'enfant. Depuis trente ans, elle lui disait de les jeter, mais il refusait catégoriquement, arguant qu'on ne jette pas des cadeaux aussi précieux. Mine de rien, cela la touchait. Il avait aussi encadré des photos de famille et des photos de lui avec une femme qu'il voyait depuis quelques années sans jamais lui avoir proposé de partager sa vie. Il avait toujours entretenu cette image d'homme sans attache. Elle se demanda si c'était à cause de l'épée de Damoclès qui les menaçait depuis trente ans.

Le jardin bénéficiait d'un somptueux massif de fleurs. C'était la passion de Thierry. Il disait que les végétaux le rassérénaient. Côtoyant quotidiennement les pires facettes de l'être humain, les fleurs lui permettaient de garder foi en la beauté de ce monde.

Une casquette vissée sur la tête, un sécateur à la main, à soixante-six ans, il était en pleine forme. Depuis l'enfance, elle avait toujours été la protégée de son parrain.

Il était toujours sincèrement heureux de la voir, mais son sourire s'évanouit lorsqu'il remarqua qu'Élise pleurait.

— Que se passe-t-il, ma chérie ?

— Tu peux venir à l'intérieur ? Il faut que je te parle. Lucien…

— Quoi Lucien ? Qu'est-ce qui lui est arrivé ?

— C'est Lucien qui a tué Le Gros Louis… murmura-t-elle.

Thierry marqua un temps pour enregistrer cette information.

— Quoi ?

Elle le tira à l'intérieur, ferma la porte et les fenêtres.

— Et mon père le savait !

Thierry se souvint :

— Ce soir-là, quand je suis arrivé chez vous, Richard était affolé. Il m'a dit qu'Antoine et toi vous étiez fait agresser et que ça avait mal tourné ; Antoine avait tué Le Gros Louis. Lucien disait : « Ce monstre l'a bien cherché. Ça rend service à tout le monde ! Mais il faut que tu fasses quelque chose, sinon Antoine va aller en prison. Il ne mérite pas ça. »

— Lucien a utilisé cet argument, car il savait que tu l'aimais bien. Il dit que si ça avait été lui, tu ne l'aurais jamais aidé.

Le cerveau de Thierry tournait à plein régime.

— Si, ce soir-là, j'ai fait ce que j'ai fait, c'est aussi parce que Richard m'a supplié ! Il ne cessait de dire que si tu te retrouvais mêlée à une aussi sordide histoire, ça allait te détruire, que notre famille ne s'en remettrait pas, que dans notre région, cette image collerait à notre nom pour des générations, que son entreprise allait faire faillite, qu'il allait tout perdre. J'avais très peu de temps pour réagir, alors j'ai fait ce qu'il m'a demandé, pour protéger notre famille.

Élise lui prit la main pendant que Thierry revivait cette maudite nuit de 1981.

— Il faisait nuit, il y avait du sang partout, je n'ai pas eu le temps d'analyser le corps. J'ai dû le transporter jusqu'à l'extérieur du village, je l'ai chargé dans le coffre de mon bus comme un animal…

Il secouait la tête, encore sous le choc d'avoir fait tout ça pour la mauvaise personne. Élise fulminait.

Bon sang et maintenant, Lucien allait continuer à s'enrichir, à faire sa loi sans qu'il n'y ait aucune conséquence pour lui ? Il était hors de question qu'elle participe à ça ! Hors de question !

— Thierry, je vais le dénoncer, je veux qu'il se retrouve tout seul dans une cellule !

— Tu peux, ma chérie, dit Thierry. Mais sache que je serai envoyé dans la même prison.

Elle pleurait de rage.

— Mais alors quoi ? Il faut qu'il paie ! Ce n'est pas juste. Je vais le quitter ! Je vais lui vendre mes terrains et il se débrouillera avec son cadavre !

Thierry respira profondément, retrouvant un jugement de professionnel.

— Dans ce cas, dit-il, il y a deux issues possibles. Quand il saura où est le squelette sur son terrain, soit il parvient à l'éliminer, il construit ses immeubles et devient encore plus riche…

— Et sort vainqueur sur toute la ligne, sans aucune pénalisation pour ses malversations… concéda Élise.

— Soit il échoue et se fait prendre, nous attirant à tous de gros ennuis.

— C'est ça. Car il n'y a aucun doute qu'il tentera le coup, à ses risques et périls. Donc il faut à tout prix éviter qu'il n'acquière ces terrains.

3

Dans un espace business de l'hôtel, Julie tentait de lire ses e-mails sur un vieil ordinateur qui mettait à mal sa patience, tant la connexion internet était mauvaise. L'odeur des œufs et du lard avait cédé à celle du repas de midi. Son ventre recommença à gargouiller, elle n'allait plus attendre sa sœur longtemps. D'ailleurs, Christa aurait mérité qu'elle s'en aille sans l'avertir, après le coup qu'elle lui avait fait la veille !

L'idée saugrenue qui avait germé en haut de la tour Réfous la nuit de leur départ prenait de plus en plus de place dans son esprit. Elle tapa Antonio Caligiari dans le moteur de recherche. Plusieurs liens apparurent, dont le site internet de son cabinet d'architecture. Elle cliqua sur la rubrique « contact » et nota l'adresse. Quelqu'un la frôla et la fit sursauter. Ouf, ce n'était pas sa sœur.

En parcourant les autres références, elle arriva sur un site web de photographie. On y voyait son portrait, plus détendu, muni d'un appareil photo dans un paysage nordique splendide. Un encadré lui sauta aux yeux ; il donnait des cours de photo pour débutants. Quelle aubaine ! Lorsqu'elle se retourna et vit Christa arriver dans le hall d'un pas pressé, elle se dépêcha de fermer sa session et d'effacer son historique de recherches.

— Ah, tu es là ! s'exclama sa sœur sur un ton de reproche.

— Ben oui.

— J'ai eu peur que… La fenêtre était ouverte quand je me suis réveillée…

— Mais non, je suis là ! répondit Julie sèchement.

Christa soupira.

— OK. C'est moi qui suis parano. Qu'est-ce que tu fais ?

— Je fais des recherches. Sur Berlin, tout ça. Il fait beau, j'aimerais aller me promener dans la ville.

La grande sœur s'éclaircit la gorge, la voix rauque.

— Bon, je vais boire un café.

— Bois-en même deux, conseilla Julie en la scrutant d'un œil sévère.

— Ne me regarde pas comme ça. À ton âge, tu devrais te retrouver dans cet état chaque samedi matin.

— Ah ouais ? Qui dit ça ? Une espèce de tradition jurassienne ? En voyant ta tronche, ça ne donne pas envie, en tout cas !

— OK. J'ai bien compris que sortir n'était pas ton truc. Pas besoin d'être méchante.

— C'est toi qui m'agresses ! répondit Julie en se levant, excédée.

Son sac sous le bras, elle se dirigea vers la sortie d'un pas décidé. Christa lui emboîta le pas à contrecœur, comprenant qu'elle devrait faire une croix sur son café.

— Oh, excuse ! C'est bon, ralentis ! Je te laisse tranquille !

Julie fit volte-face, son regard était chargé de rancœur.

— Tu fais chier putain ! Tu disparais toute la nuit et ça ne te vient même pas à l'idée que j'aie pu avoir la peur de ma vie que tu ne reviennes plus ? Je n'avais aucune idée où aller te chercher !

— Mais qu'est-ce que tu racontes ? Je n'ai pas besoin de baby-sitter.

— Ma parole, mais tu as la mémoire courte !

Elles marchèrent un moment sans un mot. Julie ne décolérait pas. Elle s'interdisait de la victimiser et c'était une des raisons pour lesquelles elle refusait de l'excuser pour tout. Il fallait que sa sœur prenne conscience que ses actes entraînaient des conséquences sur son entourage, elle n'était pas le centre du monde ! Christa trottant derrière elle soudain cria :

— Excuse-moi ! Je ne me rendais pas compte.

Julie bondit.

— Je sais bien que tu ne te rends pas compte. C'est tellement égoïste ! Quand est-ce qu'on va pouvoir arrêter de se faire du souci pour toi ! T'as vingt-six ans bordel !

— Mais tu n'as pas à te faire du souci pour moi ! C'est à moi de veiller sur toi.

Julie lâcha un rire sardonique.

— Ah ! Elle est bonne celle-là !

Elles continuèrent leur route en silence. Julie laissa sa sœur parvenir à sa hauteur. Christa avait l'air misérable. Julie se sentit soudain plus adulte que sa sœur de dix ans son aînée. Elle n'en revenait pas qu'elle doive lui faire la morale.

— Ici, nous ne sommes que toutes les deux. Nous devons pouvoir compter l'une sur l'autre.

— Tu as complètement raison. Ça n'arrivera plus, je te jure.

241

Julie avait tellement envie d'y croire, elle la regarda en coin.

— Bon, on va bruncher, j'ai la dalle.

*

Une semaine plus tard, confortablement installée dans un fauteuil d'un café-restaurant, Christa souriait en regardant sa petite sœur manger avec bon appétit. Pour quelques euros, le buffet offrait un large choix de nourriture à volonté, depuis la fin de matinée jusqu'au milieu de l'après-midi. L'air berlinois paraissait convenir à Julie, elle avait bien meilleure mine. Elle dévorait son omelette en lisant le journal local, fascinée par les actualités berlinoises.

— Ce week-end, il y a des concerts gratuits sur l'île des musées, ça te dirait d'y aller ? Il y a Yann Tiersen !

— Oui bien sûr. Ça a l'air chouette.

La musique d'une fanfare brinquebalante se fit entendre de l'extérieur. Un étrange cortège d'artistes de rue, à pied ou sur des véhicules improbables trompetant à coups de grelots et d'accordéon, parcourait la rue dans une espèce d'ambiance à la Tim Burton et Jean Tinguely. On aurait dit le cortège d'un asile psychiatrique ; des fous heureux, dont la seule richesse étaient les sourires générés par leur passage. Le cortège passé, Christa osa un sujet qu'elle savait délicat.

— Il faudra qu'on décide de notre date de retour en Suisse. Si on ne veut pas être trop crevées pour reprendre le boulot, nous pourrions partir samedi prochain.

Julie posa ses couverts, repoussa son assiette et se recula sur son siège avec une moue boudeuse. Après un silence pesant, l'adolescente affirma :

— Je reste ici.

— Comment ça, tu restes ici ? Il est hors de question que je te laisse seule dans une ville de plus de trois millions d'habitants alors que tu n'es même pas majeure.

Julie commença à mordiller ses ongles, alors qu'elle leur avait fichu la paix depuis leur arrivée. Elle regardait autour d'elle comme si elle s'apprêtait à déguerpir. Christa fronça les sourcils.

— Calme-toi. Ça ne peut pas être si terrible que ça quand même ! Il faut que tu termines ton apprentissage.

— Je ne le supporterai pas. Retourner chez les parents. Retourner dans ce bureau.

Christa comprit qu'elle ne plaisantait pas, que c'était plus profond qu'un caprice d'adolescente. Ce n'était plus une alternative.

— Tu vas te faire virer… dit Christa en devinant que ça lui était bien égal.

Julie prit appui sur la table pour être bien en face de sa sœur et être certaine d'être comprise.

— Si je rentre, je meurs.

Christa n'eut aucun doute qu'elle disait la vérité. Le visage de Julie s'illumina.

— Reste avec moi, tu n'as rien qui te retienne dans le Jura non plus, je me trompe ? Avec la vie que tu mènes, je pense que toi aussi, si tu rentres, tu meurs.

Christa devait se l'avouer ; rien ni personne ne l'attendait. Curieusement, elle n'avait pas du tout envie d'insister. S'imaginer rester à Berlin lui plaisait à elle aussi. Elle pensa à son appart en Suisse, au loyer à payer, à toutes ses affaires. L'idée de tout bazarder, d'à nouveau repartir à zéro était séduisante.

Puis une autre vision moins réjouissante s'imposa à elle ; l'état catastrophique de son compte en banque. Ce qui précipitait la nécessité de trouver un revenu. Trouver un emploi ne lui faisait pas peur, mais elle ne pouvait malheureusement pas prendre n'importe quoi. Elle s'assombrit. Ses doigts nerveux écrasèrent sa cigarette.

— Il faut qu'on trouve rapidement une solution pour dormir ailleurs. Parce qu'on ne va pas pouvoir rester plus longtemps dans un hôtel.

Julie s'enthousiasma.

— Je m'en occupe !

Christa sourit. À seize ans, sa sœur rêvait d'indépendance. Des objectifs et des projets ne pouvaient que lui faire du bien.

— OK. Tu t'occupes du logement et moi… eh bien… de trouver un job.

Julie sauta de joie, soudain remontée comme une pile électrique.

— On va vivre à Berlin ! On va vivre à Berlin ! chantait Julie.

— Du calme, il n'y a aucune garantie que je trouve du travail. Et si je ne trouve rien, on ne pourra pas rester, est-ce que tu as bien compris ?

— Oui ! Mais tu vas trouver, j'en suis sûre !

Christa sourit devant tant d'exaltation, mais son cerveau était en ébullition. Plus facile à dire qu'à faire. Parler trois langues était certes un avantage, mais dans une ville aussi internationale que Berlin, elle était loin d'être la seule. Du reste, sa formation d'ingénieure ne lui ouvrait pas autant de portes que si elle avait été dans le domaine du secrétariat ou du commerce. Il faudrait aussi qu'elle parle de son handicap auditif, qu'elle demande des conditions de travail adaptées. Son cœur s'accélérait rien qu'à la perspective d'aborder le sujet. La panique la gagnait. Ou alors elle mentirait. Si elle voulait être sûre d'être engagée rapidement, c'était la seule solution.

Elle sortit sur le palier, à défaut de se commander un verre de vin et se ralluma une cigarette.

Depuis qu'elle était à Berlin, Christa avait eu quelques échanges par texto avec son pote basketteur. Elle savait qu'il cherchait un appartement pour la fin du mois. Elle pourrait lui sous-louer le sien. Elle demanderait à sa mère d'entasser ses affaires dans un coin. Et pour l'administratif, comment ferait-elle ? Elle ne pouvait pas juste ignorer ses factures.

Julie la rejoignit à l'extérieur.

— Je peux aussi trouver du travail !

— Ah oui ? Je ne crois pas que tu aies le droit, mais tu peux suivre des stages, c'est une bonne idée. Ton job à toi, c'est de perfectionner ton allemand et de réfléchir à ce que tu aimerais faire de ta vie !

Julie avait un sourire jusqu'aux oreilles. Christa aurait tout donné pour qu'il ne s'éteigne jamais.

*

La nuit était calme, il faisait de plus en plus froid. On s'approchait de novembre, les jours raccourcissaient, les rues se désertaient. La chambre d'hôtel était silencieuse. Les deux sœurs étaient endormies. Christa commença à s'agiter, projetée dans son passé. Le regard déçu et la voix pleine de ressentiments de son supérieur l'accablaient dès que le sommeil l'emportait là-bas. *Comment pouviez-vous imaginer que ça puisse fonctionner ? Comment ai-je pu me tromper à ce point sur votre compte ? Moi qui pensais que vous étiez quelqu'un d'honnête.*

Christa se réveilla en sursaut et en sueur, terrorisée

par une longue masse qui ne cessait de tomber. Sa sœur était là, allongée à côté d'elle, endormie. Si elle l'observait un moment, elle paraissait morte. À cause de son épilepsie, elle avait eu très tôt la conscience que n'importe quoi pouvait arriver n'importe quand, à tout moment. Sa sœur pouvait mourir. Là, maintenant. Rien n'était perpétuel, rien ne pouvait garantir la stabilité, tout était en mouvement, sans cesse. Christa croyait au pouvoir des énergies de chacun. Dans le Jura il y avait « le secret », un pouvoir de guérisseur transmis de génération en génération. Une idée farfelue avait germé dans sa tête ; et si elle, au contraire, avait un pouvoir de destruction ? La mort rôdait autour d'elle. Elle mit la main près de la bouche de sa petite sœur pour sentir la chaleur de sa respiration, puis rassurée, se leva et alla se rincer le visage.

L'ange de la mort la regardait avec un sourire narquois, lui faisait signe qu'il n'en avait pas fini avec elle. La pénombre l'engloutissait sans qu'elle parvienne à remonter à la surface. Les cris lui vrillaient le cerveau. Christa faisait des allers-retours dans sa chambre, voulait que son cerveau arrête de ressasser ce cauchemar, mais il n'y avait pas de bouton *off*.

L'ouvrier qui éructe le regard terrifié : « Je t'ai dit d'arrêter ! Je t'ai dit stop ! »

C'est ta faute. C'est ta faute. Parce que tu as menti, parce que tu n'assumes pas ce que tu es.

Son corps entier était douloureux, comme si elle s'était fait broyer. Elle ne connaissait qu'un moyen pour se soulager ; elle se leva en douce, ouvrit le minibar, s'assit à terre et descendit cul sec plusieurs fioles d'alcool fort.

Alors qu'enfin ses membres s'engourdissaient, que son esprit flottait dans des eaux plus apaisées, elle sursauta en remarquant que sa sœur était assise toute droite dans son lit, la regardant, ébahie.

— Je suis en train de rêver ou tu bois en cachette au milieu de la nuit?

— Je... je n'arrive pas à dormir.

Son regard déçu fit ressentir à Christa un immense sentiment de tristesse. Elle se rendit compte de l'image qu'elle projetait. Elle fondit en larmes. Julie plongea sur elle et la prit dans ses bras.

— Mais qu'est-ce qui t'arrive? Ce n'était qu'un cauchemar. Ça va aller, à présent.

La voix de Christa se brisa.

— Justement, c'est ça le pire; quand je me réveille, pendant une fraction de seconde, j'éprouve du soulagement. Puis je réalise que le drame s'est bel et bien produit. Ce cauchemar est ma réalité.

— Quel drame?

— Oh, Ju... j'ai... j'ai tué un homme.

— Quoi? Mais comment ça?

— C'était sur un chantier, j'ai commis une erreur, j'ai donné la mauvaise instruction. Un poteau est tombé. Sur quelqu'un. Il l'a littéralement écrasé.

Julie poussa un cri d'effroi.

— Quand ça?

— À Zurich, il y a deux ans. J'ai eu beaucoup d'ennuis.

Julie lui prit la main et murmura quelque chose qu'elle ne comprit pas.

— Souvent la nuit, ma tête reste là-bas. Je n'arrive pas à revenir au présent, hoquetait Christa.

Visiblement désemparée, un peu tremblante, Julie lui prit la main.

— Mais pourquoi ne m'as-tu rien dit? Pourquoi est-ce que je ne l'ai jamais su?

247

— Je ne l'ai pas dit à nos parents non plus.

— Oh… même pas à maman ?

— Non… Elle sait que j'ai eu un problème au travail, mais pas que c'est aussi grave.

Quatre ans auparavant, son travail de master en science des systèmes de l'environnement lui avait valu d'être courtisée par plusieurs entreprises. Elle se souvint de son entretien d'embauche dans le cabinet d'ingénieurs qui allait devenir son employeur pendant deux ans. Christa avait les cheveux attachés derrière les oreilles, afin de montrer immédiatement ses appareils auditifs, sans qu'elle ait besoin de le mentionner. Elle avait prié pour que les personnes participant à son entrevue s'expriment assez clairement. Elle avait même pris son micro, qui deviendrait absolument nécessaire, si ses interlocuteurs et interlocutrices adoptaient une position qui l'empêcherait de voir adéquatement leur bouche, bien qu'imaginer de le poser devant des paires d'yeux étrangers lui semblât terriblement embarrassant.

Les bureaux étaient très classes. Pendant qu'elle patientait dans un hall élégamment aménagé, elle vit un petit groupe de personnes sortir d'une salle de conférences. Un homme fringant, très sûr de lui, serra la main à tous les autres et fit une remarque qui déclencha l'hilarité générale. L'homme passa devant elle et quitta les lieux. Aussitôt, Christa fut envahie de doutes et détacha rapidement ses cheveux pour camoufler ses appareils.

L'entretien se déroula sans encombre. Son trilinguisme fut loué et elle comprit rapidement qu'être une femme était un atout dans ce milieu majoritairement masculin. La branche essayait désespérément de se féminiser. Puis cette question était arrivée, une aubaine : « Des particularités ou quelque chose que nous devrions savoir ? »

En apparence tranquille, une tempête intérieure s'était déclenchée. Dis-lui, dis-lui, mais dis-lui que tu es malentendante! Je suis malentendante. Ce n'est tout de même pas compliqué! Ensuite tu verras bien!

Mais elle se tut. Jusqu'à ce deuxième entretien, où sa promesse à elle-même d'éclaircir la situation avait été étouffée dans l'œuf par la crainte d'être rejetée. Jusqu'à signer un contrat. Le contrat du mensonge qui allait la conduire à sa perte.

Les semaines avaient passé. Il était devenu de plus en plus inconcevable de révéler ses difficultés d'audition. Cela aurait été comme faire une annonce extravagante. Elle se convainquit que ce n'était pas un problème. Qu'elle réussirait à gérer. Que finalement, elle n'était pas si handicapée que cela.

Christa était la seule femme dans son équipe. C'était une chance, car les voix graves de ses collègues étaient plus facilement compréhensibles pour elle. Lors des réunions et des séances, même si grâce à mille stratagèmes, elle parvenait parfois à poser discrètement son microphone près du conférencier ou au centre de la table, les discussions en groupe étaient très difficiles à suivre. Lorsque les sujets se corsaient, les échanges fusaient, il ne lui restait plus qu'à faire illusion.

Un de ses collègues avec qui elle avait passablement de dossiers à traiter portait une moustache et une barbe, c'était l'enfer pour le comprendre. Elle ne voyait pas sa langue, elle ne pouvait pas lire sur ses lèvres. Elle réussissait toujours, par de subtils subterfuges qui lui prenaient pas mal d'énergie, à être au courant du minimum vital. Et ce qu'elle manquait, finalement elle n'en savait rien.

Il était tout de même arrivé à plusieurs reprises qu'elle ratât une réunion, car un changement avait été mentionné au détour d'un couloir, sans confirmation écrite. Ou encore qu'elle se retrouve sur le mauvais chantier dans la mauvaise ville. Elle devait sans cesse interpréter les instructions, les signes du corps, traîner ses yeux sur les bureaux pour voler les informations nécessaires à sa survie professionnelle.

À la fin d'une conversation, il était courant que son interlocuteur la hélât pour lui communiquer une dernière précision, alors qu'elle était déjà en train de tourner le dos. Et comme elle ne faisait aucun signe qu'elle avait bien reçu l'information, elle passait pour hautaine. Alors qu'en réalité, elle n'avait même pas entendu qu'on s'adressait à elle.

Christa s'arracha à ses souvenirs et se tourna vers sa sœur.

— Le problème, tu vois, c'est que ni mon employeur ni mes collègues ne savaient que je suis malentendante.

Elle la regarda dubitative.

— Comment ça ?

— Sur mon lieu de travail, personne n'était au courant. Je ne l'ai jamais dit clairement.

— Mais… comment est-ce possible ? Comment est-ce que tu faisais pour communiquer au bureau ? Pour les réunions ?

Christa se moucha et sourit.

— C'était effectivement toute une gymnastique. J'ai même eu recours à quelques procédés pas très réguliers.

L'adolescente écarquilla les yeux. La grande sœur s'éclaircit la gorge.

— Je revenais au bureau durant la nuit pour aller fouiller dans les affaires de mes collègues. Pour retrouver leurs notes sur un dossier dont on avait parlé toute la journée et au sujet duquel je n'étais pas sûre d'avoir compris certaines informations.

Julie siffla d'admiration et plaisanta sur ses capacités de détective.

Christa se souvint d'une autre anecdote. Pendant des semaines, il y avait eu une conversation à propos d'une fête surprise pour un collègue. Ils en parlaient toujours en cachette, en murmurant, sur un pas-de-porte, en vitesse, jamais clairement. Et du coup, le jour de la fête, elle avait préparé une carte d'anniversaire alors que c'était un apéritif de départ à la suite d'un licenciement ! Elle ne l'avait pas compris.

— Ça devait être exténuant !

— Oui. J'étais très fatiguée. À devoir tout le temps interpréter ce que tout le monde disait, à chasser les informations, à déduire. Mais c'est de ma faute, je leur ai caché la vérité. J'ai tout mis en œuvre pour qu'ils ne la découvrent jamais.

Julie lui serra la main en lui envoyant un regard plein d'amour.

— Dorénavant, réveille-moi quand tu ne te sens pas bien. N'hésite pas !

Pour la première fois depuis des lustres, Christa se sentit un peu moins seule. Puis après quelques minutes, consciente que cela décevrait sa sœur, elle lui confia son angoisse.

— Il y a eu un procès et toutes mes économies y sont passées. Je n'ai plus un centime. Et donc, si je ne déniche pas rapidement un travail, nous devrons rentrer.

— Tu n'es pas seule. On va trouver une solution et moi, j'ai un peu d'argent de côté.

— Ah oui ? s'étonna Christa. Cette hypothèse ne l'avait même pas effleurée.

— Oui, j'ai gardé tous mes salaires. Je dépense peu, en fait.

L'émotion submergea la grande sœur.

— C'est la honte !

— Mais pas du tout ! Je suis tellement contente de participer à notre aventure !

Christa essuya ses yeux en riant à moitié.

— Je te dis que je la sens bien, cette ville ! renchérit Julie, définitivement positive.

Plus tard, Christa était allongée à côté de sa sœur à nouveau endormie. Elle se concentrait sur sa respiration régulière.

Elle avait dû quitter son bureau sans délai, chassée comme une malpropre. Les regards méprisants de ses collègues l'obnubilaient. Elle se revit assise sur un banc à la gendarmerie. Son patron avait surgi après avoir été interrogé dans le cadre de l'enquête. Il était livide, il l'avait interpellée, médusé :

— Tu es sourde ? Et tu ne comptais jamais me le dire ?

— Je ne suis pas…

— Je ne pourrai rien faire pour toi, Christa ! Tu m'as menti. Je n'en avais aucune idée. Tu nous mets dans une merde noire. Les assurances vont se retourner contre nous. T'en rends-tu compte ?

Elle n'avait pu que baisser les yeux, priant pour que le sol s'ouvre sous ses pieds et l'engloutisse sur-le-champ.

Sa sœur remua à côté d'elle.

— Tu n'arrives pas à te rendormir ? demanda-t-elle.

— Non.

Julie se redressa et alluma sa lampe de chevet en bâillant. Elle prit son téléphone et mit de la musique.

— Qu'est-ce que tu fais ? demanda Christa.

— Tu as besoin de te changer les idées, non ?

Elle s'extirpa des draps et se tint debout, en tee-shirt et bas de jogging, les bras le long du corps, la tête baissée. Puis soudain, la musique changea de rythme et sa sœur entama une chorégraphie. Les gestes étaient souples, son corps se contorsionnait comme du chewing-gum, certains mouvements étaient rapides et précis, d'autres lents, poétiques. Elle enchaînait les phrases dansées comme elle pouvait dans cet espace réduit, en grimpant parfois sur le lit ou les chaises.

Christa était émerveillée devant tant d'agilité et de charme. Elle ne l'avait jamais vue danser. Le visage de Julie était si différent, si impliqué, révélant des émotions, alors que dans la vie, il restait bien souvent opaque. Voir sa sœur ainsi fut le plus beau des cadeaux. Cette nuit-là, elle se rendormit avec l'image d'une silhouette enchanteresse qui virevoltait autour d'elle.

*

Le lendemain, Christa, assise devant son ordinateur, réfléchissait à comment annoncer à sa mère qu'elles restaient en Allemagne. Son père allait sortir de ses gonds en apprenant qu'elles avaient toutes deux quitté leur emploi du jour au lendemain. Des gens comptaient sur elles. Sa collègue devrait travailler pour deux le temps de trouver une remplaçante, la cheffe de Julie n'aurait plus d'apprentie jusqu'à la fin de l'année. Une des valeurs les plus précieuses de leur famille était bafouée : honorer ses engagements jusqu'au bout. Si quelqu'un te dit : je serai là, tu sais qu'à moins qu'il n'y ait un grave problème, cette personne répondra présente. Leur réputation allait en être affectée. Elles seraient cataloguées comme des personnes sur lesquelles on ne peut pas compter. Christa savait que de tous les reproches que leur initiative ne manquerait pas de susciter, ce serait cette dernière raison qui resterait principalement en travers de la gorge de leur père. Il ne comprendrait pas. En revanche, elle se donna la peine d'expliquer la situation à sa mère.

« Maman,

Julie n'allait pas bien.

Alors nous sommes parties en voyage. Il le fallait. »

Puis elle écrivit qu'elles avaient décidé de rester en Allemagne un certain temps.

Elle lui expliqua que Julie était très malheureuse dans son apprentissage, qu'elle avait besoin de vivre autre chose. Que du moment que Julie améliorait son allemand, ce n'était de toute façon pas perdu.

« Ne t'inquiète surtout pas, je vais m'occuper d'elle. Elle se sent même mieux que moi ici. Tu devrais la voir, je l'ai récupérée déprimée et pâlotte. Chaque jour elle s'épanouit comme une plante qu'on aurait enfin arrosée.

Je te redonnerai des nouvelles, mais nous ressentons le besoin d'être livrées à nous-mêmes.

Maman, je fais enfin connaissance avec ma petite sœur. Elle est devenue une jeune femme intense et magnifique. »

Elle termina son e-mail en révélant la cachette du double des clés de son appartement et lui demanda de rassembler ses affaires dans une armoire pour laisser la place au futur locataire.

Son e-mail envoyé, elle s'inscrivit sur un portail de recherche d'emploi.

*

Élise se sentit désemparée en découvrant la déprime de sa cadette dans le message de son aînée. Comment savoir ce qui se trame dans la tête d'une adolescente? Elle entra dans sa chambre. Des dessins épinglés sur les murs, des cartes postales d'amis, des extraits de textes contenant des phrases philosophiques, une photo de son cours de danse. De grandes feuilles étaient coincées entre son lit et son armoire, elle en tira quelques-unes et les détailla. C'étaient des portraits de personnes de tous âges dessinés au crayon et à la peinture. Elle reconnaissait son père, elle-même, Lucien, Christa. Il y avait également des rouleaux. Elle en déroula un et découvrit des éclaboussures de couleurs très vives. Cela la rassura de ne rien trouver de sombre ou morbide. En voyant cette multitude de dessins, elle se sentit soudain mal à l'aise; il était évident que l'art tenait une place prépondérante dans la vie de sa fille. Que ce n'était pas un simple hobby, mais une passion. Le dessin était son oxygène. En refusant de la soutenir, en se rangeant du côté de son mari, elle avait reproduit ce que son père lui avait imposé à elle-même; la voie à suivre «pour son bien» et contre son gré. Elle n'avait pas écouté les besoins de son enfant.

Julie était bientôt adulte et avait dû très tôt devenir responsable. C'était compréhensible qu'elle se sente à l'étroit dans cette maison avec ses parents. L'instinct d'Élise lui disait que quelque chose d'important était en train de se jouer là-bas, loin d'elle, entre les deux sœurs.

Étendue sur son lit, elle avait ressorti ses albums photos de jeunesse et ceux de leur famille. Lucien entra dans la chambre, mais n'osa pas approcher davantage.

— Tu as des nouvelles des filles? demanda-t-il.

Il s'ensuivit une discussion houleuse. Comment pouvait-elle cautionner que Christa emmène Julie, hors vacances, dans un lieu inconnu pour un temps indéterminé?

Élise cessa d'argumenter, attendit qu'il se calme, puis lui dit posément :

— Je veux divorcer.

— Quoi ? Qu'est-ce que tu racontes ?

— Je veux divorcer et je veux que tu partes d'ici.

— Je ne te laisserai pas me quitter ! Jamais !

— Tu plaisantes ?

— Pas du tout ! Tu ne m'abandonneras pas, Élise ! Je ne signerai aucun papier !

Elle se leva pour s'ancrer dans le sol, lui montrer que sa décision était mûrement réfléchie et irrévocable. Sa posture était droite et décidée.

— Mais je te déteste, Lucien !

Il tiqua.

— Tout de suite les grands mots.

— Comment peux-tu ne pas le sentir ? Mon corps entier se crispe quand tu m'approches ! Tu me révulses !

— Tu es horrible, Élise, de dire une chose pareille ! Tout ce que j'ai fait, c'était par amour. J'étais jeune, je t'aimais comme un fou, je ne voulais pas que tu partes !

Elle serra les poings et poussa un cri de rage.

— Tu m'épuises ! Je ne te pardonnerai jamais, c'est fini ! Regarde-moi dans les yeux, Lucien !

Elle aurait pu l'étriper à mains nues, elle n'en pouvait plus de ses jérémiades.

— Regarde bien mes lèvres, c'est terminé !

Un silence suivit. Avait-il enfin compris ? Il s'affaissa soudain, les épaules basses, fixant le sol comme un condamné à mort. Puis il leva la tête et dit :

— Alors, vends-moi tes terrains. Laisse-moi au moins ce projet. Tu auras de l'argent pour tes vieux jours et moi, je réaliserai mon rêve.

Elle sortit de la pièce pour ne plus respirer le même air que lui.

*

Habituellement, marcher la calmait. Mais cette fois-ci, elle fulminait. Elle fit un immense tour en longeant ses champs, son héritage.

Lucien voulait bâtir des immeubles. Lucien voulait bétonner cette splendide nature verdoyante.

4

Sous une pluie battante, Élise entra précipitamment dans l'immeuble de Christa.

Pendant qu'elle s'ébrouait sur le pas de la porte ouverte de l'appartement, une puanteur la saisit aux narines. Quelque chose avait sans doute moisi dans la poubelle. L'état général de l'appartement laissait penser que Christa n'avait pas préparé son départ. Un cendrier débordait sur la table du salon, de la vaisselle rincée grossièrement dormait dans l'évier de la cuisine, la porte de la penderie était béante et des habits gisaient amoncelés sur le lit.

Elle jeta la quasi-totalité du contenu du frigidaire et sortit la poubelle. En ouvrant grand la fenêtre du balcon, elle remarqua une dizaine de cadavres de bouteilles de vin alignées contre le mur. Sous l'évier, elle trouva également un bac rempli de bouteilles vides. Mon Dieu, tout cet alcool! Qui buvait tout ça? Est-ce que quelque chose lui avait échappé?

Puis après avoir trouvé la clé de la boîte aux lettres, assise devant un café, Élise ouvrit le courrier.

Des factures et des décisions de l'assurance invalidité. En voulant les classer, elle trouva d'autres courriers de cette dernière dans lesquels la demande de subvention de Christa pour un appareil auditif était refusée. Il y avait de nombreux échanges, mais en résumé, l'assureur constatait qu'elle se débrouillait avec son ancien appareil et ne voulait lui octroyer aucune aide financière pour un modèle plus récent. Rien. Pas un kopeck. Un sentiment d'injustice l'étreignit. Sa fille devrait donc se battre toute sa vie plus que les autres.

Puis elle tomba sur un relevé bancaire.

Elle fut alors très surprise de constater que Christa avait peu d'argent. Bon, elle avait sûrement un autre compte, un compte épargne ?

Dans une armoire se trouvait un classeur « banque ». Elle ne trouva aucun autre compte avec un petit pécule rassurant. Elle sortit le classeur et constata que Christa ne gardait que les relevés de fin d'année destinés aux impôts. Elle remonta à l'année de sortie de ses études et de ses débuts en tant qu'employée. Puis fin 2006, après vingt-huit mois de vie active à Zurich, elle avait amassé une jolie somme. D'après le relevé suivant, alors qu'elle était revenue dans le Jura depuis quelques mois, elle n'avait plus rien ! Où étaient passées toutes ses économies ? Avait-elle acheté un bien ? Qu'est-ce que c'était que cette histoire ?

Élise ne voyait vraiment pas de quoi il pouvait s'agir. Lorsque Christa vivait à Zurich, elles avaient peu de contacts. Elle essaya de trouver des factures qui pourraient correspondre à ces montants, en vain. Et tout cet alcool… sa fille allait encore plus mal que ce qu'elle pressentait.

Puis son œil fut attiré par un classeur portant le nom d'un cabinet juridique. Elle l'ouvrit, le parcourut et n'en crut pas ses yeux. Elle avait devant elle tout un pan de la vie de sa fille qu'elle ignorait.

Elle découvrit des factures astronomiques d'avocats,

les courriers d'un juge d'instruction qui s'était saisi de l'affaire. En lisant les échanges d'e-mails et les différents documents annexés, elle comprit qu'il était reproché à Christa d'avoir ordonné le décollage d'un hélicoptère alors qu'il lui avait été expressément demandé de stopper l'intervention. Non-lieu pour le pilote d'hélicoptère. Verdict de la procédure pénale à l'encontre de Christa : homicide involontaire, sursis et amende salée.

Élise dut boire un verre d'eau, ses mains tremblaient sans qu'elle puisse les maîtriser. Elle reprit sa lecture, angoissée par ce qu'elle allait encore apprendre.

Une autre procédure. Civile, cette fois-ci. Engagée par madame Maria Pereira, veuve de la victime décédée. Il y avait un rapport d'audition dans lequel un médecin affirmait que compte tenu du niveau de responsabilité de la prévenue et du contexte de dangerosité du lieu de travail, celle-ci était dans l'obligation de porter ses appareils auditifs. Ne pas les porter était une faute grave.

— Bien sûr ! s'exclama Élise haut et fort seule dans la cuisine de Christa ! Mais pourquoi n'as-tu pas porté tes appareils ?

Elle n'en pouvait plus. Elle repoussa le classeur comme s'il l'avait brûlée.

Leur conversation, à cette période, lui revint alors à l'esprit. La voix de Christa était éteinte et tremblante. *Maman, j'ai fait une erreur au travail. Je veux partir d'ici. Est-ce que je peux rentrer à la maison quelque temps ?*

Son cœur de maman s'était brisé lorsque Christa avait franchi le seuil de leur foyer, livide et amaigrie, traînant la totalité de ses bagages avec elle. Mutique pendant des semaines, passant ses journées au lit, Christa avait mis un temps fou à se remettre sur pied. Après avoir étudié des années, puis enchaîné directement avec un emploi très exigeant, Élise avait cru que sa fille était à bout de souffle. Elle ne s'était pas doutée qu'il y avait quelque chose de plus grave encore !

Elle reprit le classeur et y lut tout ce qu'elle trouva, jusqu'aux nombreux e-mails imprimés, échangés avec son avocat et avec différents protagonistes mêlés au procès.

Dans toute cette paperasse, un message retint son attention.

DE : @ José. Antunès
À : @ Christa. Comte
OBJET : !!
Message :
Je n'en peux plus Chris, pourquoi tu ne leur dis pas que j'ai aussi ma part de responsabilité ! Tu ne peux pas tout prendre sur toi !
J.

DE : @ Christa. Comte
À : @ José. Antunès
OBJET : Re : !!
Message :
José, ne t'avise pas de te dénoncer ! Ça ne servirait à rien ! Ça ne le fera pas revenir !

De quoi parlaient-ils ? Bon sang, mais pourquoi ses filles ne se confiaient-elles pas à elle ! Elle avait pourtant toujours été une mère présente ! Une petite voix lui soufflait qu'elle ne l'avait été qu'en apparence. Que tous ses silences, tous ses secrets, avaient muselé sa relation avec ses filles. Elle était pleinement responsable de cette débâcle. Elle eut soudain l'impression d'étouffer.

262

Une seule idée prenait toute la place ; elle n'avait pas été là pour ses filles quand elles en avaient eu besoin. La boule qui s'était formée au fond de sa gorge envahit toute sa poitrine, il fallait qu'elle sorte prendre l'air !

*

Des coups de tonnerre résonnèrent au loin. Au volant de sa voiture, Élise s'enfuit et roula en rase campagne, où des champs s'étendaient jusqu'à la forêt. Le ciel chargé de nuages déversait des hectolitres d'eau. Un sanglot incontrôlable la secouait, elle dut s'arrêter pour éviter de finir sa route dans le talus. Isolée dans sa voiture, bercée par le grondement de la pluie martelant l'habitacle, elle envisagea de ne plus jamais rentrer. Elle voulait seulement rester dans cette voiture jusqu'à ce que mort s'ensuive. Puis après un moment, la colère prit le pas sur la tristesse. D'abord elle ouvrit la bouche pour lâcher un cri étranglé avant de sortir sous la pluie, marcher quelques mètres et hurler de toutes ses forces. Un cri déchirant qui brisa une barrière en elle. Elle cria encore, libérant toute la frustration tapie au plus profond d'elle depuis si longtemps.

Elle se rendit compte qu'elle était à nouveau sur ses terres. Elle y revenait toujours, sur ce lieu du crime, comme si elle avait besoin de se confronter sans cesse à son passé, à ce jour où tout avait basculé. Il y avait de cela vingt-sept ans, la même pluie torrentielle s'abattait sur elle.

— Tout ça, c'est à cause de toi ! Toi qui reposes là-dessous ! Toi et tes grosses pattes dégueulasses ! Il a fallu que cette nuit-là tu fiches ma vie en l'air !

Le ciel lui répondit par une éclaircie, comme pour

lui rappeler que la roue tourne, qu'à l'orage succède l'accalmie.

Soudain, une voix masculine la fit sursauter.

— Élise ? Tout va bien ?

Philippe Jaccot la regardait, l'air très inquiet.

— J'étais dans la forêt, je me suis fait surprendre par l'orage et j'attendais que ça passe. J'ai entendu un cri et j'ai reconnu ta voiture.

Elle balbutia quelque chose, catastrophée devant l'image qu'elle devait projeter d'elle, maculée de terre et trempée jusqu'aux os, terriblement mal à l'aise que cet homme cultivé, doux, au calme olympien, ait entendu sa crise de nerfs. Puis elle s'effondra à nouveau sans parvenir à se maîtriser, finalement heureuse que ce soit lui, parce qu'avec lui, elle se sentait bien.

Il s'avança prudemment et la prit dans ses bras. Sa veste était gorgée de pluie, le caoutchouc froid rafraîchit ses joues brûlantes. Elle se laissa enlacer et calmer. Lorsqu'il desserra son étreinte, il lui proposa de venir chez lui boire un thé, il habitait à deux pas. Elle accepta.

*

Philippe était en train de cuisiner. Élise avait pris une longue douche chaude. Il lui avait proposé de laver et sécher ses habits d'ici la fin de la soirée. En attendant, elle avait revêtu un de ses tee-shirts et un jogging.

Quand elle s'excusa pour l'intrusion, il balaya ses mots d'un geste en lui assurant qu'il était ravi d'avoir de la compagnie. Il lui prépara un thé au miel et s'assit en face d'elle à la table de la cuisine.

Elle lui raconta ce qu'elle venait d'apprendre sur son aînée.

— Je me sens si coupable de n'avoir rien deviné.

Il hocha la tête d'un air entendu et lui parla d'une voix douce.

— Tu es une mère incroyable. J'ai vu tout ce que tu as mis en place pour ta fille. J'ai vu ton dévouement pour tes enfants. Tu fais le maximum. Elle est adulte, c'est son droit d'avoir une vie privée.

— Je ne sais pas, Philippe. Dans une famille, quand on a des problèmes, on devrait se sentir assez en confiance pour s'épancher. J'ai envie de faire quelque chose pour l'aider. J'ai besoin de faire quelque chose.

— C'est dur d'être impuissant devant la détresse de ses enfants… parfois notre rôle est juste de se tenir à disposition quand ils ont besoin d'une épaule pour se reposer.

Le repas était simple et délicieux, ils discutaient comme de vieux amis. Il débarrassa la table et lui proposa un autre thé.

Élise réalisa qu'elle était seule chez cet homme, tard le soir tout en ayant parfaitement conscience qu'elle lui plaisait. Soudain, elle craignit qu'il ne se trompe sur ses intentions. Elle sentit ses joues brûler, elle se leva et s'agita pour cacher son visage. Elle demanda si ses habits étaient prêts pour qu'elle puisse rentrer chez elle, mais il avait parlé en même temps. Il lui avait proposé de jouer à un jeu de société.

— Tu joues aux jeux de société, toi ? Un homme si sérieux ?

Il éclata de rire.

— Qu'est-ce que c'est que ces préjugés ?

Elle rit aussi. Il soutint son regard.

— Alors ? Tu restes ?

Elle hésita, puis se rassit.

— Oui, très volontiers.

Ravi, il installa les pièces du jeu sur la table.

Élise se dit qu'au fond d'elle, elle n'avait envie d'être nulle part ailleurs.

Ils avaient joué toute la soirée en bavardant, en partageant des anecdotes, des morceaux de vie. Quand Élise bâilla, Philippe lui proposa d'arrêter, elle avait eu une journée éprouvante.

— Volontiers. Je vais rentrer.

— J'ai une chambre d'amis, tu peux dormir ici.

Son cœur s'emballa ; elle ne pouvait pas faire ça ! Mais d'un autre côté, elle n'avait pas la force de rentrer et de tomber nez à nez avec Lucien. Elle voulait juste s'allonger et s'endormir.

Voyant son air perdu, il se leva, la prit par la main et l'amena jusqu'à la salle de bains. Il ouvrit un tiroir, sortit une brosse à dents neuve et la lui posa dans la paume en laissant une serviette sur le bord du lavabo.

— Voilà. Tu as tout ce qu'il te faut. Je vais dans ma chambre. Prends ton temps. À demain, Élise.

Elle s'exécuta, si épuisée qu'elle s'endormit immédiatement.

*

La lumière du matin traversa les lamelles des stores et la réveilla en douceur. Elle resta un moment allongée, à rêvasser. C'était si étrange d'être chez quelqu'un d'autre. Personne ne savait où elle était. Si elle partait en voyage, elle ressentirait cela tous les jours. Elle se souvint que la voisine devait passer chez elle lui emprunter un plat, cela lui ferait bizarre de trouver une maison vide. Et Lucien, allait-il s'inquiéter ? Être jaloux ? Elle attrapa son sac, sortit son téléphone, déjà lassée de ce qu'elle allait y lire, mais contre toute attente : aucun message. Quel soulagement !

De la musique résonnait de la cuisine lorsqu'elle sortit de la chambre et rejoignit la salle de bains, où elle trouva ses habits séchés et pliés.

Le petit-déjeuner était sur la table, son hôte buvait son café en lisant un magazine. Il portait un gilet doudoune qui lui donnait un air sportif.

— Bien dormi ? demanda-t-il joyeux.

— Oui, profondément. Merci pour la soirée. C'était très sympa.

Il sourit. Elle sentit son regard un instant la réchauffer puis s'intéressa au délicieux petit-déjeuner.

— Sers-toi, fais comme chez toi.

Soudain, lui apparut toute l'incongruité de la situation. C'était bien la première fois de sa vie qu'elle dormait à l'extérieur de la maison sans avertir Lucien.

— Philippe, je… je n'avais jamais fait ça. Ma vie est très compliquée en ce moment.

— Je n'attends rien. J'aime passer des moments en ta compagnie. Sens-toi libre avec moi. Je te ramène à ta voiture avant que quelqu'un n'ameute tout le village de ta disparition ?

Elle sourit et se détendit.

— Volontiers. Mais rien ne presse.

Une fois seule, assise dans sa voiture, elle prit un moment pour réfléchir. Elle n'avait jamais ressenti de tels émois. C'était si agréable de grésiller à l'intérieur, de percevoir ce désir naissant pour l'autre. Elle avait envie qu'il la prenne dans ses bras, elle avait envie qu'il pose ses mains sur elle. Mais elle ne voulait pas remplacer Lucien par un autre homme. Elle rêvait d'être seule. De pouvoir enfin mener sa vie comme elle l'entendait. À bientôt cinquante ans, elle trouvait qu'elle l'avait mérité. Pourtant cette soirée avec Philippe avait ouvert en elle une faille. Une pénurie de douceur. Un manque de tendresse. Elle pensait qu'elle n'en avait pas besoin. Qu'elle vivait très bien ainsi depuis toutes ces années. Mais le fait d'être connectée avec lui intellectuellement, de se sentir écoutée, comprise, lui avait donné envie de s'ouvrir à nouveau à quelqu'un.

Elle soupira de dépit devant le gâchis de son mariage.

Sa soirée avait été magique, mais à présent, dans cette voiture à neuf heures du matin, elle pensa à ses filles. La source de sa force. Il fallait qu'elle se réconcilie avec Julie, qu'elle partage plus de moments avec elle. Elle n'avait peut-être pas assez insisté. Julie devenait une adulte, bientôt elle la quitterait pour vivre sa vie. Il fallait qu'elle trouve une manière de renouer une belle relation.

Les bouteilles vides dans la cuisine de Christa lui revinrent à l'esprit. Et cette nuit, il y a quelques mois, lors de laquelle un grand bruit au rez-de-chaussée l'avait réveillée. Elle était descendue morte de peur, pensant tomber sur un cambrioleur, mais avait découvert une Christa complètement saoule en bas de l'escalier. Élise l'avait aidée à se coucher dans sa chambre et avait nettoyé le sol souillé. Adolescente, elle avait été si studieuse que ce n'était pas grave si elle vivait une période plus festive. Elle avait le droit de se laisser aller de temps en temps, de dépasser les limites… Mais à présent, elle comprenait que le mal-être de Christa était bien plus profond. Il s'était passé quelque chose qui avait détruit sa confiance en elle, qui l'avait brisée. Elle ne prenait pas des cuites monstrueuses pour « faire la fête » et pour profiter de la vie, mais pour la supporter, cette vie.

Christa avait tout gardé pour elle.

Pour l'aider, Élise devait découvrir de quoi il s'agissait exactement. Et comme à chaque fois qu'elle devait surmonter une épreuve liée à ses filles, une énergie nouvelle s'emparait d'elle.

Élise allait rencontrer l'auteur de l'e-mail, José Antunès, pour en savoir plus.

*

En fin de matinée, les deux sœurs prirent le S-Bahn et descendirent à Warschauer Strasse. La gare était située au milieu d'un pont ferroviaire. De part et d'autre, il n'y avait que des bâtiments tristes en béton, des voies ferrées et un immense terrain vague. Trente ans auparavant, des militaires armés, alors postés au sommet de miradors, tiraient sans préavis sur les audacieux qui tentaient de traverser. Dorénavant, on pouvait visiter Checkpoint Charlie converti en musée du Mur.

Une fois le pont traversé, lorsqu'on s'engage dans le quartier de Friedrichshain, on découvre l'un des arrondissements les plus animés de Berlin. Les petites boutiques conviviales, les nombreux cafés et leur extérieur fleuri, les squares équipés de bancs et de jeux d'enfants rendent l'ambiance du coin particulièrement agréable. Les variétés de looks vestimentaires vont du plus classique aux tenues les plus extravagantes et surtout le panel de coiffures est impressionnant. La majorité des passants arborent des piercings ou des tatouages, de la tête aux pieds.

Christa proposa à Julie de boire quelque chose sur une des terrasses. Elle avait très envie d'un verre de vin et d'une cigarette, de se poser et de regarder les gens, de s'imprégner de cette ville si singulière, réputée pour sa liberté. Julie avait remis son piercing à la lèvre qu'elle avait dû enlever au début de son apprentissage. Cet accessoire ostensiblement grunge et rebelle dans son village d'enfance passait pour banal ici.

Une serveuse accosta Julie en la tutoyant. Celle-ci fut surprise qu'on s'adresse à elle alors qu'en général, c'était plutôt Christa qui attirait l'attention. La jeune fille avait un joli visage tacheté de grains de beauté et était coiffée d'énormes *dreadlocks* bleues. Julie la trouva magnifique et fut enchantée du ton familier qu'elle employait d'emblée. Elle commanda un jus de fruits, sa sœur un verre de vin rouge, avant de changer immédiatement d'avis pour un thé froid. C'était assez inhabituel pour que Julie le remarque et la tension qu'elle éprouvait chaque fois qu'elle sortait avec sa grande sœur dans un café s'apaisa.

Christa lui dit qu'elle devait passer à une agence de placement. Elles pourraient se retrouver plus tard.

— Ju, je peux te laisser seule ?

— Bien sûr, j'ai mon petit programme. Je vais commencer ma chasse aux apparts.

Julie avait rendez-vous avec Nathan. Il voulait lui montrer *quelque chose* sans lui donner plus de précisions.

*

Julie retrouva sa nouvelle connaissance devant un vieil immeuble industriel qui s'avérait une galerie d'art sauvage. Toutes les pièces étaient occupées par des ateliers aussi différents les uns que les autres. Il y avait plusieurs salles par étage, séparées par des portes, des rideaux ou même rien du tout, décorées de manière singulière, peuplées d'œuvres tantôt intrigantes, tantôt époustouflantes, voire inquiétantes. Des entrées étaient closes, affichant la mention « privé », mais la plupart d'entre elles comportaient un mot accueillant, priant les visiteurs d'entrer et de jeter un œil. Un lavabo, un matelas à même le sol, des toilettes à l'étage. Certains vivaient là.

Nathan lui présenta quelques résidents qui venaient du monde entier et nombre d'entre eux étaient en pleine activité. Ils avaient parcouru des milliers de kilomètres, voyant en Berlin la possibilité d'exercer leur art à moindres frais. Tout émerveillait Julie. Cet univers lui semblait le paradis sur terre.

— C'est un *houseprojekt*. C'est-à-dire un squat toléré et officiel. Les résidents occupent l'immeuble, utilisent la plomberie, l'eau et le chauffage, ce qui permet de maintenir le bâtiment en bon état pour qu'il ne tombe pas en ruine. En échange, un bail à loyer de trois ans à un prix dérisoire est convenu. Tout le monde est content, jusqu'à ce que le propriétaire ait l'occasion de vendre l'immeuble et que la situation ne se gâte.

En effet, ces quartiers attractifs, car typiquement berlinois, attiraient les promoteurs qui les transformaient en appartements opulents. Alors les artistes devaient quitter les lieux.

Depuis quelques années, des quartiers entiers s'étaient transformés en boutiques de luxe ou appartement de haut standing. La gentrification menaçait les *houseprojekt*. Les petits commerces, les boutiques familiales, les logements au loyer accessible… tout disparaissait. Kreuzberg, un quartier auparavant festif, alternatif, s'était vu affublé d'imposants immeubles austères pris d'assaut par de riches étrangers pour en faire leur résidence secondaire. Posséder un bien immobilier à Berlin étant le comble du chic. Nathan le regrettait amèrement.

Il ouvrit une porte entièrement recouverte de tags.

— Mon atelier est là.

Des panneaux énormes étaient posés contre les murs. Des dizaines de bombes aérosols gisaient sur un sol maculé de peinture. Julie admira les tableaux qui montraient des personnages noirs dans un décor aux couleurs vives de style minimaliste qui, en quelques traits, révélaient une action, suggéraient une scène. Elle déambula dans tous les recoins de l'atelier, avide de découvertes artistiques. Cet endroit était un refuge, un antre isolé du monde.

— Suis-moi, lui dit Nathan tout à coup.

Ils traversèrent le couloir et s'arrêtèrent devant une autre porte complètement recouverte de collages de photos de sourires de toutes les formes.

— Tu es prête ? Ce que tu vas voir va te faire un choc…

— Ah. Tu me fais un peu peur… mais vas-y ! dit Julie tout excitée.

Il ouvrit grand la porte. La salle était vide. Julie ne put cacher sa déception et son incompréhension. Le jeune homme rit avant de lui annoncer :

— Cette unité est à toi pour vingt euros par mois. Tu peux résilier quand tu veux. Aucun engagement.

Julie n'en crut pas ses oreilles. Elle sentit une flamme naître en elle, la flamme du projet qui se concrétise. Son rêve devenait réalité. Un espace pour créer, rien qu'à elle ! Elle lui sauta au cou avant de réaliser l'incongruité de son geste et de reculer, les joues en feu. Il sourit et ses mains s'attardèrent sur ses bras.

— Il ne manque plus qu'à te trouver du matériel, dit-il.

En continuant leur visite dans les dédales du bâtiment, elle le frôlait à chaque pas. Une autre lueur s'alluma en elle.

272

Julie quitta Nathan avec la ferme intention de dénicher un appartement dans les environs. Avant de retrouver sa sœur, elle entra dans un cybercafé pour consulter sa boîte mail.

Antonio Caligiari lui avait répondu qu'il avait encore une place dans son cours de photo. Mon Dieu, elle allait le rencontrer ! Elle avait tellement hâte !

Pour la première fois depuis bien longtemps, le ciel se dégageait au-dessus de sa tête. Cette ville insufflait en elle une nouvelle énergie positive.

*

Christa était occupée à mettre à jour son *curriculum vitæ*. Une once de découragement la fit grimacer en constatant son maigre parcours professionnel. Elle n'hésita pas longtemps avant de supprimer la ligne qui mentionnait son emploi de vendeuse en grande surface et de la remplacer par « employée de bureau » dans une entreprise jurassienne. Elle bidouilla un certificat de travail. C'était simple finalement. Pour des postes sans responsabilités, personne ne vérifierait.

Berlin était la ville du Net, toutes les grandes sociétés de vente en ligne y avaient établi leur siège. Elle envoya sa candidature pour un poste de rédacteur internet dont la mission était de publier des faux avis positifs sur différentes plateformes. Il se trouvait qu'elle était la pro du mensonge, ça ne pouvait que *matcher*, n'est-ce pas ? pensa-t-elle amèrement.

Une annonce cherchait des employés d'hôtel pour mettre en place le petit-déjeuner tous les matins de six heures à onze heures. Voilà qui était intéressant. Une date et un lieu étaient directement proposés là où les candidats pouvaient passer un entretien et c'était ce jour. Elle prit le métro pour rejoindre l'arrondissement Mitte.

*

Le hall en marbre blanc de l'hôtel affichant cinq étoiles annonçait tout de suite la couleur. Le réceptionniste fit pénétrer Christa dans une antichambre où elle découvrit avec découragement plus d'une vingtaine de personnes, à l'allure si stricte qu'il était évident qu'elles avaient des années d'expérience dans le métier. Un silence de salle d'examen régnait.

À peine assise, sa voisine entama la conversation sans aucune gêne vis-à-vis des nombreuses oreilles attentives alentours. Des implants cochléaires – deux ronds métalliques laqués blancs – étaient fixés sur son crâne, nullement masqués par ses cheveux blonds hyper-courts. En reconnaissant l'accent particulier des sourds de naissance, Christa devina que la dénommée Svetlana avait appris à parler sur le tard. C'était inimaginable de se représenter ce que pouvait ressentir une personne sourde qui soudain, grâce à la technologie, comprend que son univers de tranquillité est en fait un déluge de sons en tous genres.

Christa pensait aussi parfois que sa maladie pouvait empirer et qu'elle suivrait le chemin inverse ; elle glisserait lentement dans un monde de silence.

Le teint diaphane, la silhouette nerveuse et la mâchoire carrée contrastaient avec un regard vif et souriant. La fille de l'Est plut immédiatement à Christa qui aima son franc-parler teinté d'humour. Après des années à travailler comme barmaid dans des trains de nuit qui rayonnaient de la capitale aux quatre coins de l'Europe, celle-ci aspirait à une vie plus sédentaire qui lui permettrait de retrouver chaque soir son petit ami berlinois. Après avoir échangé leurs impressions sur leur ville d'accueil, Christa voulut savoir si on trouvait facilement du travail à Berlin.

Sa nouvelle connaissance répondit que pour elle, c'était compliqué, car comme ses implants effrayaient ou du moins soulevaient beaucoup d'interrogations, elle peinait à avoir l'occasion de prouver ses connaissances.

— Mes sympathiques camarades d'école m'avaient surnommé *le Cyborg* en primaire.

Christa sourit.

— Moi, c'était *Shake-shake* à cause de mon épilepsie, répondit-elle en riant nerveusement.

D'un geste rapide, elle glissa ses cheveux derrière les oreilles pour découvrir ses appareils.

— Et parce que j'aime bien faire mon intéressante, en plus, je suis malentendante.

Comme si Svetlana avait tiré le gros lot, celle-ci poussa un petit cri enthousiaste. C'était bien la première fois que la révélation de son handicap provoquait une exclamation de joie. Plusieurs personnes levèrent le nez dans leur direction.

— Nous sommes toutes les deux malentendantes ! C'est trop cool ! expliqua sa nouvelle alliée.

Puis elle se leva en attrapant la main de Christa et l'emmena dans le couloir.

— Viens, tirons-nous d'ici. On n'a aucune chance de toute façon.

En pensant qu'elle faisait allusion à leur handicap, Christa fut déçue d'être ainsi discréditée d'office, mais Svetlana ajouta :

— Ben oui, pas assez d'expérience en hôtellerie ! Tu as vu le niveau de rigidité des colonnes vertébrales ici ? En plus, j'allais manquer une soirée très sympa. Je t'emmène !

— Là maintenant?

Christa repensa au nombre incalculable de fois où elle avait envié ces groupes d'amis attablés, à la complicité démonstrative. Elle ne pouvait pas refuser une occasion de lier une nouvelle amitié. Elle rêvait depuis si long-temps de faire partie d'une bande de potes avec qui elle pourrait être elle-même. Mais elle ne pouvait ignorer le côté sombre de la socialisation qui la décourageait d'avance, le fait que son cerveau était vite saturé par la cacophonie ambiante et par l'effort titanesque qu'elle devait fournir pour participer aux conversations.

— Je suis fatiguée, je ne sais pas si je vais supporter le brouhaha d'un groupe.

Svetlana stoppa net, se tourna vers elle et lui prit les épaules pour la regarder bien en face.

— Alors là, ma belle, j'ai exactement ce qu'il te faut. Je te propose une soirée dans le silence. Tu imagines ça? Le bonheur! Viens! Tu ne le regretteras pas.

*

Devant le café, une écriture en calligraphie sur un tableau noir indiquait: «Soirée café des signes.» Des dizaines de personnes gesticulaient, les visages haute-ment expressifs. Leurs mains, très actives, virevoltaient, signaient la langue des signes, autrement dit, la langue des sourds. Il y avait quelque chose de fascinant à les regar-der communiquer. Aucune musique en fond (aucune musique! C'était si rare!), seules des exclamations par onomatopées et des éclats de rire perçaient çà et là. Un sentiment général dominait; la joie et la bienveillance. La langue des signes étant une langue à part entière qui n'a rien à voir avec la langue parlée, Christa ne comprenait

276

rien. On lui montra quelques gestes simples et pour le reste, elle eut recours à l'écrit. Des carnets étaient mis à disposition, car selon les sujets abordés, certains gestes manquaient. Christa, qui adorait la musique, découvrit avec stupéfaction qu'elle aimait tout autant une soirée telle que celle-ci.

Svetlana lui expliqua qu'elle avait décidé d'apprendre la langue des signes pour se reposer les oreilles. C'était si épuisant de devoir toujours comprendre les sons, les entendants ne se rendaient absolument pas compte du constant effort que cela implique quotidiennement! Ici, toute l'assemblée parlait le même langage. Elles échangèrent leurs coordonnées et Christa nota dans son agenda la prochaine édition du café des signes.

Christa retrouva Julie et lui raconta la soirée incroyable qu'elle venait de vivre. Quelque chose de nouveau s'opérait en elle. Un bouleversement, une adhésion. Pour la première fois, elle envisageait de faire partie de ce monde-là.

Sa joie fut encore plus complète lorsque Julie, le regard brillant d'excitation, lui raconta sa visite des ateliers en compagnie de Nathan. La flamme qu'elle avait vue autrefois dans son regard quand elle dessinait s'était rallumée.

*

Julie se présenta à l'agence d'Antonio Caligiari en lui disant qu'elle venait d'arriver à Berlin. Trahie par son intonation chantante, il lui répondit directement en français. Elle avait l'habitude d'être repérée dès les premiers mots, mais Antonio reconnut même son accent jurassien! Il en fut ému. D'où venait-elle? Elle emprunta un nom de famille à une copine de classe et changea le nom de son village par celui d'à côté. Elle comprit pourquoi ça le touchait autant lorsqu'il lui confia qu'il n'était jamais retourné au pays. Jamais. Elle mourait d'envie de savoir pour quelles raisons. Mais il fallait qu'elle reste concentrée sur son objectif, elle prit un ton déterminé :

— Je suis là parce que vous m'avez écrit un e-mail…

— Oh, je t'en prie, on se tutoie, entre Ajoulots !

— OK ! Alors heu… tu m'as écrit que tu avais encore une place dans ton cours de photo. Je suis trop contente et je veux vraiment le suivre, mais j'ai un souci ; je n'ai pas l'argent pour le payer.

Il rit, complètement sous le charme.

— Ah oui, c'est effectivement un souci !

Une sonnerie assez forte et désagréable aux oreilles retentit dans le bureau. Antonio commença à remuer les papiers étalés sur sa table de travail. Puis, de plus en plus stressé, il se leva et commença à fouiller un peu partout.

— C'est l'alarme de mon téléphone et je ne sais pas où il est !

Pourtant il était évident pour Julie que cette musique terriblement agaçante venait du couloir de l'entrée. Pourquoi ne s'en rendait-il pas compte ?

— Pardon, mais il me semble qu'il est plutôt par là, dit-elle prudemment, se demandant s'il était sain d'esprit.

Il sortit précipitamment et soudain le silence se fit. Quelques secondes plus tard, il revint s'asseoir en face d'elle en soufflant.

— Eh bien, merci beaucoup ! Je suis désolé pour tes tympans !

Puis il tourna la tête pour lui montrer ses appareils auditifs. Julie n'en crut pas ses yeux. Elle n'avait pas le souvenir que sa mère l'ait évoqué. Elle eut beaucoup de peine à maîtriser son émotion rien qu'en imaginant le

278

moment où Christa le découvrirait. C'était merveilleux. Julie fut également enchantée de constater sa manière tout à fait décontractée d'aborder le sujet. Il expliqua :

— Les prothèses auditives ne permettent pas de localiser la provenance du son. On l'entend, mais on n'a aucune idée d'où il vient. Dieu sait les heures que j'ai déjà perdues à chercher mon téléphone.

— Ah, mais je connais ça ! Ma grande sœur est aussi malentendante ! Quand j'étais petite, j'avais un jouet qui faisait de la musique et quand je l'oubliais dans sa chambre, elle devenait folle à le chercher partout.

— Oh, la pauvre ! J'imagine l'angoisse, dit-il en riant.

— Nous sommes venues ensemble ici à Berlin.

Julie se redressa sur son siège et prit le ton le plus persuasif qu'elle pouvait.

— Tu as sûrement besoin d'une assistante dans ton activité de photographe ou dans ton cabinet d'architecture. Je pourrais te faire gagner beaucoup de temps en retrouvant ton téléphone plus vite !

— Ah oui, alors là, c'est sûr que ça devient très intéressant, approuva-t-il en riant.

— J'ai travaillé comme employée de bureau au tribunal de Porrentruy, je suis quelqu'un de sérieux. Je pourrais même livrer des colis à vélo à tes clients. Ou faire tes courses ! Je suis prête à tout.

— Mais c'est moi qui vais te payer pour que tu me berces toute la journée avec ton accent ajoulot !

Il avait salué son enthousiasme puis il avait répondu qu'il allait y réfléchir, mais qu'il trouverait certainement une solution ; il croulait sous les tâches administratives depuis qu'il donnait des cours du soir. Il avait aussi le projet de mettre en place des cours en ligne, elle pourrait l'aider.

Elle essaya de contenir son enthousiasme et de rester objective, car elle se souvenait des accusations mentionnées dans son casier judiciaire. Tout charmant et sympathique qu'il paraissait, il cachait peut-être bien son jeu.

Il la rappela deux jours plus tard pour lui annoncer qu'elle pouvait prendre part à ses cours de photo et commencer à travailler pour lui dès la semaine suivante. Julie se sentit pousser des ailes. Une énergie irradiait dans tout son être.

*

Le train entra dans l'immense gare de Zurich. Cela faisait longtemps qu'Élise n'était plus allée dans une si grande ville. Elle ne pouvait pas s'empêcher d'observer les gens dans la rue, les passants, leur visage, leur indifférence. Pas un regard, pas un sourire. Elle détaillait leur habillement, leur attitude, leur assurance, les vestes de costard bien coupées, les jeunes filles si bien maquillées qu'elles avaient l'air de se rendre à une séance photo, des jeunes gens aux allures extraverties savamment étudiées, des femmes en talons aiguilles ou en baskets qui marchaient d'un pas décidé une mallette à la main ou un sac au dos. Élise se sentit un peu gauche, un peu vieille. Sa main arrangea machinalement ses cheveux. Elle aurait dû refaire une couleur, ses racines grises apparaissaient déjà. Elle comprit soudain le changement d'apparence de Christa à l'époque. Son look de blonde platine avait dû parfaitement coller dans cet environnement urbain. Un look artificiel et un maquillage comme un costume de guerrière.

Elle avait rendez-vous à proximité de la gare principale de Zurich. Vingt ans auparavant, c'était avec Christa qu'elle parcourait les villes, de spécialiste en spécialiste. Une part d'elle avait la nostalgie de ces années à temps complet avec ses enfants. Sur le moment, ça lui paraissait tellement de travail, tellement de fatigue et en même temps, elle avait une énergie qui lui permettait de soulever des montagnes.

Le cœur battant, elle pénétra dans le café convenu et prit une place dans un coin isolé. Elle sortit ses documents et lorsqu'elle leva les yeux, un homme, vêtu d'une veste en cuir brun, barbe de trois jours, cheveux en bataille, la mine tirée, la quarantaine, était planté dans l'entrée et scrutait les alentours. Son regard s'arrêta sur Élise, elle lui fit un petit signe, il la rejoignit. Il parlait français avec un léger accent espagnol.

— Vous êtes la mère de Christa ?

— Oui, c'est moi.

Il paraissait nerveux. Il se cogna à la chaise en s'asseyant.

— Elle vous ressemble beaucoup. Ou ressemblait. Avant.

Elle comprit qu'il faisait allusion à sa crinière, avant que Christa ne change de look.

— Vous avez trouvé facilement ? demanda-t-il.

— Oui. Je suis venue à Zurich plusieurs fois avec Christa, quand elle était petite, pour voir des spécialistes, pour son épilepsie.

— Son épilepsie ? répéta-t-il, surpris.

— Oui. Mais ces dernières années, je crois que c'était bien maîtrisé, elle ne faisait plus de crises. Enfin... à ce que j'en sais.

Elle n'était plus sûre de rien. Elle avait un peu honte de ne plus connaître sa fille. Finalement Christa faisait peut-être même des crises terribles et ne lui avait rien dit.

À voir la mine ébahie de son collègue, il n'avait pas été mis au courant.

— Vous ne le saviez pas ? s'enquit-elle.

— Non, je ne savais pas. Christa était assez secrète. Elle avait une espèce de carapace. Sa hantise était qu'on ne la prenne pas au sérieux. Elle craignait de ne pas assurer au boulot.

Élise pensa instantanément à Lucien. La même peur de ne pas être à la hauteur.

— Elle va bien ? Où est-elle ? demanda-t-il.

— Elle est revenue au village. Et non, elle ne va pas bien. Pour tout vous dire, c'est en découvrant le PV du procès que j'ai enfin compris pourquoi. J'aimerais en savoir plus. Je ne peux pas l'aider sans savoir ce qui s'est passé. Vous vous entendiez bien avec elle ?

— Oui, j'étais son chef d'équipe. J'étais son bras droit en quelque sorte. Je savais qu'elle avait des problèmes d'audition. Mon neveu est malentendant alors je l'ai détecté assez vite, mais personne d'autre ne le savait. En fait, on n'en a jamais parlé. J'ai essayé de lui faire comprendre que je savais par des allusions et que c'était OK pour moi, mais elle n'a jamais saisi l'occasion. J'en ai déduit que c'était un sujet tabou qui la complexait beaucoup. Ça m'a touché qu'elle se montre si forte et qu'elle veuille prouver qu'elle pouvait travailler aussi bien que les autres. Surtout en tant que femme dans un monde d'hommes, elle se mettait une pression de dingue. Ça ne devait pas être simple. Tacitement, on est devenus une espèce de binôme professionnel inséparable. Quand je me doutais qu'elle avait manqué des informations, je m'arrangeais pour les lui faire passer. Je faisais toujours un débriefing avec elle de nos discussions en équipe. Je crois qu'elle avait compris mon petit jeu et qu'elle en était reconnaissante. Ça fonctionnait assez bien.

— C'est fantastique… Merci beaucoup. Vous ne vous imaginez pas à quel point je vous suis reconnaissante d'avoir autant soutenu Christa.

— Elle me le rendait bien, j'ai beaucoup appris auprès d'elle.

Élise lui tendit la feuille de l'e-mail imprimé trouvé dans l'appartement de Christa.

— Je suis tombée sur cet échange entre vous. Monsieur Antunès, vous m'expliquez de quoi vous parlez ?

Il pâlit, puis regarda au loin. Sa jambe sautillait de nervosité, il se passa la main sur le visage.

— Le matin de l'intervention, j'ai vu que Christa n'allait pas bien. Elle avait des lancées terribles dans les oreilles. Elle carburait aux antidouleurs. Elle… elle s'est demandé si elle devait reporter l'intervention.

Élise savait à quel point une otite pouvait être douloureuse, d'autant plus pour une personne malentendante, pour laquelle c'était alors impossible de positionner l'appareil correctement dans l'oreille. Voilà pourquoi Christa n'avait pas pu mettre ses prothèses auditives.

Soudain, il se cacha les yeux et sa voix devint chevrotante.

— Et là, je lui ai dit ce que je regrette encore aujourd'hui. Je lui ai dit que c'était impossible de déplacer une telle opération. La fermeture de l'autoroute qui longeait le chantier était réservée depuis des mois, tout comme le pilote et l'hélicoptère, tellement de procédures avaient dû être remplies. Sans parler des trente personnes mobilisées, des autorisations pour le travail de nuit qu'il avait fallu obtenir.

Il frotta ses yeux rougis.

— Je lui ai dit que je serais là pour assurer le coup avec elle. Nous avions tout planifié ensemble, il n'y avait aucune raison pour que ça foire. Mais… au dernier moment, j'ai dû emmener ma femme à l'hôpital.

— Oh non ! Elle s'est retrouvée toute seule !

— Oui… j'ai averti notre chef immédiatement et lui ai dit qu'il fallait tout annuler, car sans chef d'équipe sur le chantier, les consignes de sécurité n'étaient pas respectées. Une intervention d'une telle importance ne pouvait pas avoir lieu avec une seule personne responsable. Il a répondu que Christa était assez qualifiée pour gérer ce chantier seule. D'un côté, elle avait réussi à faire sa place, c'était beau à entendre, il avait confiance en elle.

— Mais ça n'a rien à voir !

— Bien sûr ! J'ai hésité à lui dire qu'elle n'était pas en état de travailler correctement, mais Christa avait bossé comme une folle pour en arriver là, je ne pouvais pas la trahir ! Je ne savais pas quoi faire ! L'entreprise aurait dû annuler l'intervention à cause de mon absence, mais trop d'argent était en jeu. Ils étaient en tort !

Élise n'en croyait pas ses oreilles.

— Donc… si je vous comprends bien… même sans le handicap de Christa, l'intervention aurait dû être annulée ?

— Exactement. Quand le directeur a appris sa malentendance après l'accident, il a entièrement rejeté la faute sur elle. C'était du pain béni pour eux ! Il pouvait se déresponsabiliser, il l'a accablée. Il l'a sacrifiée ! J'ai dit à Christa qu'elle pouvait attaquer l'entreprise, je pouvais témoigner que notre chef avait refusé d'annuler l'intervention, mais elle n'a rien voulu savoir.

La maman bondit de sa chaise. Des regards étonnés se tournèrent vers elle, mais une pensée occupait toute la place ; Christa aurait pu se défendre, mais elle n'en avait pas eu la force. Si Élise avait été au courant, elle aurait pu la soutenir ! Elle se serait battue à ses côtés. Il affirma que ça n'aurait rien changé.

— Christa voulait juste que ça s'arrête et rentrer chez elle. Elle ne voulait pas supporter des années de procès.

— Mais je l'aurais aidée ! Sa famille l'aurait soutenue. Ce n'est pas correct de la part de l'entreprise ! Il faut faire quelque chose, ça ne va pas se passer comme ça, je vais engager un avocat ! Il faut que je parle à Christa.

— Calmez-vous… vous ne savez pas tout… mais ça ne va pas vous plaire…

— Quoi encore ? Dites-moi ce que vous savez.

— Je suis allée voir la veuve et je lui ai dit que ce n'était pas Christa la responsable, mais l'entreprise, qui n'avait pas respecté les consignes de sécurité. Je lui ai dit que j'apporterais mon témoignage, qu'elle pouvait attaquer l'entreprise. Mais elle a pris peur. Elle m'a avoué que son mari avait quelques problèmes d'alcool et… elle a eu peur que cela se retourne contre elle. Quand j'ai rapporté ma discussion à Christa, elle n'a retenu que le fait qu'un procès contre l'entreprise retarderait le versement des dédommagements à la veuve de notre collègue et qu'en plus, cela risquait de salir la réputation de son mari.

— Bon sang, ce n'était pas à elle de s'en inquiéter !

— Christa a alors proposé un accord à la veuve de notre collègue. Elle lui a versé toutes ses économies pour qu'elle puisse rentrer dans son pays auprès de sa famille au plus vite. Celle-ci a alors retiré sa plainte et le dossier a été clos.

— Mais l'entreprise reste impunie !

— Tout à fait. Mais cette affaire n'a pas fait trop de bruit et a certainement permis de préserver la carrière de votre fille. Un gros procès aurait certainement été média-tisé et lui aurait causé beaucoup de tort.

L'instinct protecteur de la maman était incapable d'accepter ce fait.

— Mais… ce n'est pas… juste !

— Oui… mais c'est ainsi. Et ce n'est pas à vous, ni à Christa que je vais apprendre que la vie ne fait pas de cadeaux… et qu'elle est souvent injuste. J'espère que Christa s'en sortira. C'est vraiment une belle personne…

Sur le chemin du retour, Élise était sonnée, dépitée par l'injustice qui frappait à nouveau son enfant. En résumé, si elle avait bien compris toute l'affaire, Christa avait préféré céder toutes ses économies à cette femme pour l'aider et sauver l'honneur de son collègue au lieu de réclamer justice.

Une constatation lui sauta au visage ; après une vie semée d'obstacles, au lieu de devenir aigrie et égoïste, Christa restait une altruiste.

Élise était tellement fière de sa fille.

5

Mi-décembre, la métropole allemande s'était brusquement transformée en congélateur et le verglas rendait les
trottoirs dangereusement glissants. Une brise piquante
avait remplacé les soirées douces de l'automne. L'hiver
berlinois pouvait s'avérer bien rude lorsque le vent
glacial venu directement de Sibérie s'engouffrait dans
les larges avenues et fouettait les corps, transperçant
n'importe quel vêtement. Les quais des métros – unique
source de chaleur en libre accès – devenaient alors l'abri
des plus démunis. Les galeries bétonnées éclairées à la
lumière crue des néons se transformaient en refuge de
la misère.

À errer dans les rues désertées et silencieuses, on
aurait pu croire que le Berlin festif hibernait, mais il n'en
était rien. Le soir venu, les noctambules s'agglutinaient
dans les caves des immeubles abandonnés de l'ancienne
RDA, dans des fabriques et des squats, où résonnait une
musique électro prisée du monde entier.

Cette fin d'après-midi-là, Christa longeait le trottoir
d'un pas rapide pour se rendre à son énième entretien
d'embauche. Ce qu'il faisait froid aujourd'hui ! Ses mains
gantées resserrèrent le col de son manteau.

Sa volonté était fortement entamée. Elle ne comptait plus les entrevues décourageantes, lors desquelles elle s'était retrouvée immergée dans une nuée de candidats tous aussi qualifiés les uns que les autres et surtout plus entendants qu'elle.

La pincée d'emplois qu'elle avait réussi à décrocher n'avait été que déception et désenchantement. Pour une librairie en ligne, sa tâche avait été d'aborder les gens dans la rue pour leur vendre un abonnement. La rémunération se faisait évidemment à la commission par contrat signé. Après une journée à s'être fait rembarrer, elle avait compris l'arnaque. Elle avait aussi testé une centrale d'appels, mais le téléphone était de si mauvaise qualité qu'elle avait dû abdiquer après quelques heures de malentendus.

Ainsi avait-elle revu ses prétentions à la baisse. Depuis un mois, elle gagnait sa vie dans une usine de conditionnement de viande de poulet. Les carcasses des volatiles passaient par tous les stades, du poulet entier jusqu'aux morceaux découpés. Les ouvriers et les ouvrières se succédaient aux différents postes. En ce moment, les poulets défilaient devant elle suspendus par les pattes et d'un geste rapide, elle devait décoller les ailes du corps afin de faciliter la saisie par la machine au poste suivant. Le jour précédent, elle avait dû répartir des morceaux de poulets sur un tapis roulant pendant huit heures. Au début, elle terminait ses journées sur les rotules, plus bonne à rien, tant elle était épuisée. Puis elle s'était habituée.

Elle détestait ce job, mais au moins, elle n'était pas contrainte d'adresser la parole à qui que ce soit.

Le montant versé sur son compte en banque berlinois paraissait ridicule du point de vue helvétique, cependant la vie à Berlin-Est était bien meilleur marché qu'en Suisse et les habitants étaient les rois du système D. Un réseau de seconde main était très actif et valorisé, des trocs, des box d'échanges et de libre-service se trouvaient à chaque coin de rue, des ateliers de réparations en tous genres étaient facilement accessibles pour tout un chacun.

Christa et Julie avaient dégoté tout leur ameublement dans des vide-greniers. L'ancienne Zurichoise accro au design avait abandonné ses goûts de luxe, mais cela n'empêchait pas leur appartement d'être charmant avec ses meubles dépareillés.

Néanmoins, Christa continuait à chercher un job moins dégoûtant, moins harassant et plus proche de leur quartier.

Julie avait du mal à cacher sa désapprobation.

— Des dizaines de jobs que tu aurais pu faire, pourquoi choisis-tu le pire ?

— Je suis à l'intérieur au chaud, personne ne me parle, on me fiche la paix ! Au moins, il n'y a aucun risque que je comprenne mal quelque chose. Ce n'est pas le pire des jobs.

— Si ! C'est le pire ! C'est la mort de l'esprit pour toi qui es si intelligente ! C'est un immense gâchis.

Un jour que Christa était rentrée complètement exténuée, Julie lui avait asséné :

— On dirait que tu veux te punir. Que tu t'infliges ce travail comme une pénitence, une espèce de chemin de croix.

Ces mots avaient ramené Christa directement devant une porte bleue ; lorsque accompagnée de son supérieur, elle était allée annoncer le décès de l'ouvrier à son épouse. Elle n'oublierait jamais le regard incrédule et horrifié de cette petite femme, l'expression de son visage désespéré alors qu'elle réalisait que son monde s'écroulait. Comment Christa pourrait-elle s'autoriser à être heureuse ?

Julie avait trouvé un deux-pièces au cinquième étage d'un vieil immeuble à Friedrichshain, le quartier le plus alternatif et animé de Berlin-Est. Le loyer était très modeste. Christa ne s'était pas doutée qu'il y avait anguille sous roche. En parlant avec le propriétaire, un type russe avec un accent à couper au couteau qui rendait la conversation incompréhensible, elles n'avaient pas relevé un *détail*. Elles l'avaient découvert bien plus tard, lorsque les températures extérieures avaient chuté. Comme dans beaucoup d'anciens immeubles de Berlin-Est qui n'avaient pas encore été rénovés depuis la chute du Mur, il n'y avait aucun chauffage central. Chaque appartement était chauffé séparément à l'aide d'un poêle à charbon. Les deux sœurs s'étaient senties bien bêtes lorsqu'elles avaient réalisé que l'immense bloc couvert de carrelage au milieu de leur chambre n'était en fait pas un vestige décoratif datant du siècle dernier, mais bien le seul moyen de chauffer le logement. Il avait fallu acheter en urgence une tonne de charbon et la faire livrer à la cave en vrac. En plus, comme les filles n'avaient pas pensé qu'il fallait prévoir un contenant, le livreur avait tout déposé à même le sol ! Depuis, chaque jour, il fallait descendre au sous-sol et remonter les six étages avec deux seaux pour alimenter le feu. Tous les soirs, elles s'endormaient dans un appartement à vingt-huit degrés, pour se réveiller, frigorifiées, dans un appartement à quatorze degrés.

Quelle vie ! pensa Christa en souriant, car malgré toutes ces difficultés, les deux sœurs se sentaient bien dans la capitale allemande. Se confronter à cette vie difficile les stimulait. Évidemment, elles avaient parfaitement conscience que cette motivation était biaisée par la possibilité de retourner dans leur confort familial au moindre problème. Il est plus facile d'être audacieuses lorsqu'on a un filet de sécurité. D'ailleurs, Christa avait été impressionnée par sa sœur, très à l'aise dans cette ville. Après leur avoir trouvé un appartement, elle avait dans la foulée déniché l'atelier de ses rêves et même un job !

Christa écrivait de temps en temps à sa mère pour la tenir au courant de leur vie dans les grandes lignes. Le sujet abordé dans le dernier e-mail était de savoir si elles envisageaient de revenir à la maison quelques jours pour Noël.

Lorsque Christa en avait parlé à Julie, celle-ci avait été catégorique ; il n'en était pas question ! Ses arguments étaient que si elles passaient ne serait-ce que quelques jours dans le confort douillet de leur maison parentale, elle craignait que leur retour à Berlin ne soit insurmontable et qu'elles soient saisies du mal du pays.

Pour la première fois, les sœurs passeraient Noël loin de leur famille.

Julie enchaîna avec une autre nouvelle réjouissante ; elle préparait un concours d'entrée dans une école d'art.

Les joues rosies par l'émotion de la confidence, elle avait glissé :

— Je sais très bien que j'ai peu de chances d'être sélectionnée parmi le nombre élevé de personnes postulantes, mais le fait que tu aies réussi ton diplôme à Zurich, malgré toutes les difficultés que tu as rencontrées, m'encourage à y croire. Tu es un exemple pour moi. J'ai compris que si je travaillais dur, mes rêves seraient accessibles.

— Oh Julie, ça me touche, merci. Bien sûr que tu peux y arriver !

Christa en eut les larmes aux yeux. Savoir qu'elle avait exercé une influence positive sur sa sœur l'allégeait d'un coup. Elle ne l'avait donc pas attirée vers le fond. Christa ressentit alors un sentiment qu'elle n'avait plus connu depuis longtemps ; elle se sentit fière d'elle-même.

*

Julie occupait une place spécialement aménagée pour elle dans le bureau d'Antonio près de la fenêtre. Elle pianotait sur un ordinateur, concentrée. Elle devait trier des photos et les renommer. Julie s'était tout de suite sentie à l'aise avec lui et leur complicité ne faisait que grandir. Plus elle faisait sa connaissance et plus la perspective que sa mère et lui aient été les meilleurs amis du monde lui semblait improbable. Ils étaient si différents ! Elle se demanda alors comment sa mère aurait évolué s'ils avaient continué à se côtoyer ? Lui si passionné et intéressé par la culture aurait-il entraîné sa mère dans son sillage ? Il y avait une facette de la personnalité de sa mère qu'elle ne connaissait pas et qui, dans d'autres circonstances, se serait épanouie.

Lorsqu'elle eut terminé sa tâche, l'apprentie photographe saisit son appareil photo, un vieux Canon qu'il lui avait cédé pour une somme dérisoire et photographia son professeur dans son environnement en regardant constamment sur son display pour ajuster les réglages. Il n'y faisait même pas attention, habitué à être le modèle de ses élèves. Il se leva et alla se préparer un café, puis ouvrit la fenêtre et s'alluma une cigarette. L'air froid s'engouffra dans la pièce. Julie continua de le mitrailler tandis que la lumière lui donnait une aura particulière.

Après avoir visionné ses prises, elle rangea son matériel, satisfaite. Antonio la regarda remballer ses affaires.

— Et sinon, ça va avec ce froid ? Tu supportes ? Plus violent qu'en Suisse, n'est-ce pas ?

— Oui, ça va. Enfin… on a un chauffage au charbon, alors c'est un peu la galère, j'ai failli perdre un orteil l'autre matin.

Il rit avec elle, raconta qu'il avait habité quelques années dans ce genre d'appartement avant que celui-ci ne soit rénové et qu'il ait dû quitter les lieux, le propriétaire ne s'étant évidemment pas gêné pour tripler son loyer.

— Ta sœur travaille toujours dans cette usine de poulets ?

— Oui. Elle ne trouve rien d'autre. Je ne sais pas à quel point sa malentendance la handicape dans sa recherche d'emploi. Elle a passé des dizaines d'entretiens.

— Elle cherche dans quel domaine ?

— Elle est ingénieure en environnement, elle avait une super-place en Suisse allemande. Mais ici, elle ne trouve rien. Enfin, je ne suis même pas sûre qu'elle cherche dans son métier. Elle a vécu une très mauvaise expérience professionnelle après avoir caché ses problèmes d'audition.

— C'est très souvent le cas. Les malentendants n'osent pas le dire et du coup cela leur demande un investissement énorme.

— Elle est responsable d'un accident mortel. Je crois qu'elle n'arrive pas à se pardonner, continua Julie.

Le visage d'Antonio se décomposa.

— Mon Dieu. La pauvre, murmura-t-il.

— Elle fait des cauchemars, elle n'arrive pas à oublier.

— On ne peut jamais oublier… qu'on a tué un homme… Ça vous ronge de l'intérieur…

Julie le regarda, surprise.

— Comme tu dis ça… on dirait… que tu sais de quoi tu parles…

Il garda le silence, livide, l'observant attentivement, comme s'il évaluait sa capacité à entendre sa confidence. Julie rougit devant sa propre audace. Lui ayant raconté quelques anecdotes bien glauques datant de son passé d'apprentie au tribunal, elle pressentait qu'il la considérait comme une jeune fille assez mature. Elle le regardait droit dans les yeux pour bien lui montrer qu'elle était prête à tout entendre. Il baissa d'un ton.

— Je vais te dire quelque chose que je n'ai jamais raconté à personne... Il y a longtemps, j'avais vingt-quatre ans, un homme m'a agressé, j'étais avec une amie, ma meilleure amie.

Mon Dieu... Le cœur de Julie s'emballa. Elle prit appui sur une table derrière elle pour se donner plus de contenance.

— J'ai très mal réagi. Je l'ai affronté, comme un taureau devant lequel on agite un tissu rouge. Il m'a envoyé sur le tapis puis il s'en est pris à mon amie. C'était... affreux... il était sur le point de la... j'ai pris ce qui me tombait sous la main... un vieux tournevis... et je l'ai frappé.

Julie laissa échapper une exclamation d'horreur. Antonio tremblait, visiblement très éprouvé par ses souvenirs. Il la regardait à la dérobée, craignant de l'avoir choquée. Elle demanda :

— A... avec le tournevis ?

— Oui... C'était horrible.

— Mon Dieu...

— Un policier, qui m'aimait bien, m'a aidé. Mais j'ai dû quitter la Suisse en échange, pour qu'il n'y ait aucun risque que je sois interrogé. Pendant des années, chaque fois qu'on sonnait à ma porte, je pensais que c'était la police qui venait me chercher. Je... je n'ai rien construit... dans ma vie... Je suis en sursis. Et je ne veux pas que quelqu'un d'autre soit impacté si un jour cela… tourne mal.

Un silence inhabituel régnait dans le bureau. Comme si la ville s'était figée. Elle avait encore mille questions, mais elle craignit qu'il ne la perce à jour. Sa mère s'était fait agresser et n'en avait jamais parlé à ses filles. Son meilleur ami avait disparu dans des circonstances dramatiques et elle avait dû surmonter cela… Elle pensa à la lettre qu'il lui avait écrite et comprit qu'il faisait allusion à cet événement. Il s'ébroua, puis se redressa :

— Pour en revenir à ta sœur, je suis membre d'une association de personnes malentendantes. J'y ai un ami qui dirige justement un bureau d'ingénieurs et de plus, il est engagé dans une association d'aide à l'intégration des personnes handicapées en milieu professionnel. Je vais te donner ses coordonnées. C'est quelqu'un de fantastique. Dis à ta sœur de l'appeler. Vraiment.

Julie le remercia chaleureusement. Elle mettrait tout en œuvre pour que Christa le contacte, même si elle savait que ce n'était pas gagné. Elle enfila son manteau en peau de mouton et son bonnet de laine.

— Julie, tu sais que tu peux regarder tes photos sur cet ordinateur-là, si tu veux ?

— Oui je sais, mais je préfère travailler à mon atelier, répondit-elle en rougissant légèrement.

— Ça te gêne de me montrer, en fait ! sourit-il malicieusement.

— Oui, c'est ça ! Je préfère que tu voies le projet terminé.

— J'aimerais bien voir ton atelier un jour. Tu peins aussi, m'as-tu dit ?

— Oui, j'essaie.

— Ne sois pas modeste, j'ai vu quelques-uns de tes

croquis. Tu es très douée. Tu as raison de vouloir te diriger dans cette voie.

Julie laissa les mots de son professeur l'envelopper
comme une musique apaisante.

— Ce ne sont pas mes parents qui me diraient ça…
Il sourit.

— Oh, tu sais, les parents sont parfois trop protecteurs
pour comprendre qui on est vraiment. Ils ont du mal à
accepter que l'on puisse être très différent de ce qu'ils
s'imaginaient.

*

Julie s'engouffra dans la bouche de métro en fronçant
le nez à cause des odeurs nauséabondes. Elle avait hâte
que reviennent les beaux jours pour se déplacer à vélo,
car en Allemagne, la petite reine était une véritable insti-
tution. Des ateliers sauvages de réparation et de location
de bicyclettes germaient dans toute la ville dès le printemps. Ici, les pistes cyclables n'étaient pas de simples
lignes jaunes sur la route, que les voitures ne cessaient de
s'arroger. Elles étaient des voies à part entière, longeant
la Spree ou traversant des parcs loin des boulevards
bruyants chargés de gaz d'échappement.

En arrivant devant la porte de l'immeuble sur laquelle
un graffiti « ateliers 67 » était écrit, elle ressentait encore
de l'excitation. Elle l'avait tant rêvé, son lieu à elle, dont
elle pourrait disposer à sa convenance. Une partie de la
pièce était consacrée à sa nouvelle activité : la photographie. Des clichés étaient suspendus par des pinces à un
câble tendu d'un bout à l'autre de l'atelier. Un plateau
servant de table de travail était occupé par du matériel
de bricolage.

Plus des deux tiers de la surface étaient placardés de cartons et dans les coins, des attaches étaient fixées pour pouvoir tendre des toiles sur le sol. Elle avait fait plusieurs essais avec du papier, du tissu et divers matériaux. Il y avait un établi avec des pots de peinture et des pinceaux, divers produits, de la térébenthine. Dans le couloir, commun à plusieurs ateliers, se trouvaient un lavabo et une douche rudimentaire.

Ses écouteurs dans les oreilles, elle passa un moment à réfléchir à son montage photo. Puis quand l'appel de la musique devint irrésistible, elle se déshabilla, enfila une tenue très légère tachée de peinture. Le froid étreignait ses épaules nues. Ses seins tendus frémissaient, la peau de ses jambes et de ses bras frissonnait. Elle déroula un rouleau de papier sur une grande surface et commença à danser, à tourner, à peindre tout en bougeant dans l'espace. Ses doigts et ses orteils engourdis par le froid se réchauffèrent, puis au fur et à mesure que la musique s'emparait de son corps, elle entra en transe, faisant jaillir les couleurs des quatre pinceaux qu'elle tenait dans ses deux mains.

Ce soir-là, lorsqu'elle reprit ses esprits, debout devant une large toile de papier ornée à présent d'un amalgame de couleurs bleu rouge, sur fond de bleu intense, elle leva les yeux et aperçut un post-it sur sa porte qui lui indiquait que Nathan était passé par là discrètement et qu'elle pouvait le rejoindre dans son atelier.

Depuis deux mois, elle avait eu plusieurs fois l'occasion de sortir avec sa bande, un groupe d'étudiants qui vivaient de petits jobs et de bourses d'études. Nathan venait du nord de l'Allemagne, les autres venaient d'un peu partout en Europe. Il était foncièrement gentil et avait une manière douce de parler. Bien qu'il ne soit pas celui qui prenait le plus la parole, on requérait souvent son avis. Sa présence seule suffisait à remplir l'espace. Ils étaient retournés au YAAM quelquefois et Julie avait terminé sa peinture murale. Elle était si fière qu'un de ses dessins habille un mur à Berlin ! Avant son séjour, elle ne connaissait pas le *street art* et elle avait commencé à parcourir la ville pour admirer la multitude d'œuvres à chaque coin de rue. Certains quartiers étaient particulièrement réputés pour cette forme d'art, devenant une véritable marque de fabrique de Berlin. Julie commençait à s'attacher sérieusement à cette ville foisonnant de curiosités et éprouvait la même peine que ses amis lorsque ceux-ci s'offusquaient de la destruction de bâtiments mythiques.

Des tas de gens venaient voir Nathan, dont l'atelier était ouvert au public. Il vendait quelques toiles par mois. Parfois ils se retrouvaient à plusieurs à discuter, fumant de l'herbe et buvant des limonades en grignotant des chips. Il y avait souvent une fille coiffée de rastas blanches et violettes jusqu'au milieu des épaules et portant perpétuellement un skate sous le bras. Nathan avait l'air de la connaître depuis longtemps. Ses nouvelles connaissances étaient assez engagées et avaient l'air très au fait des agissements des autorités.

Le niveau d'allemand de Julie ne lui permettait pas encore de participer activement aux discussions. Dans ces moments-là, où elle ne pouvait que se contenter de comprendre la moitié de la conversation, elle pensait à sa sœur. Elle se rendait vraiment compte des problèmes de communication que cela induisait. Un mot lui manquait et tout le sens d'une phrase en était changé. Sans cesse, elle devait déduire le sens d'une explication en combinant les mots qu'elle avait compris, comme s'il s'agissait de déchiffrer un message secret.

Lorsqu'ils parlaient de leur quotidien, de leur vie de tous les jours très active entre boulots alimentaires, études et travail d'artistes, Julie adorait ça. Ils vivaient chichement, mais passionnément. Leur vie était si différente de ce qu'elle avait vécu dans son petit village d'Ajoie. Julie avait été à l'abri financièrement et n'avait jamais dû travailler, mais elle ressentait un tel vide. La volonté de ses parents de la protéger de la précarité en l'obligeant à apprendre un métier stable et lucratif était compréhensible, mais elle constatait que ces jeunes, malgré leur galère et leur vie compliquée, rayonnaient d'une énergie folle nourrie de leur passion. Ils vivaient à fond.

Julie enfila son sweat-shirt et sa salopette large, renoua ses cheveux bouclés brun foncé en un chignon *bun* et vérifia avec un miroir de poche que son trait d'eye-liner n'avait pas coulé. Depuis qu'elle passait à nouveau beaucoup de temps avec sa sœur et ses yeux clairs comme de l'eau cristalline d'un lac de montagne, elle avait, chaque fois qu'elle voyait son reflet, une fraction de seconde d'étonnement en découvrant ses yeux brun foncé. Elle enviait parfois la couleur des iris de sa sœur. Elle se disait que ça devait être drôlement pratique pour harponner quelqu'un, car dès que Christa posait ses yeux sur elle, elle se trouvait irrésistiblement accrochée à son regard. Puis elle se fit la réflexion que c'était peut-être pénible à vivre, finalement, d'attirer sans cesse l'attention. Elle conclut qu'elle était très bien ainsi et referma son miroir, satisfaite. Depuis quelques semaines, elle se sentait particulièrement bien dans ses baskets. Le regard doux que Nathan posait sur elle y était certainement pour quelque chose. Elle traversa les quelques mètres de couloir pour le trouver en train de fabriquer une étagère. En tee-shirt, nullement affecté par la température ambiante fraîche, son visage s'éclaira en la voyant. Il se leva en essuyant les mains sur son jean, puis vint l'enlacer, lui frotta le dos comme pour la réchauffer, avant de s'écarter à bonne distance. Ses nouveaux amis ne se faisaient pas la bise, mais ils se donnaient la main ou se prenaient dans les bras en se tapotant le dos. Cette manière de saluer à l'allemande, ce rapprochement *forcé* des corps, la mettait parfois encore mal à l'aise. Mais jamais avec Nathan. À vrai dire, le contact de son grand corps musclé ne la laissait pas indifférente. Elle aurait même volontiers prolongé ces étreintes trop brèves à son goût.

— Je t'ai vue danser, c'était superbe…

— Oh, merci… dit-elle en tortillant son pull, les joues en feu.

— J'ai reçu des restes de peinture d'un pote, tu peux les prendre si tu veux. Je te les laisse. Je ne suis pas trop acrylique en ce moment.

— Merci beaucoup !

— J'ai bientôt terminé mon montage. On sort manger une *Currywurst* ? J'ai la dalle.

Une musique retentit, Nathan sortit son téléphone portable.

— Ah, excuse, c'est Tracy.

C'était la fille aux *dreadlocks* tout droit sortie d'un film de Luc Besson. Quelque chose d'évident les liait, mais elle ne comprenait pas encore quelle relation ils entretenaient. Le jeune homme parlait de manière douce, comme à son habitude, mais Julie se surprit à ressentir un petit pincement de jalousie. Elle alla ramasser les tubes de peinture et retourna dans son atelier en secouant la tête pour retrouver ses esprits. Nathan était plus mûr qu'elle, il la voyait sûrement comme une gamine qui débarque de sa campagne et qui s'émotionne d'un rien. Au fond, elle le connaissait depuis peu et ne savait pratiquement rien de lui. Dans son village, on pouvait facilement glaner des informations sur quelqu'un en se renseignant auprès de son entourage. Comment faire confiance à quelqu'un alors qu'on ne le connaît que depuis quelques semaines ?

Nathan arriva dans l'atelier cinq minutes plus tard.

— Tracy et les autres ont *booké* une cession à la Ska-tehalle au RAW. On y va après ?

— Je ne crois pas… je dois aller voir ma sœur, j'ai un truc important à lui donner.

— OK, mais on va quand même manger ensemble ?

Elle sourit, ravie qu'il insiste.

— Je peux manger chez moi…

— Allez, s'il te plaît, j'aime bien passer du temps avec toi.

— Ah bon ?

— Ces yeux incroyables que tu as ! Ne me regarde pas comme ça, je fonds !

Elle émit un bruit maladroit suivi d'un rire nerveux, complètement désemparée par sa franchise.

— N'importe quoi…

Sa main calleuse de bricoleur vint saisir la sienne et l'attira contre lui. Il se pencha vers elle, approcha ses lèvres en s'arrêtant à un centimètre de sa bouche, le regard intense, empli d'attente.

Le cœur de Julie s'accéléra, mais, mais, mais… elle lui plaisait ? Elle ne s'y attendait pas du tout ! Devait-elle attendre encore de le connaître mieux ? Et soudain, elle pensa à nouveau à sa sœur qui se plaignait que dans leur région jurassienne, son passé d'épileptique la précédait où qu'elle aille. Depuis qu'elles étaient à Berlin, Christa lui avait confié son bonheur d'être anonyme, d'avoir la possibilité de nouer de nouvelles connaissances, sans aucun *a priori*. On ne pouvait alors compter que sur son instinct. Concernant Nathan, Julie aimait la personne qu'elle avait appris à connaître depuis plusieurs semaines. Sans oublier que ça allait dans les deux sens ; elle aussi débarquait de nulle part et pourtant, il faisait un pas vers elle.

Julie sentait sa respiration chaude, la chaleur de son visage qui irradiait le sien, sa main tenant doucement la sienne et son autre main posée dans son dos. Il attendait.

Elle choisit alors de lui faire confiance et posa ses lèvres sur les siennes. Du bout des doigts, il caressa son visage délicatement.

— Ça faisait trop longtemps que j'en avais envie, dit-il. Bon, on va la manger, cette *Currywurst* ?

*

Julie avait quitté Nathan à contrecœur, mais en même temps, elle n'avait pas envie de rejoindre toute la bande alors que son cœur battait à cent à l'heure.

Elle passa la soirée à travailler dans sa chambre sans parvenir à joindre Christa. Cela l'énerva et elle supposa qu'elle s'était encore enfilée dans un bar. Elle espérait qu'elle parviendrait à rentrer, car les nuits étaient glaciales. Si, ivre, sa sœur s'endormait dans un coin de rue, elle y mourrait de froid.

Quand vers une heure du matin, Julie fut réveillée par le déclic de la porte d'entrée, un soulagement la libéra. Elle remit une pelletée de charbon dans le poêle puis s'approcha de la cuisine, déjà prête à aider sa grande sœur à se déshabiller, persuadée de la découvrir avachie sur une chaise. Au lieu de ça, elle la trouva en train de se faire un thé, le visage rougi par le froid, mais sans aucun signe apparent d'ébriété. Au contraire, ses yeux brillaient d'une lueur joyeuse.

— Quoi ? demanda Christa, surprise de se faire ainsi dévisager.

— Je me suis fait un sang d'encre, je t'ai appelée toute la soirée…

Christa sortit son téléphone et constata que la batterie était à plat.

— Désolée.

— Tu as l'air… bien, s'étonna Julie.

Christa versa l'eau chaude dans une tasse, sortit la boîte à thé.

— Tu en veux un, Ju ?

— Oui volontiers. J'ai cru… que tu étais entrée dans un bar…

Julie, une couverture sur les épaules, s'assit à table, attendant des explications.

— Effectivement. Je t'avoue que c'était mon intention… Je suis entrée dans un pub, mais il n'y avait personne. C'était bizarre. Et j'ai vu un piano, je n'ai pas pu résister. Je m'y suis assise et j'ai joué. Je n'ai pas vu le temps passer. Puis je suis partie, sans avoir vu personne.

— Oh, génial !

Christa avait le regard pétillant.

— Oui, c'était… énorme. Ça m'a fait tellement de bien. J'étais rouillée, mais c'est impressionnant comme les morceaux revenaient dans mes doigts, sans que j'aie besoin d'y réfléchir. Je me suis sentie tellement vivante. Je ne sais pas comment l'expliquer. Je suis épuisée, mais si heureuse. Et je sens que je vais dormir comme un loir.

— Tu vas y retourner ?

— En tout cas une fois, car j'y ai oublié mon écharpe. J'avais vraiment la tête ailleurs, pour ne pas le remarquer tout de suite avec le froid qu'il fait.

— Ça se trouve où ?

— Juste en face de la sortie de métro de Hackescher Markt, ça s'appelle Le Jazz. Et toi, tes cours de photo, ça se passe bien ?

— Oui. Antonio est un homme bien. Nous nous comprenons bien. Rien à voir avec...

— Notre père, compléta Christa.

— Oui.

Après un silence, Christa lui demanda :

— Et alors ton projet, ça avance ?

— J'ai dû choisir deux matières.

— Donc danse et peinture, je suppose ?

— Presque, mais tu verras, c'est une surprise. Il y aura une présentation publique.

Sentant Christa réceptive et heureuse, Julie lui transmit les coordonnées de l'ami d'Antonio et lui demanda de l'appeler.

— Ça ne te coûte rien d'essayer...

— Pour un travail d'ingénieur... murmura Christa en regardant fixement la carte de visite.

Ses épaules s'affaissèrent. Elle frotta son bras nerveusement tout en faisant visiblement un effort pour accueillir ses démarches de manière positive.

— Ça ne m'a pas très bien réussi la dernière fois...

— J'ai le sentiment que ce sera différent. Cette personne est habituée aux handicaps. S'il te plaît, essaie !

— Je ne sais pas, Ju...

— S'il te plaît ! Jure-le ! Ça me culpabilise trop de te voir dans cette entreprise horrible de mise en boîte de poulets ! Pour moi, s'il te plaît. Après ça, je te fiche la paix.

— OK, OK.

— Ou pas ! asséna Julie en riant.

— Tu m'étonnes… sourit Christa en retour.

Julie avait bien compris qu'il y avait une sorte de pèlerinage vers le pardon derrière ce job ingrat que sa sœur s'infligeait. Que c'était sa manière de faire pénitence. Mais Julie craignait qu'elle ne craque et finisse par vouloir rentrer. Pour que Julie soit vraiment heureuse, il fallait que sa sœur le soit aussi.

*

Le lendemain, un froid polaire figeait la ville allemande et rendait le ciel bleu éclatant. Des courageux s'entêtaient à s'attabler à l'extérieur tout en se réchauffant sous des brûleurs à gaz et à l'aide de plaids mis à disposition.

Lorsque Christa arriva devant Le Jazz en fin d'après-midi, la porte d'entrée était grande ouverte. Un mélange d'odeurs de sol fraîchement récuré et de vieille bière émanait des lieux. Un homme essuyait des verres derrière le comptoir. Le coin de ses yeux strié des rides du sourire indiquait qu'il avait autour de trente-cinq ans, à moins que ce ne soit sa longue expérience de gérant de bar qui lui donnât son air de bourlingueur. Les cheveux en bataille, la barbe de quelques jours et le dicton gaélique sur son sweat-shirt lui procuraient une allure de musicien irlandais. Il leva le nez.

— Hello ! Ce n'est pas encore ouvert !

— Bonjour, en fait heu… j'ai oublié quelque chose. Je… je suis venue hier soir, c'était ouvert, mais il n'y avait personne. J'ai vu votre piano et… j'en ai profité pour jouer un moment. Je n'ai plus de piano chez moi, je n'ai pas pu résister.

Le barman la dévisagea, étonné, puis sourit.

— Effectivement, j'ai remarqué à mon arrivée que j'avais oublié de fermer la porte. Tu as bien fait.

Il rangea un verre, posa son linge sur son épaule et lui tendit la main.

— Je suis Aïdan, le gérant.

— Moi, c'est Christa. Ça faisait longtemps que je n'avais plus pratiqué. Ça m'a fait beaucoup de bien.

Il sortit le foulard d'une armoire pour le lui tendre.

— Merci.

La jeune femme resta quelques secondes plantée là, sans oser lui présenter sa requête. Il décela son hésitation.

— Tu veux jouer un moment ? demanda-t-il.

— Oui, j'adorerais !

— Alors je t'en prie, fais-toi plaisir.

Christa posa ses affaires et s'assit au clavier. Les notes s'envolèrent dans l'espace. Elle aimait la manière dont le son lui parvenait, sans doute grâce au vieux plafond en poutres recouvertes de *sous-bocks* épinglés. Lorsqu'elle eut terminé, il la félicita.

— C'est pas mal du tout ! Je t'offre une bière ?

Christa regarda sa montre avec une moue de regret.

— Volontiers une autre fois, je dois rentrer.

Elle mit ses cheveux derrière les oreilles et remarqua qu'il avait repéré ses appareils. Elle détourna le regard, un peu gênée, il lui sourit.

— Tu es malentendante depuis combien de temps ?

Christa sursauta. Jamais on ne lui avait posé la question si directement.

— Je ne sais pas trop. Mais je l'ai découvert à seize ans. Je l'étais sûrement déjà depuis quelques années.

— Et tu entends toutes les octaves du piano ?

— Non, pas celles du haut. Mais quand je joue en regardant mes doigts, j'entends tout. C'est très bizarre.

— Fascinant, en effet.

— Bon… je vais y aller, dit Christa en grattant une tache sur le bar.

— Reviens quand tu veux. Ça me fera un fond de musique pendant que je fais mon administratif. Je suis là tous les après-midi dès quatorze heures et le bar ouvre à dix-huit.

— Vraiment ? Merci beaucoup !

— À bientôt alors, Chris ! dit-il en lui adressant un sourire lumineux.

Et pour la première fois, elle se demanda pourquoi elle faisait toujours tout un plat de sa surdité.

*

Élise et Lucien Comte étaient séparés de corps, se partageant les pièces de la maison. Le soir du 24 décembre, ce dernier était au restaurant avec Richard et un échantillon de ses nombreuses relations politiques. C'était la première fois que toute la famille n'était pas réunie pour les fêtes.

Élise, elle, avait choisi de passer la soirée à la maison avec Thierry, qui était seul lui aussi, son amie étant partie quelques jours chez son fils. Ils avaient mangé tous les deux dans une ambiance relax, loin du stress habituel de Noël. Ils avaient débarrassé la table et fait la vaisselle ensemble tout en bavardant, avant que Thierry ne sorte à l'arrière de la maison pour fumer une cigarette.

Ses filles lui avaient envoyé une vidéo sur son e-mail, elles y apparaissaient joyeuses et unies.

« Coucou papa, coucou maman ! Joyeux Noël ! Fêtez bien ! On vous aime ! »

Elle en avait pleuré de joie. Elle avait un peu raconté le délitement de son couple à Christa, sans pour autant entrer dans les détails.

Occupée à faire un thé, elle entendit une porte claquer.

— Élise ! Élise ! fit la voix de Lucien.

Son sang ne fit qu'un tour. Le ton légèrement traînant lui indiquait que monsieur le maire était fortement éméché. Son corps entier se contracta.

— Arrête de beugler, je suis là ! dit-elle en sortant de la cuisine.

Il était complètement débraillé, on aurait dit qu'il s'était fait secouer par quelqu'un.

— Tu vas revenir dans notre chambre ! Ça suffit ce cirque ! Tout le monde se fout de ma gueule ! Tu peux pas te faire tirer par le Jaccot sous mon nez !

Il lui attrapa le bras.

— Lâche-moi ! dit-elle en le repoussant.

Déséquilibré, il tomba contre une étagère et tous les livres lui tombèrent dessus. Elle se planta devant lui, menaçante.

— Ne me touche plus jamais ! Tu me dégoûtes !

— Mais Élise, comment tu vas vivre sans moi ? Tu vas nous ruiner ! Si je dois payer la maison et un appartement, il n'y aura plus rien !

— Je n'ai pas besoin de beaucoup pour vivre, je veux juste être loin de toi !

Il se précipita sur elle et alors qu'elle pensait qu'il allait la frapper, il tomba à genoux à ses pieds.

Elle crut d'abord qu'il riait jusqu'à ce qu'elle se rende compte qu'il sanglotait.

— Je t'en prie... on arrête. On va traverser ça. Pardonne-moi ! Je t'aime comme un fou !

Les larmes lui vinrent à elle aussi. Il leva ses yeux rougis sur elle, suppliant. Elle garda son ton ferme, sans appel.

— Laisse-moi partir, Lucien ! Autorise le divorce !

Son regard devint sombre, noir.

— Jamais ! Je ne vais pas me laisser faire. Tu n'es qu'une putain !

— Lucien ! Mesure tes paroles ! tonna Thierry qui avait surgi sur le palier de la terrasse.

— Aaaah, tu es là ! Thierry le héros. Dis-lui, toi, à ta filleule qu'elle peut pas me laisser. On est liés par nos secrets de famille !

— Va te coucher, tu es ivre !

Élise prit son manteau.

— Viens Thierry, on va faire un tour. J'ai envie de voir les décorations de Noël du village.

*

Quelques jours après les fêtes, un ami notaire avait approché Élise alors qu'elle se baladait dans le marché de Porrentruy.

— Élise, es-tu au courant que ton père a vendu ses parts de l'entreprise à Lucien ?

— Comment ?

— Ils sont venus chez moi la semaine dernière. Dorénavant, l'entreprise lui appartient.

— Merci... de me l'avoir dit, Édouard.

Elle s'éloigna dans une ruelle à l'abri des regards et dut s'asseoir sur un escalier, prise d'un vertige. Comment était-ce possible ? L'entreprise Comte était si importante aux yeux de son père ! Il avait juré que tant qu'il était vivant, il en garderait le contrôle. Cela avait déjà été un énorme déchirement de passer les rênes à Lucien en le nommant directeur. Pourquoi lui cédait-il l'entreprise complètement ? C'était son héritage à elle ! Élise se sentit dépouillée.

6

Ce mois de février lui semblait interminable. Il n'avait pas fait plus de quatre degrés depuis des semaines. Christa marchait d'un pas rapide sur le chemin de retour de l'usine, sous la lumière crue des lampadaires et se disait qu'elle n'en pouvait plus de ces journées qui s'assombrissaient dès dix-sept heures. Elle passa à côté d'un salon de coiffure et se regarda dans le miroir de la vitrine. Ses cheveux avaient retrouvé leurs boucles naturelles. La première partie de la longueur était brune et la deuxième blonde. Ce qui donnait un certain style finalement. De toute manière ici à Berlin, il n'y avait aucune norme. Et surtout, se payer le coiffeur était bien le cadet de ses soucis en ce moment.

Elle entra dans un cybercafé pour jeter un œil à son compte en banque allemand et constata qu'elle avait reçu son maigre salaire, puis lui vint à l'esprit le problème du financement de l'école d'art dans laquelle voulait entrer sa sœur. Julie se débrouillait seule pour son argent de poche, mais il fallait acheter de la nourriture pour deux, assumer les différentes dépenses courantes, les charges de l'appartement. En plus, elle avait gardé sa prime d'assurance maladie à payer en Suisse.

Son nouveau salaire ne suffisait pas à les faire vivre. Il fallait qu'elle gagne plus d'argent. Or, il n'y avait qu'une seule solution ; elle devait se résoudre à retourner à son métier d'ingénieur.

Assise derrière son ordinateur, elle ressassa ses erreurs et son cœur se serra. Des larmes de dépit la submergèrent. Cela lui demandait un tel effort de surmonter son traumatisme. Puis elle respira un grand coup, fouilla dans son sac et ressortit la carte de visite que sa sœur lui avait donnée deux mois plus tôt. Se jetait-elle à nouveau dans la gueule du loup ?

Pétrie de doutes, elle dégaina son téléphone et appela le bureau d'ingénieur.

L'homme qu'elle eut au téléphone lui demanda d'envoyer un CV par courriel. Christa le reprit afin de l'adapter pour la énième fois. Sous particularités, elle écrivit : épileptique, malentendante et aime bien boire un coup. Elle rit jaune puis appuya sur la touche *delete* pour supprimer toute la ligne. Une citation lui revint en tête : « Ne regrette jamais d'avoir été honnête. » Mon œil ! se dit-elle dépitée. Elle envoya sa candidature sans mentionner ses pouvoirs magiques.

Christa arriva au Jazz en fin d'après-midi. Depuis deux mois, elle y venait une à deux fois par semaine. La porte n'était pas verrouillée, mais personne ne répondait à l'appel. La manière de son propriétaire de laisser ouvert l'amusait, comme si une infraction était inconcevable dans ce quartier. Cela lui rappelait son village natal où les habitants fermaient rarement leur maison à clé.

Elle sortit de nouvelles partitions de son sac. Déchiffrage. Entraînement d'une main, dix fois, vingt fois de suite, pour apprendre, puis main droite, autant de fois, puis ensemble, hésitant, encore saccadé. Dieu que c'était compliqué de recommencer au début, de réapprendre à apprendre. Mais quel plaisir de se plonger dans cette tâche, de focaliser ses neurones sur des notes de musique, sans penser à autre chose.

Ensuite elle reprit ses anciens morceaux pour se détendre. Ils sortaient d'elle sans qu'elle ait besoin de réfléchir. Ses doigts maîtrisaient si bien les notes qu'elle pouvait se concentrer sur l'émotion à transmettre, sur les nuances. Un bien-être l'envahissait alors. Elle pensa à sa sœur qui ressentait certainement la même chose en peignant. C'était criminel de la museler. Ses pensées divaguèrent jusqu'à son père, cet homme avec lequel elle avait l'impression de n'avoir rien en commun.

Quand elle sortit de sa bulle, elle réalisa combien le temps avait filé. Un bruit de carton qu'on ouvre, de scotch qu'on arrache lui parvint de l'arrière-salle. Aïdan était en train de déballer des marchandises, la chevelure épaisse éternellement ébouriffée, le tee-shirt tendu sur les pecto-raux musclés par les centaines de caisses qu'il trimballait quotidiennement. Christa n'en savait pas beaucoup sur lui. Il avait trente-trois ans, venait de Cork et après avoir beaucoup voyagé sac au dos, il était arrivé à Berlin huit ans auparavant pour ne plus repartir. Il était serveur dans ce bar, puis quand trois ans plus tôt le tenancier était parti à la retraite, il avait repris l'affaire. Elle le rejoignit pour le saluer.

— Sympas tes nouveaux morceaux. Je te sers quelque chose à boire ? demanda-t-il.

— Merci, mais je dois y aller.

— Tu peux venir plus souvent si tu veux.

— Merci, mais… t'es sûr ? Je pourrais te payer quelque chose ? Une petite location pour le piano ?

— J'ai un *deal* à te proposer. Tu pourrais utiliser

mon piano autant que tu veux pendant les horaires de fermeture et en échange, tu joues en soirée une fois par semaine.

Christa écarquilla les yeux.

— Jouer devant un public ? Je… je n'ai jamais fait ça !

— Je t'entends jouer depuis plusieurs semaines et ton répertoire comporte assez de morceaux pour une heure. Bon, je ne te cache pas que l'attention du public est modérée… il y a un brouhaha général constant. Ce n'est pas comme si tu donnais un concert… ce n'est pas très… valorisant.

— Ah, OK. Ça enlève tout de suite un peu de pression, rigola-t-elle, nerveuse, c'est parfait !

— Viens un de ces soirs et essaie !

— OK, je vais y réfléchir.

Christa fit quelques achats sur le chemin du retour et se hâta de rentrer préparer à manger. Sa sœur fut toute surprise de la trouver active en cuisine, un tablier autour de la taille. Pendant le repas, elle aborda le sujet de leurs parents.

— Ju, avec maman, on s'écrit depuis quelques semaines. J'aimerais lui dire que nous sommes à Berlin. C'est compliqué de raconter notre quotidien en évitant de nommer des lieux afin qu'elle ne reconnaisse pas la ville. Il n'y a plus de raison de garder notre présence ici secrète. Elle ne va pas venir nous chercher de force !

— Non, je ne veux pas que tu le lui dises !

— Ju, pour une maman, c'est tout naturel d'avoir besoin de savoir où sont ses filles.

— Pas encore, Chris, s'il te plaît !

— Mais pourquoi ? Qu'est-ce qui s'est passé ? On n'en a jamais reparlé, mais pourquoi es-tu si fâchée contre maman ? Tu ne veux pas me le dire ?

Ce refus de s'expliquer agaçait Christa. Depuis qu'elles étaient à Berlin, elle s'était beaucoup confiée, alors que sa sœur restait muette.

— Écoute Chris, je vais l'inviter à la présentation publique de mon concours d'entrée à l'école d'art. J'aimerais qu'elle voie ce dont je suis capable. Et là, nous nous retrouverons toutes les trois. Ça te va ?

— OK. Comme tu veux. Finalement, ça n'est pas si important qu'elle sache où nous sommes, du moment qu'elle sait que nous allons bien.

— Merci Chris.

Julie lui prit la main dans un geste tellement mature, tellement calme que c'en était déstabilisant. Il y avait vraiment une partie de la personnalité de sa sœur qui demeurait un mystère.

*

Le lendemain matin, Christa se réveilla tôt, le nez gelé. Elle dut se faire violence pour se lever. Elle alluma le poêle en frissonnant et ajouta une bonne quantité de charbon pour que la température de la pièce monte rapidement. Le réveil de sa sœur serait ainsi plus agréable. Elle posa la cafetière italienne sur le cube tout en pestant contre sa maladresse de s'être mis du charbon partout. Elle prit une collation, remplit son mug de café, attrapa une pomme et quitta l'appartement en silence.

La chaleur de son édredon lui manquait dans la nuit glaciale, mais dès qu'elle arrivait sur la route principale, toute une population était déjà active. Des lève-tôt ou des couche-tard, des éboueurs et des livreurs, allaient et venaient sur les trottoirs d'un pas plus ou moins pressé. Dans le souffle tempéré de la bouche de métro, elle s'assit et ouvrit son livre. Quelques mètres plus loin, sous la banquette, une masse sombre gisait dans un vieux sac de couchage. Elle ne parvenait pas à s'y faire. Avant Berlin, elle n'avait jamais été confrontée directement à la pauvreté, alors qu'ici, cela faisait partie du paysage. Les gens s'asseyaient à côté sans trop regarder la représentation du malheur, les plus insensibles râlaient qu'il sentait mauvais et qu'il occupait plusieurs sièges, d'autres déposaient un sandwich ou un peu d'argent à ses pieds.

Quarante-cinq minutes plus tard, elle descendit à l'arrêt Marzahn, un quartier populaire à l'extrême est de Berlin. Édifié dans les années 1970, le quartier de Marzahn était l'archétype de l'urbanisme à la soviétique. De vastes avenues de six à huit voies longeaient des rangées d'immeubles préfabriqués, parfois même dénués de balcon. Des gares plantées en rase campagne reliaient des prairies urbaines en friche. Loin de l'agitation de la ville, la rue paraissait déserte. Christa croisa des parents pressés poussant des enfants ensommeillés, des personnes en tenue d'ouvrier ou en uniformes, sans doute employés dans l'hôtellerie.

Depuis qu'elle effectuait ces trajets, elle réalisait à quel point elle était une privilégiée d'avoir grandi dans son Ajoie natale. Soudain, elle se sentit honteuse de sa chance. Honteuse de ne pas avoir su mieux mener sa vie.

Lorsqu'elle avait commencé à l'usine, elle avait eu la naïveté de dire qu'elle venait de Suisse. On l'avait regardée alors avec des yeux de merlan frit. « Mais que fais-tu ici ? C'est le paradis chez toi ! » Elle apprit que le taux de chômage à Berlin-Est était énorme.

La jeune femme franchit la porte en tôle en même temps qu'une foule d'ouvrières et d'ouvriers. Tous filaient vers leur casier respectif pour ranger leurs affaires avant de revêtir un habit de protection et un filet à cheveux jetable. Christa termina de s'équiper en enfilant ses gants en latex et rejoignit la chaîne de production pour remplacer une jeune femme au visage fatigué par son service de nuit. Elle s'assit sur la chaise haute à côté du tapis roulant et enclencha son cerveau sur pilote automatique.

*

Christa quitta la triste entreprise en milieu de soirée, après quelques heures supplémentaires pour renflouer son compte en banque. Son corps était fourbu d'avoir fait le même geste pendant des heures, l'odeur de chair fraîchement découpée s'obstinait dans ses narines. La nuit plongeait la rue dans une ambiance sinistre inquiétante. Le budget de l'éclairage public n'était visiblement pas une priorité dans ce coin oublié des autorités berlinoises. Pas très rassurée, elle pressa le pas jusqu'à la bouche de métro. C'était comme pénétrer dans une machine à voyager dans le temps. À mesure que la rame se rapprochait du centre de la capitale, le public se modifiait. Lorsqu'elle descendit à Friedrichshain, elle réapparut à la surface dans un monde de couleurs, de vitrines fournies et vivantes, de gens riant sur des terrasses.

Un message vocal était arrivé entre-temps sur son téléphone ; sa postulation avait été étudiée et on voulait la voir. Soudain elle fut projetée sur le chantier, à l'instant même où elle venait d'apprendre qu'elle devrait gérer l'intervention toute seule. Une trouille incontrôlable la fit vaciller. Le souffle court, elle fournit un effort conséquent pour résister à la tentation d'entrer dans un bar et de noyer sa panique. Allait-elle remettre la main dans l'engrenage ? Comme une tête de linotte qui n'apprend pas de ses fautes ? Elle allait se rendre à cet entretien sans aucune conviction, mais au moins elle pourrait dire à sa sœur qu'elle avait essayé. Le souvenir de l'état d'euphorie qu'elle ressentait lorsqu'elle était légèrement ivre l'obsédait. Sa sœur comptait sur elle, il ne fallait pas qu'elle cède. La vague d'horreur qui l'avait submergée en apercevant le corps étendu écrasé sous la poutre l'attirait à nouveau au fond du gouffre.

Un seul. Elle pourrait boire un seul verre. Il n'y avait pas de mal à ça. Ce serait pour célébrer l'entretien qu'elle venait de décrocher. Elle pensa au Jazz et se demanda de quoi le pub avait l'air en soirée, avec des clients. Ses pas la dirigèrent vers Hackescher Markt.

De petits groupes buvaient leur bière devant l'entrée du pub, la plupart d'entre eux étaient seulement habillés d'un tee-shirt, alors que des volutes de buée sortaient de leur bouche dans l'air glacé de la nuit. Il était vingt-deux heures, le pub était bondé. Des serveurs et des serveuses s'activaient, de la musique rock résonnait en fond, l'ambiance battait son plein. Elle se faufila dans la foule jusqu'au comptoir et commanda un verre de vin qu'elle but presque en fermant les yeux de plaisir, tant l'élixir lui avait manqué. Son regard parcourut l'assemblée à la recherche d'Aïdan.

Les deux frappements de pieds et le claquement de mains suivis d'une pause pour marquer le rythme sur une mesure à quatre temps de *We will rock you* de Queen commencèrent à résonner dans les haut-parleurs. Dans un même mouvement, les serveurs et les serveuses grimpèrent sur le comptoir et commencèrent à frapper eux-mêmes le rythme, entraînant le public qui suivit. Christa aperçut Aïdan près de la sono, il monta le son et la voix de Freddie Mercury fut reprise en chœur.

Buddy, you're a boy, make a big noise
Playing in the street, gonna be a big man someday
You got mud on your face, you big disgrace
Kicking your can all over the place, singin'
We will, we will rock you !
We will, we will rock you !

L'énergie positive générée était fantastique ! Après le morceau, elle se faufila vers Aïdan.

— Hey, salut ! Tu es venue jouer ? demanda-t-il le visage lumineux.

— Je te redis ça après un deuxième verre ! rigola-t-elle tout en étant parfaitement sérieuse.

— Ah non, pas question. Pas besoin de ça pour se donner du courage !

Sur ce, il coupa la musique et l'amena vers le piano, il s'assit et l'invita à s'asseoir à côté de lui. Il posa ses mains sur le clavier et commença à jouer un morceau funky. Effectivement, la foule ne cessa pas son agitation pour autant. Christa fut agréablement surprise par le talent d'Aïdan. Elle n'avait pas pensé qu'il jouait aussi ! À la fin de sa prestation, quelques bravos et quelques applaudissements mêlés aux rires retentirent.

— Vas-y, à toi, commence, je t'accompagne.

Christa inspira un grand coup et attaqua *Dis-moi* de BB Brunes. Aïdan s'y mêla, improvisant sur la mélodie qu'il ne connaissait pas, ce qui résulta en un morceau dynamique et jazzy. La joie qu'elle ressentit dans ce moment de partage fut incomparable. Voilà des instants qui tutoyaient le bonheur parfait. Ils achevèrent leur duo et Aïdan se leva. Il lui pressa légèrement l'épaule avant de quitter la scène.

— Voilà, tu es lancée ! *Enjoy* !

Une heure plus tard, Christa se leva et reçut des

applaudissements de quelques personnes. Elle avait si chaud ! Le litre d'eau fraîche qu'un des serveurs lui avait apporté pendant qu'elle jouait était vide. La transpiration dégoulinait sous son pull entre ses seins. Elle avait remonté ses cheveux dans une haute queue-de-cheval, dont les boucles retombaient sur ses épaules. Le souvenir de sa prestation dans l'*aula* des Jésuites lors de sa remise des diplômes, presque dix ans plus tôt, se rappela à elle et, debout dans la foule, elle plongea à l'intérieur d'elle-même pour sonder si sa compagne depuis vingt ans, l'épilepsie, allait refaire surface. Comme dans une séance de méditation, elle se concentra sur son ventre, qui ne s'avéra pas particulièrement noué, puis sur son cœur, dont les battements étaient réguliers, puis sur son état psychologique ; son cerveau avait l'air de tenir le choc de la chute de pression due au relâchement de la concentration intense qu'elle avait dû fournir. Un soulagement ramollissait ses membres comme un nœud qui se délie. La dernière heure n'avait été que plaisir, sans aucune exigence d'excellence. Seule une grosse fatigue s'abattit sur elle. Elle aurait voulu claquer des doigts et se retrouver dans la seconde sous ses draps pour s'endormir paisible et heureuse.

Une main lui toucha le bras, le visage d'Aïdan apparut. Il était un tout petit peu plus grand qu'elle, qui avait toujours été « une perche » du haut de son mètre septante-huit. En Suisse, elle dépassait souvent d'une tête ses compatriotes alors qu'ici à Berlin, elle se sentait davantage dans la norme. Un grand verre de sirop de menthe fraîche fut glissé dans sa main. Les lèvres de l'Irlandais bougeaient, mais elle ne comprenait pas un mot. Elle n'y arrivait plus. La lecture labiale lui permettait habituellement de comprendre ses interlocuteurs dans un tel tumulte, mais sans l'accompagnement du code du langage parlé complété, son cerveau était contraint d'interpréter au fur et à mesure. Celui-ci passait en revue à toute vitesse les syllabes possibles puis sélectionnait la plus probable à retenir pour que la phrase prenne un sens. Mais là, ses méninges avaient déconnecté. Comme une prise qu'on retire, sa réflexion ne fonctionnait plus. Elle se contentait de le regarder les yeux dans le vague.

Aïdan, ne recevant aucun répondant de la jeune femme, comprit sa grosse fatigue et l'attira à l'extérieur du pub en attrapant sa veste et ses affaires au passage. À quelques mètres de l'établissement, dans le silence relatif de la nuit, elle put enfin entendre sa voix.

— Est-ce que tout va bien ? lui demanda-t-il en scrutant son expression.

— Très bien, merci, mais je suis exténuée. C'était une très longue journée.

— Tu as aimé jouer en public ?

— À ma grande surprise, j'ai adoré.

— Génial ! Alors, marché conclu, pour répéter l'expérience une fois par semaine. Pour cette fois, je t'appelle un taxi. C'est le Jazz qui te l'offre. Bienvenue dans l'équipe ! lui dit-il avec un clin d'œil, en posant sa main sur son bras.

*

Quelques jours plus tard, après sa journée à l'usine, Christa s'arrêta dans un centre d'hygiène pour éviter de se rendre à son entretien d'embauche imprégnée de l'odeur âcre de la viande froide. Pour un euro, elle pouvait utiliser des douches, les W.-C. et une machine à laver le linge pendant un temps donné.

Christa remarqua une femme sans âge qui se tenait dans l'entrée. D'apparence piteuse, la peau éprouvée par la vie dans la rue, elle fouillait dans un vieux caddie entouré de tendeurs élastiques pour maintenir un sac trop volumineux. On devinait que ce chariot était tout ce qu'elle possédait. La femme mit des habits dans une machine à laver puis se déplaça en boitant, entièrement nue jusqu'à une cabine de douche. Christa ne put s'empêcher de remarquer son corps sale et meurtri d'anciennes blessures mal soignées, ses jambes striées de varices, ses seins lourds. Elle paraissait âgée d'une soixantaine d'années, mais peut-être n'en avait-elle que quarante… comment imaginer à quel point une vie dans la rue pouvait éprouver le corps ? Christa s'enferma à son tour dans une cabine et se déshabilla loin des regards. Une fois vêtue de sa chemise, de son veston et de son pantalon droit, elle pria pour ne pas croiser la femme. Elle craignait de lui faire de la peine en lui renvoyant sa différence sociale, mais c'était sûrement se donner bien trop d'importance que de penser qu'elle se soucierait de son jugement. Les affaires de la femme étaient encore là, son sac était ouvert et une photographie usée avait glissé sur le sol. Christa put y distinguer une jeune femme souriante et bien habillée.

Le portrait s'incrusta dans sa rétine. Était-ce sa fille ? Ou était-ce elle-même dans sa vie d'avant ? Christa pressentait qu'elle était proche de la vérité, que ce cliché la raccrochait à ce qu'elle avait été autrefois, qu'elle la gardait peut-être pour ne pas oublier son côté humain, peut-être dans l'espoir de le retrouver un jour. Que pouvait-il se passer dans une vie pour que tout bascule ? D'un jour à l'autre, on perd son emploi, puis ses droits au chômage, puis son appartement pour se retrouver à la rue. Sans famille ou trop honteux pour se tourner vers ses proches, on est subitement seul au monde.

Christa pensa à la solidarité des villages, dans lesquels on laissait rarement une âme partir à la dérive sans réagir. La communauté se mobilisait, on trouvait des denrées, des habits, un lieu de vie, même un job.

Soudain il lui apparut que de ne pas utiliser les opportunités qui lui étaient proposées était un affront pour toutes les personnes abandonnées qui auraient tout donné pour être à sa place. Sa ténacité et son travail acharné l'avaient récompensée d'un diplôme amplement mérité. Elle devait maintenant en faire bon usage.

Elle allait se rendre à cet entretien avec la ferme intention de donner le meilleur d'elle-même. À l'aide d'un élastique, elle releva ses cheveux en une queue-de-cheval de manière qu'on distingue bien les fins tubes transparents de son appareil auditif.

*

L'immeuble présentait une façade moderne qui détonnait avec les immeubles adjacents, demeurés classiques. La porte d'entrée était rouge carmin, on ne pouvait pas la manquer. Christa attendit un instant avant de la franchir, comme si c'était l'entrée du pays imaginaire. Elle fit une petite prière pour invoquer la chance, pour que la roue tourne. Pratiquer son métier en toute sérénité, c'était son seul vœu.

Regonflée à bloc, elle entra et découvrit l'atmosphère enchanteresse d'une cour intérieure couverte avec en son centre un jardin d'hiver luxuriant. Un séquoia imposant atteignait la verrière sous laquelle était suspendu un panneau acoustique en bois clair très finement structuré. Des escaliers extérieurs menaient aux entrées des bureaux à tous les niveaux. Elle remarqua un bar à café et quelques tables où des personnes potassaient leurs dossiers. Dans un coin se trouvait une cage d'ascenseur entièrement vitrée, entourée de plantes grimpantes. Contre les murs, de grands tableaux végétaux et même une fontaine répandaient une odeur fraîche. L'ambiance paraissait détendue.

Une sensation agréable l'envahit. Elle descendit la rampe pour fauteuils roulants et s'annonça à un jeune homme qu'on aurait dit sorti d'un clip de rock des années soixante. Ici, comme dans les rues de Berlin-Est, il y avait une multitude de looks différents, mais plutôt décontractés.

Un homme dévala des escaliers, la quarantaine soignée, un gilet très stylé, des jeans courts qui laissaient entrevoir des chaussettes jaune poussin. Il se précipita vers Christa sur le pas de la porte et lui serra la main en la regardant bien en face.

— Je suis Jack, le cofondateur de la société.

— Bonjour, Christa Comte, enchantée !

— Vous êtes la nièce de Tonio donc ?

— De Tonio ? Je… Non… c'est ma sœur qui travaille avec lui.

— Ah, vous n'avez aucun lien de famille avec Antonio ? demanda-t-il en fronçant les sourcils.

— Non, non, pas du tout, je ne l'ai même jamais rencontré.

— Ah bon, c'est troublant. Mais c'était un compliment car je l'aime beaucoup, c'est un type extra.

Par un geste doux, il arrêta une femme élégante qui passait à côté de lui, les cheveux gris ornés de fleurs.

— Pati, je te présente Christa. L'ingénieure en environnement suisse dont je t'ai parlé.

324

— Ah bonjour ! Enchantée. Je suis la RH.

Son bras droit s'interrompait au coude, mais les trois doigts qui partaient du moignon lui permettaient de pianoter sur son téléphone sans autre difficulté.

— On passe après, je lui fais visiter les lieux, dit-il.

Sans transition, Jack avertit Christa qu'il était malentendant et qu'aujourd'hui, il devait lire sur les lèvres ; une otite l'empêchait de porter son appareil. Il la priait donc de le regarder bien en face.

— C'est chiant, mais je m'en sors.

Christa fut bluffée par sa manière décontractée d'aborder sa propre surdité, comme si c'était un détail anodin. Il fit un clin d'œil.

— Enfin, vous connaissez.

— Je... heu... oui. Ça m'est arrivé.

Elle rougit jusqu'aux oreilles. La dernière fois qu'elle avait eu une otite, toute sa vie avait basculé. L'idée même de lui parler de ce qui s'était passé lui filait la nausée.

Tout au long de leur visite, ils croisèrent de nombreux profils peu conventionnels. Son attention fut attirée par un écriteau sur une des portes de bureau. « Fan des Doors, de course à pied, ingénieur IT, Asperger, je suis franc et j'aime les détails. » Et en dessous en écriture plus liée : « S'exprimer clairement sans détour et sans allusions, de préférence par e-mail, aller droit au but. Imprévus malvenus. »

Ils croisèrent également un homme fortement handicapé physiquement qui boitait et avançait tout tordu. Jack loua son intelligence hors-norme.

Il ouvrit une porte sur une pièce lumineuse garnie de plantes vertes et d'un large plateau.

— Ce bureau est libre. Le téléphone serait changé, j'en ai un pas mal qui s'illumine lorsqu'il sonne ! Mais c'est un peu énervant. Ils ont sorti de nouveaux modèles, il faut que je regarde. Enfin, à voir ce qui vous conviendrait.

Christa hocha la tête, un peu perturbée par sa manière de déjà la projeter dans les locaux. Elle essaya de s'imaginer à son poste et elle ressentit une certaine excitation. Puis par superstition, elle secoua la tête pour chasser cette idée.

Ils se rendirent dans le bureau de Jack et il l'interrogea sur son parcours, ils discutèrent des différents mandats qu'elle avait menés comme ingénieure à Zurich. Il exposa les projets en cours, les perspectives de développement à Berlin, le fait que les énergies renouvelables prenaient de l'ampleur.

— Vous serez responsable de l'élaboration de l'offre jusqu'à la représentation de notre bureau lors des séances de chantier. Vous contrôlerez le respect du cahier des charges.

Enfin, elle pourrait faire ce qu'elle aimait. Il continua :

— Nous sommes submergés de travail. Les demandes de soumissions pour des écoquartiers se multiplient. Beaucoup de compagnies internationales installent leur siège à Berlin, le prix au mètre carré est encore bas et pour améliorer leur image, ces sociétés investissent des millions. Elles ont les moyens, nous avons les idées et les compétences. Voici par exemple une demande de soumission d'une entreprise internationale de construction de train, qui aimerait revoir tout le concept énergétique de ses bâtiments.

Il lui tendit un dossier de plusieurs pages de données techniques et de photos d'un groupement de bâtiments, résultat d'une étude énergétique. C'était une énorme zone, affectée à la fabrication de tout ce qui touche au matériel ferroviaire.

— Ils ont l'objectif de produire deux millions de kilo-wattheures annuels en énergie solaire. Mais les toits sont peu propices à y mettre des panneaux photovoltaïques.

Christa se mit à feuilleter le document. Elle se sentait à nouveau galvanisée par les analyses de chiffres, elle aurait voulu commencer de suite.

— Je vais me chercher un café, vous en voulez un ? demanda-t-il.

— Non merci, un verre d'eau sera parfait.

La jeune ingénieure avait déjà pris quelques notes quand Jack revint quelques minutes plus tard. Elle exposa son point de vue.

— D'après ce dossier, un lac artificiel se trouve sur leur parcelle. Il sert de stockage des eaux de pluie et est utilisé pour le refroidissement des procédés industriels dans les ateliers.

— Oui, j'ai vu ça. Je me suis demandé comment l'eau pouvait être utilisée davantage comme source d'énergie.

— Du moment que ce lac n'est pas un biotope naturel et donc qu'il ne comporte aucune faune, il serait inté-ressant d'étudier la possibilité d'y installer une centrale solaire flottante.

— Flottante dites-vous, madame Comte ?

— Oui, j'étais dans un groupe de recherche pendant mon master concernant des panneaux bifaciaux. Ensuite j'ai participé à une étude à Zurich pour leur application sur un lac de montagne en Suisse.

— Vous m'en direz tant ! Expliquez-moi !

— Les modules bifaciaux arrivent sur le marché, les cellules sont actives en recto verso et ils profitent de l'albédo du sol, donc dans notre cas, de l'eau.

— Intéressant ! Je crois que je devrais vous laisser le dossier !

Christa rit, un peu gênée, se demandant soudain si elle s'était laissé emporter. Elle sentait une énergie folle renaître en elle.

On frappa sur le cadre de la porte, dans l'intention d'attirer leur attention. Une femme s'adressa à Jack. Christa ne manqua pas une bribe de la conversation et se demanda si cette femme faisait ça avec tout le monde ou si c'était spécialement réservé à la malentendance de Jack.

Comme s'il avait lu dans ses pensées, il précisa qu'elle allait recevoir un dossier sur tous les handicaps présents dans l'entreprise. Des séances d'informations étaient menées par des associations pour décrire chacun d'entre eux. Le principe étant de faire fi des clichés et autres préjugés.

— La communication est la base, on le sait, mais chez nous, c'est d'autant plus important. Et le fait que ce soit dispensé par quelqu'un d'externe donne un plus grand taux d'acceptation auprès des employés, alors que si c'est la personne concernée elle-même qui explique ce qu'elle vit, les autres pensent qu'elle exagère.

Christa approuvait la démarche puisque les rares fois où elle avait osé se lancer dans un exposé sur sa surdité auprès de ses camarades d'école, ceux-ci avaient levé les yeux au ciel.

— D'ailleurs, une fois par année, nous organisons des formations d'immersion dans différents handicaps. C'est vraiment très intéressant de constater ce que les autres vivent. Il n'y a pas de meilleur moyen pour s'en rendre compte.

Quelle brillante idée ! Comme elle aurait aimé que ses camarades d'école participent à un tel atelier. Et même sa famille !

Jack souriait, visiblement habitué aux réactions de surprise de chaque nouvelle recrue.

— Pour nous, la communication par e-mail est privilégiée, surtout si c'est un sujet technique. Les gens ont trop tendance à vouloir « vite nous dire un truc » et notre handicap est le roi des malentendus, n'est-ce pas ? En plus, ça arrange tout le monde, car on peut joindre l'échange au dossier de travail. Dans cette idée, vous pouvez imposer un horaire de *non-dérangement*. Par exemple, pendant deux heures en milieu de journée. C'est important de reposer notre esprit quelques heures par jour, si on ne veut pas être complètement HS en fin de journée.

Christa était ébahie. Le rêve absolu pour elle ; du silence sur commande.

Pas un instant il n'avait cessé de la regarder bien en face, à guetter son expression pour détecter une incompréhension, aussi par rapport à la langue allemande.

Un tourbillon d'émotions lui donnait le tournis. Pour la première fois de sa vie, on parlait de sa déficience avec naturel, comme si cela n'en était pas une.

— Est-ce que vous avez tout compris ? N'hésitez pas à me demander de répéter si nécessaire, vraiment !

— J'ai parfaitement compris. Merci.

« Pour une fois ! » était-elle tentée d'ajouter.

— Maintenant, vous vous doutez bien qu'il y a des conditions pour que cela fonctionne. Voici la partie contraignante pour vous ; nous demandons une transparence totale. Pas de vie privée concernant la maladie. Pour nous entraider, nous avons besoin de savoir. Cela demande une énorme confiance et tout autant de tolérance. Tout le monde n'est pas prêt à cela.

Il la fixait d'un regard transperçant, la jaugeant, évaluant son potentiel d'intégration dans une telle entreprise.

Elle se sentait mise à nu. Elle voulait cependant tenter le tout pour le tout. Abattre toutes ses cartes. Cet homme et son discours hallucinant d'indulgence lui paraissaient un miracle. Quelque chose qui n'arrive qu'une fois dans une vie.

La voilà sa deuxième chance, la voilà. Le signe de l'univers qui lui tendait la main.

— Je suis épileptique, ajouta-t-elle timidement.

— Pardon ? Je n'ai pas compris, pouvez-vous me regarder bien en face, s'il vous plaît ?

Christa répéta distinctement, rouge de honte d'avoir elle-même oublié de le faire.

— Depuis longtemps ?

— Depuis que j'ai six ans. Je prends des médicaments quotidiennement et je ne fais plus de crises, sauf si je tire trop sur la corde. Je dois éviter les *rave parties* ! plaisanta-t-elle maladroitement.

Il sourit en prenant des notes dans son dossier comme si elle lui annonçait ses prochaines vacances.

— Parfait. Vous êtes trois dans l'entreprise, à différents stades. Gerhard a un chien qui aboie lorsque ses crises arrivent. C'est Twist, notre mascotte. C'est l'occasion de proposer un rappel à toute l'équipe de la procédure à appliquer en cas de crise. Autre chose ?

— C'est déjà pas mal, il me semble…

Il la regarda un instant sans rien dire, la fixant d'un regard appuyé.

— Rien à me signaler sur des événements importants survenus dans le passé ?

La testait-il ? Elle resta interdite, par crainte d'en dire trop. Il fit tourner son crayon entre ses doigts, quitta sa position très professionnelle et distante pour décroiser les jambes. Elle sentait ses joues brûler, songeait « vas-y, dis-le, dis-le ! » mais ça lui coûtait de lui avouer qu'elle n'avait pas été à la hauteur et les conséquences terribles qui en découlèrent, alors qu'il avait l'air de vouloir lui donner sa chance.

Elle avait envie de se lever et de partir en pleurant. Elle ne connaissait cet homme que depuis une heure, mais cela la tétanisait à l'idée de le décevoir. Il se leva, tritura son stylo puis proposa d'aller chercher un nouveau verre d'eau et sortit du bureau.

Son cerveau était en ébullition, tellement d'émotions la submergeaient. Elle sortit sur le palier du bureau, observa les allées et venues des employés. Une femme traversa le couloir, le bras recroquevillé, le corps contrit dans une posture qui trahissait une paralysie cérébrale. Celle-ci s'adressa à un collègue en parlant de manière saccadée, des mouvements de tête certainement involontaires hachaient son récit. L'homme l'écouta attentivement, attendant patiemment qu'elle finisse de s'exprimer avant de lui répondre.

Son cœur s'emballa.

C'est ici qu'elle voulait travailler.

C'est ici qu'elle se reconstruirait.

Toutes ces années de galère, ce chemin semé d'embûches, l'avaient amenée ici.

Lorsque Jack revint, Christa but une gorgée, puis lui raconta tout ; ses mensonges par omission, les histoires qu'elle s'inventait pour se persuader qu'elle allait s'en sortir, alors qu'elle était parfois si épuisée qu'elle passait ses week-ends alitée avant d'affronter une nouvelle semaine.

Elle prit une grande inspiration puis raconta cette journée maudite de 2006, lorsqu'elle s'était réveillée avec une douleur insoutenable à l'oreille. La voix tremblante, elle raconta son éternel regret d'avoir été trop fière pour avouer à son patron qu'elle ne pouvait physiquement pas assumer cette intervention. Elle raconta la porte bleue et le sentiment d'extrême culpabilité.

Puis plus rien. Soudain elle était vidée.

Sur un ton doux, il lui demanda si elle avait été suivie par un psychologue à la suite de cet accident.

— Non. Je suis rentrée chez mes parents, dans mon village natal. J'ai fait une espèce de dépression et ensuite j'ai trouvé un travail de vendeuse.

Jack se redressa, incrédule, puis il se leva brusquement pour se poster vers la baie vitrée. Les bras croisés, le dos tendu, il regardait dehors sans dire un mot. La jeune femme regrettait déjà de s'être autant confiée.

— Christa. Connaissez-vous le terme « burn-out auditif » ?

— N… non.

— Complètement surmené, le cerveau se déconnecte. À force de s'infliger une vie d'entendant, de devoir se concentrer à outrance, à force de se mettre la pression pour s'adapter, le corps craque, épuisé. C'est courant. J'ai failli moi-même y rester.

— Qu'est-ce que ça veut dire ?

— Que vous êtes une survivante. Que c'était impossible de tenir sur le long terme. Que l'accident était inévitable étant donné la branche dans laquelle vous travailliez.

Elle en était parfaitement consciente. Elle avait commis une terrible erreur. Sa carapace était en miettes. Christa se décomposait face à cet inconnu. Il continua :

— Je sais ce que c'est. On nous dit d'être honnêtes, mais la réalité est que personne n'engage d'handicapés pour un poste à responsabilité.

332

Surprise, elle releva les yeux. Était-il en train de justifier son imposture ?

— J'ai l'impression que malgré toutes ces années, vous n'avez pas encore fait votre deuil, continua-t-il sur un ton doux qui lui donnait envie de fondre en larmes.

— Mon deuil ?

— Oui, le deuil de votre vie d'entendante, de votre vie d'avant.

Christa voulut s'en défendre, arguer qu'évidemment, il y avait longtemps qu'elle l'avait fait. Puis soudain, comme si on lui avait enlevé des œillères, elle fut éblouie par l'évidence. Il avait tapé en plein dans le mille. Elle n'avait jamais accepté d'être ce qu'elle était. Elle espérait toujours retrouver son ouïe, elle y croyait encore. Elle en resta déconcertée. Il s'approcha, lui prit la main. Cette manière d'être si tactile était très inhabituelle pour elle. Comment pourrait-elle contenir ses émotions et rester professionnelle s'il faisait preuve d'autant de compassion ?

— Christa, je peux vous diriger vers une psychologue que je connais par mon association. Je crois qu'il est temps d'entamer un travail de pardon et d'acceptation vis-à-vis de vous-même.

Il lui tendit un mouchoir.

— Ça fait beaucoup d'informations pour une journée, nous allons nous arrêter là.

Elle se leva, assommée par l'impression d'avoir gâché sa chance. Elle se sentait ridicule.

Au même moment, il lui annonça qu'il souhaitait l'accueillir dans l'équipe, que ses qualifications et sa motivation l'avaient enthousiasmé.

— Je suis conscient qu'on vous en demandera beaucoup en retour. Vous allez recevoir un e-mail d'ici demain, qui résume notre entretien et ma proposition.

Je vous laisse réfléchir, voici ma carte. Appelez-moi pour me donner votre réponse, positive je l'espère, ou si vous avez des questions. N'hésitez pas.

Christa n'était pas sûre d'avoir compris. Était-il en train de lui proposer le job ?

— Je… je dois réfléchir ?

— Oui, si vous êtes prête à faire preuve de transparence par rapport à vos particularités. Si vous vous en sentez capable, vous pouvez commencer le mois prochain.

Elle eut un sursaut de stupeur et resta figée, la main sur la bouche, les yeux écarquillés.

— Sérieux ? dit-elle spontanément en français.

Cela le fit rire.

— Oui, « sérieux » ! répéta-t-il en français.

— Je… merci… c'est… génial.

Elle était sous le choc. Cet entretien lui avait demandé tellement d'énergie. Une pression énorme glissa hors d'elle comme de l'eau quittant son corps. Elle respira profondément, puis se sentit soudain mollir. Sans prévenir, elle s'écroula sur le sol.

Black-out.

Puis… les yeux s'ouvrirent, clignèrent et un visage apparut. Elle avait été mise en position latérale.

— Tout va bien. Je vous ai rattrapée avant que vous ne percutiez le sol.

Qui parlait ? Elle connaissait ce type.

Elle balaya les alentours du regard, se souvint où elle était. Tout lui revint. Ciel ! Elle voulut se relever précipitamment.

— Ne vous inquiétez pas. Tout va bien, lui assura Jack. Prenez votre temps.

Confuse, incohérente, elle marmonna quelques mots et s'essuya rapidement la bouche, craignant d'avoir bavé.

Mon Dieu…

Il l'aida à s'asseoir, elle se sentait déjà mieux. Il fallait croire que sa vie saine de ces derniers mois accélérait sa capacité de récupération.

— Je suis désolée. Ça ne m'était plus arrivé depuis un moment, je ne comprends pas… l'émotion sans doute. Je suis désolée.

— Arrêtez de vous excuser. Je vous assure qu'ici, on a l'habitude.

Elle observait l'expression de son visage pour voir apparaître la gêne habituelle, le mensonge, la compassion obligée qui laisserait place au dégoût dès qu'elle aurait le dos tourné, mais elle ne détectait rien. Seulement de la bienveillance. C'était complètement déroutant.

Il la raccompagna jusqu'à l'entrée, s'assura qu'elle allait bien puis lui serra la main en lui rappelant qu'elle devait lui redonner des nouvelles au plus vite. Il ajouta :

— Et pour que tout soit parfaitement clair, cet épisode ne change rien à ma proposition d'engagement.

Christa franchit la porte rouge et se retrouva dans la rue. Une boule de lumière irradiait du creux de son estomac et remontait jusqu'à sa nuque. Elle avait l'impression de planer au-dessus du sol.

L'ancien poids qui lui oppressait la poitrine s'était allégé. Comme si désormais, elle n'était plus seule à le porter.

Son premier réflexe était d'en faire part à sa sœur, mais elle eut une idée. Elle l'appela pour lui donner rendez-vous à la Potsdamer Platz, puis elle se précipita au Jazz. Le bout de ses doigts brûlait, il fallait qu'elle fasse jaillir cette énergie positive en musique.

*

Christa arriva devant le vieil immeuble du Jazz alors qu'Aïdan était occupé à chasser fermement un type en costard. Ses biceps tatoués et nus, alors que le thermomètre affichait près de zéro degré Celsius, lui donnaient des allures de videur de night-club. Le porte-documents échappa des mains du type et des feuilles s'éparpillèrent sur le sol. Aïdan lui intimait de le laisser tranquille.

— Jamais je ne vendrai ! Et même si je devais le faire un jour, ce ne serait en tout cas pas à vous !

Quand l'homme s'éloigna enfin, Christa s'approcha.

— Qu'est-ce qui se passe ?

Le type était un agent immobilier envoyé par un des plus gros promoteurs de Berlin. Il lorgnait sur son immeuble depuis un moment. Il voulait acquérir son pub pour tout raser et en faire une galerie commerciale. Cette société était responsable de la plupart des métamorphoses des vieux quartiers.

— Ces mecs croient qu'ils peuvent tout acheter ! Ils sont en train de faire mourir la ville ! Toutes les métropoles vont se ressembler avec leurs chaînes de luxe et leurs appartements de riches !

Il lui tint la porte pour qu'elle entre au chaud puis ferma à double tour derrière eux. Il craignait sans doute que l'autre ne revienne. Il s'avança derrière le bar et décapsula un Sprite.

— Tu en veux un aussi ?

Elle acquiesça tout en observant ses gestes brusques qui trahissaient sa colère.

— Mais Aïdan, pourquoi est-ce que ça t'inquiète ? Personne ne peut t'obliger à vendre, n'est-ce pas ?

— C'est un peu plus compliqué que ça. Quand j'ai racheté le pub, l'ex-propriétaire avait de grosses dettes.

Je suis en train de rembourser, ça va. Mais le promoteur est au courant.

Christa s'assit sur un tabouret haut. Elle le trouva touchant, ainsi à défendre son établissement qui était devenu toute sa vie.

Soudain, il se souvint qu'elle avait eu un entretien important. Il lui demanda avec enthousiasme comment cela s'était passé.

Elle lui raconta son fol après-midi, encensa son futur nouveau chef. Il la regarda avec des yeux attentifs, une infinie douceur émanait de lui.

— C'est super, Christa, je suis très content pour toi. Il faut fêter ça !

— Oui, c'est vrai. Je vais marquer le coup avec ma sœur. C'est grâce à elle, tout ça.

Il hocha la tête sans rien dire et pendant quelques secondes, il se contenta de boire en regardant dans le vague. Son tee-shirt le serrait un peu, elle pouvait admirer la ligne de ses pectoraux, le tissu se détendait puis se resserrait sur un petit ventre. Les poils de ses bras paraissaient soyeux, sa main large était posée sur son jean, un anneau en bois au majeur. Christa fut soudain prise d'une envie folle de le toucher. Ça faisait des mois qu'elle n'avait pas senti un corps d'homme contre elle et ça commençait à sérieusement lui manquer. Il tourna les yeux vers elle et elle s'empressa de regarder ailleurs, rouge comme une pivoine.

— Bon... je vais y aller, j'ai quelques courses à faire, dit-elle soudain.

— À bientôt. Et encore bravo, tu le mérites, Chris.

Elle s'en alla en pensant aux mains viriles, qui soulevaient des tonnes de matériel, tout aussi agiles, lorsqu'elles couraient sur le clavier de son piano.

*

La voix de Christa était surexcitée au téléphone et c'était si agréable de l'entendre ainsi. Julie se demandait ce qui se passait. Sa sœur n'avait rien voulu lui dire.

En sortant de la bouche du métro, Julie resserra sa grosse écharpe et enfonça son bonnet sur ses oreilles. Il faisait si froid sur cette Potsdamer Platz. Dépourvue d'arbres et entourée de larges routes à quatre voies, il n'y avait aucun frein aux bourrasques qui s'engouffraient dans les allées jusque dans les galeries des transports souterrains.

Un tronçon du Mur était exposé sur la place. Dans sa continuité, au sol, une double rangée de pavés y reproduisait le tracé du mur original. Elle apprit que ce n'était pas le Mur en lui-même qui était infranchissable, mais tout le dispositif militaire complexe qui le surveillait. Jusqu'à cette nuit incroyable du 9 novembre 1989, quand les Berlinois de l'Est le franchirent pour se répandre par milliers dans Berlin-Ouest, après près de trente ans de restrictions. Quelle émotion cela avait dû être de vivre un tel événement.

Julie repéra immédiatement les trois gratte-ciel avec chacun une architecture bien distincte. Elle devait se rendre devant celui en briques rouges, le *Kollhoff-Hochhaus*. Rester à l'atelier aurait été plus raisonnable, son expo était loin d'être prête.

« Bon, on se les caille ici, où est ma sœur ? » se dit-elle intérieurement. Celle-ci surgit du hall d'entrée du building et lui attrapa la main pour la tirer à l'intérieur.

— Mais où tu m'emmènes ?

— Tu verras. J'ai repéré cette adresse dans un magazine. Ça va te plaire !

Christa l'attira dans un ascenseur et pressa sur le bouton du haut. Ses joues avaient de belles couleurs rosées, échevelées par le vent, ses boucles partaient dans tous les sens, ses yeux brillaient d'une lueur particulière. Que sa sœur était belle! Elle avait l'air... heureuse. L'ascenseur, annoncé comme le plus rapide d'Europe, les emmena en vingt secondes au vingt-quatrième étage à cent mètres du sol. Les portes s'ouvrirent directement sur la plateforme d'observation à l'air libre qui faisait le tour de l'étage, permettant ainsi d'apprécier une vue exceptionnelle.

— Tadaaaa! Comme je sais que tu aimes bien la hauteur... chantonna Christa en présentant le panorama.

— Ouah! C'est incroyable!

Sa sœur la guida dans un coin où la balustrade était égayée de ballons et de serpentins entourant une banderole avec un immense: «NEW START!» Un sac de pique-nique était planqué sous une petite table agrémentée d'une nappe colorée sur laquelle trônait un gâteau avec l'inscription: «Merci, ma sœur chérie.»

— Mais? Qu'est-ce que ça veut dire?

— Attends, attends!

Dans le calme que procure la hauteur, pareille à une magicienne, Christa sortit une mini-bouteille de mousseux et deux flûtes à champagne. Elle remplit les coupes.

Julie riait de tant de cérémonie.

— Mais c'est en quel honneur? Tu vas me dire ce qui se passe à la fin? Tu as l'air... hyper-excitée!

Christa explosa, n'en pouvant plus de contenir son euphorie.

— Je suis allée voir l'ami de ton prof! Ce mec est incroyable! Il me donne ma chance! Je commence à travailler comme ingénieure le 1er avril!

Julie bondit de joie et commença à danser sur place.

— C'est génial ! C'est gé-nial !

Enfin sa sœur allait sortir de cette affreuse usine ! Quel bonheur ! Julie se sentait transportée.

Christa rit aux éclats et se laissa entraîner dans une sarabande effrénée, puis lorsqu'elles s'arrêtèrent pour reprendre leur souffle, elle tempéra la nouvelle.

— Attends, ne nous emballons pas trop vite. Ça me paraît beaucoup trop beau pour être vrai. Ils sont hyper-*handicap friendly*, c'est juste dingue. Il y a forcément un piège. Il faut être réaliste, on ne vit pas dans un monde de bisounours.

Julie sautillait dans tous les sens, rien n'entamerait son allégresse.

— Taratata ! Ça va marcher ! J'ai confiance. Berlin c'est ta ville, je le sens ! Tu vas cartonner !

Julie était si heureuse. Elles s'étreignirent et leur bonheur ne pouvait pas être plus parfait.

Quatrième partie

« J'ai marché, j'ai couru
Je suis tombée, j'ai perdu
J'ai tracé mon chemin
Dans le brouillard du matin
J'ai porté sur mon dos
Ma vie comme mon fardeau
Qu'on cachait trop souvent
Qui nous brûle dedans
[…]
Où que se cache l'espoir
Il suffit d'y croire
Et qu'importe ce que nous renvoie le miroir
Il suffit d'y croire
Tant pis pour les idées noires
On va pas éteindre le soleil
Ni les étoiles dans le ciel
Il suffit d'y croire
Il suffit d'y croire… »

Chanson de Hoshi – *Il suffit d'y croire*

1

Un 1er avril à Berlin. Les marchés de printemps et les stands sauvages animaient chaque coin de rue. Les passants abandonnaient avec bonheur leur manteau et leur bonnet, les corps se détendaient, libérés de la crispation du froid. L'air s'adoucissait et la lumière du jour s'étirait jusqu'en soirée, les esplanades tardaient à se vider, les nombreux espaces verts déversaient une onde de parfums dans la ville, la nature explosait.

Devant la porte rouge, Christa essayait de contenir sa nervosité. Elle contrôla qu'elle avait bien emporté son micro et franchit le seuil d'un nouveau chapitre de sa vie.

La responsable RH l'accueillit chaleureusement et l'accompagna à son bureau. Par rapport à sa dernière visite, Christa remarqua que sa table de travail avait été tournée pour lui permettre de voir les gens entrer. Une attention qui la toucha plus qu'elle n'aurait pu l'imaginer, car c'était assez désagréable de se faire sans cesse surprendre par quelqu'un qui se trouve soudain à côté de soi, parce qu'on ne l'a pas entendu approcher.

Chaque début du mois, une séance générale obligatoire avait lieu pour tous les collaborateurs. Sa guide lui annonça que celle-ci débutait dans quelques minutes. Les deux femmes suivirent le mouvement en direction de la grande salle de conférences où Jack était occupé à mettre en place sa présentation. Son visage s'illumina lorsqu'il la vit. Il vint lui serrer la main avant de l'inviter à s'asseoir.

— On se voit après la séance, OK ?

La salle était spacieuse, une centaine de personnes les rejoignirent dans un brouhaha de glissements de chaises. Un large écran plat occupait la moitié de la paroi et Christa s'étonna d'apercevoir un second écran dans le coin supérieur de la salle.

Elle comprit l'importance de son utilité lorsque la séance débuta et que la totalité des conversations fut retranscrite en temps réel sur celui-ci. Jack salua les nouveaux arrivants, présenta l'ordre du jour, fit un point de situation des projets actuels, précisa qu'un PV de la séance, comme de toutes les réunions, leur serait transmis d'ici quelques heures par e-mail. Il céda ensuite la parole à son associé, assis dans un fauteuil roulant qu'il dirigeait avec sa main tordue. Celui-ci exposa un projet complexe, de manière précise, avec des mots pointus, même si son handicap physique rendait saccadée sa manière de parler. Ses explications étaient limpides et révélaient une vivacité d'esprit hors-norme. Il fit une plaisanterie, des rires fusèrent. La vanne fut transmise sur l'écran, cela permit aux personnes malentendantes de sourire pratiquement en même temps que tout le monde.

Jack présenta sa nouvelle recrue, son parcours en quelques mots, précisa dans quelle équipe elle allait travailler. Il rappela les valeurs de l'entreprise, l'intégration du handicap qui était leur force et invita tout le monde à relire le dossier d'entreprise sur les particularités de chacun. Il se permit même une vanne sur son épilepsie, comme quoi elle ne rivalisait pas encore avec le fameux maître de leur mascotte Twist.

Pour la première fois de sa vie dans un milieu professionnel, au lieu des habituels regards gênés, elle ne ressentit que gentillesse et respect émanant de personnes informées.

Christa était dans son bureau quand Jack frappa le cadre de la porte. En chemise de couleur vive, chaussettes Art déco, l'adjectif qui lui vint en tête pour son look était « peps ». Il lui faisait penser à Stromae et son univers pop.

— Vous trouvez vos marques ?

— Oui, merci.

— Je vous ai mis une brochure pour les téléphones, on pourra regarder ensemble si vous voulez. Et voici votre première soumission.

Il s'avança et posa devant elle un dossier qu'elle reconnut.

— Il m'a semblé que vous aviez de bonnes idées…

— Génial ! Je me réjouis de m'y plonger.

— Bon, je vous laisse, je ne suis pas loin, si besoin.

Les heures s'écoulèrent à une vitesse folle.

Lorsque le soir, elle éteignit son ordinateur et lança un « à demain » à la cantonade, Jack, en train de boire un café au pied du séquoia, l'arrêta au passage et lui demanda comment elle se sentait après cette première journée. Ils échangèrent quelques mots, puis il lui rappela que l'entreprise mettait tout en œuvre pour que l'employé se sente bien et en confiance, mais qu'en retour, elle attendait une certaine discipline. Les handicaps n'étaient que physiques. Les exigences intellectuelles étaient élevées.

— Vous devez vraiment imposer des heures de non-dérangement. Sans culpabiliser. C'est important, je vous le redis. À vous de vous organiser pour que ce soit possible. Et il faudra également que vous suiviez scrupuleusement vos rendez-vous avec Sarah, notre psychologue. On investit en vous. Nous devons pouvoir vous faire confiance. Et s'il y a quoi que ce soit qui doit être discuté, si vous avez des doutes, des questions, n'hésitez pas à venir me voir.

Elle était prête. Elle ferait ce qu'il fallait.

*

Les Berlinois reconquéraient les *Biergarten*, signe indéniable que le printemps était de retour. Il y avait du monde partout, dans les parcs, sur les promenades et le long des allées. Les enfants emmitouflés et camouflés en hiver surgissaient de toute part. La ville était en effervescence. Les pistes cyclables étaient fréquentées par des familles entières. Le tintement des sonnettes rappelait aux piétons que la petite reine reprenait ses droits.

Christa enfourcha sa bicyclette et pédala jusqu'au Jazz. C'était motivant de travailler des morceaux pour ensuite en faire profiter un auditoire. Il arrivait que des types l'approchent et lui glissent un dessous de verre marqué d'un numéro de téléphone, mais elle n'y prêtait aucune attention. En fin de soirée, Aïdan la rejoignait parfois au clavier pour des impros à quatre mains.

Les quelques serveurs et serveuses du Jazz étaient devenus un peu plus que des connaissances. Quand les lumières s'éteignaient, la plupart d'entre eux n'étaient pas pressés de rentrer. Ils avaient l'habitude de vivre la nuit. La semaine, Christa ne jouait que la première partie de la soirée, mais le week-end, il arrivait qu'elle reste après la fermeture, à rigoler avec l'équipe autour d'une table. Ils étaient souvent en petit comité, à trois ou quatre, ce qui lui permettait de participer aisément aux conversations.

La relation entre le métier de serveur et l'alcool est une liaison dangereuse. Aïdan était très strict ; l'équipe du Jazz n'avait pas le droit d'en boire pendant le service. La pianiste était moins concernée, n'ayant pas le statut d'employée, mais elle s'imposait le même régime en refusant tous les verres qu'on lui offrait pendant ses prestations. À la fermeture, après des heures à baigner dans une cacophonie, Aïdan arrêtait la musique pour reposer les oreilles de tout le monde et proposait une bière à son personnel. Sa manière d'être attentionné envers les membres de son équipe et son caractère toujours souriant inspiraient le respect.

Quand Aïdan apparut avec des caisses de bières et commença à charger les réfrigérateurs, Christa enleva sa veste, retroussa ses manches et se joignit à lui pour l'aider. Elle lui raconta son premier jour de travail, débordante d'enthousiasme, lui parla de Jack et de son accueil incroyable.

Malgré quelques exclamations d'approbation, Aïdan restait silencieux.

— Je vais continuer à venir ici, ça fait partie de mon équilibre, dit-elle.

— Tu verras bien. Ça risque de te faire de grosses journées.

— Mais j'aime jouer ici. Je ne vais pas arrêter ! Et je n'ai pas de piano à la maison.

— Ah ben oui, il y a le piano. C'est une bonne raison de venir, ça.

Il sourit, un frisson la parcourut. Elle sourit à son tour en rougissant, un peu désemparée par cet instant de flottement.

Il s'arrêta net, passa sa main dans ses cheveux en bataille, se frotta la barbe, hésita un instant puis lui prit la main.

— Je suis vraiment content pour toi. Tu le mérites.

Elle sentit une chaleur inhabituelle dans le ton de sa voix, un élan.

— Tu seras toujours la bienvenue ici, Chris.

Il la lâcha et s'activa à nouveau.

— Mais ton odeur de bouchère va me manquer !

— Ah mince ! Je te dépècerai un poulet de temps en temps alors !

Elle allait devoir beaucoup donner pour son nouveau job et une petite voix lui soufflait qu'il avait raison. Jouer au Jazz en soirée serait l'activité en trop. Même si cela lui procurait beaucoup de plaisir, cela la privait de précieuses heures de sommeil et de calme pour se régénérer. Elle ne devait pas reproduire les mêmes erreurs qu'à Zurich en s'épuisant.

Elle partit avant que les premiers clients n'arrivent.

*

Christa franchit le seuil de l'appartement et posa ses affaires. Lorsqu'elle leva les yeux, elle sourit en découvrant des guirlandes colorées de papier journal qui la félicitaient pour son premier jour de travail. Elle toqua à la porte de Julie qui était en train de bosser sur son exposition d'entrée à l'école d'art. Le résultat était une surprise et elle avait interdiction de pénétrer dans sa chambre.

— Salut c'est moi, héla Christa pour couvrir la musique.

Depuis que sa sœur avait commencé des cours de photo, elle se baladait en permanence avec un appareil autour du cou en plus de son carnet de dessins. Christa était impressionnée par son engagement passionné. Elle aurait aimé que leurs parents la voient si heureuse et investie. Christa lui servait souvent de modèle et souvent, elle ne remarquait qu'après coup que sa sœur l'avait photographiée.

Julie sortit de sa chambre en ouvrant la porte au minimum, puis referma minutieusement derrière elle. Elle s'enquit de sa journée en la bombardant de questions. Christa lui raconta avec plaisir.

— Et toi Ju ? Ça avance ?

— Oui, mais j'ai encore beaucoup de boulot. D'ailleurs je devrai pas mal bosser à l'atelier ces trois prochaines semaines. J'ai plus d'espace là-bas.

— Et le jour J, ça se passe comment ?

— Je dois être prête pour le 20 avril. L'école nous met à disposition une salle. Nathan va m'aider à accrocher les panneaux.

Christa aimait tellement la voir ainsi, rayonnante. Julie continua de passer en revue son organisation.

— J'ai invité maman. Pourras-tu aller la chercher à la gare ?

— Bien sûr, je m'occuperai d'elle.

— Et vous me rejoindrez directement à l'école ?

— Oui, on fait comme ça. Ça lui fera vraiment plaisir d'être là.

Apparemment satisfaite, Julie soupira en fermant les yeux et posa les pieds sur la table basse.

— Et donc… osa Christa, tu ne veux toujours pas inviter papa ? Ce serait pourtant la bonne occasion de lui montrer ce que tu sais faire.

— Non, je n'en ai aucune envie. En plus, ça m'étonnerait qu'il vienne jusqu'ici.

Le ton était si catégorique que cela surprit Christa. Julie parut hésiter un instant avant de préciser qu'elle craignait qu'il ne gâche cette journée par ses remarques négatives, qu'elle serait déjà bien assez stressée comme ça.

Christa lui rajusta tendrement une mèche de cheveux derrière l'oreille.

— Il y aura aussi ton prof de photo ?

— Il devrait passer voir l'expo, mais il est à Zurich pour le travail, je ne sais pas quand il rentre.

— J'ai hâte de le rencontrer, dit Christa.

Julie lui lança un regard bizarre. Intense.

— Oui, moi aussi, j'ai hâte que tu fasses sa connaissance.

Sans prévenir, Julie la prit dans ses bras. D'abord surprise par cet élan, Christa l'accueillit volontiers et se remplit de douceur. Sa sœur était plus petite qu'elle, mais elle avait à présent un corps de femme qu'elle sentit contre elle.

— C'était trop cool ces derniers mois ensemble, ici, à Berlin, souffla Julie.

Elles desserrèrent leur étreinte en riant nerveusement puis Julie annonça qu'elle avait préparé quelque chose à manger pour fêter son nouvel emploi.

— Vendredi soir, ça t'ennuie si Nathan vient ?

— Pas du tout, je vous laisserai tranquille.

Christa ne se lassait pas de distinguer la petite flamme singulière qui signifiait que Nathan était spécial pour elle. Soudain, elle éclata de rire.

— Quoi ? demanda Julie.

— J'imaginais la tête de papa, s'il le voyait !

Julie rit à son tour, connaissant bien les préjugés de son père sur les *dreadlocks* et les piercings.

*

L'humeur d'Élise était morose, car elle se sentait prise au piège. Elle avait tenu leur ménage d'une main de maître, géré toute la logistique inhérente à une vie de famille et s'était toujours pliée en quatre pour recevoir les relations de son mari. Sa réputation d'excellente hôtesse lui valait les honneurs de leur cercle de connaissances. Cependant, en contrepartie de tout ce dévouement, la principale concernée n'avait perçu aucun salaire depuis plus de vingt ans. Elle ne possédait même pas son propre compte bancaire.

Sa seule possession étaient ses terres, qu'elle était condamnée à garder en l'état. Se retrouver seule à cinquante ans n'allait pas être facile. D'autant plus en voulant garder la maison.

De temps en temps, elle voyait Philippe Jaccot avec qui elle avait lié une belle amitié. Elle s'interdisait cependant de développer davantage leur relation. Ce n'était pas pour un autre homme qu'elle voulait quitter Lucien, mais pour être seule. Pour enfin être face à elle-même, comme elle ne l'avait jamais été.

Au retour de sa promenade, elle soupira en voyant la voiture de son mari devant la maison. La main sur la poignée de la porte d'entrée, elle leva le nez vers le ciel et ferma les yeux. Elle était heureuse de profiter encore quelques instants des rayons de soleil de printemps.

Il était dans la cuisine. Il la regarda d'un air suspicieux.

— Je sais avec qui tu vas marcher. Comme tout le monde au village !

— Et alors ? On marche, on ne fait rien de mal.

Elle le toisa un moment sans rien dire, ce qui l'agaça.

— Alors quoi ? Tu ne dis rien ? Après tout ce que j'ai fait pour toi.

Elle écarquilla les yeux.

— Mais de quoi tu parles ? Est-ce que tu parles de ton aide précieuse pour l'éducation de nos filles quand tu étais à la maison de dix-huit heures à dix-neuf heures avant de repartir t'occuper de ta vie politique ou de tes sociétés ?

— Tu n'as jamais manqué de rien.

— Bon sang, Lucien, j'étais si seule. Au lieu d'être un époux, un père, j'ai dû te partager avec le village entier !

— Je travaillais ! Pour ma famille !

— C'est pour toi que tu travaillais. Pas pour nous ! *Pour devenir quelqu'un d'important*, comme tu dis. Je ne t'en ai jamais demandé autant. Tu n'étais jamais là. Tu ne croyais même pas aux difficultés de Christa ! Tu n'es pas venu une seule fois à une des réunions des associations de parents d'enfants épileptiques ou malentendants, pas une seule fois !

D'un grand geste du bras, elle fit malencontreusement valser le vase qui trônait au milieu de la table de la cuisine, un cadeau de mariage hors de prix. Lucien adorait cet objet qui lui rappelait le plus beau jour de sa vie. Lorsqu'il se brisa sur le sol dans un grand éclat de verre, il la fixa d'un regard horrifié. Elle, qui croyait y tenir également, fut surprise de ressentir du soulagement. Il était affreusement lourd et cela faisait vingt-sept ans qu'elle le déplaçait chaque jour pour pouvoir nettoyer la table. En une fraction de seconde, plus d'un quart de siècle était réduit en miettes. Quel sentiment étrange.

En réalisant son indifférence face à ce désastre, il se voûta et murmura, dépité :

— Je t'ai tellement aimée.

— Vraiment ? Qu'est-ce que tu aimes, chez moi ? Tu ne veux pas sortir avec moi dans les lieux que j'apprécie, tu veux juste que je reste à la maison ou que je t'accompagne à tes manifestations. Tu ne m'aimes pas pour ce que je suis. Tu m'aimes comme un tableau qu'on accroche dans son salon. Comme un objet rassurant. Si tu réfléchis, tu verras que tu ne m'aimes pas vraiment.

— C'est encore une connerie que tu as lue dans un magazine !

Il la fixa un instant le regard voilé de nostalgie puis, résigné, il sortit un document de sa mallette et le lui tendit.

— Voilà ma proposition. Pour t'acheter tes terrains, je te laisse la maison et je te verse cinq cent mille francs en cash sur ton compte. De quoi assurer tes arrières pour le reste de ta vie.

— Et d'où as-tu cet argent ?

— Je l'ai emprunté. Ne t'inquiète pas pour moi, j'aurai un rapide retour sur investissement. Il ne me manque que les terrains pour démarrer mon projet immobilier. Tout est prêt, les investisseurs se bousculent au portillon, la commune est tout feu tout flamme. Nous n'attendons plus que toi.

— Et quoi ? Tu deviens riche et encore plus influent, alors que tu as gâché la vie d'un homme qui pense avoir tué quelqu'un ? Tu ne mérites pas d'obtenir ce que tu veux ! Lâche-moi avec ça ! Je ne négocie pas avec un meurtrier qui a fait passer un innocent pour coupable à sa place !

— Nom de Dieu, Élise, tu es ridicule, tu te punis toi-même. Si tu acceptes mon offre, je signe les papiers du divorce immédiatement.

— Tu ne t'en tireras pas comme ça… ce serait trop facile. Tu me donnes envie de vomir !

Élise s'enfuit dans sa chambre pour s'isoler. Elle rageait. Bien sûr qu'elle en avait besoin de cet argent !

Comme il l'énervait ! Elle tournait comme une lionne en cage.

*

Plus tard dans la soirée, Élise alluma son ordinateur et découvrit le message de Julie qui révélait enfin où elles se trouvaient. Berlin ! Mon Dieu, ses filles étaient dans cette immense ville où se trouvait également l'agence d'Antonio !

Dans la barre de recherche du navigateur, elle tapa l'adresse de son site internet, pour vérifier que c'était bien toujours le cas, comme il le lui avait annoncé dans un courrier autrefois, avant qu'ils n'interrompent leur correspondance. Elle en eut les larmes aux yeux. Dans la capitale allemande, il y avait les personnes qui comptaient le plus pour elle.

Élise relut l'e-mail de Julie ; elle tentait d'entrer dans une école d'art et elle l'invitait à venir assister à son examen d'entrée, dans cinq jours. Elle fut submergée d'une joie immense. Et comment, qu'elle irait à Berlin !

Dans moins d'une semaine, elle allait enfin revoir ses filles après plus de six mois d'absence.

*

Élise préparait sa valise. Dans vingt-quatre heures, elle serait dans la même ville que son ami, qu'elle n'avait plus vu depuis vingt ans. C'était un signe du destin qu'elle ne pouvait ignorer ; il était temps de le revoir. Et surtout, après quatre jours et quatre nuits de tergiversations et d'angoisse, elle décida de lui révéler qu'il n'était pas responsable de la mort du Gros Louis.

Mais en écho à cette décision, une angoisse l'étreignait ; quelle serait sa réaction d'apprendre avoir été trahi par quelqu'un qu'il prenait pour un allié ? À Londres, il avait exprimé de la reconnaissance envers Lucien. La déception serait énorme.

Dans l'onglet « contact » du site internet, il y avait une adresse électronique privée à son nom. La dernière fois qu'elle lui avait écrit, c'était par courrier postal et c'était il y a dix ans. Comment être sûre qu'il n'y avait que lui qui verrait son message ? Elle devait rester prudente. Elle choisit d'utiliser son « adresse e-mail-poubelle », une adresse anonyme que Christa lui avait créée pour ses participations à des jeux concours, pour que son adresse e-mail officielle ne soit pas polluée par des spams.

« De : @ lelize1876
Objet : Mort du chien au village
Date : 20 avril 2009
À : a.caligiari@CDesign.com
Cher Antonio,
J'espère de tout cœur que tu vas bien. Si j'en crois ton site web, tu vis toujours à Berlin. Je m'y rends demain et j'aimerais te voir pour te parler de quelque chose d'important. »

Elle hésita un instant, son cœur s'accéléra en imaginant son ami lire ces lignes, puis elle ajouta :

« Je viens d'apprendre que ce n'est pas toi qui as tué ce chien autrefois. C'est L !
Je suis révoltée et bouleversée.
J'aimerais te raconter ce que j'ai appris. Appelle-moi.
Élise »

Et elle ajouta ses coordonnées.

Elle relut son message, trouva la métaphore ridicule, mais convint qu'elle n'avait guère le choix, ne sachant pas sous quels yeux allait tomber son courriel.

Elle inspira un grand coup puis cliqua sur « envoyer ».

*

L'école avait consacré toutes ses salles libres à la présentation des concours d'entrée des aspirants étudiants. De la sculpture à la couture, de nombreuses disciplines artistiques étaient représentées. Julie était émerveillée par la diversité de la créativité présente.

Nathan et elle étaient en train d'accrocher ses photos grand format qu'elle avait collées sur des plaques en carton épais.

— Ta mère arrive quand ? demanda-t-il.

— Demain.

Nathan ôta un tableau des mains de Julie pour le suspendre, puis saisit celles-ci pour maîtriser leurs tremblements.

— Ça va aller. C'est génial ce que tu fais pour ta famille. C'est très courageux.

— Ou très stupide. Je vais peut-être la détruire.

— Je ne crois pas. À ce que tu m'as dit, vous vous aimez profondément. Vous avez un passé d'amour entre vous. Vous surmonterez ça.

Julie essuya une larme.

— Allez, il n'en reste plus que deux, dit-elle.

Leur tâche terminée, ils reculèrent pour regarder l'ensemble. Il lâcha un sifflement admiratif.

— Tu vas cartonner. C'est génial.

Puis il se recroquevilla pour être à sa hauteur, la saisit

par la taille et l'embrassa passionnément avant d'entamer quelques pas de salsa.

— Ce soir, je te fais découvrir le meilleur kebab de Berlin puis on ira danser. Il y a une soirée salsa au RAW. De toute façon, tu seras incapable de dormir.

Rien qu'à la pensée d'être dans ses bras, de danser avec lui toute la nuit, son corps entier frémissait de plaisir.

2

Élise fut transportée de joie lorsqu'elle aperçut Christa sur le quai. Que sa fille lui avait manqué ! Ses magnifiques boucles enfin laissées en liberté formaient une cascade brune décolorée aux extrémités. Sa couleur naturelle faisait davantage ressortir ses yeux bleu clair. Il y avait tellement d'Antonio en elle. Cette nouvelle jeune femme lui plaisait énormément. Quelque chose en elle s'était transformé, une porte s'était ouverte. Enfin. Elle fut bouleversée en réalisant qu'y avait des années qu'elle ne l'avait pas sentie aussi bien dans ses baskets.

Elle la prit dans ses bras et huma son odeur à pleins poumons comme lorsqu'elle était petite et qu'elle aurait pu la sniffer tout au long de la journée, telle une drogue de bonheur. Elle était si grande, c'était comme enlacer une amie et non son enfant. Dieu comme ses filles lui manquaient ! Vivre auprès d'elles et les voir évoluer toutes ces années avaient été un pur bonheur.

Grâce au miracle de la correspondance, un lien s'établit immédiatement entre elles. Rien à voir avec ce qu'elle avait ressenti à son retour de Zurich, lorsque Élise s'était retrouvée face à une étrangère.

Christa la surprit encore davantage lorsqu'elle la pria

d'utiliser le langage parlé complété malgré la foule qui les entourait. La maman commença alors à coder sa conversation, la main positionnée à côté de sa bouche.

Elles entrèrent dans un café pour prendre le temps de se retrouver.

Julie allait très bien, elle avait un petit copain. Son interlocutrice rit toute seule, puis précisa qu'il était très beau, qu'il avait des *dreadlocks* maintenues dans un chignon et un anneau d'extension qui lui étendait un lobe. Élise comprit alors pourquoi sa fille riait. Il suffisait de l'imaginer dans leur village.

— J'ai d'ailleurs quelque chose à te dire, dit Christa. Julie avait besoin de la signature d'une adulte pour avoir la pilule contraceptive, je la lui ai donnée.

Élise s'empressa d'approuver, rassurée et heureuse que sa cadette se montre si responsable, mais avec tout de même un petit pincement au cœur de n'avoir pas été sa confidente pour cette étape importante.

— Ça me fait penser à Antonio, lâcha-t-elle.

— Oh. Ça fait longtemps que tu n'en as plus parlé.

— C'est vrai…

Élise tournait sa tasse dans ses mains en remuant sur sa chaise puis s'éclaircit la gorge.

— Te souviens-tu que je t'avais raconté que ma première fois c'était avec lui ?

— Ah oui, c'est vrai…

Christa but une gorgée et commença à triturer son briquet à côté de son paquet de cigarettes.

Élise s'exhortait : « Courage, bon sang. Courage ! »

— Je venais d'avoir vingt-deux ans. Nous nous aimions sincèrement. Nous avons passé la nuit ensemble. C'était…

Christa s'immobilisa soudain, happée par l'émotion d'Élise.

— C'était merveilleux. Quelque chose de très spécial est… né, ce soir-là.

La jeune femme lâcha un « ah ! » reprenant la manipulation de son briquet de plus belle en la fuyant du regard.

Élise posa son sac à dos sur ses genoux, ouvrit la poche avant et prit en main la photo abîmée d'Antonio et Christa à Londres.

Lui montrer et lui dire : « Cette nuit-là fut si spéciale, car c'est ce soir-là que tu as été conçue. »

— Bon, je vais en fumer une, dit Christa en se levant.

Élise eut le réflexe de cacher la photo, si brusquement que le sac accrocha la sous-tasse et la tasse se renversa avec fracas sur la table.

— Raaaah ! Ce que je suis maladroite ! Vas-y, je m'en occupe.

Son injonction avait été plus sèche que ce qu'elle aurait voulu, alors elle fit une grimace rigolote en signe d'excuse. Christa lui sourit, puis s'éloigna en zigzaguant entre les tables. En soupirant de dépit, le visage entre les mains, la maman se disait : « Je ne vais jamais y arriver. » Elle regarda son téléphone, elle n'avait aucun message d'Antonio. Avait-il vu son courriel ? Son adresse e-mail trop impersonnelle avait sans doute été bloquée par le filtre antispam, elle aurait dû activer la demande de confirmation de réception, quelle nouille ! Elle ne saurait jamais s'il l'avait effectivement reçu ! Elle pourrait débarquer à l'improviste à son bureau, comme à Londres autrefois.

— Mam's, j'ai payé, tu viens ? Ça va ?

— Oui, ma chérie, tout va bien. Je viens.

*

Dans le quartier Weissensee, les deux femmes découvrirent un complexe industriel en briques rouges où régnait une certaine agitation. Une plaquette murale leur apprit qu'autrefois les bâtiments hébergeaient une industrie d'électricité. Un groupe d'ados enthousiastes jaillit du portail d'entrée, en tenant des maquettes dans les mains. D'autres étudiants étaient assis à même le sol et piqueniquaient en révisant leurs cours. À côté d'une affichette indiquant qu'il fallait garder le silence, on avait placardé, sur la porte principale « examens en cours ». Des flèches pointaient plusieurs types d'examens, des expos d'art visuel, des salles d'audition. Selon les directives de Julie, elles se rendirent à « la grande salle ». Une liste placardée contre la porte d'entrée informait des noms et des heures de passage des candidats. En voyant le nom de sa fille écrit en toutes lettres, Élise ressentit un mélange de trac et de fierté.

Elles entrèrent discrètement et prirent place parmi la cinquantaine de personnes réparties sur les gradins, pendant que sur scène, un jeune homme présentait des costumes qu'il avait conçus.

Lorsqu'il eut terminé, un rideau masqua la scène. Il y eut un petit mouvement de foule et un groupe de jeunes gens entra pour venir s'asseoir au premier rang. L'un d'entre eux se retourna, salua Christa puis lui fit un signe de la tête. Le cœur d'Élise se serra en devinant qu'il était le petit ami de Julie.

Nuit noire. Lumière ultraviolette.

Puis le rideau s'ouvrit sur Julie, vêtue d'un bandeau couvrant sa poitrine et d'un shorty blanc fluorescent, les bras en croix, deux longs et larges pinceaux dans chaque main. Devant elle, plusieurs seaux de peinture portant chacun une étiquette de couleur différente.

Julie entama une danse moderne, énergique et gracieuse pendant laquelle elle plongeait ses pinceaux ou une partie de son corps dans les seaux, pour ensuite danser en peignant à même le sol. De la couleur, des lignes, s'accumulèrent et formèrent des contours. En quelques minutes, elle fit apparaître des visages sous les yeux émerveillés du public.

À la fin de sa prestation, un mécanisme tira le drap vers le haut et révéla une fresque sur une large surface.

La lumière fut, les applaudissements sortirent Élise de sa contemplation. Comme elle était impressionnée ! C'est mon bébé, se répétait-elle. C'est mon bébé qui est là. Cette femme incroyable, c'est ma fille. Elle n'en revenait pas qu'elle ait autant de talent. Quelle émotion c'était que de voir son enfant prendre son envol et mener à bien un projet sur lequel on n'a eu aucune influence. Les yeux baignés de larmes, elle constata que Christa était tout aussi bouleversée.

*

Christa et Élise attendaient dans l'immense hall un peu à l'écart, appuyées contre un radiateur.

Julie sortit enfin de l'*aula* et se jeta dans les bras du jeune homme, d'une tête de plus qu'elle, habillé de vêtements très larges, un bonnet en grosses mailles contenant sa masse de cheveux volumineuse. Le cœur d'Élise se serra lorsqu'elle fut témoin de leur baiser. Puis Julie tourna la tête dans leur direction et son visage s'illumina. Elle était couverte de peinture, ce qui les fit rigoler. Élise était aux premières loges pour constater la nouvelle complicité entre ses filles. Il leur suffisait d'échanger quelques mots en quelques gestes pour qu'elles se comprennent.

— Je suis si fière de toi. C'était incroyable.

— Merci mam's. Je te présente Nathan.

Il lui tendit une poignée franche, son regard était chaleureux.

— Enchanté, madame.

Puis il se tourna vers Julie, lui fit un petit baiser en lui caressant délicatement le visage. Élise et Christa échangèrent un sourire discret.

— Je dois retourner en cours. Je vous laisse en famille. Tout va bien se passer, lui dit-il en plongeant ses yeux dans les siens.

Il s'éloigna, laissant une Julie rayonnante.

— Et l'expo ? demanda Christa.

— C'est au deuxième étage, répondit Julie.

Christa s'exclama qu'elle allait enfin voir son travail, depuis le temps que l'artiste en faisait tout un mystère !

— Tu n'as rien vu ? Depuis toutes ces semaines ? s'étonna Élise.

— Rien !

La mère et la sœur s'amusèrent de cette énigme. Élise se sentait légère, si heureuse d'être enfin auprès de ses filles. C'était un émerveillement pour elle de les voir bavarder. Du pur baume pour son cœur de maman.

— J'espère que vous aimerez, s'inquiéta Julie, la voix soudainement rauque.

Les deux femmes réagirent au quart de tour ; évidemment qu'elles allaient aimer ! Et même si cela ne s'avérait pas le cas, peu importait, car l'appréciation d'un art est propre à chacun. C'était la démarche qui était importante.

Julie s'arrêta en plein milieu des escaliers et les regarda gravement.

— Oui… c'est la démarche qui est importante. Exactement.

Élise profita de l'ambiance intimiste qui s'était installée entre elles.

— J'ai compris que cela signifiait plus qu'un hobby pour toi. Pardon… de ne pas t'avoir soutenue avant.

L'émotion l'étreignait. Seigneur, il fallait qu'elle arrête de pleurer sans cesse ! Julie prit sa main et celle de Christa, elles échangèrent un regard ému. Que Julie effectue ce geste sorti droit de l'enfance toucha Élise au plus profond de sa nostalgie. Elle aurait donné beaucoup pour la retrouver petite quelques instants, entre cinq et huit ans, lorsqu'elle-même était la source de tendresse pour sa fille, lorsqu'elle pouvait la câliner à tout moment.

Élise se moucha puis respira un grand coup.

— Bon, on arrête l'ascenseur émotionnel pour aujourd'hui !

— Pas sûr… entendit-elle Julie murmurer.

À l'entrée de la salle, une affichette présentait « Transmission, de Julie Comte, photographie/dessin ». Une série de photographies grand format associée à une technique de dessin ornait les murs. Au premier coup d'œil, Élise reconnut des parties de corps, en plus ou moins gros plan. Christa chantonna qu'elle connaissait ces mains. Élise regarda plus attentivement. Ah oui, ce sont les mains de Christa et ici des mains d'homme, délicates et viriles à la fois. Ensuite ce sont des épaules féminines, reconnaissables entre mille, grâce à leurs tatouages. Et là, sa silhouette, entre ombre et lumière dans une pièce de l'appartement, puis sur la photo d'à côté un homme de dos. Un gros plan panoramique sur des yeux était particulièrement saisissant, deux regards d'un bleu profond et transparent. Celui de l'homme, elle l'aurait reconnu entre mille.

— Antonio… murmura Élise. Mais… comment…

Elle n'y comprenait rien. Comment était-ce possible ?

— Tu l'as retrouvé…

Christa se détourna.

— Antonio ? Comment ça ? Ton Antonio ?

Élise était statufiée, les yeux fixés sur les toiles. Elle avait compris que les différentes photos des parties du corps de Christa étaient mises en corrélation avec les mêmes parties du corps d'Antonio. Julie savait. Et Julie avait voulu démontrer leur ressemblance physique, indéniable. Celle-ci ajouta :

— C'est Antonio, mon professeur de photographie. Antonio Caligiari.

Élise avait la tête d'un poisson hors de l'eau. Christa essayait aussi de comprendre.

— Mais alors… Ju… depuis des mois tu prends des cours avec l'ami de maman ? Mais pourquoi tu ne m'as rien dit ?

— Je voulais d'abord faire connaissance avec lui avant de le faire entrer dans notre vie.

— *Le faire entrer dans notre vie*, comme tu y vas ! Je me souviens quand tu as pris cette photo-là, ça donne vraiment bien. Tu as comparé nos physiques ? C'est vrai que je lui ressemble. C'est troublant. Il… il a les mêmes yeux que moi !

Le cœur affolé, Élise attendait que Christa ait le déclic. Elle appréhendait la brûlure du regard déçu, redoutait l'effondrement, la brisure. Toutes ces émotions, qui n'allaient pas manquer de submerger sa fille dans quelques secondes, pourraient déclencher une crise d'épilepsie. Elle remarqua alors que Julie veillait déjà sur elle, attentive, tout à fait consciente des risques que sa mise en scène faisait courir à sa sœur.

Le dernier diptyque ne laissait plus de doute. Deux portraits, deux éclats de rire, de Christa et d'Antonio. Un appareil discret était visible à chacune de leurs oreilles. Deux personnes lumineuses et magnifiques. Élise saisit le bras de Julie en susurrant :

— Mon Dieu…

Christa réalisait doucement ce qui se jouait devant elle, mais son esprit rationnel faisait bloc. C'était impossible. C'était trop énorme. Elle observait le portrait d'Antonio avec des yeux écarquillés.

— Ou c'est plutôt moi qui ai les mêmes yeux que lui… Mais… qu'est-ce que ça veut dire ?

Élise fut saisie d'un étourdissement. Il fallait qu'elle dise quelque chose, qu'elle confirme ce que sa fille était en train de découvrir. Christa la dévisageait et, en voyant son expression catastrophée, commençait à comprendre que l'idée qui s'acheminait à son cerveau n'était pas si folle que ça. Élise s'avança vers Christa et lui prit la main.

— Ce que j'essayais de t'expliquer ce matin, cette nuit-là… avec Antonio… c'était merveilleux parce que…

— Antonio est mon père…

En prononçant ces mots, un éclair d'incrédulité traversa les yeux de Christa. Ses mains se posèrent sur sa poitrine, son regard restait figé pendant qu'elle pâlissait. Elle répéta cette phrase hallucinante très lentement :

— Antonio… est mon… père…

Une avalanche d'émotions contradictoires envahissait Élise. Elle avait honte, elle avait peur, elle était soulagée, elle était affolée et désolée.

— Oui, Antonio est ton père biologique. Je… je vais tout t'expliquer, répéta la maman.

Ces quelques mots ridicules si clichés, pourtant si vrais ; car Christa ne savait rien du Gros Louis, de la disparition d'Antonio, rien de sa propre destruction puis de sa reconstruction. Parce qu'Élise n'avait jamais rien dit.

Christa était livide et la regardait de ses yeux glacés comme si Élise était soudain devenue un monstre, comme si son visage s'était métamorphosé devant elle.

— C'est quoi ce bordel ? Comment… Mon Dieu ! Tu… Comment as-tu pu me mentir toute ma vie ?

— Je ne savais pas comment te dire la vérité. Plus le temps passait et plus ça me paraissait impossible.

— Tu as eu mille occasions de me le dire ! Mille !

— C'est vrai… mais pas vraiment… donne-moi une chance de tout te raconter, ma chérie. C'est compliqué… Il s'est passé des choses graves avant ta naissance. C'est une longue histoire…

— Et papa ? Lucien… est-ce qu'il sait que je ne suis pas…

— Oui, il sait.

Christa paraissait tomber des nues.

— Mais… depuis quand ?

— Depuis que tu as seize ans.

— Depuis que j'ai seize ans ! Depuis dix ans ! Dix ans ! Il faut… il faut que je parte d'ici.

Elle tourna les talons et sortit de la salle. Élise la rattrapa dehors et la supplia de s'arrêter.

— Laisse-moi ! J'ai besoin d'être seule ! Sinon, je vais te dire des choses que je vais regretter !

Sa fille chérie s'éloigna d'un pas décidé en leur interdisant de la suivre.

Quel déchirement… Élise s'affaissa sur un cube de pierre, tremblant des pieds à la tête, terrorisée à l'idée de perdre sa grande fille une nouvelle fois, alors qu'elle était si près de la retrouver.

Des mains délicates se posèrent sur ses épaules.

— J'espère que tu me pardonneras, maman, murmura Julie.

Élise se tourna vers elle et la prit dans ses bras.

— Oh ! Bien sûr, ma chérie. J'ai tellement honte d'avoir tant attendu. Tellement honte. J'aurais dû le lui dire il y a longtemps. J'aurais dû vous le dire. Mais c'était si compliqué.

— À cause de ce qui est arrivé en 1981 ?

Élise blêmit.

— Comment le sais-tu ?

— J'ai trouvé un mot déchiré sous ton bureau… ainsi que ta correspondance avec Antonio dans ton armoire. Quand j'ai compris qu'il t'avait mise enceinte avant de partir loin de toi, j'ai voulu découvrir par moi-même qui il était. Il y a quelques semaines, il m'a confié quelque chose de son passé… une soirée qui avait mal tourné.

Élise était sidérée. Au lieu d'une adolescente insouciante, devant elle se tenait une jeune adulte circonspecte qui avait échafaudé un plan durant plusieurs mois. Elle n'en revenait pas.

— Et alors ? Tu le fréquentes depuis des mois… Qu'en as-tu déduit ?

— Il est génial. Je l'aime beaucoup…

— Est-ce qu'il a vu tes photos ? demanda-t-elle soudain paniquée.

— Non. Il ne sait rien.

Une avalanche d'émotions submergea Élise. Comment allait-il réagir ?

— Où est-il ? demanda-t-elle.

— À l'étranger pour son travail. Il devait venir, mais je n'ai pas de nouvelles.

*

Christa courait comme une éperdue dans les rues de Berlin. Elle voulait partir loin de sa mère.

Lucien n'était pas son vrai père.

Depuis dix ans, il savait. Elle essaya de se souvenir de ses gestes, de ses mots, d'imaginer leur relation sous ce nouvel angle. Il lui revint en mémoire ses grognements d'agacement en réaction à sa malentendance. Il lui revint son désintérêt pour sa vie, pour ses soucis. Était-ce pour cette raison ? Parce qu'il savait déjà qu'elle n'était pas sa fille ? Puis une éclaircie, tout de même, un souvenir lumineux, s'imposa à elle ; quand fier comme un coq, il l'avait félicitée, ému, pour l'obtention de son diplôme et sa prestation musicale. Il ne cessait de clamer à tout va : *c'est ma fille !* alors qu'il savait la vérité. Christa ralentit, essoufflée.

Son regard tomba sur des passants. Ce couple si tendre et complice avec cet enfant, peut-être n'est-ce même pas le sien ? On sait bien que les liens du sang ne font pas tout. Ce qui compte, c'est l'amour, le temps passé ensemble. Un parent devait faire ressentir à son enfant qu'il était l'être le plus important au monde.

Mais voilà le problème ; jamais elle n'avait été l'être le plus important pour lui. La plupart du temps distant, souvent absent, ses priorités avaient toujours été ailleurs.

Christa longeait à présent les arcs d'Hackescher Markt et ses pensées virevoltaient comme des flocons dans une tempête de neige.

Un nouveau père. Antonio.

Autrefois, elle avait vu des photos. Au fond d'elle, l'avait-elle toujours su ? Elle le connaissait, car sa mère lui avait souvent parlé de lui. Elle comprenait pourquoi à présent.

Ses pas la guidèrent jusqu'au Jazz. Elle poussa la porte, Aïdan était là, plongé dans sa comptabilité. Il leva le nez et la salua, étonné de la voir si tôt. Sans dire un mot, elle s'assit au clavier et y mit toute sa rage. Les souvenirs se bousculaient dans sa tête; la manière de son père de la regarder comme une extraterrestre, son déni, son refus de la comprendre.

Aïdan s'approcha d'elle après un moment, un paquet de mouchoirs à la main.

— Que se passe-t-il? Qu'est-ce qui ne va pas? Tiens.

Elle pleurait sans s'en rendre compte, elle se sentait trahie. Ses yeux n'étaient pas ceux du grand-père de Lucien, ni son allure longiligne, ni la forme de son visage, ni son teint qui bronzait facilement.

Vingt-sept ans de mensonge.

Les sanglots devinrent incontrôlables lorsqu'elle se représenta la photo de cet inconnu, éclatant de rire à côté d'elle avec un appareil auditif dans l'oreille. Elle se remémora les paroles du spécialiste qui annonçait que sa maladie était héréditaire. L'explication était si simple. Et sa mère n'avait rien dit. Même à ce moment-là, quand sa santé était en jeu.

Christa se leva et comme si elle voulait prouver quelque chose, elle attrapa le tee-shirt d'Aïdan pour l'attirer contre elle. D'abord surpris, il saisit sa main pour la retenir. Elle s'assit sur le clavier dans un tintamarre, puis s'y prit à deux mains. Sa joue se frotta doucement contre sa barbe, sa chaleur la rassurait. Elle approcha ses lèvres des siennes.

— Chris… souffla-t-il.

Elle voulait sentir cet homme contre elle, être rassurée, alors qu'elle avait l'impression que tout allait s'écrouler, elle le sentait stable et résistant, tel un chêne solidement enraciné. Elle voulait s'agripper à lui, ne plus réfléchir. Elle avait urgemment besoin de se sentir désirée, aimée.

— Chris, arrête, tu n'es pas dans ton état normal.

Elle croyait qu'elle lui plaisait, cela aussi, elle l'avait mal compris ? Elle ne savait plus ce qui était vrai ou non. Elle devenait agressive, elle voulait qu'il la ferme enfin et qu'il l'agrippe. Aime-moi, bordel ! lui criait son regard plein de colère. Elle voulait s'étourdir de plaisir et de douleurs physiques pour occuper son esprit, pour que son cerveau cesse ses réflexions.

Il l'arracha à lui maladroitement, recula.

— Calme-toi, s'il te plaît ! Je n'arrive pas à croire que tu me fasses ça ! Que se passe-t-il, Chris ?

Elle se ressaisit, tétanisée par ce qu'elle venait de faire. Il n'avait pas envie d'elle, elle n'était pas plus qu'une employée pour lui. Le sentiment de rejet prit toute la place, cette déchirure qu'elle avait ressentie toute sa vie, cet instant cruel où dans les yeux de l'autre, elle voyait qu'elle n'était pas aimée en retour. La honte l'envahit tout entière. Livide, elle s'éloigna.

— Excuse-moi…

— Attends, Chris…

Elle courut jusqu'à la porte d'entrée pour s'enfuir loin de lui.

Une fois seule à l'extérieur, elle s'effondra dans le coin d'une rue, son cœur déversa le chaos d'émotions qui l'assaillait depuis tout à l'heure.

*

Onze heures du soir.

Christa cherchait à entrer dans l'école fermée sans trop y croire, jusqu'à ce qu'elle trouve une porte ouverte. Une affichette indiquait qu'il y avait un vernissage dans une salle à l'étage. Elle retourna dans la salle d'expo de Julie

372

et alluma uniquement une lumière dans un coin avant de s'asseoir contre le mur. Elle fumait dans une ambiance tamisée en examinant les magnifiques portraits réalisés par sa sœur.

Des oreilles saines auraient entendu une musique électro en fond sonore, des rires et des verres qui tintaient. Christa n'entendait que le silence. Ça lui faisait un bien fou. Elle avait l'impression de réfléchir plus intensément. De mieux plonger au fond d'elle-même.

Elle avait fait quelques recherches sur Internet avec son téléphone et avait lu tout ce qu'elle avait trouvé sur Antonio. À présent, elle était simplement fatiguée par toutes ces émotions.

Julie arriva et s'assit à côté d'elle.

— Merci de m'avoir écrit où tu étais.

Elles demeurèrent un moment silencieuses.

— Tu le savais et tu ne m'as rien dit.

— Eh bien si, je te l'ai dit, répondit l'adolescente en montrant ses photos.

Christa la dévisagea intensément le regard dur, pendant que Julie ne bougeait pas, sûre de son bon droit. Elle se radoucit alors que mille questions lui passaient par la tête.

— Depuis quand est-ce que tu sais ? demanda Christa, incapable malgré tout de lui en vouloir.

— Je l'ai appris par hasard quelques semaines avant qu'on parte. J'ai trouvé un mot oublié depuis longtemps. Ça m'a fichu un de ces coups… Je ne me sentais déjà par super-bien, alors apprendre ça…

— La tour… tes allusions sur maman… c'était ça… Oh Julie ! Je ne peux pas imaginer comme tu as dû te sentir seule avec ce secret.

Julie lui serra le bras en signe d'assentiment. La grande sœur réalisa :

— C'est pour ça que tu as voulu venir à Berlin ! Tu es incroyable.

— Oui, on me le dit souvent.

Christa rit malgré son état émotionnel chamboulé. Julie s'approcha et posa sa tête sur son épaule. Christa savait qu'elle l'aimait plus que tout et qu'elle était terrorisée à l'idée de perdre ce lien précieux maintenant bien établi entre elles. Julie s'écarta à nouveau pour pouvoir lui parler.

— Tu m'en veux, Chris ?

— Non, bien sûr que non. Mais alors... nous sommes... demi-sœurs ?

— Nous sommes sœurs ! Point ! répondit Julie tremblante d'émotion. Tu verras, Antonio est super.

Christa fixait la photo de l'éclat de rire, avec les appareils auditifs.

— En plus, il est... s'étrangla-t-elle.

— Oui. Et il sait que tu l'es aussi.

Il revint en mémoire à Christa toutes les fois où elle était seule contre tous, handicapée. Quand elle revenait de l'école en pleurs parce qu'un abruti s'était moqué d'elle. Elle revit la chaise perpétuellement vide, lors des réunions parents enfants de l'association des malentendants. Un participant lui avait demandé où était son père, elle avait répondu : « Il est mort. »

— Ça aurait tout changé ! Tout.

Christa imagina Antonio la prendre dans ses bras et lui murmurer : « Ne t'en fais pas, je suis aussi passé par là, ça m'a rendu plus fort, ne gâche pas ton énergie pour ces imbéciles, tu trouveras des gens bien, des gens sympas. Quelque part, il y a un monde pour toi. » Elle imagina des conversations avec lui pendant qu'elle était à Zurich, il lui aurait donné des réponses, il l'aurait soutenue pour qu'elle assume sa déficience et il lui aurait donné la force d'accepter ses faiblesses. Antonio aurait été une inspiration, une référence. Ils auraient même ri ensemble en partageant des anecdotes engendrées par leurs problèmes d'audition.

— Il m'aurait comprise, sanglota Christa.

— Il va te comprendre, oui. Vous avez encore toute la vie devant vous.

— Oui, tu as raison. Et c'est grâce à toi, petite sœur. Tu viens de m'offrir un père. Surprise ! ironisa-t-elle dans un geste théâtral.

— La vache ! Je bats tous les records, là, dit Julie en riant.

Après un moment, Christa se leva.

— Maman est à l'appartement ?

— Oui. Elle nous attend.

Depuis toujours, il était acquis dans la famille Comte que Christa ressemblait surtout à sa mère, très peu à son père. Elle réentendait les paroles de sa mère un jour de ses quinze ans, alors qu'elles venaient de se disputer : « Tu n'as pas besoin de rechercher des ressemblances physiques avec ton père ! Tu as son fichu caractère ! » Comment avait-elle pu oser ? Sa mère l'avait volontairement menée sur une fausse piste, alors qu'au fond d'elle, Christa sentait qu'elle avait si peu en commun avec Lucien. Quelle mascarade !

— Je ne vais pas pouvoir retourner vers elle. Je ne peux pas. Je veux qu'elle s'en aille. Je vais lui mettre un message. En attendant, je… je vais à l'hôtel.

— Chris… Maman t'aime de tout son cœur, tu le sais ?

La jeune femme pensa à toutes les nuits où Élise était

venue la consoler en lui prouvant la force de son amour. Cet amour maternel incommensurable qui lui donnait le courage d'affronter le monde. Sa mère avait toujours été là.

— Oui, je sais. Mais là, c'est trop dur. Rentre la voir.

*

Élise avait été désespérée que Julie revienne sans Christa. Elle n'avait pas dormi de la nuit, rongée par la culpabilité. Sa fille ne voulait pas la retrouver chez elle en rentrant du travail.

Le coup avait été dur à encaisser. Julie lui avait dit que Christa avait besoin de temps pour s'apaiser. Quand elle serait prête à en apprendre davantage, elle reviendrait vers elle. Ça brisait son cœur de maman de partir ainsi, mais elle admit que c'était la meilleure solution pour le moment.

Elle était à présent sur le quai de la gare. Avant de monter dans le train de nuit, elle regarda une dernière fois son téléphone pour constater avec déception qu'elle n'avait reçu aucune nouvelle d'Antonio. C'était déconcertant. Elle avait imaginé que son message le pousserait forcément à la contacter. Sa tristesse d'avoir tout gâché avec sa fille alourdissait son âme comme un poids qui la tirait contre le sol. Et après sa nuit blanche, elle était si fatiguée qu'elle ne rêvait que d'une chose, rentrer chez elle. Elle voulait écrire un long e-mail à Christa pour lui raconter son histoire. Voilà ce qu'il fallait qu'elle fasse. Car de cette manière, elle pourrait tout lui expliquer. Leur relation aurait du mal à s'en remettre, mais elle était prête à tout, même à proposer une thérapie familiale, pour que le dialogue ne soit surtout pas rompu.

Cette pensée l'aida à dormir quelques heures dans le chaos des claquements de portes des voyageurs et des crissements de freinage à chaque arrivée en gare.

*

Quel soulagement de parcourir les rues désertes de son village au petit matin.

Les roulettes de la valise d'Élise résonnaient sur le bitume, troublant la quiétude habituelle. Si elle avait pu, elle l'aurait portée pour que son retour soit plus discret, car elle n'avait aucune envie d'alerter tout le quartier. Pourvu que Lucien soit absent… Elle avait besoin d'être seule.

À peine arrivée dans sa rue, une voix féminine l'interpella. Sa voisine accéléra le pas en tirant son chariot de course, pour venir marcher à sa hauteur.

— Ah, Élise ! Tu ne sais pas ce qui m'est arrivé ! Ma petite-fille a perdu une dent !

— C'est chou, elle grandit.

— Oui, oui, tout à fait, mais ce n'est pas ça le problème. J'étais en train de mettre en pots ma confiture, elle voulait participer, tu vois…

— Ah oui, c'est intéressant…

Élise tentait de cacher son manque d'enthousiasme pour cette conversation. Je m'en fiche ! Je veux être seule. Pas maintenant ! pensait-elle.

— Et tu ne vas pas me croire, on n'a pas retrouvé sa dent ! Du coup, je n'ai aucune idée si elle est l'a avalée ou si elle est tombée dans un des pots de confiture !

L'offusquée ralentit le pas, elles étaient arrivées devant chez elle.

— Trente pots destinés à la vente à la ferme de mon mari, tu te rends compte de la catastrophe ?

Élise n'en pouvait plus. Elle regrettait déjà l'indifférence des grandes villes, elle ne désirait qu'une chose, prendre un bon bain et aller dormir quelques heures.

— Je suis désolée pour toi. Je dois y aller, je suis très fatiguée, dit Élise.

— Du coup, du moment que je ne sais pas où est cachée cette dent, je ne peux en vendre aucun ! J'ai cette confiture sur les bras, des heures de ramassage de fruits, tu te rends compte du gâchis ? J'ai tous ces pots et je ne peux me résoudre à les jeter. Pourtant, je ne peux rien en faire ! Ça m'apprendra à vouloir faire la cuisine avec une enfant, enfin, surtout quand c'est destiné à la vente.

Soudain, frappée par une illumination, Élise se figea. Une excitation s'empara d'elle. Elle gratifia sa voisine d'un sourire reconnaissant.

— Je suis désolée pour ta confiture, mais ça m'a fait plaisir de te parler. Je dois filer !

Elle abandonna son bagage devant la haie de sa voisine.

— Je dois absolument aller voir quelqu'un. Je peux laisser ma valise ici ? Je la reprendrai tout à l'heure.

Et sans attendre de réponse, soudain animée d'une nouvelle énergie, Élise trotta jusque chez Thierry.

*

En ressortant de chez son parrain, elle effectua une petite danse de la victoire. Alors que la solution était juste là, sous son nez, pourquoi avait-elle mis tant de temps à la voir ?

Élise appela son époux. Elle laissa un message sur

son répondeur pour lui dire qu'elle avait changé d'avis et qu'elle acceptait sa proposition d'achat de ses terrains.

Elle marcha le cœur léger jusque chez elle, tout en s'encourageant ; il faudra qu'elle tienne le cap. Avec Thierry à ses côtés, elle y arrivera.

Lorsqu'elle arriva devant chez elle, une voiture immatriculée dans le canton de Zurich la laissa perplexe. À mesure qu'elle s'approchait, elle entendait des éclats de voix et des bruits de meubles qu'on déplace. Élise ouvrit prudemment la porte d'entrée et constata que le visiteur était en train de crier sur Lucien.

Mais… cet homme… c'était… Antonio !

Elle entra en douce et resta cachée derrière un portemanteau. Son Antonio était à quelques mètres d'elle ! Sa chemise avait beau être froissée, son jean Hugo Boss et ses mocassins hors de prix le rendaient très élégant. Elle ne voulait surtout pas l'interrompre, il méritait d'enfin s'expliquer avec celui qui lui avait volé sa liberté.

— Il fallait que je l'entende de ta bouche ! criait Antonio. Je n'arrive pas à y croire… Depuis toutes ces années ! Je te prenais pour un héros ! J'étais soulagé que tu aies été présent pour Élise après la grosse connerie que j'avais faite. J'étais heureux que l'homme qui m'ait sauvé la vie soit là pour elle… putain Lucien… alors que… c'était toi ! C'était à toi de t'exiler ! Pas à moi de m'effacer, encore ! Toujours ! L'Étranger, celui qui dérange !

Il empoigna Lucien au col et le secoua comme un prunier. Il avait bien moins de masse que lui, mais sa taille et sa hargne lui donnaient l'avantage.

— Tu es pire que les autres racistes homophobes qui m'insultent, toi, tu fais tes saloperies en sous-marin, mine de rien, te faisant passer pour un mec bien ! Tu es le pire de tous !

Il balança son poing dans la figure de Lucien. Celui-ci tomba à la renverse sur la table basse qui se cassa sous son poids. Antonio secoua sa main en jurant, comme pour remettre ses os en place. Puis il continua à vider son sac.

— Je me sens coupable depuis vingt-huit ans. Chaque jour. Tu m'as volé ma vie !

Lucien essuya le sang qui lui coulait du nez avec sa main puis se jeta sur son rival, le précipitant avec lui contre une étagère, la faisant basculer.

— Toi, tu m'as volé Élise ! Je n'avais aucune chance, tant elle te portait aux nues ! Tu m'as volé ma famille !

Élise, appuyée contre un mur, cachée, recroquevillée à même le sol, écoutait ces vérités sortir de la bouche de son époux éperdu de douleur.

— Tu n'as aucune idée de ce que tu m'as pris, continua Lucien. J'ai été condamné à vivre avec un sosie de toi ! Avec les yeux de Christa qui étaient comme un reproche ! Ah ! J'avais réussi à te rayer de ma vie et voilà que tu me laissais une gosse !

Élise, affolée, bondit dans le salon, blanche comme un linge.

— Lucien ! Non ! Pas comme ça !

Mais emporté par sa rage, il continua :

— Et moi, je ne l'ai même pas compris tout de suite… alors que c'était si évident. Ou alors je l'ai toujours su, mais n'ai pas voulu y croire. Jamais je n'aurais imaginé que tu me doublerais sur ce plan-là !

D'abord surpris de voir son amie, Antonio lui adressa un regard désemparé.

— Mais de quoi parle-t-il ?

Lucien profita de la diversion pour se libérer de sa poigne avant de s'éloigner pour reprendre son souffle. Élise bégaya :

380

— Je... Christa... c'est Christa. Elle... elle est de toi.

— Co... comment?

Antonio avait les yeux rivés sur elle, écarquillés, tel un poisson hors de l'eau. Élise était maintenant saisie d'un tremblement incontrôlable.

— Je ne pouvais pas te le dire... tu... tu comprends, n'est-ce pas?

À son approche, il recula en levant les mains comme pour la tenir à distance, avec la même expression que Christa à Berlin quelques jours auparavant. Elle avait tellement rêvé leurs retrouvailles et voilà qu'elle ne pouvait imaginer pire situation.

— Christa... Christa est ma fille?

— Oui. Et elle te ressemble beaucoup.

Lucien fronça les sourcils et regarda Élise avec une infinie tristesse. Puis sans un mot, comme groggy, il s'en alla.

Lorsque l'attention d'Élise revint à Antonio, il s'était assis, bouleversé.

— Où est-elle?

— Elle est à Berlin. Depuis six mois.

— Tu plaisantes?

— Non... pas du tout. Elle y vit avec ma fille cadette, Julie... que tu connais bien...

— Julie? Mon assistante Julie? Mais, comment?

— Je reviens à l'instant de Berlin. J'y ai vu son expo... et... elle a hâte de te la montrer.

— Depuis tout ce temps, elle savait?

— Elle oui, mais pas Christa, elle ne le sait que depuis hier... dit-elle en étouffant un sanglot et en secouant la tête, encore incrédule de sa propre malhonnêteté à avoir tant attendu.

— J'ai une fille... que je ne connais pas...

— Je suis tellement désolée… parvint-elle à dire entre deux hoquets.

Il se leva brusquement.

— Ce mensonge de Lucien m'a gâché la vie et m'a en plus privé d'une fille… de… de *ma fille*…

Une lueur d'espoir se ralluma dans le cœur d'Élise. Sa fille. Il disait déjà *sa fille*. Christa avait à nouveau un père.

Elle lui expliqua les semaines qui avaient suivi la nuit du bal. Sa dépression, son traumatisme, son choc en apprenant qu'elle était enceinte.

Il écouta en silence, assis sur le canapé, penché en avant, les avant-bras sur ses genoux, la tête baissée… des larmes striaient ses joues. Elle était assise à côté de lui, tout son être était tourné vers son ami, elle racontait enfin à la bonne personne ce qu'elle avait vécu, la voix chancelante. À la fin de son récit, elle attendait, priant pour qu'il dise quelque chose, pour qu'il pose simplement sa main sur la sienne en lui montrant qu'il comprenait. Mais c'était sans doute trop en demander. Antonio se leva, la regarda quelques secondes interminables, puis dit :

— Je suis… désolé. De tout ça, de tout ce que tu as enduré…

Il y eut un silence, puis elle reprit :

— Christa est la plus belle chose qui me soit arrivée. Elle m'a… donné la force d'affronter cette vie… sans toi. Tu étais à mes côtés, chaque jour, grâce à elle. Tu étais dans toutes mes pensées.

Puis elle ne dit plus rien. Il y eut un silence, elle le regardait, pleine d'espoir. Il pleurait et s'essuyait le visage, tout en essayant de rester digne.

Puis il se leva en balbutiant qu'il devait y aller, qu'il avait déjà manqué des rendez-vous importants pour venir ici.

La porte claqua, laissant Élise plongée dans des pensées qui la submergeaient tour à tour de vagues chaudes et glacées.

Un tintement retentit de son téléphone.

Lucien écrivait qu'il avait bien eu son message et qu'il avait pris rendez-vous chez le juge et chez le notaire directement coup sur coup. Puisqu'elle voulait jeter vingt-sept ans de mariage à la poubelle, il voulait régler ça au plus vite. Elle aurait son fric et sa liberté.

3

L'Ajoie était réputée pour sa richesse paléontologique. Surtout depuis le début des années 2000, quand des dizaines de milliers de fossiles et de traces de dinosaures furent mises au jour le long du tracé de la future autoroute. Depuis huit ans, un immense site de fouilles avait été mis en place, appelé communément la « paléotoroute » et ne cessait de retarder les travaux. Dès lors, on avait coutume de dire qu'à chaque fois qu'un promoteur entamait un nouveau chantier de construction, il risquait de tomber sur un nouveau site archéologique.

Dans de magnifiques bureaux situés dans une vieille bâtisse à l'allure victorienne à Porrentruy, monsieur le maire et le notaire plaisantaient à ce sujet, assis autour d'une table.

— Tu ne serais pas le premier à te faire surprendre !

— Ne parle pas de malheur ! répondait Lucien. Mais de toute façon, si on tombait sur un cimetière de Cro-Magnon, je dirais aux gars de tout balancer dans le conteneur à ordures !

Élise observait Lucien, fidèle à lui-même, en coq de basse-cour qui pensait qu'il pouvait déjouer les codes comme cela lui chantait et n'en faire qu'à sa tête. Il allait voir ce qu'il allait voir. Elle toussa dans sa main pour signifier son impatience et sortit les papiers de la convention du divorce qu'ils venaient de signer devant le juge civil.

Lucien se renfrogna. La vue de ces documents lui était extrêmement pénible. Il s'essuya le front, soudain transpirant. Le notaire sortit les contrats de vente des terrains et leur expliqua la procédure. Le prix de vente convenu serait immédiatement versé sur le nouveau compte personnel d'Élise.

Un sourire soulagé se dessina sur le visage de Lucien lorsque son ex-femme scella la vente par sa signature. Il était certain que c'était une affaire en or, c'était le projet de sa vie.

Quant à Élise, elle se sentit allégée d'un poids énorme. Retour à l'expéditeur, pensa-t-elle. La boucle est bouclée.

*

Julie venait de parler avec Antonio au téléphone. Il s'était excusé de lui avoir fait faux bond. L'expo était bien visible toute la semaine? Il aurait beaucoup aimé la découvrir avec elle. Ils se donnèrent rendez-vous sur place.

Lorsque Julie arriva, il était déjà dans la salle et il souriait en se reconnaissant sur les clichés. Elle lui trouva une mine de déterré. Alors qu'il avait toujours eu l'air fringant à cinquante et un ans, son visage était marqué, ses yeux creusés par la fatigue. On aurait dit qu'il avait vieilli de dix ans en un week-end. Il la salua chaleureusement puis observa plus attentivement son travail.

Julie patientait en malmenant un flyer.

Soudain il porta sa main à sa bouche et ses yeux se remplirent de larmes.

— Tu as fait là un travail remarquable… mademoiselle Comte.

Julie fut surprise de l'entendre prononcer son vrai nom, il savait qui elle était !

— J'étais chez toi hier. J'ai vu ta maman qui m'a dit qui tu étais…

— Oh…

Il sourit.

— Oui, oh… fut à peu près ma réaction.

— Pardon de t'avoir menti. Je… je t'aime beaucoup et j'espère que tu me pardonneras.

— J'ai également appris pour… Christa et moi…

Quel soulagement ! Il savait. Cela enleva une immense responsabilité à la jeune fille. Antonio s'approcha d'un portrait.

— Alors… alors, c'est elle. Christa…

— Oui… c'est ma sœur.

— Alors… cette splendide jeune femme est… ma fille…

Elle hocha la tête, soudain prise à la gorge par son émotion.

— Julie… c'est… la plus belle nouvelle de ma vie. Je suis papa. Alors que j'avais fait le deuil de cette possibilité depuis si longtemps.

*

Une semaine plus tard, début mai, la ville organisait un week-end entier consacré à des expos d'art contemporain, qui se prolongea sur six jours. C'était la Berlin Art Week.

Une fois par an, plus de cinquante lieux d'exposition présentaient un programme varié. Le paradis pour Julie.

La jeune artiste avait parcouru des kilomètres à pied pour visiter des ateliers dans tout Kreuzberg et Friedrichshain. Elle était épuisée. Elle posa sur la table les quelques achats pour le repas du soir et commença à faire de l'ordre dans le frigo avant de ranger les nouveaux aliments.

Christa était en jogging, assise sur le canapé, les jambes étendues, son ordinateur posé sur une tablette au-dessus de ses cuisses.

— Tu as besoin d'aide ? demanda Christa.

— Non, c'est bon, merci.

Julie termina de ranger ses courses puis vint regarder par-dessus son épaule. Sa sœur était en train de regarder des photos de leur mère qu'elle n'avait jamais vues.

— Maman m'a envoyé des clichés d'elle avec Antonio… lorsqu'ils avaient la vingtaine. Elle était toujours rayonnante à ses côtés.

Son ton était contrarié, elle n'avait toujours pas digéré la nouvelle.

— Elle m'a écrit un immense e-mail… en me disant qu'elle aimerait revenir quelques jours chez nous pour en discuter calmement. Mais je n'y arrive pas. C'est trop… trop bizarre. Même si je comprends sa situation à l'époque, comment a-t-elle pu me cacher ça jusqu'à aujourd'hui ? Et si tu ne l'avais pas découvert, me l'aurait-elle dit un jour ?

Julie posa sa main sur son épaule en signe de soutien.

— Bon, je vais commencer à cuisiner, dit-elle en regardant sa montre.

Christa ferma son ordinateur et s'étira.

— Je t'aide volontiers, mais j'aimerais me doucher d'abord.

— Vas-y, je me débrouille toute seule. J'ai… j'ai invité Antonio à manger avec nous.

Christa la dévisagea incrédule.

— Tu as… quoi ?

— Il est temps que vous fassiez connaissance.

— On ne fait pas ça comme ça !

— Chris, il n'y a pas de bonne manière de faire. Il faut que vous vous rencontriez. Après, vous verrez bien.

— Mais par où commencer ? Tu te rends compte du malaise ? Je ne le connais pas !

Christa se réajusta, soudain gênée, soudain revenue en enfance, confrontée à nouveau à cette peur de ne pas être aimée, de ne pas être acceptée telle qu'elle est. Julie lui attrapa les deux mains.

— Chris, tu n'as rien à craindre, c'est l'homme le plus gentil que je connaisse. Il va t'adorer. Tu n'as pas idée à quel point vous vous ressemblez.

Leurs voix tremblaient, Christa bégaya :

— Je ne saurai pas quoi lui dire…

— Ne t'inquiète pas, il parle facilement. Et je serai là.

Une heure plus tard, Christa fumait sur le balcon. La rue était calme en contrebas. En face, un couple mangeait sur une toute petite table, entouré de fleurs. Sur le balcon d'à côté, une femme avec une serviette-éponge sur la tête lisait tranquillement dans une chaise longue. Et elle, elle s'apprêtait à rencontrer son père biologique.

Depuis une heure, elle s'appliquait à respirer profondément pour rester calme. Dans les faits, elle aurait plein de sujets à aborder avec lui. Beaucoup plus qu'avec Lucien. Elle brûlait de le connaître mieux, mais en ce moment, sa gorge était complètement nouée.

Julie lança :

— Tout est prêt, je vais vite chercher du charbon en bas.

À peine Julie s'était absentée que la sonnette retentit. Christa se glaça. Mon Dieu ! Cette fois, elle paniquait. Elle écrasa sa cigarette et alla ouvrir la porte, tremblante de la tête aux pieds. Devant elle se tenait un homme plus grand qu'elle, les tempes grisonnantes, affichant un regard surpris, tel un miroir.

— Tu es… Christa.

Elle hocha la tête. Il continua.

— Enchanté… je suis Antonio, dit-il en tendant la main.

Il paraissait faussement à l'aise, sa voix déraillait.

Elle le dévisagea et rougit lorsqu'elle s'en rendit compte. Quelle émotion de retrouver ses propres traits dans le visage de cet homme.

Les yeux d'Antonio brillaient.

— Tu ressembles tellement à… à ma mère…

Christa en fut bouleversée, mais heureusement Julie arriva derrière eux. Ils se saluèrent comme de vieux amis, puis il leur tendit une bouteille de champagne.

— Il me semble que nous avons quelque chose à fêter…

Julie et son professeur bavardaient de leurs projets en cours, très à l'aise ensemble.

L'ambiance était tendue, même si leur visiteur s'efforçait de paraître décontracté. Cela paraissait insurmontable à Christa de se mêler à la conversation. Elle se demandait même comment elle pourrait avaler la moindre bouchée tout à l'heure. Elle aurait souhaité que le temps s'arrête et fige cet homme telle une statue pour qu'elle puisse l'observer à sa guise. Son cerveau voulait graver chaque seconde de cette première rencontre dans sa mémoire. Avec une acuité décuplée, elle remarquait le coin de ses yeux se plisser à chaque sourire et sa manière de toucher constamment sa montre, qui trahissait sa nervosité. Aussi, elle comprit d'où venait sa manie de gesticuler lorsqu'elle parlait; elle avait du sang italien! Une bouffée de chaleur la fit s'éloigner pour se rafraîchir. Découvrir que la moitié de son patrimoine génétique vient d'un autre pays lui fit un drôle d'effet, même si elle était flattée. Quand elle revint, Antonio s'adressa directement à Christa :

— Comment c'est, de travailler avec Jack ? Son concept n'est pas trop astreignant ?

D'abord prise de court, la jeune femme fut reconnaissante qu'il évite de poser une question trop personnelle. Ils se lancèrent dans une discussion sur le principe d'intégration en entreprise et quelque chose se débloqua. Le dialogue devint facile, presque naturel. Il riait lorsqu'elle racontait des anecdotes sur Jack.

La tension diminua et c'est ainsi qu'ils commencèrent à faire connaissance.

Après le repas, ils se prélassaient dans leur petit salon et Antonio partagea quelques souvenirs de la jeunesse d'Élise et lui.

Christa n'arrivait toujours pas à croire ce qu'il lui arrivait, elle avait si peur d'être déçue.

Surgissant de sa mémoire, un souvenir s'imposa à elle : il y a très longtemps, elle s'était approchée de cet homme assis sur le canapé et l'avait pris dans ses bras. Elle ressentait encore la vague d'amour qui l'avait submergée ce jour-là. Elle sut alors que cela faisait longtemps qu'ils étaient liés.

Il ne la laisserait pas tomber.

Quand la porte se ferma derrière Antonio, Christa se tourna vers Julie, radieuse.

— Eh bien… quelle soirée.

— Oh oui, quelle soirée !

Christa se jeta dans ses bras et fondit en larmes.

— Merci petite sœur. Merci. Tellement.

*

Le lundi, Christa se tenait appuyée contre un mur à quelques pas de l'entrée du Jazz. Sa jambe repliée contre le mur bougeait frénétiquement pendant qu'elle tirait sur sa cigarette. Devait-elle entrer ou pas ? Elle avait tellement honte de son comportement. Elle pourrait partir et ne plus jamais revenir. Fuir. Pourtant, elle avait maintenant compris que pour être heureuse, elle devait laisser la chance aux autres de l'aimer avec ses failles. Mais pour cela, elle devait les assumer.

Il fallait qu'elle présente ses excuses.

En poussant la porte, son cœur s'emballa en voyant Aïdan occupé à couper les citrons pour les cocktails du soir. Elle s'approcha, les mains dans les poches arrière de son jean, les cheveux lâchés. Les boucles volumineuses ne tenaient pas derrière ses oreilles et revenaient sans cesse devant ses yeux. Elle ne savait pas trop comment aborder le sujet, la situation était suffisamment gênante.

— Salut Aïdan.

— Hey, salut.

Elle s'assit au bar.

— Je suis désolée pour la dernière fois. J'avais besoin… J'étais…

— Ne t'inquiète pas pour ça.

— C'était complètement déplacé, j'ai honte…

— J'ai vu que tu n'étais pas bien, dit-il en posant son couteau.

Il essuya ses mains sur son tablier de brasseur, son regard était doux, dénué de reproches. Elle chassait de la poussière imaginaire sur le comptoir en lui jetant un œil de biais.

— Oui... Je venais d'apprendre que... l'homme avec qui j'ai grandi n'est pas mon vrai père. J'étais bouleversée...

— Ah ouais ! Quand même... Il y a de quoi être perturbée.

— Et samedi, j'ai passé la nuit à faire connaissance avec mon... père biologique.

— Eh bien ! Il est comment ?

— Il a l'air... super.

Des larmes coulèrent sur ses joues, provoquées par la fatigue, le surplus d'émotions de ces derniers jours. Il vint s'asseoir sur un tabouret haut à côté d'elle et lui caressa le dos pour la consoler. Sa voix était douce et posée.

— Un nouveau job, un nouveau père, ça fait beaucoup...

Il baissa le regard et resta silencieux quelque instant.

— Chris, comme je te l'ai dit l'autre fois, je crois toujours que ce n'est pas une bonne idée que tu continues à venir jouer le soir.

Le rouge lui monta aux joues. Est-ce qu'il la voyait différemment à présent ? Comme une groupie un peu amoureuse qui s'était laissé émouvoir par sa gentillesse et qu'il devait tenir à distance ?

— Et ce n'est pas ce que tu penses, ajouta-t-il. Au contraire... tu me plais beaucoup... vraiment...

— Qu... quoi ? Je te plais ? répéta Christa ébahie, pas tout à fait certaine de bien comprendre ce qu'il était en train de lui dire.

— Oui, tu me plais. J'aime jouer au piano avec toi, j'aime ta manière d'être attentive aux gens, j'aime ta persévérance qui force l'admiration. J'aime discuter avec toi.

— Même si je suis…

— Suissesse ? Ah, mais la perfection n'existe pas ! Il te faut bien un petit défaut, sinon il n'y aurait pas de justice !

Christa éclata de rire.

Elle avait l'impression que tout était facile avec lui. Pas de faux-semblant, rien que de la sincérité.

Il se tourna vers elle, tenta de remettre sa mèche rebelle derrière son oreille et eut un sourire en constatant que c'était vain. Christa soutint son regard, le cœur battant à tout rompre. Découvrir que celui-ci pouvait se réchauffer, qu'il pouvait s'emballer, l'émerveilla. Son cœur n'était pas cassé, il fonctionnait. Il ressentait. Il vivait.

Il se recula comme pour se ressaisir et lui proposa :

— J'aimerais t'inviter à manger un soir, ou en journée, faisons quelque chose ensemble, loin d'ici, pour se connaître en dehors du bar…

— C'est une très bonne idée…

Christa n'arrivait pas à y croire. C'était incroyable comme tout pouvait basculer d'un instant à l'autre, comme les nuages pouvaient s'écarter subitement et laisser la place au soleil. En une fraction de seconde, le pouvoir du mental vous catapultait du fond d'un gouffre à la lumière.

On frappa à la porte d'entrée. Aïdan alla ouvrir et tint la porte à un livreur qui entra avec son diable chargé d'une pile de caisses de bières. Il lui indiqua de traverser le pub jusqu'au fond, vers la chambre froide.

Christa s'avança vers la sortie.

— Bon, je vais y aller. Tes clients vont bientôt arriver.

Il lui prit la main et y glissa ses doigts. Quand il

plongea son regard dans le sien, elle sut que quelque chose avait changé. Son autre main se posa vers sa bouche, son visage s'approcha et elle sentit ses lèvres se poser sur les siennes avec une infinie douceur. Une vague de plaisir lui monta à la tête, elle laissa ses barrages se rompre, elle s'abandonna tout entière. Émerveillée de ressentir chaque émotion intensément.

L'homme héla depuis la réserve. Aïdan détacha ses lèvres des siennes, rouvrit les yeux, lui caressa les cheveux et lui dit simplement :

— Je suis très heureux.

Le rose aux joues, elle le quitta avec des papillons dans le ventre.

*

Élise ressortit de la banque le pouls palpitant. Son nouveau compte personnel avait été crédité de cinq cent mille francs suisses. Elle, qui n'avait jamais eu d'argent à elle, n'arrivait pas à y croire. Et surtout, elle allait rentrer chez elle, mais vraiment chez elle. Seule, dans sa maison. Lucien avait déménagé ses affaires et s'était installé dans un appartement vétuste. Il disait que c'était provisoire, que pour le moment il avait « juste besoin d'un lit », car le chantier qu'il devrait gérer ces deux prochaines années allait le contraindre à passer tout son temps au bureau.

Les températures de ce mois de mai étaient très agréables. Et si elle redécorait entièrement sa maison, en signe de nouveau départ ? Elle pourrait enfin peindre le mur de son salon en couleur, elle pourrait éliminer tous ces meubles blancs qui plaisaient tant à Lucien. Elle rêvait de bois clair, de chaleur, de meubles de seconde main, de chaises dépareillées, de tableaux de Julie accrochés partout.

Penser à ce genre de chose lui permettait de garder son calme car le moment était venu. Le moment d'aller couper la branche sur laquelle son mari était assis. La chute serait rude. Et il n'était pas du genre à l'accepter. Elle enfila son armure virtuelle. Elle devrait être forte. Ne pas céder. Pour une fois, ne pas être la gentille, celle qui arrange les choses. Non, cette fois, elle allait être celle qui entrave.

Elle traversa le village, les oiseaux gazouillaient, c'était le calme avant la tempête.

C'était bientôt midi, Lucien devait être dans son restaurant habituel, où il mangeait tous les jours, accueilli comme un roi par la tenancière. Élise entra dans l'ancienne bâtisse et le repéra, effectivement attablé avec plusieurs personnes. Des dossiers étaient ouverts devant eux, cela avait l'air d'une séance de travail.

Elle s'approcha alors d'un pas décidé la tête haute et salua tout le monde avec un grand sourire. Les hommes bombèrent le torse et furent particulièrement charmants. Lucien s'agaça et adopta un ton brusque.

— Je suis en pleine discussion avec ces messieurs pour le lancement des travaux, peut-on se voir plus tard?

— Ce que j'ai à te dire ne peut pas attendre. C'est justement à ce propos.

— Bon, alors cinq minutes! répondit-il excédé en se levant pour la suivre à l'extérieur. Le ciel était radieux, une odeur de grillades flottait dans l'air.

— Je ne peux pas faire attendre mes investisseurs!

— Tes investisseurs?

— Oui, tout à fait. Il y a même le bureau d'architecture qui a déjà beaucoup investi dans mon projet.

— Investi quoi? Rien n'a encore commencé?

— Ma pauvre, tu n'y connais rien. Il fallait bien faire des projections du projet, j'ai fait faire des plans en 3D, c'était un gros investissement, mais ça en vaut la peine, les appartements se vendent comme des petits pains avant même qu'ils ne soient construits! J'ai dû emprunter beaucoup d'argent, j'ai dû donner des garanties, j'ai même augmenté l'hypothèque de l'entreprise!

Elle recula d'un pas.

— Oh, Lucien… mais pourquoi faut-il que tu voies toujours aussi grand?

Puis elle réalisa ce qu'il venait de dire et se redressa face à lui.

— Mais… attends une minute, je viens de te les vendre, ces terrains! Tu as fait des promesses avant même de les avoir? Comment pouvais-tu être sûr de les obtenir?

— Pfff, Élise… tu étais ridicule à t'entêter à les garder. Je n'y ai pas cru une seconde. Je savais que c'était pour me casser les pieds, mais que dès que tu aurais besoin d'argent, tu serais bien contente de me les vendre. Même si tu te donnes de grands airs, tu ne vaux pas mieux que moi. Bon, je n'ai pas que ça à faire! Qu'est-ce que tu veux?

Élise le toisa sévèrement. C'était quoi ce ton méprisant? Il la trouvait ridicule? Il croyait tout savoir? Eh bien! Alors… elle lui révéla ce qu'elle avait appris derrière une porte onze ans plus tôt. Elle articula calmement pour qu'il comprenne bien chaque mot.

— Lucien, écoute bien ce que je vais te dire; tu es maintenant l'heureux propriétaire d'une tombe.

— Hein?

— Le cadavre du Gros Louis est enseveli quelque part sous ces terres qui sont maintenant les tiennes. Tu es désormais le dépositaire de ta liberté. Si tu entames un chantier, ce n'est pas sur des os de dinosaures que tu vas tomber, mais sur le squelette de l'homme que tu as tué !

Il la regarda, incrédule.

— Qu'est-ce que tu racontes ? Thierry a enterré Le Gros Louis dans les champs de Richard ?

— C'est bien ça.

Réalisant qu'elle ne plaisantait pas, il devint pâle comme un linceul.

— Mais où ?

— Je n'en sais rien. Et mon père non plus.

Elle tourna les talons et s'éloigna du restaurant. Il se précipita à sa suite.

— Mais… mais… c'est complètement débile ! C'est une catastrophe ! Il n'a quand même pas fait ça ? Qu'est… qu'est-ce qui lui a pris ? Je ne peux pas commencer des travaux si je ne sais pas où est ce foutu cadavre !

— Exactement !

— Nom de Dieu…

Lucien était si pâle qu'elle crut qu'il allait avoir une attaque. Il recula d'un pas, figé d'effroi devant le plan machiavélique d'Élise.

— Si je ne peux pas utiliser ces terrains, je vais au-devant de gros ennuis…

Il eut un étourdissement et dut s'asseoir sur un muret, ses mains tremblaient. Ses yeux écarquillés reflétaient la terreur pure.

— Et l'entreprise… je vais perdre l'entreprise, mon travail… je vais tout perdre. Je serai la risée de tous, je vais être chassé de la mairie…

Soudain, il se redressa énergiquement, jeta un œil rapide en direction du restaurant puis s'éloigna au pas de course en direction de sa voiture.

— Je vais aller voir Thierry !

Elle se dépêcha de monter du côté passager alors qu'il démarrait déjà.

— Il ne te dira rien !

— Bien sûr qu'il parlera, répondit-il, l'air très sûr de lui.

Constatant qu'il prenait la direction de l'appartement de Richard, Élise l'interrogea :

— Pourquoi tu vas chez mon père ? Il n'a rien à voir avec ça.

— Il a tout à voir ! Tout ! Tu n'as même pas idée !

Lucien entra sans sonner, puis revint une minute plus tard avec Richard. Apparemment surpris en plein repas, celui-ci avait encore sa serviette nouée autour du cou. Lucien ouvrit la portière.

— Monte !

— Bon sang, mais quel excité ! Je ne vois pas ce que je peux faire pour toi. Tu as voulu mes terres, tu les as eues ! Ah, tu es là, Élise.

— Je suis désolée, papa. Ça va ?

— Oui, ma chérie, dit-il en enlevant sa serviette et en essuyant les miettes de son pullover.

Lucien enclencha la marche arrière. Richard marmonna :

— Tu ne trouveras pas Thierry chez lui. Il pêche au bord du Doubs aujourd'hui.

— Alors, on y va ! Je sais où est son coin.

Une fois dans l'habitacle, loin des oreilles indiscrètes, Lucien se lâcha. Il frappait sur le volant en pestant, ce qui faisait sursauter la passagère.

— Fait chier ! Putain ! Il avait qu'à le brûler ! L'éliminer ! Ça ne devait pas être si compliqué pour un flic ! Je n'arrive pas à croire que Thierry l'a enterré sur ton terrain !

Il roulait à toute allure. Richard se tenait péniblement à la poignée pour ne pas se cogner la tête contre la vitre. La voiture sortit de l'autoroute à Saint-Ursanne, longea la rivière en direction de Tariche puis s'arrêta brutalement en bordure de forêt. Lucien bondit en dehors de la voiture, en fit le tour puis agrippa Richard par le pullover, le plaqua contre la voiture et siffla entre ses dents :

— Richard, tu as intérêt à trouver les arguments pour que ton frère crache le morceau ! Je dois savoir où est ce foutu squelette ! T'as intérêt à le faire parler ! Sinon, tu vas le regretter. Tu entends ?

Cette scène prenait une tournure complètement inattendue. Élise ne comprenait rien à ce qui se passait. De quel droit Lucien pouvait-il exiger quoi que ce soit de son père ?

Thierry apparut derrière les feuillus, poussant les branches pour se frayer un passage. Il avait sa barbe de trois jours, paraissait reposé, portait son pantalon et ses bottes en caoutchouc.

— Ce n'est pas bientôt fini tout ce raffut ? Vous faites fuir mes truites.

Il salua sa filleule et lui décocha un clin d'œil. Elle était heureuse qu'il soit là pour affronter cette pénible conversation. Richard s'avança avec un sourire de politicien en phase de négociation.

— Thierry. Tellement d'années sont passées. Maintenant, tu peux nous dire où est enterré Le Gros Louis !

Sans s'énerver le moins du monde, Thierry répondit en regagnant la rivière.

— Je ne vous le dirai jamais. Pour votre propre sécurité.

Lucien se retourna contre son beau-père, l'étranglant à moitié.

— Vous vous êtes ligués contre moi ! La famille Dubois se croit forte alors que je me suis sacrifié pour vous sauver !

— Mais tu es fou ? Laisse-le ! cria Élise en essayant de lui faire lâcher prise.

Richard fusillait Lucien du regard et siffla entre ses dents :

— Je ne peux rien faire de plus. Ne t'avise pas de me trahir !

— Je suis en train de tout perdre, Richard ! Si ce soir-là j'ai réglé son compte au Gros Louis, c'est pour que ton sale secret soit bien gardé !

Un sentiment étrange s'empara d'Élise. Mais bon sang, de quoi parlait-il ? Qu'est-ce que c'était que cette histoire ?

— Vas-tu enfin lâcher mon père !

Lucien le repoussa et, les yeux exorbités, rouge écarlate, explosa :

— Mais c'est lui ! Bon sang, Élise ! C'est ton père qui a envoyé Le Gros Louis contre vous cette nuit-là !

Une onde d'effroi figea les visages. Elle bégaya :

— Comment ça, *envoyé* ? Le Gros Louis avait bu, on… on s'est retrouvés à la mauvaise place au mauvais moment.

— Effectivement, Le Gros Louis revenait du bistro… mais il rentrait chez lui ! Quand on est arrivés au carrefour, c'est ton père qui l'a interpellé… Il lui a demandé d'aller à la rencontre d'Antoine à la sortie du bal et… de lui casser la gueule !

Élise poussa un cri de stupeur.

— Papa… Qu'est-ce qu'il dit ? Pourquoi aurais-tu fait ça ?

— Mais qu'est-ce que tu racontes ? s'horrifia Thierry.

Richard passa du livide au cramoisi en crachant sa colère.

— Lucien est venu me dire que le Rital allait t'emmener loin d'ici ! J'ai vu rouge ! Je suis sorti pour aller te chercher !

Thierry tombait des nues.

— Nom de Dieu, Richard !

Élise était abasourdie. Son père, responsable de leur agression, de leur cauchemar, par vanité. Chaque mot lui enfonçait un couteau dans le cœur. Sa tête lui tournait, elle dut s'appuyer contre un arbre. Il lui revint en mémoire les images violentes du Gros Louis qui la pressait contre le mur, son haleine fétide soufflant sur son visage, le sentiment de dégoût extrême de ses mains sur elle. Élise eu un haut-le-cœur et vomit tripes et boyaux.

Thierry, atterré devant ces révélations, regardait son frère comme s'il s'était échappé d'un asile psychiatrique, terriblement vexé de n'avoir rien vu venir, rien compris.

— Richard, tu te rends compte que tu as mis en danger la vie de ta propre fille ?

Lucien, satisfait par l'onde de choc qu'il venait de déclencher, continua :

— Je savais que c'était une très mauvaise idée, alors je l'ai suivi. J'ai pu alors intervenir pour sauver Élise.

Thierry tendait des mouchoirs à sa filleule qui s'essuyait la bouche.

— Ne te fais pas passer pour un héros. Si tu étais juste derrière, cela signifie que tu as regardé Tonio se faire passer à tabac. Tu n'as rien fait pour l'en empêcher ! Tu aurais pu tout arrêter avant qu'il ne se retourne contre Élise !

— Tu crois que c'était si facile ? J'avais aussi peur de lui ! C'était un porc infâme. Quand je lui ai sauté dessus pour qu'il la lâche, ce fumier a osé dire que… que j'étais un bouseux, comme lui ! *Elle ne voudra jamais de toi !* voilà ce qu'il m'a dit. Il a osé me comparer à lui-même et ensuite il a affirmé qu'il n'allait pas se gêner pour dire à tout le monde ce que le maire lui avait demandé de faire. Alors… alors je l'ai frappé de toutes mes forces pour qu'il la ferme. Jusqu'à ce qu'il ne bouge plus. Je voulais qu'il crève. Je voulais qu'il disparaisse de nos vies, je voulais épouser Élise et lui prouver qu'il avait tort. Je voulais sauver l'honneur de cette famille pour pouvoir en faire partie.

Un silence lugubre plomba l'atmosphère.

Élise tombait de tellement haut.

Non seulement son mari était un meurtrier, mais en plus, son père… Élise savait qu'il était magouilleur, qu'il ne respectait pas les lois, qu'il était faux, menteur, enjôleur pour ses propres intérêts, mais jamais elle n'aurait pu imaginer que cela se soit dirigé contre elle. Jamais elle n'aurait cru qu'il pouvait faire passer ses besoins avant ceux de son unique enfant. Elle pensait qu'il avait utilisé la situation à son avantage, mais pas qu'il l'avait provoquée. C'était ignoble.

Son père avait préservé le secret de Lucien parce qu'il avait failli faire tuer sa propre fille.

— Papa… comment as-tu pu…

— Ça fait vingt-huit ans qu'il me menace de tout te dire ! Il m'a tout pris avec son chantage ! J'avais tellement peur de te perdre. Tu es tout pour moi, ma chérie. Pardonne-moi, je t'en supplie.

Élise s'appuya contre un arbre à l'écart, dans un piteux état, elle pleurait.

Thierry était écœuré.

— Putain. Vous êtes deux truands ! Quand je pense que je porte ce poids sur la conscience depuis trente ans et que j'ai risqué ma carrière jusqu'à ma liberté, pour vous couvrir…

Il saisit doucement sa filleule sous le bras.

— Je remercie le ciel que Catherine ne soit plus là pour assister à ça. Viens Élise, partons d'ici.

Richard fit volte-face.

— Ah non ! Tu n'éloigneras pas Élise de moi !

Par un mouvement impulsif, il fonça sur son frère, pourtant beaucoup plus jeune et plus en forme que lui et le poussa violemment à terre. Thierry se releva.

— Tu as perdu la raison ? Tu n'es plus le grand frère que j'admirais !

Et il lui asséna un violent coup de poing dans la figure.

Allongé sur le sol, Richard gémissait et n'essayait même pas de se relever. Thierry écumait. Il serrait les poings si fort que ses ongles perçaient ses paumes.

Élise ne parvenait plus à respirer. Ses nerfs lâchaient, son cœur battait si vite qu'elle craignait qu'il ne s'arrête. Sa famille volait en éclats. Des mensonges, partout, des mensonges. Quelque chose en elle se brisa. Les mains sur les oreilles, elle voulait que tout s'arrête, elle voulait fuir à des milliers de kilomètres d'ici.

— Je n'en peux plus, je n'en peux plus, murmura-t-elle en reculant contre la rivière.

Son pied se prit dans une racine, elle bascula en arrière, dégringola le talus et tomba dans l'eau. Sonnée par sa chute, elle se sentit engloutie par les profondeurs. Une douleur aiguë lui vrillait le crâne, de l'eau entrait dans sa gorge, elle ne pouvait plus respirer.

Son père adoré avait envoyé l'homme qui l'avait tant fait souffrir. Au lieu de faire amende honorable, il avait gâché leur vie à tous pour garder la face.

Une immense lassitude lui donnait envie de se laisser couler vers le fond, de simplement s'endormir. Puis soudain elle pensa à ses filles qu'elle venait de retrouver et elle battit des jambes pour remonter.

Elle eut conscience d'une main qui la saisissait pour la tirer à la surface... de la sensation de l'air qui parvenait à nouveau dans ses poumons... de la voix encourageante de son oncle Thierry qui lui criait de tenir bon...

*

Couchée dans un lit, elle avait de la peine à ouvrir les yeux. Sa gorge brûlait, sa bouche était sèche. Un son ouaté incompréhensible parvenait à ses oreilles, jusqu'à ce qu'elle reconnaisse la voix de Thierry.

— Élise, tu m'entends ?

Sa vue devint plus claire, la silhouette de son oncle se fit plus nette. L'odeur, les bips autour d'elle, la perfusion qu'elle sentait dans son bras lui indiquaient qu'elle était sur un lit d'hôpital. Il lui tenait la main et paraissait épuisé lui aussi.

— Que s'est-il passé ? demanda-t-elle avec peine.

Thierry lui expliqua qu'elle s'était cogné la tête en tombant dans la rivière et qu'elle avait failli se noyer. L'eau trouble l'avait empêché de la trouver rapidement, mais soudain, elle était remontée et il avait pu l'attraper. Elle avait dormi plus de douze heures et n'avait rien de grave. Juste un bandage à la tête. Ils avaient eu vraiment très peur, mais à présent, tout allait bien.

— Comment te sens-tu ? demanda-t-il.

Les dernières révélations lui revinrent à l'esprit et la précipitèrent immédiatement dans un gouffre de désespoir.

— Oh, Thierry... sanglota-t-elle.

— Mon Élise... Je suis tellement désolé pour cette... famille. Tu pourras rentrer dès que le médecin t'aura vue. Je vais te ramener chez toi. J'ai appelé tes filles, ajouta-t-il, je les ai rassurées, mais elles prennent tout de même un avion ce matin. J'irai les chercher à la gare dans quelques heures.

— Même Christa ? Elle refuse toujours de me parler.

— Il me semble que oui, elle vient aussi.

Ce fut un réel réconfort d'apprendre qu'elle aurait bientôt ses filles auprès d'elle. Elle pourrait enfin avoir une vraie conversation avec Christa. Elle reprendrait tout depuis le début. Elle répondrait à toutes leurs questions. Tout ce qui importait était que ses filles se sentent bien. Le monde entier pouvait s'écrouler tant que ses filles allaient bien.

— Mon père et Lucien, où sont-ils ?

— Richard est à l'extérieur. Il attend de tes nouvelles. Lucien est retourné au village, sans doute en train d'avertir ses partenaires de l'annulation du projet. Tous leurs avocats vont lui tomber dessus. Il va en baver.

— Très bien. Qu'il en bave. Qu'il perde tout ce qu'il a construit sur des mensonges.

Élise se redressa, se passa la main dans les cheveux, réajusta sa blouse.

— Peux-tu faire entrer mon père ?

— Tu es sûre ? Je peux lui dire de partir.

— Non, fais-le entrer. J'ai quelque chose à lui dire.

Elle s'assit sur son lit et but un verre d'eau fraîche.

Richard vint prendre la main d'Élise, qu'elle retira aussitôt.

— Ne m'approche plus. Reste loin de moi.

— Ma chérie… si j'ai fait ça…

— Ça suffit ! Tais-toi. Maintenant, c'est moi qui parle. Je vais contacter une aide à domicile. Je ne m'occuperai plus de toi. Je ne veux plus te voir. Tu resteras loin de moi et de mes filles. Tu ne les reverras plus.

— Je t'en prie tout, mais pas ça ! Ne m'éloigne pas de toi.

Élise pleurait de tant de gâchis. Richard faisait profil bas, pour la première fois de sa vie.

— Maintenant, laisse-nous.

Thierry le prit par le bras et le raccompagna sans ménagement vers la sortie.

— Allez, sors d'ici. Tu me fais tellement honte.

Elle sentait son corps entier se relâcher. Après si longtemps, elle savait enfin ce qui s'était passé ce soir-là. La vérité était de loin plus horrible que ce qu'elle avait pu imaginer. Christa lui en voulait terriblement et il y avait de quoi, elle se sentait tellement mal. Son monde s'écroulait sous ses pieds, elle avait l'impression de tomber dans un précipice.

— Qu'est-ce que j'ai fait ? Mon Dieu, qu'est-ce que j'ai fait à ma famille ?

— Ma chérie, regarde-moi !

— J'ai tout détruit, répétait-elle en sanglotant. Si j'avais brûlé les lettres d'Antonio, si je n'avais pas renoué contact, Julie n'aurait jamais rien trouvé. Le passé serait resté à sa place.

— Non, Élise, tu sais bien que c'est faux ! Il le fallait ! Tes filles et toi, vous n'alliez pas bien. Tous ces non-dits creusaient un fossé entre vous. Ça va aller. Aie confiance. Tes filles et toi vous aimez profondément. Vous pourrez reconstruire votre relation sur des bases plus saines.

Élise pleura toutes les larmes de son corps.

— Mon propre père...

— Je sais. Mais tes filles et moi sommes là pour toi.

*

Plus tard, de retour chez elle et après une bonne douche, Élise se sentait mieux. Elle s'apprêta soigneusement, pour que ses filles la voient sous son meilleur jour. Comme elle avait hâte de les retrouver enfin !

Un engin à moteur pénétra dans l'allée avant de s'éteindre, des portes de voiture claquèrent et les voix de Julie et Christa résonnèrent dans le hall d'entrée. À sa vue, Julie se précipita dans ses bras, tandis que Christa restait figée sur le palier.

— Maman ! s'écria Julie en l'enlaçant prudemment.

— Oh, mes chéries ! Je suis si heureuse de vous voir. Je vais bien, ne vous inquiétez pas.

Christa resta à distance et s'appuya contre le mur. Elle fondit en larmes.

— Quand je pense que tu aurais pu mourir sans que nous nous reparlions…

— Oh, ma chérie, tout va bien. Merci d'être venue. J'ai tellement de choses à te raconter.

Sa grande fille s'approcha enfin et, hésitante, lui prit la main.

— Je… je suis prête à les entendre.

— Moi aussi, je suis prêt à les entendre, fit une voix masculine derrière elle.

Son sang ne fit qu'un tour.

— Antonio ! Tu es revenu !

Un soulagement énorme l'étreignit. Ils pourraient enfin s'expliquer, après toutes ces années. Il paraissait plus reposé que la dernière fois, plus serein. Une bouffée d'émotion la fit sangloter, c'était trop. Il s'approcha et lui posa la main sur la joue, essuyant ses larmes. Lui aussi ému.

— Je suis heureux que tu n'aies rien…

— C'est magnifique que tu sois là.

Ce soir-là, Élise et Antonio expliquèrent factuellement aux filles ce qui s'était passé en mai 1981.

La difficulté était maintenant d'accepter le passé pour aller de l'avant. Ils en parlèrent longtemps, puis la soirée glissa vers d'autres conversations. Ils parlèrent alors d'école d'art, d'entreprise inclusive, de piano-bar et de vie urbaine.

Élise fut spectatrice de la complicité évidente entre Antonio et Julie, puis remarqua les échanges de regards admiratifs et curieux entre Christa et lui. Les Berlinois s'emportaient dans des discussions sur leur quotidien là-bas et elle les écoutait pleine d'envie. Une lueur triste tinta son regard quand elle réalisa qu'elle ne rattraperait jamais le temps perdu avec son ami. Comme s'il l'avait senti, il s'exclama :

— Élise et si tu venais une semaine ou deux à Berlin ? J'ai même une chambre à disposition.

— Oh oui, maman ! Viens ! fit Julie, pleine d'enthousiasme.

Lorsqu'elle interrogea Christa du regard, celle-ci hocha la tête en signe d'assentiment. Élise rosit de bonheur.

— Alors je viens volontiers.

*

Les filles partirent en ville pour boire un dernier verre et revoir leurs camarades.

Enfin en tête à tête, Élise se confia à son ami.

— C'est miraculeux ce qui s'est passé à Berlin. Vraiment. Elles étaient si mal dans leur peau et si indifférentes l'une envers l'autre. C'était affreux.

— C'est difficile à croire quand on les voit ensemble à présent.

— Elles sont de tellement belles personnes, je suis la plus fière des mamans.

— Elles ont de qui tenir…

— Pfff, n'importe quoi.

Antonio sourit, se leva, saisit son porte-monnaie et en sortit une photo tout abîmée et jaunie. Il la tendit à Élise.

On la voyait elle, habillée d'une exquise robe vert émeraude, un verre de vin à la main et prenant la pose avec cette étincelle dans les yeux qui en disait long sur l'affection qu'elle portait au photographe.

— Mon Dieu, tu as gardé cette photo…

— Bien sûr. Elle ne m'a jamais quitté. Jamais.

*

Quatre jours plus tard, le ciel était d'un bleu saisissant. Le fond de l'air se réchauffait, le mois de mai délivrait sa promesse d'été. Antonio était déjà rentré à Berlin, Élise et les filles partaient le soir même.

Christa traversait le village sur sa bicyclette. Les anciens crurent voir Élise trente ans auparavant. On lui demanda des nouvelles de sa mère. Quel bête accident de glisser dans la rivière ! Et comment est la vie à Berlin ? Quel courage ! Comme vous avez raison, ta sœur et toi, de vivre une expérience à l'étranger ! D'apprendre une autre langue, de vous ouvrir au monde.

Les cliquetis du pédalier ralentirent lorsqu'elle pénétra sur l'allée de gravier. Christa appuya son vélo contre un muret, respira l'odeur de la glycine à pleins poumons puis entra dans la maison de son enfance. Un mot de sa mère était posé bien en vue sur un meuble.

« J'avais quelqu'un à voir avant de partir à Berlin. À tout à l'heure, je vous aime, maman. » Au milieu de la table de salon trônait un bouquet somptueux d'un certain *Philippe*. Voilà qui était bien mystérieux. La jeune femme héla sa petite sœur, mais personne ne répondit. La maison était vide.

Christa envoya un texto à Julie pour lui demander où elle était. Quelques secondes plus tard, elle sourit à la réception d'une photo qu'elle reconnut immédiatement. Elle ressortit, enfourcha sa bicyclette et pédala jusqu'à Porrentruy. Sa chevelure frisée brune ondulait dans le vent, elle se sentait si bien. Les pavés de la vieille ville, l'odeur parfumée des nombreux massifs de fleurs, l'ambiance calme, lui procuraient un sentiment de sérénité.

Le visage affable d'Antonio était gravé dans son esprit. Elle avait encore du mal à réaliser ce qui lui arrivait, mais elle avait envie de rire à gorge déployée pour déverser ce bonheur qui l'envahissait, comme si elle avait retrouvé une pièce de puzzle manquante depuis toujours et que celle-ci se glissait parfaitement dans le trou béant de son cœur pour enfin le compléter.

Arrivée dans la cour du château, elle coucha son vélo sur le talus et grimpa les escaliers quatre à quatre en pensant que la dernière fois qu'elle avait gravi ces marches, elle était bien moins vaillante.

Sa sœur, assise sur un bord de fenêtre, avait le regard perdu au loin.

— Tout va bien, Ju ?

Julie lui adressa un sourire lumineux.

— Ça fait bizarre d'être à nouveau ici. Je me sens chez moi, comme apaisée. Il y a un côté cocon ici. L'impression que la vie est plus tranquille, moins stressante qu'ailleurs.

— Oui, j'ai ce sentiment aussi, dit Christa. Je reviendrai dans le Jura un jour… mais j'ai très envie de mieux connaître mon… enfin… Antonio.

Elles échangèrent un regard de connivence.

— Comme c'est bizarre… dit Julie.

— Oui… vraiment.

— Et moi, je vais être étudiante en art à Berlin ! C'est fou. Je n'arrive toujours pas à y croire.

— C'est génial, je suis super-fière de toi, dit Christa.

— Je suis heureuse de vivre cette aventure avec toi.

— Moi aussi, petite sœur. Et je dois dire que je suis soulagée d'être loin d'ici quelque temps, car notre famille va faire parler d'elle… Papa a fait les gros titres ce matin.

Elles laissèrent le silence de la ville les bercer. Un tracteur traversa la Grand-Rue, ce qui les fit sourire. Christa posa la main sur la vitre.

— J'aime vivre ailleurs, rencontrer d'autres gens, d'autres cultures, mais ici, je me sens chez moi. Il y a un lien spécial entre les gens. J'ai revu des copains et des copines de classe, ils paraissent plus apaisés, plus chaleureux. Ils ont fait leurs expériences. Ils se sont confrontés aux difficultés de la vie. Il y a même une fille qui s'est excusée de m'avoir mal traitée à l'école. Elle a un enfant handicapé et quand elle voit comme il souffre du regard des autres, elle pense souvent à son comportement avec moi à l'époque.

— Oh. Sacrée leçon de vie.

Christa s'alluma une cigarette, remonta ses manches pour étudier l'état de sa peau, il n'y avait pratiquement plus d'eczéma. Elle réajusta ses manches, puis fuma en silence, les yeux rivés sur son ancien collège.

— Alors qu'avant, cela me paraissait sans issue, soudain j'ai l'impression que si j'assume ce que je suis et si je m'affirme avec mes différences, alors les bonnes personnes viendront à moi.

Julie l'écoutait en silence, la main posée sur la sienne.
Les pensées de Christa revinrent auprès d'elle.

— Il faut qu'on aille aider maman à préparer les valises, nous avons un train de nuit à prendre ce soir !

Christa se leva et se dirigea vers les escaliers.

— Demain matin, nous serons à Berlin toutes les trois !

— Oui, c'est magique.

Berlin paraissait si loin, si différente. Et en même temps, depuis qu'elles y vivaient, elles s'y sentaient aussi chez elles.

Julie tapota le mur épais comme si c'était un animal de compagnie.

— Bon, *ciao* ma chère tour Réfous. À bientôt !

— Viens petite sœur. Voyons ce que ces prochains mois nous réservent…

Les voix joyeuses des sœurs résonnèrent *decrescendo* dans les escaliers pour s'éteindre dans les profondeurs du donjon.

Il ne resta plus que la rumeur tranquille de la ville en contrebas.

FIN

Remerciements

Ce livre n'aurait pas pu être aussi complet sans l'expertise de plusieurs spécialistes qui ont eu la gentillesse de répondre à toutes mes questions. Mes sincères remerciements à mon ingénieur de mari Jean-Marc Aeschlimann. Ma sœur Aline Müller, ex-apprentie au tribunal de Porrentruy. Ma maman Marie-Ève Petignat, passionnée de généalogie et de notre magnifique Ajoie. Yves Paudex, ex-commissaire. Tobias Britz et sa maman Angelika Britz membre de l'association *epi suisse*, qui ont répondu à mes questions sur l'épilepsie. La fondation romande des malentendants *Forom Écoute*, dont je suis moi-même membre depuis 2017. Les anecdotes, les détails, les différentes expériences autour de la malentendance m'ont été soufflées par vos partages : Grégoire Droz-dit-Busset, Solène Perruchoud, psychologue, Annabelle Coquoz, Raphaël Furioux, pianiste et audioprothésiste passionné, Sonia Celii Jotterand, enseignante en lecture labiale et intervenante en sensibilisation de la perte auditive, Corinne Béran, psychologue spécialiste en malentendance.

Merci à Michel Pellaton et Josiane Narbel pour leurs relectures attentives. À ma famille de me soutenir pour que je puisse mener de front vie de famille, travail et écriture. À Valérie, ma première lectrice. Nos discussions nourries et profondes m'aident à comprendre l'âme humaine. À mon cher Michel Bory pour nos échanges autour de l'écriture. À Élodie qui m'a montré la ville de mon cœur sous un autre angle (voir son site Good morningberlin.com). Aux Éditions Montsalvents pour leur enthousiasme et particulièrement à Manuela Ackermann-Repond, avant que l'histoire d'Élise, Christa et Julie séduise les lectrices du Prix du roman *Femme Actuelle*. Un grand merci au jury, qui m'a attribué son *Coup de cœur* et aux Éditions *Les Nouveaux Auteurs* pour leur confiance.

Merci à vous, lectrices et lecteurs, qui m'apportez tant de joie à chacun de vos retours. Je suis très touchée.

N'hésitez pas à me communiquer vos impressions de lecture *via* www.isabelleaeschlimann.ch ou à partager votre avis sur les sites de notation de livres ou les réseaux sociaux Instagram @isaaeschlimann ; Facebook @isaAeschlimannPage ; Twitter @isaaeschlimann

J'en profite également pour remercier très chaleureusement les libraires, les médias, les lectrices et les lecteurs qui ont réservé un très bon accueil à mon premier roman *Un été de trop*.

Couverture :
© Mark Owen / Trevillion Images
Ligne graphique: Séverine Morizet
Conception graphique de la couverture: IGS-CP à L'Isle-d'Espagnac (16)
Studio Fabrication: Flora Bellanger
Responsable Développement: Vesna Veljkovic
Chef de projet: Chloé de Jerphanion
Composition: IGS-CP à L'Isle-d'Espagnac (16)

Impression:

pour le compte des Éditions

Dépôt légal: juin 2023 – N° d'impression: 3052078

Depuis 2009, Prisma Media met en place une politique d'achat écoresponsable.
Ainsi, une majorité du papier de nos magazines est certifié (gestion durable des forêts).
La fabrication des livres des Éditions Prisma s'inscrit également dans cette démarche.

Cet ouvrage a été imprimé en France sur un papier composé de fibres naturelles, recyclables,
et fabriqué à partir de bois provenant de forêts plantées et cultivées pour la fabrication de pâte à papier.

Certifié PEFC
Ce produit est issu
de forêts gérées
durablement et de
sources contrôlées.
pefc-france.org

Isabelle Aeschlimann

© Régis Matthey

Isabelle Aeschlimann est née et a grandi à Alle, un village au cœur de l'Ajoie, une région ensoleillée du Jura suisse. Elle est lauréate de la Bourse à l'écriture 2014 du Canton de Vaud (Suisse) où elle vit depuis 2007. Maman de deux filles, elle travaille à temps partiel et consacre le reste de son temps à l'écriture.